KB054015

다시 사는 인생 6권

생각정거장

생각정거장은 매경출판의 새로운 브랜드입니다. 세상의 수많은 생각들이 교차하는 공간이자 저자와 독자의 생각이 만나 신비로운 여행을 시작하는 곳입니다. 그 여정의 충실한 길잡이가 되어드리겠습니다.

다시 사는 인생 6권

초판 1쇄 2016년 6월 10일

지은이 마인네스
펴낸이 전호림 **제2편집장 및 담당PD** 권병규 **펴낸곳** 매경출판㈜
등 록 2003년 4월 24일(No. 2 - 3759)
주 소 우)04557 서울시 중구 충무로 2(필동 1가) 매일경제 별관 2층
홈페이지 www.mkbook.co.kr
전 화 02)2000 - 2610(기획편집) 02)2000 - 2636(마케팅) 02)2000 - 2606(구입 문의)
팩 스 02)2000 - 2609 **이메일** publish@mk.co.kr
인쇄 · 제본 ㈜M - print 031)8071 - 0961

ISBN 979-11-5542-450-6 (04810)
ISBN 979-11-5542-451-3 (set)
값 12,000원

다시 사는 인생

마인네스 장편소설

6 권

생각정거장

다시 사는 인생 6권

야후와의 인수협상은 난항의 연속이었다. 300억 달러를 제시한 SHJ의 제안을 야후는 매몰차게 거절해 버렸다. 디스플레이 광고의 점유율을 높이려는 시도에서 추진된 야후의 인수가 초반부터 큰 벽에 부딪힌 형색이었다. 오랜만에 SHJ-구글을 찾은 경환은 자유롭게 연구에 매진하는 직원들과 대화를 즐겼다.

"래리, 오랜만이야. 혈색이 좋은 걸 보니, 운동은 꾸준히 하고 있나 보지?"

"어? 언제 오셨습니까? 회장님이 붙여 준 트레이너가 무서워서라도 운동은 빼먹지 않고 있습니다."

경환은 연구에 몰두하고 있던 래리와 악수를 한 후, 래리의 책상 앞에 아무렇게나 놓인 의자를 끌어다 앉았다. 래리와 열심히 토론하던 금발의 연구원이 급히 자리에서 일어나 경환에게 인사를 건넸다.

"래리, 자네 사무실이 왜 이렇게 빛나나 했더니 이유를 지금에서야 알겠네. 소개 좀 해 주겠나?"

"스탠퍼드대에서 기호시스템과 컴퓨터공학을 전공한 친구입니다. 현재 구글맵과 구글서치, 구글메일, 구글툴바의 핵심 연구원이고, 검색 홈페이지의 레이아웃을 감독하고도 있고요. 그런데 원래 이 친구의 전문 분야는 인공지능입니다."

20대 후반으로밖에 보이지 않는 여성의 화려한 경력에 경환의 눈은 커졌다. 더욱이 전문 분야가 인공지능이란 말이 경환의 호기심을 자극했다. SHJ-구글만 하더라도 2만 5,000명이 넘는 직원이 근무하고 있어, 직원의 프로필을 일일이 파악하는 건 예전에 포기한 상태였다.

"회장님, 처음 뵙겠습니다. 마리사 앤메이어라고 합니다. 앤이라고 불러 주세요."

"앤, 반가워요. 혹시 전에 인공지능로봇에 대한 안을 제출한 적이 있었지요? 인상 깊었습니다."

경환이 자신을 기억하고 있다는 사실에 앤의 얼굴은 홍조로 물들었다. 경환과 악수한 앤은 그가 내어 주는 의자에 조심스럽게 앉았고, 경환은 래리와의 대화를 이어 갔다.

"래리, 디스플레이 광고가 야후에 뒤처지는 이유가 뭐라고 생각해?"

"야후에서 인수제안을 거절한 것 때문에 찾아오신 거군요? 저보다는 앤이 전문가니, 앤에게 물어보는 게 정확할 것 같네요."

20대 후반의 앤이 연구뿐만 아니라, 사업적 분석에도 탁월하다는 말에 경환은 큰 관심을 보이고 그녀의 대답을 기다렸다. 이미 린다를 통해 분석 자료를 넘겨받았지만, 현장의 직접적인 의견을 듣고 싶었다. 경환이 앤을 향해 가벼운 미소를 보내자 크게 심호흡을 한 번 내쉰 앤이 경환을 바라보며 입을 열었다.

"결론부터 말씀드리자면, 우린 수입 모델을 다각화해 수익을 창출하고, 야후는 디스플레이 광고에 올인하고 있는 것이 차이점이라고 생각합니다. 검색 점유율은 우리가 60%, 야후가 21%, MS가 10%입니다. 인터넷 광고 점유율은 우리가 35%, 야후 15%, MS가 7%로 경쟁 자체가 되지 않습니다. 그러나 디스플레이 광고는 우리가 야후와 MS에 비해 뒤처지는 형편입니다."

경환은 고개를 끄덕였다. 앤이 말한 내용이 이미 자신의 머릿속에 암기된 수치와 정확히 일치했기 때문이었다. 경환은 앤의 사업적 기질을 확인하고 싶었다.

"구글스토어, 구글라인, 구글유튜브를 통한 온라인 판매와 특허권 관리 등으로 한 곳에 집중하지 못한다는 말인가 보네요."

"그렇습니다. 구글애드센스의 한 부분이지만, 야후는 디스플레이 광고가 무너지면 휘청거릴 수밖에 없는 구조입니다. 굳이 야후를 인수하는 것보단, 애드센스에 속한 디스플레이 부분을 구글라인과 연동해 확대하는 전략을 취한다면 점유율을 올릴 수 있다고 봅니다. 사실 우리가 전략적으로 집중한다면 큰 문제는 아닙니다. 야후보단 이베이와 아마존을 더 주목해야 한다고 생각합니다."

경환은 앤의 사업적 능력을 확인할 수 있었다. 어린 나이이기 때문에 상대적으로 경험이 부족하다는 단점만 보강한다면 SHJ에서 한몫할 인물이라는 판단이 섰다. 그러나 그녀가 제출한 인공지능로봇에 대한 연구안도 아까운 것이 사실이었다.

"래리, 앤, 두 사람 모두 나와 같이 슈미트 사장을 찾아가 보자고."

래리와 앤이 서두르는 경환의 뒤를 따라 자리에서 일어났다. 300억 달러란 어마어마한 돈을 투자해 야후를 얻는 것도 좋지만, 이들의 사족을 무용지물로 만들어 백기를 받아 내는 방법도 나쁘지 않은 선택이란 생각이 들었다.

"총리! SHJ와 협의한 내용을 승인할 수 없다니, 분명 제게 전권을 주시지 않았습니까?"

총리실의 문을 박차고 들어온 에르나는 자리에 앉기도 전에 분데빅을 향해 울분을 토해냈다. SHJ의 긍정적인 답변을 가지고 노르웨이로 돌아왔을 때만 해도, 탄탄대로인 자신의 앞날을 의심하지 않았다. 그땐 웃음이 얼굴에서 떠나지 않았지만 총리는 에르나의 협상 내용에 대해 제동을 걸었다.

"전권을 준 건 사실이지만, 적용 세율을 당신 마음대로 하란 소리는 없었어요. 그리고 셰일가스에 국한한 조건이 왜 석유와 가스 부분으로 확대된 겁니까!"

"SHJ도 바보가 아닙니다. 다른 나라와 달리 북해의 셰일층 지질이 복잡해 단기적으론 경제성이 없다는 걸 잘 알고 있단 말입니다. 영국과 독일, 스페인까지 SHJ타운을 유치하기 위해 발 벗고 나선 상황에서 우리가 내세울 게 도대체 뭐가 있단 말입니까!"

에르나는 분데빅의 얄팍한 속내에 분노를 분출했다. 정치적 영향력이 급격히 자신에게 쏠리는 것을 막기 위해 벌인 치졸한 짓이란 걸 모르지 않았다. 보수당의 대표 자리를 맡고 있었지만, 영향력은 분데빅을 따라 잡을 수 없는 현실이 안타까울 따름이었다. 두 사람의 신경전이 불꽃을 튀기면서 총리 집무실엔 한기가 흘렀다.

"우리는 독재국가가 아니에요. 국민들에게 모든 정보가 공개되면 SHJ에 주는 혜택에 대해 국민적 저항이 만만치 않을 겁니다. 그 책임을 에르나 장관이 질 수 있겠습니까?"

"제가 모든 책임을 지겠습니다. 의회의 승인을 받는 과정에서 SHJ타운의 유치 필요성을 피력하고, 모든 내용을 국민들에게 공개하면 되지 않습니까? 저는 우리 국민들이 이런 기회를 차 버릴 바보가 결코 아니라고 생각합니다."

노르웨이는 국민들의 정치적 관심이 높은 나라였다. 에르나는 분데빅의 말꼬리를 잡아 국민들에게 정보공개를 요구하고 나서기로 했다. 젊은 층을 중심으로 한 SHJ의 높은 호감도와 방송을 통한 SHJ타운에 대한 환상이 에르나의 자신감에 힘을 실어 주고 있었다. 분데빅은 자신의 정치적 영향력을 파고드는 에르나의 거센 저항이 못마땅할 수밖에 없었다.

"총리, 만약 이 문제를 독단으로 처리하려 하신다면, 저는 장관이 아닌 보수당의 대표 자격으로 총리에게 맞서게 될 겁니다. 또한, 저는 이 순간부터 SHJ타운 유치에 대해 노동당에 협조를 요청할 수도 있음을 분명히 밝힙니다."

"그게 무슨 소립니까?"

"시간이 없단 말입니다. SHJ의 의중이 영국과 독일로 기울고 있는 마당에, 우리의 답변이 늦어진다면 일말의 기회도 사라지는 겁니다. 그 책임은 모두 총리에게 있다는 사실을 아셔야 할 겁니다."

에르나의 확신에 찬 모습에 분데빅의 인상이 구겨졌다. 국민들의 지지도가 노동당으로 급속히 기울면서 정권 재창출은 점점 물 건너가고 있었다. 분데빅은 에르나의 강한 저항을 보며 자신의 시대가 지나가고 있음을 뼈저리게 느꼈다.

"노동당의 동의를 얻는다면, 의회에 정식 안건으로 상정해 보겠습니다. 그러나 실패에 대한 모든 책임은 당신이 져야 할 거요."

"알겠습니다. 지금 하신 말씀 빈드시 이행하시리라 믿겠습니다. 이번 총리의 결정은 노르웨이의 100년 미래를 준비하는 현명한 판단이라는 말을 듣게 될 것입니다."

국영회사인 STATOIL의 전폭적인 지지가 이미 자신의 손에 들어온 상황에서 노동당의 협조를 얻는 것은 그리 어렵지 않았다. 총리실을 벗어나는 에르나의 입가에 미소가 퍼지고 있었다.

"슈미트 사장님, 뭘 그리 고민하고 있습니까?"

"회장님 오셨습니까? 쉽게 생각했던 야후 인수가 난항에 빠져 고민하고 있었습니다."

에릭은 느닷없는 경환의 출현에 서둘러 자리에서 일어났다. 격식을 중요하게 생각하지 않는 경환은 에릭의 맞은편에 놓인 회의용 의자에 걸터앉았다. 에릭은 경환의 뒤로 래리와 앤의 모습을 확인하고는 이유가 궁금해 고개를 갸우뚱거렸다.

"능력 있는 앤을 썩힐 생각입니까?"

"회장님, 그게 무슨 말씀이십니까?"

에릭의 당황한 모습에 경환은 크게 웃었다. 농담을 받아 치지 못하는 에릭을 불쌍한 듯 바라보던 경환은 서둘러 두 사람과의 대화 내용을 설명해 주었다. 고개를 끄덕이며 경환의 말을 끝까지 듣던 에릭은 앤을 바라보며 천천히 입을 열었다.

"검토해 볼 가치가 있는 계획이라고 생각합니다. 우리의 제안을 언론을 통해 흘린다면, 야후의 지분 5.5%를 가지고 있는 써드포인트가 문제를 제기할 것입니다. 물론 야후의 주가가 계속 빠진다는 전제조건이 있어야 하겠지만요. 우리가 그 틈을 노려 디스플레이 광고를 대대적으로 손본다면 쉽게 목적을 이룰 수도 있겠군요."

헤지펀드인 써드포인트는 철저히 주주의 이익을 위해 투자를 집행하는 단체였다. 실적 부진과 주가 하락이 이어진다면, SHJ의 인수제의를 거절한 경영진을 두고 볼 위인들이 아니었다. 자중지란에 빠트릴 수만 있다면, 두 마리의 토끼를 잡을 수 있는 기회였다.

"저도 그렇게 생각합니다. 그리고 야후가 10억 달러를 준비해 중국 알리바바의 지분을 인수하려는 계획에 주목할 필요가 있을 겁니다. 란다에게 따로 지시는 했지만, 야후를 몰아세워 알리바바의 지분인수계획을 막을 필요가 있습니다."

경환의 주위에 있던 세 사람은 알리바바에 관심을 보이는 의중을 이해하지 못했다. 중국계인 제리 양이 중국 IT업체인 알리바바의 지분 40%를 인수하기 위해 10억 달러를 준비하고 있다는 사실은 세 사람의 관심을 끌지 못했다.

"B2B(기업 간 전자상거래) 알리바바를 시작으로, 2003년에 C2C(소비자 간 전자상거래) 서비스를 위해 타오바오를 론칭했다고 알고 있지만, 우리가 관심을 가질 이유가 있겠습니까? 제가 알기로는 제리 양과 알리바바의 마윈이 친밀한 관계인데요."

"중국이란 나라가 워낙 인구수가 많다 보니, 전자상거래는 성공하리라 보고 있습니다. 우선 야후를 얻지 못하더라도 야후가 추진하는 알리바바의 지분은 우리가 먹을 생각입니다. 저는 알리바바의 성공을 중국에만 국한할 생각입니다. 두 사람의 관계가 밀접하더라도 뜻대로는 되지 않을 겁니다."

경환의 음흉한 미소를 본 세 사람은 서늘함을 느꼈다. 결국 알리바바의 성공보다는 미국 땅에 발을 디디지 못하게 만들 것이라는 계획이었다. 중국이라면 이렇게까지 알레르기 반응을 보이는 이유를 쉽게 이해하기 힘들었다. 세 사람의 반응을 무시한 채, 경환은 소프트뱅크가 야후가 가진 알리바바의 지분을 갉아먹기 전에 작업을 서둘러야겠다고 생각했다. 이미 린다를 중심으로 SHJ시큐리티가 움직이고 있었다.

"미안합니다. 얘기가 엉뚱한 곳으로 흘러갔네요. 슈미트 사장님, 다름이 아니라 여기 있는 앤에게 독자적인 연구를 맡겨 보는 게 어떻겠습니까?"

"앤은 지금도 많은 업무를 책임지고 있습니다. 다른 연구까지 할당하는 것은 너무 과중하다고 생각합니다."

"지금 맡은 업무는 다른 연구원에게 이관을 하고, 앤에겐 인공지능과 관련된 연구를 시키는 게 어떨까 해서요. 사업적 성과를 보인다면 부서를 분사해 법인을 설립해도 되고요. 그럴 경우, 회사는 앤에게 맡길 생각입니다."

자신의 얘기가 흘러나오자 귀를 세워 듣고 있던 앤은 성과에 따라 회사를 맡기겠다는 경환의 말에 저절로 입이 벌어졌다. 전문 분야가 인공지능이었지만, SHJ-구글 입사 후, 자신의 분야와는 상관없는 업무를 맡아

왔었다. 그러나 일에 대한 보람과 고속승진으로 큰 불만이 없었던 것도 사실이었다. 그녀는 최고경영자가 되고 싶다는 욕심이 있어도 에릭과 래리, 세르게이가 존재하는 한 SHJ-구글 안에서는 쉽지 않다는 것을 알고 있었다. 앤은 경환의 제안에 침을 삼켰다.

"앤, 회장님의 제안을 어떻게 생각하나요?"

앤의 입은 쉽게 떨어지지 않았다. SHJ-구글의 한 개 부서로 시작해 지금은 독립 법인체로 운영하는 SHJ유니버스를 떠올렸다. 이윽고 경환의 부드러운 음성이 앤의 야망에 불을 지피기 시작했다.

"앤, 앞으로의 미래 사업은 대체에너지와 우주산업, 그리고 인공지능이 대세를 이룰 것으로 판단합니다. 기존의 인공지능 사업에서 벗어나 미래를 바라보는 획기적인 사업을 만들어 보고 싶지 않나요?"

한번 믿고 결정한 투자에 대해서는 끝까지 밀어준다는 경환의 투자철학을 잘 알고 있던 앤은 망설일 이유가 전혀 없었다.

"회장님. 믿고 맡겨 주신다면 제 능력을 최대한 발휘해 보겠습니다. 감사합니다."

"하하하, 미모만 상당한 게 아니라, 자신감도 대단하네요. 기대가 큽니다. 세부계획은 슈미트 사장과 상의해서 보고해 주세요."

SHJ-구글 방문으로 경환은 뜻밖의 수확을 얻었지만, 야후는 제2의 성장기를 놓치는 불운을 맛봐야 했다. 네 사람이 화기애애한 대화를 즐기고 있을 때, 중국 항주에서도 긴박한 움직임이 시작됐다.

중국 항주는 13세기까지 남송의 수도로 번영을 누렸던 도시답게, 아름다운 건축물과 정원들로 도시의 미를 한껏 자랑하는 중요한 관광명소이기도 했다. 베이징수도공항에서 이륙한 SHJ의 전용기 한 대가 항주공항에 사뿐히 착륙하자, 공항 입국장엔 때아닌 소동이 벌어졌다. 중국 정부와 소원한 관계인 SHJ의 방문은 관계 개선을 시도하기 위해 중국 정부가 초청하여 이뤄진 것이었다. 중국 정부는 SHJ의 방문에 겉으로 드러내진 않았지만, 국빈급에 준하는 예우를 보이며 환심을 사기 위해 노력하는 모습을 보여 줬다. 이는 미국 대선에 영향을 끼칠 정도로 성장한 SHJ와 대립한다면 대외 외교와 더불어 경제적 손실이 클 수 있다는 판단에서 이뤄진 조치였다.

중앙 정부의 실세들, 특히 주석과의 독대까지 성사시킨 린다는 취재진의 인터뷰 요청을 거절한 채, 준비된 리무진에 올랐다.

"회장님이 알리바바를 신경 쓰는 이유를 잘 모르겠습니다. 오히려 이베이나 아마존이 더 매력적이지 않을까요?"

린다와 함께 중국을 방문한 에릭 존슨은 SHJ홀딩스의 부사장으로 승진해 린다의 오른팔 역할을 충실히 수행하고 있었다. 중국 방문 전, 경환의 뜻을 듣지 못했다면, 자신도 에릭의 질문에 답을 해 주지 못했을 거란 사실을 부인할 수 없었다.

"회장님은 중국을 극도로 경계하고 계세요. 겉으론 야후를 견제하기 위해 벌인 일이지만, 실상은 중국을 우물 안 개구리로 만들려는 복안을 가지고 계신 겁니다."

"미국 정부도 통제하지 못하는 중국을 우리가 통제할 수 있을지 전 솔직히 의문이 듭니다."

"그건 지금 걱정할 일은 아닙니다. 마윈이 제리 양과 돈독한 관계인 만큼, 이번 협상은 쉽지 않을 수도 있으니 준비를 철저히 하세요."

14

SHJ가 정점을 찍고 있는 지금, 지칠 줄 모르는 경환의 투자 욕심은 안정적인 경영을 강조하는 린다를 불안하게 만들었다. 그러나 한번 결정한 일은 무슨 수를 쓰든 밀어붙이는 경환의 성격을 알고 있는 린다는 투자 속도를 조율하는 선에서 돌발 상황에 대비하고자 했다. 두 사람이 탑승한 리무진은 서호를 지나 항주의 번화가를 향했다.

"잭 마입니다. SHJ의 명성은 익히 들어 알고 있었습니다."

"SHJ홀딩스의 린다 쿡입니다. 항주의 밝은 날씨처럼 두 회사가 만족할 만한 협상을 기대해 보겠습니다."

"하하하, 항주는 중국에서도 관광명소로 유명한 도시입니다. 같이 식사도 하시고 편안한 일정을 보내시도록 준비해 드리겠습니다."

어린 시절 관광 가이드를 했던 마윈은 특유의 친화력과 영어 실력으로 린다 일행을 맞이했다. 사업가라기보다 농부라 보일 만큼 그의 외모는 볼품없었다. 하지만 린다는 강하게 뿜어져 나오는 눈빛에서 그의 사업적인 야망을 짐작할 수 있었다. 중국인의 화려한 언변에 현혹되지 않기 위해 린다는 처음부터 강하게 밀어붙였다.

"SHJ는 알리바바의 지분 매각에 관심이 있습니다. 야후가 지분 40%를 10억 달러에 매수한다는 정보가 있더군요. SHJ는 11억 달러를 준비했습니다. 협상을 빨리 끝내고 항주에서 유명하다는 거지닭과 동파육을 먹어 보고 싶네요."

"알리바바의 가치를 이렇게 높게 봐 주셔서 감사합니다. 11억 달러라니 SHJ의 배포는 역시 대단하네요. 저는 SHJ를 알리바바의 롤모델로 삼고 있습니다."

마윈을 보좌하며 회의에 참석한 차이충신의 눈은 점점 커졌지만, 마윈의 표정엔 전혀 변화가 없었다. 중국인 특유의 화법으로 핵심을 벗어나 주위를 분산시키려는 마윈의 의도를 간파한 린다는 살포시 미소를 지었다. 린다의 미소를 이해하지 못한 마윈은 어색한 미소로 답을 보낼 뿐이었다.

"SHJ를 롤모델로 삼고 있으시다니, 제임스 리 회장님이 중국에서 유학했다는 사실도 알고 계시겠군요. 혹시 교통부와 경무부의 의뢰를 받아 컨설팅 업무를 담당했다는 건 들으셨는지 모르겠네요."

"유학했다는 얘기는 알고 있지만, 컨설팅 참여는 금시초문입니다."

경환이 베이징대에서 유학했던 사실은 중국인이라면 모두 알고 있는 사실이었다. 경환의 중국 유학이 SHJ의 성장을 일으킨 원동력이란 내용을 중국 정부가 언론을 통해 홍보한 효과였다. 그러나 교통부와 경무부의 컨설팅에 주도적인 역할을 했단 사실은 마윈도 듣지 못한 내용이었다. 마윈은 눈썹을 가운데로 모으며 린다의 다음 말을 기다렸다.

"SHJ 신입사원은 OJT 중 '국제 역학 관계에서 SHJ의 미래'란 교육을 받습니다. 특히 동북아시아, 그중에서도 중국에 대해 많은 시간을 할애해 가르치고 있지요. 중국의 정치, 경제, 문화, 법률 모든 내용을 망라합니다. 특히 중국인들의 성격, 화술, 교섭 능력 등은 가장 중요한 부분이기도 하죠. 제가 왜 이런 말을 하는지 아시겠습니까?"

"그게 무슨 말입니까?"

산전수전을 넘어 공중전과 잠수전까지 치른 린다를 상대하기엔 아직 마윈의 경험은 미천할 수밖에 없었다. 린다는 중국을 방문하기 전 경환에게 조언을 들었다. 마윈이 중국계인 제리 양과 밀접한 관계라고 해도 개인적 욕심에 결국은 무너질 수밖에 없을 거란 내용이었다. 동시에 욕심의 끝을 알 수 없는 중국인들이 SHJ와 야후 사이에서 장난을 치지 못하도록 안전장치를 만들고 오라는 지시도 받았다. 린다는 이런 진행을 예상한 경환의 철두철미함에 고개를 절레절레 흔들었다.

"미스터 마, 우리를 우습게 본 것은 아니겠지요? 소프트뱅크에 2,000만 달러를 받고 알리바바의 지분 20%를 넘긴 걸로 알고 있습니다. 11억 달러에 40%면 충분하지 않겠어요? 욕심이 과하면 화를 부른다는 말이 있습니다."

"사람 잘못 보셨군요. 전 돈에 넘어가는 사람이 아닙니다! SHJ의 제안은 없었던 걸로 하겠습니다."

마윈은 차이충신과 눈빛을 교환한 후, 고개를 끄덕였다. SHJ가 11억 달러로 알리바바의 기업가치를 부풀려 올렸다면, 야후를 통해 그 이상을 받아 낼 자신감이 들었다. 혹시 야후가 금액을 높이지 않는다면 그때 다시 SHJ와 협의를 진행하면 된다는 생각이 머리에 떠올랐다. 그러나 린다는 마윈의 그런 생각을 이미 읽고 있었다.

"오호, 중국이 CNN을 막고 있어 잘 모르시나 본데, 지금 야후는 10억 달러 투자도 곤란한 상황입니다. 야후의 대주주인 써드포인트에서 이사회 교체를 추진하고 있거든요. 그럼 제리 양도 쉽게 자리를 지키지 못할 겁니다. 제 제안을 일부 수정하겠습니다. 11억 달러도 과하다는 생각이네요. 10억 달러에 40%입니다."

"거절합니다. 여긴 SHJ가 함부로 날뛰는 미국이 아닙니다."

자존심에 상처 입는 걸 가장 수치스러워하는 중국인의 특성이 마윈에게도 그대로 나타나고 있었다. SHJ나 야후가 아니더라도 알리바바의 지분을 인수할 기업이 넘칠 것이기에 마윈은 자신감이 있었지만 이 모든 게 경환의 작품이란 사실은 알지 못했다. 린다는 여러 장의 문서를 마윈과 차이충신에게 건넸다.

"베이징 중앙정부에서 SHJ의 전자상거래 진출을 요청하는 문서니 잘 살펴보시기 바랍니다. 중앙정부에선 알리바바의 지분을 SHJ가 인수해 주길 바라더군요. 만약 미스터 마가 우리 제안을 거절한다면, SHJ는 중국에 전자상거래를 위한 법인을 설립하고 B2B, C2C, B2C 부분에서 적극적으로 영업을 시작할 겁니다. 이익은 생각하지 않고, 오로지 알리바바를 죽이기 위해서요. 아! 그리고 제안 금액은 10억 달러에서 9억 5,000만 달러로 조정하겠습니다. 시간이 지나면 금액은 계속 내려가게 될 겁니다."

마윈은 바싹 마른 입술을 혀로 훑으며 린다가 건넨 문서를 살폈다. 국무원의 수장인 총리가 날인한 문서는 린다의 말을 뒷받침해 주고 있었다. 중앙정부에서 이번 인수를 SHJ로 결정했다면 도저히 빠져나갈 방법이 없었다. 중국에서 기업이 정부를 이기려면 자신의 힘으로 쿠데타에 성공하는 길밖엔 없었다는 걸 마윈도 모르지 않았다. 그러나 상처 입은 자존심이 마윈의 발목을 붙잡았다.

"지분 40%를 넘긴다면 경영권에 문제가 생길 수도 있습니다. 지분을 조정합시다."

"뭐가 무섭습니까? 현 주주와 20%를 가지고 있는 소프트뱅크를 백기사로 만들면 되지 않습니까? 9억 5,000만 달러는 9억 달러로 수정하겠습니다."

"잠시만요! 생각할 시간을 주셔야 하지 않습니까?"

차이충신이 마윈의 독단적인 반대에 제동을 걸고 나섰다. 11억 달러에서 시작한 금액은 벌써 2억 달러나 줄었다. SHJ가 중앙정부까지 등에 업고 철저히 지분 인수를 준비했다면 도저히 빠져나갈 구멍이 없는 상황이었다. 차이충신은 지금은 고집을 피우기보다 최대한 한 푼이라도 더 받아야 할 때라고 생각했다. 린다는 마윈과 차이충신의 틈을 확인하고 입가에 미소를 지었다. 린다가 다음 말을 하기 위해 의자에서 등을 떼는 순간, 마윈이 급히 입을 열었다.

"좋습니다! 9억 달러에 지분 40%를 넘기겠습니다. 그 대신 SHJ가 중국 전자상거래시장에 진출하지 않는다는 증명을 원합니다."

"현명한 결정을 해 주신 미스터 마에게 경의를 표합니다. 요구하신 내용은 정식 계약서에 첨가하도록 하죠. 그리고 우리는 투자에 대한 관리 감독을 위해 재무관리 이사 자리를 요구합니다."

기업을 장악하기 위해선 재무와 인사를 먼저 확보해야 하는 것이 기본이었다. 인사까지 건드린다면 기세가 꺾인 마윈일지라도 극심하게 저항할 것이라 예상한 린다는 재무만 확보하는 선에서 이번 인수를 마무리지으려 했다.

"서로 좋은 협상이었다고 생각합니다. 항주의 명물인 거지닭과 동파육을 빨리 먹고 싶어졌네요. 오늘은 제가 한턱내겠습니다."

마윈은 아랫입술을 깨물었지만, 린다의 요구를 거절하지 못했다. 중앙정부에서 밀고 있는 SHJ는 마윈에게 있어 철옹성으로 다가왔다. 그는 고개를 떨굴 수밖에 없었다.

써드포인트가 본격적으로 이사회 교체를 주장하며 주주들을 설득하고 나서자, 제리 양은 사면초가에 빠졌다. 써드포인트의 입장은 명확했다.

매년 19%의 매출 증가로 2010년까지 현재의 매출을 70%까지 증가시켜 이익을 두 배로 늘리겠다고 주장한 자신의 미래계획을 전면으로 반박하며, 현재 8달러대에 묶여 있는 주가를 25달러로 인수하겠다는 SHJ의 제안을 거절한 이유를 물고 늘어졌다. 더욱이 S&P는 야후의 미래계획이 허황하고 형편없는 전략이라는 분석을 내놔, 주주들을 더욱 불안하게 만들었다.

'주주들의 등쌀에서 자유로운 SHJ가 부럽군. 내가 욕심이 너무 과했어.'

믿었던 MS와의 제휴가 SHJ란 변수에 의해 떨어져 나가며 자신을 밀어줄 동력을 잃어버렸다. 야후의 지분 3.6%를 가지고 있을 뿐인 제리 양은 이번 써드포인트의 집요한 공세를 막아 낼 힘이 없었다. 무의식적으로 TV를 켠 제리 양은 손을 떨며 쥐었던 리모컨을 바닥에 떨어트렸다.

'이런 젠장. 마윈 이 자식이.'

급히 휴대폰을 꺼내 들어 마윈의 이름을 찾아 버튼을 눌렀다. 여전히 TV 화면에선 SHJ가 9억 달러를 투자해 중국 전자상거래업체인 알리바바의 지분 40%를 인수하는 MOU를 체결했다는 보도가 나오고 있었다. 야후의 자리가 불확실하다고 느끼며 제2의 탈출구로 찾은 알리바바가 자신의 손에서 떠났다는 것을 안 제리 양은 분노하고 있었다.

[여보세요? 제리 자넨가?]

"형님! 도대체 어떻게 된 일입니까? SHJ에 지분을 팔다니요. 이미 저와 얘기를 끝냈지 않았습니까!"

[일이 이 지경으로 될 줄 나도 몰랐네. 미안하네.]

"소프트뱅크의 미스터 손을 소개해 준 것도 저라는 사실을 잊었습니까? 형님의 성공 뒤엔 제가 있었습니다. 그런데 SHJ라니요!"

씩씩거리는 제리 양이 들고 있는 휴대폰에선 아무런 소리가 없었다. 당장에라도 휴대폰을 내던지고 싶었지만, 그럴 수 없었다. 제리 양에게 마지막 끈인 알리바바까지 놓친다면 자신이 준비한 히든카드를 잃어버리는 꼴이었고, 더욱이 회장 자리가 불투명한 상태에서 사업적 재기를 노릴 기회에 치명타가 될 수도 있기 때문이었다.

[제리, 중국 정부가 SHJ를 밀어주고 있었네. 만약 내가 SHJ의 제안을 거절했다면, 중국 정부의 의사를 거절한 대가로 알리바바는 공중분해될 수도 있었단 말일세. 더욱이 SHJ는 전자상거래 진출까지 승인받은 상태였어. 도대체 내가 무슨 일을 할 수 있었겠나?]

"아무리 그렇다 하더라도 나와 약속한 신의는 지켜야 하는 것 아닙니까!"

제리 양의 언성이 높아졌다. SHJ의 뒤에 중국 정부가 있다면, 마원도 어쩔 수 없었다는 걸 이해할 수는 있었지만, 그래도 지금은 자신의 처지를 먼저 걱정해야만 했다.

[린다와 식사를 하던 중이었네. 긴말 못해 미안하네. 이만 끊겠네.]

"형님! 형님! 야, 이 개자식아!"

제리 양은 휴대폰을 던져 버렸다. 산산조각 난 휴대폰이 바닥에 어지럽게 흩어졌고, 그는 소파에 주저앉아 머리를 감싸 쥐었다. 어디서부터 잘못된 것인지 이유를 알 수 없었기에 그는 자책감이 몰려와 고개를 떨구었다.

"드디어 터졌군요."

"존 매케인이 대통령으로 당선된 때부터 충분히 예상했던 시나리오입니다."

이라크의 대량 살상 무기 개발로 여론을 조성하던 미국은 쿠웨이트 미국대사관의 폭탄 테러 사건의 배후를 주체가 확인되지 않은 상태에서 후세인으로 지목하는 무리수를 감행했다. 이라크 정부는 자신들의 결백을 주장하며 외교장관까지 파견해 미국과 UN을 설득했다. 그러나 미국은 대량 살상 무기에 대한 사찰을 받으라는 말로 이라크의 화해 노력을 일축해 버리고, 5함대를 걸프만에 파견함과 동시에 태평양의 7함대까지 이동하는 강수를 두었다. 이라크가 자존심을 버리고 사찰을 받아들일 거라는 외신의 보도가 계속되는 가운데 미국은 바그다드 공습을 시작으로 본격적인 이라크 침공을 개시했다.

"쿠웨이트 대사관 폭탄 테러에 이라크가 개입된 정황이 있습니까?"

"이라크를 지목한 건 섣부른 판단 같습니다. 아직 배후에 대한 확인도 끝나지 않은 상태입니다. 석연치 않은 구석이 많은 테러라고 보는 시각이 상당한데, 좀 더 파 볼까요?"

"국민들의 여론이 전쟁 지지를 돌아섰습니다. 긁어 부스럼을 만들 필요는 없습니다. 중동에 분산된 현장과 법인 경비에 각별한 신경을 써야 할 겁니다. 테러의 불똥이 우리에게 튀지 않도록 당분간 보안팀 업무를 중동에 집중시키세요."

중국과 러시아의 반대에도 무릅쓰고, 미국은 자국 내 여론을 등에 업고 이라크 침공을 감행했다. 이라크 침공은 필연적으로 중동의 이슬람 세력의 반발을 일으켜 테러는 더욱 증가할 수밖에 없었다. 중동 지역에 많은 공사를 진행하고 있는 SHJ플랜트는 테러조직의 좋은 표적이 될 수 있었기에 경환은 고민에 잠겼다.

"회장님, 모두 회의실에 모여 있습니다."

"수고했어요, 하루나."

고개를 숙이고 집무실을 나가는 하루나의 뒷모습을 바라보며 손을 입술을 가져다 댔다. 경환은 깊은 한숨을 내쉰 후, 자리에서 일어나 회의실로 향했다.

회의실에는 중국에서 돌아온 린다를 비롯해 SHJ의 중추인물들이 모여 있었다. 그들 중엔 새롭게 조직된 SHJ-구글의 테크놀로지팀을 이끄는 앤도 있었다. 경환은 주위에 포진한 인물들과 눈을 맞춘 후, 마이크를 손에 쥐었다.

"많은 일이 있었습니다. 전쟁도 시작되었고요. 2005년은 우리에게 위기이면서도 기회를 제공하는 한 해가 될 것입니다. 린다는 수익이 없는 사업에 손대지 말고 현 사업을 지키면서 안정을 유지하자고 절 쪼아댑니다. 요샌 제 아내보다도 더 무서운 사람이 린다입니다."

"하하하. 회장님이 여자에게 너무 약하셔서 그렇습니다."

경환의 농담에 좌중은 웃음바다가 됐고, 린다는 자신이 지목당하자 어이가 없다는 표정으로 경환을 쏘아보았다. 경환은 린다의 따가운 눈초리를 애써 외면하며 말을 계속 이었다.

"가끔 SHJ의 목표가 어디인지 잊어버릴 때가 있습니다. 그만큼 우린 앞만 보고 달렸습니다. 난관도 많았지만, 여러분들과 함께 어렵지 않게 헤쳐 나갈 수 있었고요. 앞으로 SHJ의 가치를 어디에서 찾을지 고민할 시기라고 봅니다. 여러분들 중에는 막대한 금액이 투자되는 기술연구소와 SHJ유니버스, 이번에 새롭게 만든 SHJ테크놀로지에 대해 부정적인 생각을 가지고 계신 분들도 있는 것으로 알고 있습니다. 그러나 우리가 플랜트와 무선통신, IT에만 안주한다면 애플과 야후의 전철을 밟게 될 것입니다. SHJ퀄컴과 SHJ-구글 역시 오랜 기다림 끝에 지금의 자리에 도달할 수 있었다는 점을 잊으면 안 됩니다. 지금의 투자가 10년 후엔 몇백 배의 이익을 내며 SHJ의 주도 사업이 될 것으로 저는 확신합니다. 그러니 여러분 모두 한뜻으로 뭉쳐 주시길 바랍니다."

평소답지 않은 긴 연설에 웃음이 넘쳤던 회의실은 쥐 죽은 듯 조용해졌다. 이 연설은 SHJ그룹의 경영진들 사이에서 심심치 않게 흘러나오는 부정적인 의견을 사전에 차단하기 위함이었다. 조그만 구멍을 모른 척 방치해 댐을 무너트리는 것보다 서둘러 봉합을 하는 것이 옳다고 생각한 경환의 판단이었다. 경환의 신호를 받은 하루나에 의해 대형 스크린으로 잭의 모습이 나타났다.

"잭, 좋은 소식이 있다고 들었습니다. 인사는 나중에 하고 먼저 소식을 들려주십시오."

'회장님, 황정욱 소장과 같이 있습니다. 자세한 소식은 직접 들으시는 게 좋을 것 같습니다.'

이전부터 자주 있던 화상회의였기 때문에 참석한 경영진들은 스크린에 등장한 잭과 황정욱의 모습을 특별하게 여기진 않았지만, 좋은 소식이란 말에 모두의 관심이 쏠렸다.

'회장님, 핵융합로 개발이 완료되었습니다. 시뮬레이션을 통해 오차를 잡아 가고 있지만, 다음 달 시험 조작엔 큰 문제가 없습니다. 참석해 주시겠습니까? 그리고 저온핵융합 연구도 큰 성과를 보이고 있습니다.'

"SHJ의 미래를 책임질 사업인데 당연히 제가 참석을 해야지요. 정말 고생 많으셨습니다. 그리고 감사합니다."

짧은 보고를 끝으로 스크린의 영상이 사라진 회의실엔 침묵이 가득했다. 매년 80억 달러란 거금이 투자된 기술연구소에 대한 경영진의 불만을 잠재우기 위해 경환이 준비한 계획은 마무리만 남겨둔 상태였다.

"SHJ홀딩스는 핵융합로 기술에 대한 특허출원을 준비하시고, SHJ시큐리티는 핵심 기술이 유출되지 않도록 보안을 강화하세요."

"알겠습니다, 회장님."

"다 같은 SHJ의 식구입니다. 형이라 해서 동생에게 주는 떡이 많다고 시샘하면 안 됩니다. SHJ유니버스나 테크놀로지도 마찬가지입니다. 믿고 기다린다면 우리에게 큰 성과를 가져다준다는 것을 잊지 마십시오."

경환이 적자 계열사와 기술 연구에 무한한 신뢰를 밝히자, 회의실 끝에 앉아 있던 앤의 가슴이 뛰기 시작했다. 변경 없이 승인된 사업계획서로 인해 생겼던 불안감이 비로소 사라지게 되었다. 앤은 경환의 한 마디 한 마디를 놓치지 않았다.

"린다, 금년도 매출은 이상 없이 달성하고 있나요?"

"순조롭습니다. 예상 총 매출은 2,252억 달러입니다. 퀄컴이 906억 달러, 구글이 759억 달러, 플랜트가 456억 달러로 매출을 주도하고, 영업이익은 780억 달러로 예상하고 있습니다. 가용 자금은 1,260억 달러이며, MS 5.5%, 버크셔 해서웨이 6.2%, 오성전자 10.8%, 알리바바 40%의 지분을 확보하고 있습니다. 아마존과 야후, 애플 등 5% 이하의 지분을 가진 기업은 뺐습니다."

"제 개인 재산은 어느 정도입니까?"

"계산이 불가합니다. SHJ퀄컴의 시가 총액은 5,300억 달러를 넘어섰습니다. 지분의 65%가 사장님 명의고, SHJ-구글과 플랜트, 유니버스의 기업가치는 아직 확인할 수 없는 상태입니다. SHJ퀄컴만으로도 회장님의 재산은 3,000억 달러가 넘습니다."

15년 전 등록금 100만 원을 벌기 위해 화성플랜트에서 아등바등했었던 때와 비교한다면 엄청난 성공이라고 볼 수 있었다. 그러나 돈으로 채울 수 없는 허전함이 경환에겐 남아 있었다. 경환은 잡생각을 떨치기 위해 머리를 흔들었다. 자신의 삶보다는 이 세상에 남을 정우와 희수를 위해 SHJ를 더욱 불가침의 영역으로 만들어야 하기 때문이었다.

"워싱턴포스트에서 재미난 기사를 실었더군요. 다들 보셨습니까?"

경환의 엄청난 재산에 말문이 막혀 있던 사람들의 미간이 좁혀졌다. 미국 경제의 큰 축을 담당하는 SHJ가 기부에 인색하다는 기사가 실렸다는 걸 모르는 사람은 없었다. 단지, 괘씸해하면서도 경환 앞에서 말을 꺼낼 엄두를 내지 못할 뿐이었다.

"일정 부분은 인정해야 할 것 같습니다. 죽어서 관에 돈을 싸들고 가는 것도 아니고, 지금의 기부를 좀 더 세분화할 필요가 있다고 봅니다. L&K재단을 확대해도 좋고, 별개의 기부 시스템을 만들어도 좋습니다. 단, 미국에 국한하지 말고 전 세계로 규모를 넓힐 수 있는 시스템이어야 한다고 생각합니다."

기부에 인색한 기업이란 이미지는 SHJ에도 큰 타격을 줄 수 있었다. 경환의 기부 확대정책에 반론을 제기할 사람은 적어도 이 회의장엔 없어 보였다.

"회장님, 노르웨이 정부에서 정식 공문이 도착했습니다. 독일 정부도 준자치권과 함께 세금 혜택을 주겠다는 답변을 해왔는데, 한 입 가지고 두말할 수도 없고, 입장이 난처합니다."

가능성이 없다고 판단 내린 노르웨이 정부가 협상한 내용을 전폭적으로 수용하겠다는 뜻을 보내면서, 일은 묘하게 꼬이기 시작했다. 이미 SHJ는 독일과 큰 뜻에 합의하고 세부 조항을 협의하던 중이었다. 좋았던 회의 분위기가 갑자기 어두워지면서 모든 경영진들은 원망 섞인 눈빛으로 최석현을 바라봤다. 다행히도 묵묵히 있던 황태수의 발언이 위기에 몰린 최석현을 살렸다.

"독일과의 협상을 중단할 수는 없습니다. 또한, 에르나 장관과 약속한 내용도 지켜야 하고요."

노르웨이의 석유와 가스가 필요한 건 사실이었지만, 적은 인구수나 지리적 한계는 경환을 고민에 빠트리기에 충분했다. 유럽을 관장할 SHJ타운을 유럽의 변방, 그것도 EU 가입국도 아닌 노르웨이에 건설한다는 건 얻는 것보다 잃는 게 더 많은 형국일 수밖에 없었다. 이미 독일의 16개 주는 SHJ를 유치하기 위해 치열한 경쟁을 벌이고 있었다. 뮌헨이 주도인 바이에른 주 정부는 자치권을 보장하겠다는 조건으로 독일 정부를 긴장시키고 있을 정도였다. 이런 와중에 노르웨이로 결정한다면 SHJ의 신뢰가 바닥으로 떨어지는 건 불 보듯 뻔한 일이었다.

"간단하게 푸는 게 좋을 것 같습니다. 노르웨이 정부와 STATOIL의 뜻이 명확하다면 독일과 노르웨이 두 곳에 SHJ타운을 건설하는 방향으로 검토해 봅시다."

"회장님, 두 곳에 SHJ타운을 조성하는 건 무리입니다."

린다가 강하게 반대의사를 보였다. 비용도 비용이었지만, 유럽 두 곳에 SHJ타운을 조성하는 것은 효율성이 떨어지는 일이기 때문이었다.

"저도 무리란 건 압니다. 그러나 석유와 천연가스, 더욱이 셰일가스는 우리에게 매력적인 사업입니다. 노르웨이에 건설되는 SHJ타운의 규모를 축소해 SHJ엔지니어링 위주로 진출하고, 20억 달러 규모의 데이터센터를 건설한다면 우리도 소기의 목적은 달성할 수 있다고 봅니다."

"노르웨이가 우리의 제안을 받아들이지 않을 수도 있습니다."

"어떻게 협상하느냐에 따라 달라질 수도 있지 않겠습니까? 하루나는 어떻게 생각합니까?"

경환은 고개를 돌려 하루나를 바라봤다. 이미 유럽 본사 사장으로 내정된 만큼, 이 문제는 하루나가 풀어 주기를 바라고 있었다. 하루나의 경영능력에 고개를 갸우뚱하는 경영진들 앞에서 의구심을 해소하는 좋은 기회일 수도 있었다. 모든 시선이 하루나를 향해 집중되었다.

"노르웨이도 적은 인구수와 지정학적 위치로 큰 걸 바랄 수는 없는 처지입니다. 더욱이 살인적인 물가는 배보다 배꼽이 클 수도 있고요. 이 점을 부각해 독일에 SHJ 유럽 본사를 설립하고 노르웨이엔 유럽 지사를 설립하는 쪽으로 설득한다면 좋은 결과를 얻을 수도 있다고 봅니다."

"그럼 하루나 실장이 이번 협상을 주관해 보시기 바랍니다. 실무팀을 꾸려 보세요."

"제가요?"

"유럽 본사 사장으로 내정된 만큼, 이 문제부터 직접 풀어 가는 게 모양새가 좋지 않겠습니까?"

"알겠습니다, 회장님."

하루나를 떠나보낼 수밖에 없는 경환은 아쉬움이 가득한 눈빛으로 그녀를 바라봤다. 하루나는 경환과 시선을 마주치지 않기 위해 노력하며 아랫입술을 지그시 깨물었다. 회의에 참석한 인원 중에서 오직 알만이 경환의 애틋한 마음을 이해하는 정도였다. 조용히 한숨을 내쉰 후 경환은 화제를 급히 돌렸다.

"지금 이 순간부터 SHJ는 미래 사업에 투자를 집중하겠습니다. 그런 의미에서 SHJ-구글에서 새롭게 구성한 테크놀로지팀에 대한 기대가 크다는 것을 먼저 말씀드리겠습니다. 앤, 사업방향에 대해 간단한 설명 부탁합니다."

경환이 자신을 호명하자, 앤은 심호흡으로 두근거리는 가슴을 진정시키며 자리에서 일어나 회의실 중앙에 위치한 단상 앞으로 걸어 나갔다.

"테크놀로지팀을 맡은 마리사 앤메이어라고 합니다. 테크놀로지팀은 두 가지 방향으로 연구에 매진할 예정입니다. 그 하나는 SHJ퀄컴에서 연구 중인 양자통신기술과 시너지 효과를 발휘할 수 있는 양자컴퓨터의 개발입니다. 두 번째 연구는 인공지능로봇의 개발입니다. 두 연구 모두 장기간의 투자가 필요하지만, 무선통신과 IT에 기반을 둔 SHJ가 반드시 확보해야 할 기술이기도 합니다."

기존 슈퍼컴퓨터는 100자릿수의 인수분해는 사실상 불가능했다. 2001년 IBM에 의해 개발된 양자컴퓨터가 15=3×5의 인수분해에 성공했다는 소식이 들리긴 했지만, 아직은 초보 단계였다. SHJ퀄컴에서는 효율성을 높이고 절대적인 통신보안을 위해 양자의 얽힘 효과를 이용한 양자통신연구에 박차를 가하고 있었다. 핵융합로의 테스트를 앞에 두고 플라스마 핵융합의 시뮬레이션을 위해서 필요한 연구이기도 했다. 어윈이 급히 나서 앤에게 질문을 던졌다.

"전 찬성하는 입장입니다만, 아직 우리도 연구 인프라 구축에 큰 어려움을 겪는데 이 문제는 어떻게 해결할 생각입니까?"

"양자물리학을 선도하고 있는 JILA(물리학합동연구소)와 콜로라도대, 메릴랜드대의 연구진을 일부 흡수했습니다."

앤의 철저한 준비에 어원도 수긍하는 듯 고개를 끄덕였다. 그 뒤엔 경환의 전폭적인 지원이 있다는 것을 모르는 사람은 없었다. SHJ의 미래를 주도하기 위한 계획은 그 열기를 더해 가기 시작했다.

한국의 여름은 습하고 뜨거웠다. 어둑어둑 해가 저문 방배동 거리는 퇴근 후 술 한잔하려는 직장인들의 모습만 간혹 눈에 띌 뿐, 과거 젊은이의 거리로 유명했던 카페골목의 위상은 압구정동과 청담동으로 옮겨가고 1990년대의 화려함은 사라진 모습이었다.

청바지 차림에 텍사스 레인저스의 모자를 깊게 눌러쓴 한 쌍의 연인이 습한 날씨에도 서로 팔짱을 낀 채, 방배동 거리를 활보하고 있었다. 간혹 그들을 힐끗거리는 행인들이 있긴 했지만, 두 사람은 그런 시선을 의식하지 않고 둘만의 데이트에 열중하고 있었다.

"자기야, 저 두 사람 어디서 많이 본 것 같지 않아?"

"잘 모르겠는데. 데이트 나온 연인이겠지."

"아니야. 아무리 봐도 SHJ 이경환 회장 부부 같은데……."

"이경환 회장 부부가 뭐 먹을 게 있다고 방배동에 나타나? 여긴 우리 같은 서민들이나 다니는 곳이라고. 쓸데없는 소리 하지 말고 빨리 술이나 마시러 가자."

걸음을 멈추고 고개를 갸우뚱거리는 여자의 손목을 낚아챈 남자가 그녀를 끌고 한 아귀찜 식당으로 사라졌다.

"우릴 알아보는 사람이 있을 줄은 몰랐어요."

"그러게. 비슷하다고만 생각하겠지. 오랜만에 자기하고 같이 방배동을 걸으니, 대학 다닐 때 생각이 나네. 그땐 내가 너무 어렸었지?"

"아이고, 그걸 지금 아셨어요? 애 데리고 다니면서 연애하느라 얼마나 고생했는데."

"풋, 내가 그 정도였으려고?"

수정이 경환의 허리를 슬쩍 꼬집으며 눈을 흘겼다. 경환은 뭐가 좋은지 얼굴에 웃음이 가득한 채 팔짱 낀 수정의 손을 잡아끌었다. 수정도 싫지 않은 듯 경환의 허리춤을 손으로 감싸며 몸을 더욱 밀착시켰다.

SHJ기술연구소의 핵융합로 시험 조작이 며칠 앞으로 다가오자 경환은 한국 정부의 협조를 얻어 비밀리에 들어왔다. 마침 아이들도 학기를 마친 관계로 경환은 식구들과 함께 한국을 찾을 수 있었고, 둘만의 데이트를 위해 아이들은 부모님께 맡긴 상태였다. 갑작스럽게 이루어진 두 사람의 데이트로 SHJ시큐리티 한국 지사는 경환의 동선에 맞춰 평상복 차림의 직원 100여 명을 배치하는 호들갑을 떨어야만 했다.

"어머? 이곳이 아직도 있었네."

한 주점 앞에서 발걸음을 멈춘 수정은 신기한 듯 가게 안을 살피기 위해 기웃거렸다.

"여보, 우리 여기서 술 한잔해요. 나 여기 레몬소주 좋아했었는데."

"그러자. 우리 첫 키스도 이곳 덕에 하게 된 거잖아."

경환은 수정과의 옛 기억을 떠올리며, 수정의 부탁을 흔쾌히 받아들이고는 그녀의 손을 잡고 '달빛 한 스푼' 안으로 들어섰다. 금요일 저녁이라 그런지 빈 좌석은 딱 한 곳만 있을 정도로 주점 안은 손님들로 북적였다. 가게 안을 살피던 경환은 피식 웃을 수밖에 없었다. 경환의 대각선 자리에 있는 알과 직원들의 모습이 눈에 들어왔기 때문이었다.

"여보, 왜요?"

"어? 아니야. 오랜만에 왔는데도 예전 모습 그대로라 좀 놀라서 그래. 주문할까?"

주문한 레몬소주와 안줏거리가 탁자 위에 차려지자, 경환은 자연스럽게 레몬소주를 잔이 넘치도록 부었다. 15년 만에 찾은 주점은 세월의 무게감을 느끼기에 충분했다. 수정을 다시 잡고 희수를 다시 태어나게 하고 싶다는 생각밖에 없었지만.

"당신하고 이런 데이트를 언제 했는지 기억도 안 나요. 이런 자리 좀 자주 만들어 주세요. 잡은 물고기라고 등한시하면 어항을 탈출할 수도 있다는 거 몰라요?"

"햐, 내가 하고 싶은 말이야. 내가 자기 말이라면 끔뻑 죽는 거 몰라서 그런 소리를 해?"

"치, 누가 들으면 진짠 줄 알겠네. 천하의 SHJ 회장님이 어련하시려고요. 술 한 잔 더 주세요."

경환은 양어깨를 우쭐해 보이고는 빈 잔을 내미는 수정에게 잔이 넘치도록 술을 부어 주었다.

"자기도 바쁜 남편 만나 고생 많았어."

"여길 오니 옛날 생각이 나요. 내가 유학 간다고 했을 때, 당신이 날 잡아 주지 않았다면 아마 오늘 이 자리는 없을 수도 있었겠죠? 고마워요, 여보. 날 잡아 줘서."

수정이 두 손으로 주전자를 집어 경환의 빈 잔에 술을 부었다. 술이 몇 잔 들어가서인지 수정은 불그스레한 얼굴을 연신 손으로 매만지고 있었고, 그런 수정을 경환은 애정을 담아 바라보았다.

"내가 오히려 고마워. 자기가 아니었다면 지금의 나는 없을 수도 있었어. 아이들도 그렇고. 정우와 희수가 독립하고 제 앞가림할 정도만 되면, 자기한테 충성하면서 살게."

"그때까지 기다릴게요. 그러기 위해서라도 당신이 건강해야 해요. 그리고 미안해요. 제가 너무 속이 좁은 여자라서요."

잠시 수정의 얼굴에 그늘이 드리웠지만 경환은 그 의미에 대해 묻지 않았다. 수정과 함께한 시간은 서로의 마음을 공유할 정도로 깊었기 때문이었다. 경환은 수정의 얼굴을 쓸어내렸다.

"별말을 다 한다. 자기와 아이들이 있어 내가 지금까지 버틴 거야. 뭐, 그래도 자기가 정 미안하다면, 오늘 밤 황제 서비스로 퉁치면 어떨까?"

"누가 들으면 어쩌려고 그래요?"

불그레한 수정의 얼굴이 더욱 빨개지며 당황한 듯 주위를 연신 둘러보았지만, 두 사람을 주목하는 사람은 아무도 없었다. 수줍어하는 수정의 얼굴이 귀엽게 느껴졌는지 경환은 싫다는데도 아랑곳하지 않고 수정을 만지작거렸다.

"희수가 찾겠어요. 서산까지 다시 가려면 시간이 걸리니 어서 일어나요."

"뭘 이리 서둘러? 주위에 모텔도 많은데, 나도 다른 연인들처럼 모텔에서 잠깐 쉬었다 가고 싶어."

"이이가 정말. 빨리 일어나기나 하세요."

주위를 정리한 수정이 먼저 일어나 경환을 일으켜 세웠고, 경환은 아쉬움에 입맛만 다실 수밖에 없었다. 수정과의 짧은 데이트는 앞만 보고 달려온 경환에게 작은 휴식을 주며 그동안의 일을 정리하는 기회를 제공했다. 두 사람이 빠진 주점에서 10여 명의 인원들이 급히 자리를 정리하기 시작했다.

기술연구소의 성과를 확인하기 위해 황태수를 제외한 SHJ의 경영진 대부분이 비밀리에 서산에 머무르고 있을 무렵, 하루나는 유럽 본사 설립을 위해 대규모의 실무팀을 이끌고 노르웨이에 도착했다. 노르웨이 정부에서는 최선을 다해 실무팀을 맞이했지만, 경환의 비서실장이 실무팀을 이끌고 왔다는 사실에 처음엔 큰 실망감을 보였다. 그러나 하루나가 유럽 본사 사장으로 내정되었고, 위치 선정이 하루나의 결정에 달렸다는 사실을 확인한 후부터 에르나는 하루나의 곁을 떠나지 않았다.

"미스 야마시타, 노르웨이는 SHJ타운을 맞이할 모든 준비가 되었습니다. 노르웨이 국민들 모두 SHJ에 대한 우대정책을 특혜가 아닌 당연한 것으로 인식하고 있습니다."

"이번 노르웨이 정부가 준비해 주신 모든 것에 깊은 감명을 받았습니다. 다시 한 번 감사하다는 말씀드리고 싶네요, 에르나 장관님."

노르웨이 정부에서 제공한 헬기를 이용해 오슬로 근교의 SHJ타운 부지를 확인할 수 있었다. 또한, 노르웨이 국민들의 기대감이 반영되었는지, SHJ 실무팀은 시민들의 열렬한 환영 속에 일정을 무사히 수행했지만, 하루나는 에르나의 애간장을 태우며 최종 협의를 뒤로 미뤘다. 정치권에서 잔뼈가 굵은 에르나였지만, 포커페이스를 유지하지 못하고 하루나를 독촉하고 나설 수밖에 없었다. 반대로 하루나 역시 대규모의 부지와 세금 혜택, 자치권 문제에서 SHJ의 의견을 전폭적으로 수용하자 난감해할 수밖에 없었다.

"미스 야마시타, 우린 좋은 친구가 될 수 있다고 생각합니다. 제 정치적인 야심으로 SHJ타운 유치를 주관하고 있지만, 노르웨이의 미래 후손들을 위해서라도 반드시 SHJ타운을 유치하고 싶은 생각입니다. 물론 지리적인 위치나 모든 면에서 노르웨이가 타 유럽 국가보다 미흡한 점이 많은 거 압니다. SHJ의 고민을 모르는 바 아니니, 우리 서로 솔직해졌으면 합니다."

"그렇게 말씀해 주시니 저도 마음이 편안합니다. 사실 저희는 노르웨이 정부에서 이렇게 빨리 우리의 제안을 대폭 수용한 결정을 하실지 전혀 예상하지 못했습니다."

에르나는 어느 정도 예상은 하고 있었다. 자신이 여러 조건을 놓고 본다 하더라도 노르웨이는 SHJ를 충족시킬 수 있는 조건이 그리 크지 않았다. 그렇기에 과도한 포장보다는 최대한 진심을 담아 있는 그대로를 실무팀에게 보여 주었다. SHJ타운 유치가 독일로 결정됐다는 얘기가 흘러나오고 있는 상황에서 에르나는 하루나라는 끈을 놓고 싶지 않았기 때문이었다. 에르나의 애절한 표정을 읽은 하루나는 말을 이어 갔다.

"사실 유럽 본사는 독일이 가장 유력합니다. 그 이유는 장관님도 잘 아시리라 봅니다. 그러나 노르웨이 정부에서 보여 주신 진심과 성의를 무시할 수는 없기에 생각이 많습니다."

"석유와 가스가 대대손손 영원할 수 없다는 점이 노르웨이의 가장 큰 고민입니다. 제조업이 무너진 상태에서 SHJ타운은 돌파구가 될 수도 있으니까요. 그렇기에 거대 석유 기업들의 로비를 무시하고 SHJ에 이런 제안을 한 이유입니다. 우리가 가진 건 석유와 가스니까요."

하루나는 솔직한 에르나의 답변을 인상 깊게 듣고 있었다. 감추려 하지 않고 협상의 주도권을 쥐려는 생각도 없이, 있는 그대로를 감정에 호소하는 에르나의 전략이 하루나의 마음을 움직이고 있었다. 그러나 독일로 결정된 상황에서 에르나에게 줄 수 있는 것이 많지 않았기에 하루나의 마음은 계속 불편했다.

"장관님, 솔직히 말씀드리자면 노르웨이의 인구는 500만 명이 채 안 됩니다. 같은 규모의 SHJ타운을 건설한다면 노르웨이나 SHJ 모두에게 부담으로 작용할 수도 있고요. 만약 한국 서산의 반 정도 규모의 SHJ타운이면 어떨까요?"

"그게 무슨 말이죠?"

"저도 장관님께 솔직하겠습니다. SHJ도 사실 석유와 천연가스 사업에 관심이 아주 많습니다. 그러나 에너지만 가지고 유럽 본사를 노르웨이에 건설한다는 건 매우 어렵습니다."

"흠."

하루나의 답변에 에르나의 얼굴은 급히 어두워지기 시작했다. 그러나 서산의 절반 규모라 하더라도 SHJ타운을 유치할 수 있다는 일말의 희망은 있었다. 이어지는 하루나의 말을 에르나는 신경을 곤두세우며 들었다.

"전 장관님께 타협점을 제시하고 싶습니다. SHJ엔지니어링과 새롭게 세워질 에너지 관련 기업 위주로 SHJ타운을 건설하고, 투자금 20억 달러 규모의 SHJ-구글데이터센터를 운영하면서 셰일가스와 북극 연구로 그 규모를 키워 가는 게 지금으로선 서로에게 가장 좋은 방안이라고 생각합니다."

"역시 SHJ 유럽 본사는 독일로 결정이 되었나 보군요."

얼굴이 굳어지며 깊은 탄식을 쏟아 내는 에르나를 향해 하루나는 고개를 끄덕였다. 마음을 열고 다가서려는 에르나를 더는 속일 수 없었다. 잠시 허공을 쳐다보던 에르나는 입술을 굳게 다문 채 고개를 끄덕거렸다. 아쉽긴 하지만, 작은 규모라도 SHJ타운이 노르웨이에 들어선다는 명분이 중요했다.

"솔직하게 말해 줘서 고마워요. 규모가 작긴 하지만, 노르웨이에 SHJ 타운이 들어서고 그 끈을 이어 간다면, 분명 머지않아 유럽에서 SHJ와 가장 많은 협력을 이뤄 나가는 관계가 될 것으로 의심치 않습니다."

"분명 그렇게 될 겁니다. 처음은 작게 시작하지만, 그 끝은 누구도 알 수 없는 거니까요. 저도 최선을 다하겠습니다."

만족할 만한 결과를 얻을 수는 없었지만, 그렇다고 실망할 정도는 아니라고 판단한 에르나는 그제야 미소를 띨 수 있었다. 사실 누구도 노르웨이의 SHJ타운 유치는 예상하지 못한 일이었다. 규모는 작지만, SHJ타운과 20억 달러 규모의 데이터센터 유치만 하더라도 자신의 정치적 영향력을 키우는 데는 전혀 문제가 없었다.

"의회를 설득할 일에 머리가 아프긴 하지만, 미스 야마시타와의 협상은 너무 즐거웠습니다. 제임스 회장이나 다른 경영진들은 노련한 협상가라는 인상을 받았는데, 미스 야마시타는 따뜻한 사람이라고 느껴지네요. 앞으로 일이 아닌 개인적으로도 자주 만나길 바랍니다."

"저도 그런 기회가 자주 오길 바라고 있습니다. 장관님을 통해 많은 걸 배우고 갑니다."

두 사람은 협상 결과에 만족하며 뜨거운 악수를 나눴다. 지루한 머리

싸움보단 진심을 공유하는 것도 때로는 좋은 결과를 이끌어 낼 수 있다는 걸 보여 주는 협상이었다. 세부적인 사항을 실무팀으로 넘긴 두 사람은 자리를 정리하고 회의장을 나섰다.

이른 시간에 호텔로 돌아온 하루나는 호텔 밖으로 보이는 유럽식 경치를 감상하기 위해 유리창 앞에 섰다. 경환을 떠난다는 건 마음 한구석을 도려내는 듯한 큰 아픔이었지만, 현실은 결국 자신의 편이 아니었다. 다시 부르겠다는 경환의 말이 하루나의 머릿속을 맴돌고 있었다. 그녀는 경환과의 입맞춤이 처음이자 마지막이 되지 않기를 바랐다. 참았던 슬픔이 몰려오며 몸이 바닥으로 무너져 내렸다. 하루나는 유리창에 떨어지는 빗소리와 함께 흐느끼기 시작했다.

"회장님, 그럼 테스트를 시작하겠습니다."

"첫술에 배부를 생각은 없습니다. 실패의 결과물이 성공 아니겠습니까? 너무 부담 갖지 말아 주세요. 소장님 얼굴이 너무 굳어 있어서 드리는 말씀입니다."

기술연구소 지휘 본부에는 대형 스크린이 걸려 있었고, 핵융합로의 곳곳을 비추고 있었다. 지름 10미터, 높이 6미터의 핵융합로는 한눈에 보기에도 육중해 보였다. 연구원들의 손길이 바빠지며 스크린 우측에 걸려 있는 전자시계가 카운트다운을 시작했다. 핵융합로가 가동되기 시작했는지 스크린으로 비추는 영상이 미세하게 흔들렸지만, 몸으로 느낄 정도의 수준은 아니었다. 경환은 숨을 죽이고 스크린으로 비친 영상 하나하나를 놓치지 않기 위해 주시하고 있었다. SHJ의 미래가 이 실험에 달려 있다고 해도 틀린 말이 아니었다.

'어?'

스크린으로 파란색의 불꽃이 순간적으로 나타났다 사라졌다. 경환은 순간 잘못 본 건 아닌지 눈을 깜빡였고 주위 연구원들은 갑자기 환호성을 지르기 시작했다.

"와!"

"회장님, 성공했습니다."

황정욱은 자리에서 일어나 말릴 틈도 없이 경환을 세차게 얼싸안았다. 갑작스런 그의 행동에 당황하긴 했지만, 눈물을 글썽거리는 황정욱의 모습에서 감동을 느낄 수 있었다. 경환과 황정욱이 뜨거운 포옹을 나누자 주변의 연구원들도 서로 악수와 포옹을 나누며 함께 기뻐했다. 그러나 찰나에 지나가 버린 성공이 경환은 쉽게 이해가 되지 않았다.

"소장님, 수고 많으셨습니다. 설명 좀 부탁해도 될까요? 제가 아는 게 너무 없다 보니."

"아! 죄송합니다, 회장님. 이번 실험으로 플라스마 전류 133킬로암페어와 플라스마 지속 시간 0.3초, 온도 섭씨 1,000만 도에 성공했습니다. 올해 말까지 플라스마 전류 300킬로암페어, 플라스마 지속 시간 3초를 목표로 계속 실험을 진행할 예정입니다."

상용화를 위해선 3억 도 이상의 플라스마를 300초 이상 유지할 기술을 확보해야만 했다. 아직은 갈 길이 멀다는 게 경환을 한숨짓게 했지만, 기뻐하는 황정욱과 연구원들에게 내색할 수는 없었다. 아무런 기술도 없이 맨땅에 헤딩하면서 이 정도의 성공을 거둔 것만으로도 사실 대단한 일이었다.

"소장님, 이 사업은 SHJ의 미래가 달린 중요한 사업입니다. 필요한 지원이 있으시면 말씀해 주십시오."

"3대 핵융합로인 미국과 일본, EU의 토카막 수명이 내년이면 끝납니다. 그리고 그 3대 핵융합로보다 우리의 핵융합로가 30배 이상 성능이 뛰어납니다. 내년이면 아마 ITER도 눈이 뒤집히게 될 겁니다. 2008년까지 H-모드 플라스마를 20초 이상 유지하는 것이 일차적인 목표입니다."

비장한 황정욱의 답변에 머릿속으로 상용화만을 생각하고 있던 경환은 자신의 속물근성을 감추고자 급히 화제를 돌렸다.

"가장 중요한 게 플라스마 불순물 제거 기술과 플라스마 형상 제어 최적화 기술이라고 들었습니다. 문제가 없겠습니까?"

"플라스마 노심에 불순물이 축적된다면 에너지 손실과 고성능 운전을 방해할 수도 있고, 경우에 따라선 붕괴까지도 이어질 수 있습니다. 이 문제는 따로 연구를 계속하고 있습니다. 큰 염려는 하지 않으셔도 됩니다."

"소장님, 한 가지 여쭙겠습니다. ITER보다 앞설 수 있겠습니까? 그리고 우리 기술로만 연구를 진행했을 때, 3억 도 300초를 지속시켜 2메가암페어의 전류를 발생하는 것은 언제쯤 성공할 수 있을까요?"

경환은 상용화라는 말로 황정욱을 압박하고 싶지는 않았다. 그러나 서방 열강들의 기술공개 요청을 방어하기 위해서라도 대략적인 타임스케줄은 반드시 필요했다. 예상 못한 질문을 받았지만 황정욱은 망설임 없이 대답했다.

"단언하겠습니다. 세계 최초로 니오븀 주석을 초전도 전자석의 재료로 이용하고 있어, ITER보다 기술, 성능 모두 앞섭니다. 그리고 정확한 연구일정은 단언하기 힘들지만, 2020년 안으로는 상용화가 가능하도록 반드시 성공해 보이겠습니다."

황정욱의 자신에 찬 목소리는 상용화까지 험난한 길을 예상하는 경환의 마음을 가볍게 해 주었다. 오늘 시험 조작 결과는 첫걸음마를 뗀 정도에 불과했지만, 경환은 바로 다음 단계를 준비해야만 했다. 15년은 그리 긴 시간이 아니기 때문이다. 경환은 연구원들과 대화를 나누고 있던 린다를 급히 곁으로 불렀다.

"린다, 황 소장님의 계획으로는 2020년이면 상용화에 필요한 기술을 완성할 수 있다고 합니다. 이 상황에서 우리와 ITER 및 서구 열강들과의 관계를 어떻게 정립하면 좋을 것 같나요?"

"흠, 쉽지 않은 문제네요. 우선 우리 기술이 월등하다고 판단된다면 본국에서의 압박이 심해지지 않겠습니까?"

"그렇긴 하겠죠. 미국으로 기술을 옮기거나, 적어도 정부와 기술을 공유하라는 요청을 해 올 수도 있겠군요."

미국과 ITER의 압력이 두려웠으면 시작도 하지 않았을 사업이었다. 이라크와의 전쟁으로 국민적 지지를 얻은 존 매케인이었지만, 딕 체니와 앨 고어의 말로를 누구보다 잘 알고 있었기에 SHJ와는 척을 지지 않으려는 모습을 보이고 있었다. 그러나 미국이 아닌 한국에 기술연구소를 가지고 있다는 것이 SHJ의 약점이기도 했다. 만약 존 매케인이 국민적 여론을 등에 업고 국익을 앞세워 협조를 요청해 온다면 SHJ도 난감한 상황에 빠질 게 뻔했다. 황정욱과 린다 사이에서 고민하던 경환이 결심을 했는지 굳게 닫았던 입을 열었다.

"소장님은 핵심 기술은 뺀 상태에서 연구 자료를 정리해 보시고, 린다는 워싱턴포스트지에 이번 성공적인 실험 결과를 넘겨주시고, 바로 특허출원을 준비하세요. 어렵게 얻은 기술인 만큼 받을 건 제대로 받아야겠습니다."

"ITER에서 우리 기술을 외면할 수도 있지 않겠습니까?"

"외면하라고 하십시오. 상용화는 성능과 가격, 효율성으로 결판이 나는 겁니다. ITER은 모래알 같은 집단이기 때문에 결속력이 떨어질 수밖에 없습니다. 우리 자본으로 상용화까지 이끌 수 있다면 오히려 우리에게 더 좋은 상황이 될 수도 있으니까요."

"오성과 대현이 땅을 치고 통곡할 수도 있겠군요. 저는 워싱턴포스트 지에 정보를 넘겨주면서 바로 특허를 준비하도록 하겠습니다."

린다의 말에 경환은 묘한 웃음으로 답을 대신했다. KSTAR의 실패와 한국 정부의 지분이 SHJ에 넘어가면서 노기찬 대통령과의 밀약을 알 수 없었던 오성과 대현은 자신들의 지분을 정리하길 원했고, SHJ는 헐값에 그 지분을 사들일 수 있었다. 한국 정부의 지분 외에 거칠 게 없었던 경환은 다음을 준비해야만 했다. 황정욱이 급히 두 사람의 대화에 끼어들었다.

"현재 핵융합로는 토카막 형태의 자기밀폐 방식이지만, 고출력 레이저를 이용한 관성밀폐 방식도 연구가 진행되고 있습니다. 관성밀폐 방식은 군사적인 목적에서 연구하고 있는 국가가 대부분이지만, 미래 에너지를 생각한다면 관성밀폐 방식도 소홀해서는 안 된다고 봅니다."

"핵융합과 관련한 연구는 소장님께 전권을 드리겠습니다. SHJ타운 밖으로 연구 결과가 새어나가지 않도록 주의만 해 주십시오."

기술연구소의 연구 분야는 에너지를 시작으로 식량, 우주, 물리이론 등 다방면으로 그 영역이 세분되어 있었다. 그중에는 경환이 심혈을 기울이고 있는 사업도 있었다. 노쇠한 황정욱이 모든 분야를 담당하기에는 벽차다는 걸 알고 있었지만, 당장은 기술연구소를 맡길 만한 인물이 없었다.

"소장님, 다른 연구는 어떻습니까?"

"설계는 이미 끝낸 상태입니다. 아직은 국제정세와 기존 방산업체들의 눈치를 봐야 할 상황이라 본격적인 개발은 뒤로 미루고 있습니다. 그러나 방대한 자료를 토대로 수정과 보안 작업을 마쳤기 때문에 시간은 그리 오래 걸리지 않을 것 같습니다."

"호주와 유럽의 SHJ 완공 일정에 맞춰, 신형 무기를 선보이도록 해야 겠습니다. 그리고 핵융합 사업은 독자 법인을 신설해 기술연구소의 뒤를 받치는 모양새를 취하겠습니다. 그때까지 좀 더 수고해 주십시오."

황정욱은 고개를 가볍게 끄덕이는 것으로 대답을 대신했다. 중국과 NSA와의 사이버전을 통해 얻은 방대한 무기 자료는 이미 설계 변경으로 업그레이드된 상태였고, SHJ 자체 기술로 새로운 형태의 신형 무기도 개발 중이었다. 경환은 기술연구소의 연구 개발을 에너지와 신형 무기로 이원화해 황정욱의 짐을 덜어 줄 생각이었다.

"제임스 그 친구는 지치지도 않는 모양이군. IT도 모자라 이젠 대체에 너지에도 손을 대기 시작했으니 말이야."

국민적 지지를 통해 이라크 전쟁을 시작한 백악관은 기대했던 대량 살상 무기가 발견되지 않고 증가하는 전사자로 지지도가 서서히 떨어지고 있었다. 존 매케인이 던진 워싱턴포스트지엔 SHJ 독자 기술로 성공한 핵융합로 관련 기사가 실려 있었다. 그와 함께 막대한 자금을 투자해

2020년까지 핵융합발전소에 따른 기술을 확보하고 발전용과 가정용으로 상용화를 추진하겠다는 SHJ의 발표도 설명되어 있었다.

"앞으로 15년 동안 100억 달러의 자금을 쏟아붓겠다는 계획을 발표했더군요. ITER에서 많이 당황하는 모습입니다. 기사에 보면 핵융합로를 소형화하는 기술도 동시에 연구 중이라고 하던데, 만약 소형화에 성공하게 된다면 그 여파는 상상할 수 없을 것이란 게 전문가들의 분석입니다. 일부는 불가능하다는 의견도 있기는 합니다."

"SHJ가 헛소리를 떠드는 곳은 아니지 않소. 만약 소형화에 성공하게 된다면 석유 재벌들은 곡소리가 나겠구먼."

"그렇겠죠. 이 기사가 발표된 후부터 정유업계의 주가가 소폭으로 하락하고 있으니까요."

비서실장인 프레드 톰슨이 말을 이어받았다. ITER이 추진하는 핵융합실험로는 일본과 프랑스의 치열한 유치전 끝에 프랑스 카다라슈로 결정되었고, 총 사업비는 35년간 110억 달러로 책정되었다. 이에 비해 SHJ는 15년간 100억 달러를 사업비로 책정한 만큼 자금과 규모 면에서 ITER에 전혀 뒤지지 않았다. 정유업계는 전문가들을 동원해 SHJ의 발표를 격하하려는 모습을 보였지만, 다른 한편에선 SHJ의 핵융합 사업에 참여하려는 물밑 접촉을 시도하고 있었다.

"왜 하필 한국에 기술연구소를 설립해 골치 아프게 하는지 모르겠어. 단순히 제임스가 한국계라는 이유로는 뭔가 부족한데 말이야."

"미확인 상태긴 하지만, 핵융합뿐만 아니라 식량과 의약, 신형 무기까지 연구하고 있다고 합니다. 아마도 거대 카르텔을 형성하고 있는 기업들의 눈에서 벗어나 개발하기 위해서였지 않았나 생각됩니다. SHJ의 기술력과 능력이라면 앞으로 큰 변화가 예상되는데, 손 놓고 있으면 안 될 것 같습니다."

"SHJ시큐리티는 아직도 요지부동인가? NAVY SEAL보다 우수하다는 평가를 받고 있던데, 일부 특수작전에 투입한다면 좋은 결과를 얻을 수도 있을 텐데 말이야."

"중동에 위치한 SHJ 사업장의 경비만 담당할 뿐, 직접적인 용병으로 참여하지는 않겠다는 뜻을 분명히 밝혔습니다. 단지, NSA와 협력해 예상되는 테러 움직임에 대한 정보 교환만 하는 상태입니다."

"그것참."

존 매케인은 입맛만 다실 수밖에 없었다. 만 명이 넘어가는 SHJ시큐리티의 전투 요원을 후방 게릴라전에 투입할 수만 있다면 늘어가는 전사자에 대한 고민에서 벗어날 수 있었을 텐데 SHJ는 사업장을 지키는 인력도 모자란다는 이유를 들어 백악관의 요청을 단칼에 거절해 버렸다. 그렇다고 전임 대통령처럼 SHJ를 몰아세울 수도 없었다. 그 결과를 누구보다도 더 잘 알고 있었기 때문이다.

"지금이라도 SHJ의 최신 기술이 한국이나 제삼국으로 빠져나가지 못하도록 안전장치를 만들 필요가 있지 않겠습니까? 혹시라도 신형 무기가 개발된다면 우리의 입장이 난처해질 수도 있습니다. 적어도 공동연구 내지는 판매 경로를 정부가 통솔해야 한다는 의견이 많습니다."

"프레드 자넨 너무 방산업계를 의식하는 거 아닌가? 아무리 우리를 지원한 세력이었다고 해도 너무 한쪽에 치우치지 말게. 제임스 그 친구, 그렇게 만만한 친구가 아니야. 그렇지만, 무기는 우리가 통솔하는 게 좋겠지. 비용은 얼마든지 투자할 수 있다는 뜻을 SHJ에 전달해 보게."

"현명하신 판단입니다. 그리고 핵융합로 사업에 한국 정부가 지분을 가지고 있으니, 우리도 한국 정부와 같은 지분을 확보하는 게 좋지 않겠습니까?"

"자네 말이 맞아. 난 ITER보단 SHJ의 손을 들어 주고 싶으니까. 일본과 EU에서 나서는 것도 솔직히 맘에 들지 않았어. 막대한 자금이 소요되더라도 핵융합에너지 사업의 지분을 반드시 얻어 내도록 해 보게. 여차하면 ITER에서 우리가 발을 빼도 상관없겠지."

플랜트와 IT를 넘어 우주항공과 인공지능, 대체에너지, 방산업종으로 눈을 돌리고 있는 SHJ를 통제하겠다는 생각은 이미 존 매케인의 머리에서 지워진 지 오래였다. 이라크 전쟁으로 SHJ와 잠시 의견 충돌이 생기긴 했지만, 미국의 미래와 자신의 재선을 위해선 경환과의 밀착이 무엇보다도 중요했다. 존 매케인의 지시를 받고 집무실을 나서는 프레드 톰슨의 얼굴은 그리 밝지 않았다.

핵융합로 테스트를 끝으로 경환은 가족들을 한국에 남겨 둔 채, 서둘러 휴스턴으로 돌아온 상태였다. 핵융합로 성공에 따라 ITER에 참여하지 못한 각국의 공동연구 제안이 봇물 터지듯 들어왔고 ITER 참여국인 미국과 일본, 중국도 비밀리에 접촉을 시도하고 있었다. 더욱이 호주와 유럽의 SHJ타운 건설과 관련한 본 계약이 진행됨에 따라 경환은 휴스턴을 비울 수 없는 처지였다. 바쁜 업무를 끝낸 경환은 자신의 최측근인 황태수와 린다를 저택으로 불러들여 술잔을 기울였다.

"하루나는 언제쯤 돌아온다고 했습니까?"

"많이 불편하신가 봅니다. MOU 체결을 마치고 돌아오라고 했는데,

본 계약서 조항까지 협의를 마치고 돌아오겠다고 해서 강요하지 않았습니다."

"하루나가 내려 주는 커피가 맛있었는데, 많이 아쉽네요. 그렇다고 커피 내리러 오라고 할 수도 없고."

경환의 하소연에 황태수는 지긋이 웃음을 지어 보였다. 경환에게 하루나의 빈자리는 너무도 크게 다가왔다. SHJ에서도 최고의 인재들만 모여 있는 비서실이었지만, 경환의 세세한 감정까지 챙기는 하루나를 대신할 직원은 아무도 없었다. 본의가 아니더라도 하루나를 유럽으로 내친 사람은 자신이었기에 경환은 맘 놓고 하소연도 할 수 없는 처지였다. 경환의 빈 잔에 술을 반쯤 채운 후, 술병을 탁자에 올려놓은 황태수가 화제를 돌렸다.

"프레드 톰슨이 두 가지 안건으로 제게 연락을 취했습니다. 하나는 핵융합로 프로젝트에 한국과 같은 15%의 지분을 매입할 수 있느냐는 것이었고, 다른 하나는 기술연구소에서 개발하는 신형 무기를 전량 정부에서 구매할 의향이 있다고 하는 것입니다."

"ITER 사무국에서도 연락을 해 왔습니다. 국가 단위의 사업이지만, 만약 SHJ가 ITER에 참여할 의사가 있다면 지분을 인정하겠다고 하더군요."

황태수의 말을 급히 린다가 이어받았다. 발 빠르게 움직이는 미국과 ITER의 행동에 경환은 실소를 머금었다. 미국이야 그렇다 치더라도 ITER에서 지분을 인정하겠으니 참여를 해 달라고 할 줄은 전혀 예상하지 못한 일이었다. 그러나 경환의 생각은 달랐다.

"핵융합에너지의 상용화에 성공해 판매망을 구축하기 위해선 어차피 미국의 힘은 필요하다고 봅니다만, 지금은 시기가 아니라고 생각합니다. 몸값을 최대한 올리기 위해선 우리의 기술이 정점을 찍을 때까지 기다릴 필요가 있습니다. 부회장님이 미국 정부와의 협상을 맡아, 시기를 2010년 정도로 조율해 주세요. 그리고 ITER과의 기술제휴는 거절하십시오. 일본과 EU가 이끌고 있는 ITER에 참여해 들러리 설 생각은 없습니다."

"알겠습니다. 제가 정부를 상대하겠습니다. 그러나 신형 무기 개발은 우리도 조심할 필요가 있지 않겠습니까?"

"신형 무기 개발은 3년 후에나 시작할 생각이니, 우선은 오리발을 내밀고 봐야겠지요. 한국 정부의 의뢰를 받아 개발하는 모양새를 취한다면, 명분을 우리가 가질 수도 있지 않겠습니까?"

황태수는 고개를 끄덕였다. SHJ가 무기 개발까지 손을 댄다는 소문이 나게 된다면, 그렇지 않아도 무한 확대하고 있는 프로젝트와 사업을 못마땅하게 생각하는 기존 기득권 세력의 집중 견제를 받을 수도 있었다. 독자 개발이 아닌 한국 정부의 의뢰를 받아 공동으로 개발하는 모양새는 미국 정부의 압력과 방산업계의 견제를 무마시킬 수도 있는 방어책이었다. 그만큼 미국 정치에 뿌리 깊게 박혀 있는 방산업계의 로비력과 인맥은 SHJ에도 부담일 수밖에 없었다.

"박화수 이사는 요즘 어떻습니까?"

"심석우 본부장의 독립을 서서히 준비하고 있다고 합니다. 2007년 대선이 시작되면 본격적으로 정치권 입성을 준비해, 차차기를 노린다는 전략으로 인맥을 구성하는 중이라고 합니다. SHJ와 각을 세우면서 국민들에게 확실한 눈도장은 찍었다는 판단입니다."

"SHJ시큐리티를 통해 심석우의 일거수일투족을 지금보다 더욱 강하게 관리하라고 전하십시오. 뭐 하나라도 걸리는 게 있다면, 그동안 우리가 준비한 계획에 차질이 발생할 수도 있습니다. 그리고 겉으론 힘들겠지만, 경제연구소와 정치연구소 등으로 최대한 지원을 아끼지 말아 주십시오."

"심석우 본부장의 외가 팔촌까지 모두 검증을 한 상태입니다. 흠이 될 건 이미 다 털어 버렸기 때문에 앞으로만 신경 쓰면 될 겁니다. 그리고 40대 대세론을 일으킬 수 있는 이미지 메이킹에 심혈을 기울이고 있습니다. 또한, 심 본부장 주위는 이미 우리 사람들로 철의 장막을 친 상태이니, 크게 염려하지 마십시오."

비록 심석우와 혈연관계로 맺어졌다고는 하지만, 사람의 속마음은 알 수 없는 거였다. 더군다나 권력의 단맛에 취한 사람이라면 더욱 그 권력을 휘두르려는 욕망에 사로잡힌다는 것을 경환은 알고 있었다. 한국 정부가 어찌할 수 없을 정도의 위치에 있는 SHJ였지만, 경환은 심석우를 자신의 손바닥에서 놓아줄 생각이 전혀 없었다.

"영토 문제로 인한 일본과의 불협화음은 상시 존재하고 있습니다. 일본 자민당 극우파 계열의 내각이 들어설 경우 일본의 역사 인식과 영토에 대한 도발은 필연적입니다. 이를 잘 이용한다면, 심석우의 이미지 메이킹에 도움이 될 겁니다."

"아! 무기 개발을 3년 후로 미룬다는 말씀에 이런 포석을 두고 계신 줄 몰랐습니다."

황태수는 경환의 음흉한 미소에 몸서리를 쳤다. 물과 기름 같은 한일 관계를 이용해 심석우의 이미지를 제고시키고, 한국 정부의 의뢰를 통해 방산업계에 진출하겠다는 경환의 복안에 황태수는 혀를 내둘렀지만, 린다는 조용히 고개만 끄덕일 뿐이었다. 그녀는 초기만 해도 중국과 일본에 대해 알레르기 반응을 보이는 경환을 이해하지 못했지만, 한국의 입장에서 저술된 역사를 찾아본 후 조금씩 경환의 마음을 헤아릴 수 있게 되었다.

"일본과 중국에서 SHJ타운을 유치하기 위해 제안서를 준비하고 있다는 첩보가 있는데, 일본은 모른척하더라도 경제 강국으로 성장하는 중국은 검토해야 하지 않겠습니까?"

"린다의 말이 일리가 있긴 하지만, 저는 오히려 반대 의견입니다. 일본은 우리가 통제할 수 있겠지만, 중국인을 우리가 통제할 수 있다고는 보지 않습니다. 만약 중국 정부가 SHJ타운에 거주할 인력 대부분을 제삼국 인력으로 채운다는 것에 동의하기 전에는 그 어떤 제안도 받아들일 생각이 없습니다. 우선은 호주와 유럽에 건설될 SHJ타운에 집중합시다."

경환은 일본과 중국은 시기상조라는 생각을 버리지 않았다. 한국이 SHJ타운을 유치하고부터 경제적 이득과 고용 창출, 신기술 메카로 자리 잡아 가는 모습에 일본과 중국의 마음은 급해질 수밖에 없었다. 끊임없이 SHJ타운을 유치하기 위해 정부 차원에서 SHJ에 접근하고 있었지만, SHJ는 두 나라의 제안을 외면한 채, 호주와 유럽으로 그 방향을 돌려 버렸다. 특히, SHJ가 핵융합로 실험에 성공하고 상용화를 위해 대규모의 투자를 집행하겠다고 공식 발표한 이후, 일본과 중국 정부는 국빈 자격으로 경환을 초청하며 조급함을 드러내 보이기까지 했다. 그러나 경환은 아직 손에 쥔 떡을 줄 생각이 없었다. 그때 서재 문이 조용히 열리며 크리스토퍼가 들어섰다.

"회장님, 손님께서 도착하셨습니다."

"아! 그래요? 어서 모시세요."

마시던 술잔을 내려놓고 경환이 자리에서 일어서자, 황태수와 린다도 엉겁결에 경환을 따라 일어섰다. 크리스토퍼의 뒤에서 서재로 들어오는 사람을 확인한 두 사람은 놀라서 눈이 커졌다. 전혀 예상하지 못했던 인물이 그들 앞에 당당히 모습을 드러냈기 때문이었다. 경환이 환한 웃음으로 악수를 청하며 그를 맞았다.

"어서 오세요. 그동안 신경을 못 써 드려 죄송했습니다."

"아닙니다, 회장님. 공직을 그만두고 바로 사기업으로 들어간다는 건, 모양새가 좋지 않습니다. 사실 지금도 너무 빠르다는 생각입니다."

"아! 서로들 인사 나누십시오. 호주 SHJ타운을 맡게 될 분입니다."

"반갑습니다. 두 분의 명성은 익히 들어 알고 있었습니다. 어거스트 기븐스라고 합니다."

"아, 네. 반갑습니다."

황태수와 린다는 어거스트의 뒤에 서 있는 알을 노려봤지만, 알은 급히 시선을 돌려 두 사람의 시선을 외면해 버렸다. 두 사람은 그제야 호주 SHJ타운을 맡을 인물의 천거를 뒤로 미뤘던 경환의 의도를 알게 되었다. 황태수와 린다는 허탈한 눈빛을 서로 교환하며, 전직 NSA 국장까지 수하로 받아들인 경환의 광적인 인재 수집에 고개를 절레절레 흔들었다. 도대체 언제부터 어거스트를 관리해 오고 있었는지 무척이나 궁금했지만, 두 사람은 쉽게 말을 꺼낼 수 없었다.

"자, 다들 앉읍시다. 부회장님과 린다는 이 자리가 낯설겠지만, 기븐스 사장이 아니었다면 앨 고어의 표적 수사에 우리가 당할 수도 있었습니다. NSA 국장이란 자리가 쉽게 드러나면 안 될 자리다 보니, 오늘에서야 소개할 수 있게 되었네요."

"회장님, 그래도 이건 좀 심하셨네요."

입술을 뾰로통하게 모아 눈을 흘기는 린다의 모습에 경환은 급히 손사래를 치며 헛웃음을 지어 보였다. 난처한 경환의 모습을 확인한 어거스트가 급히 입을 열었다.

"제가 회장님께 부탁했습니다. NSA 입장에서 저는 배신자일 수밖에 없었으니까요. 그러나 국가의 이익이 아닌 개인의 이익을 위해 국가 조직을 움직이는 것에 찬성할 수는 없었습니다."

"그래요. 두 분 모두 상황을 이해해 주셔야 합니다. 혹시라도 기븐스 사장이 노출되었다면, 목숨이 위험할 수도 있는 상황이었습니다."

황태수는 섭섭해하는 린다의 잔에 술을 따르고 경환의 조치를 이해하라는 듯 눈을 껌뻑였다. 앨 고어와의 피 말리는 싸움에서 어거스트가 SHJ의 비장의 한 수가 되었다는 것을 모르지 않았기 때문이었다. 황태수는 분위기를 바꾸기 위해 급히 화제를 돌렸다.

"어거스트 기븐스 사장의 능력으로는 호주가 그리 큰 무대는 아니라고 보는데, 다른 계획이 있으신 건 아니십니까?"

"호주에 SHJ타운을 건설할 계획은 기븐스 사장의 제안에 근거를 두고 있었습니다. 제가 말하는 것보다는 직접 설명을 듣는 게 좋을 것 같군요. 부탁하겠습니다."

경환은 황태수의 질문을 어거스트에게 넘겼다. 호주에 건설될 SHJ타운의 크기는 소비시장에 비해 엄청난 규모였고, 아직도 경영진들 사이에선 그 규모에 대한 논란이 계속되고 있었다. 아무리 미래 식량을 확보한다는 목적이 있다 하더라도 휴스턴의 20배에 해당하는 부지가 필요한가에 대해선 의문이 남아 있었다. 더군다나 전 세계의 정보를 담당하던 어거스트가 맡기에는 어딘가 모양새가 맞지 않는다는 게 황태수의 생각이었다. 경환이 건네준 술잔을 탁자에 내려놓은 어거스트가 긴 한숨과 함께 답변을 시작했다.

"호주는 석탄과 풍력으로 에너지 대부분을 확보하고 있습니다. 또한, 세계에서 가장 많은 우라늄 매장량을 가지고 있으면서도 정작 한 기의 원자력발전소도 없는 나라이기도 합니다. 호주 정부의 고민은 바로 여기에서 시작됩니다. 우라늄을 이용한 원자력발전소 건립엔 강한 거부감을 보이고 있지만, 그 필요성에 대해선 현재 검토를 계속하고 있습니다. 그러나 국민적 저항과 안전성 확보라는 문제를 해결할 방법이 없는 상태에서 SHJ가 개발 중인 핵융합에너지는 좋은 대안이 될 수 있었습니다."

"호주 정부의 고민을 해결해 주면서 우리가 얻는 게 무엇입니까? 확보한 부지가 휴스턴의 20배라 하더라도 거기에서 생산되는 식량으로는 할 수 있는 게 아무것도 없지 않겠습니까? 뉴질랜드까지 포함해도 인구수는 2,500만 명밖에 되지 않는 시장입니다."

어거스트의 답변을 이해하지 못하는 것은 아니었지만, 호주 정부의 문제를 해결해 주면서까지 호주에 집착할 필요에 대해선 답변이 약하다는 생각이 들었다. SHJ의 모든 자금을 주관하는 린다 입장에선 막대한 투자에 비해 떨어지는 효율성을 생각하지 않을 수 없었다. 경환은 두 사람의 논쟁을 관망했다.

"쿡 사장의 의견도 맞습니다. 시장으로만 봐선 호주는 매력적이지 않습니다. 그러나 SHJ가 처한 상황을 먼저 되짚어 볼 필요가 있습니다."

"그게 무슨 말이죠?"

"플랜트와 IT업계와의 동맹으로 SHJ의 위상이 나날이 커지고 있다고는 하지만, 실상은 외부 적대 세력에 의해 휴스턴과 서산은 서서히 포위망이 좁혀지고 있는 실정입니다. 아마 회장님이나 SHJ시큐리티는 이미 피부로 느끼고 있을 거라고 봅니다."

어거스트는 잠시 말을 끊었다. 경환은 어거스트의 문제제기를 이해하는 듯 팔짱을 낀 채, 아무런 대꾸도 하지 않았다. 존 매케인 정부와 밀월 관계로 정부의 눈치에서 벗어나는 듯했지만, 실상은 그렇지 않았다. 존 해밀턴의 암살 사건 후부터 SHJ와 관련된 첩보가 배 이상 증가하고 있어 SHJ시큐리티의 긴장 상태가 계속되고 있었다. 황태수가 급히 말을 이었다.

"몇 달 전에 SHJ-구글의 1선 방화벽이 뚫린 일과 관련이 있다는 말인가 보군요."

"그렇습니다. 단순 해킹이 아닌 전문가 집단이 SHJ를 노리고 있다고 봐야 할 겁니다. 이런 상황에서 호주에 건설될 SHJ타운은 SHJ의 마지막 방어선 역할을 담당하게 될 것입니다. 또한, 휴스턴의 일부 기능을 호주로 옮겨, 전 세계로 퍼지게 될 SHJ타운의 후방 지원 역할을 담당하게 될 것입니다. 다시 말해, 호주는 SHJ시큐리티의 제2 정보조직과 함께 외부의 지원 없이도 자체 운영이 가능하도록 설계될 겁니다."

"앞으로 몇 년간은 미래 사업에 집중하면서, 어디서 닥칠지 모르는 위기를 대비해야 할 겁니다. 우주항공과 인공지능, 핵융합에너지에 투자를 아끼지 않겠습니다. 실패한다 하더라도 그것이 기반이 되어 결국은 성공의 기초가 될 거란 생각에는 변함없습니다. 자, 인사는 이 정도로 마치고 오늘은 술이나 마십시다."

술잔에는 서재에 모인 네 사람의 굳은 얼굴이 비쳤다. 닥칠 위기를 대비하며 긴장하는 건 필수 조건이지만, 오늘은 잠시 그 끈을 풀고 싶었다. 경환은 죽음이 두렵진 않았다. 이제부턴 머리가 없어도 스스로 돌아가는 SHJ가 필요한 때였다. 원하는 이상을 손에 쥔 경환은 제2의 인생은 어떤 삶이어야 할지 고민하며, 지그시 눈을 감아 목구멍으로 흘러들어 가는 술 향기를 음미했다.

2010년 3월

"5, 4, 3, 2, 1. 점화!"
'쿠르르릉.'

카운트다운이 끝남과 동시에 우주왕복선 한 대가 로켓과 함께 지상을 박차고 솟구쳐 올랐다. NASA가 보유하고 있는 우주왕복선에 비해 동체가 작긴 하지만, 민간 기업 최초로 발사된 유인 우주왕복선으로 동체 전면엔 NASA의 로고와 함께 SHJ의 로고가 선명하게 찍혀 있었다.

미국과 러시아의 주도로 건설되고 있는 ISS(국제우주정거장)에 화물을 실어 나르는 계약을 체결한 SHJ유니버스는 풍부한 자금력을 바탕으로 총 사업비 42억 달러를 투자했다. 유니버스로 명명된 우주왕복선 NASA와의 기술제휴 후 두 기를 제작하고, 수십 회에 걸친 실험 비행을 통해 오늘 플로리다 케이프터내버럴 공군기지에서 성공적으로 발사했다. 수십 기의 인공위성 발사 경험으로 우주항공에 대한 막대한 노하우를 가지고 있었기에 독자적인 발사도 추진할 수 있었지만, 백악관과 NASA의 간곡한 요청으로 경환은 발사 시스템 구축을 잠시 뒤로 물린 상태였다.

그러나 회당 3억 달러가 넘는 NASA의 높은 발사 비용은 넘어야 할 산이었다. 단순한 화물 수송이 아닌 우주여행 시대를 열기 위해서라도 회당 발사 비용은 줄여야만 했다. 우주로 사라지는 유니버스 1호를 끝까지 바라보고 있는 경환의 곁으로 NASA의 그리핀 국장이 다가왔다.

"성공적인 발사를 축하합니다. SHJ가 드디어 우주에 발을 디디게 되었군요."

NASA는 높은 유지 비용과 잦은 고장, 사고로 인해 진행했던 스페이스셔틀 사업을 작년 말을 끝으로 퇴역했다. 차기로 준비하고 있는 오리온 계획은 2015년으로 예정되어 있어, 미국은 5년 동안 유인우주선을 확보할 수 없는 상황이었다. 이 공백을 메꾸고 줄어드는 정부예산을 확충하기 위해서라도 SHJ는 NASA에 없어서는 안 될 존재였다. 어색한 미소를 보이는 그리핀과 악수를 한 경환이 공치사를 늘어놓았다.

"NASA의 도움이 있었기에 가능했다고 생각합니다. SHJ와 NASA의 협력은 지속해서 확대할 계획입니다. 자세한 건 SHJ유니버스와 협의를 하시면 될 겁니다."

"하하하, 당연히 그래야지요. 이미 우리 NASA와 SHJ는 떨어질 수 없는 사이 아니겠습니까?"

SHJ의 지원이 끊기지 않는다는 것을 확인한 그리핀이 주먹을 굳게 쥐어 보이고는 경환에게 무언가를 말하려고 했지만, 경환은 그리핀을 향해 가벼운 미소를 보내고는 바쁜 일정에 따라 서둘러 자리를 벗어나 버렸다.

"회장님, NASA의 COTS(상업용 궤도운송서비스)를 지속할 필요가 있겠습니까? NASA는 우리의 경쟁사로 오비탈사이언스와 계약까지 했는데, NASA에 퍼 주기만 해서는 안 된다고 생각합니다."

"볼튼 사장, 지금은 지켜봅시다. 어차피 현재 NASA의 도움이 절실히 필요합니다. 그러나 SHJ가 호구가 되는 일은 없어야겠지요."

휴스턴으로 돌아가는 전용기에 동석한 찰스 볼튼은 4회에 걸친 우주비행사 경력과 NASA의 연구원으로 일한 경력을 인정해 SHJ유니버스 사장으로 경환이 채용한 인물이었다. 우주선을 제작하고 발사하는 과정에 필요한 기술은 눈에 잘 띄지도 않는 나사 하나에서 시작해 최첨단의 컴퓨터 제어 시스템까지 어마어마한 기술이 필요한 것이었다. 사장으로 임명된 찰스는 NASA와의 합작을 통해 기술력을 쌓으면서 SHJ유니버스를 무리 없이 이끌었다.

"아무리 그래도 NASA는 너무 고비용입니다. 회당 발사 원가만 보더라도 러시아의 4배에 달합니다. COTS를 떠나 SHJ유니버스 단독으로 상용화를 추진하기 위해선 우리의 독자적인 발사 시스템을 갖출 필요가 있습니다."

"너무 조급해하지 마세요. 우린 지금 첫걸음을 뗀 아기 수준입니다. 러시아가 아무리 저비용이라 해도 회당 비용이 1억 달러가 넘어갑니다. 1억 달러도 상용화를 위해선 사실 너무 높은 비용입니다. 사업성을 높이기 위해선 획기적인 발사 시스템을 도입해 비용을 절감할 필요가 있어요. 그때까진 NASA와 협력하면서 최대한 빼 올 건 빼 와야지요."

찰스는 입을 다물 수밖에 없었다. SHJ유니버스를 맡으면서 마땅한 수입을 발생하지 못한 채, 그동안 우주왕복선 제작에 42억 달러를 포함, 총 100억 달러가 넘는 돈을 쏟아붓고 있었다. 자본금이 잠식된 건 오래전 얘기고 SHJ홀딩스를 통한 경환의 전폭적인 지원이 없었다면, 수십 번은 망하고도 남았다. 하루라도 빨리 수익을 창출하고 싶은 찰스의 마음을 모를 리 없던 경환이 그를 다독여 주었다.

"볼튼 사장, SHJ의 미래는 SHJ유니버스의 성공 여부에 달려 있다 해도 과언이 아닙니다. 지금은 내부로 기술을 축적하고, 더 멀리 바라봐야 한다는 게 제 생각이에요. 주위의 따가운 시선이 있다 해서 위축될 필요는 없습니다. SHJ유니버스의 목표는 독자적인 우주정거장과 호텔을 선설해 우주여행과 병행하는 겁니다. 그때까진 긴 시간이 필요하니 너무 작은 것에 얽매이지 말고, 소신껏 SHJ유니버스를 이끌어 보세요."

"죄송합니다. 제 생각이 짧았습니다."

경환은 찰스의 어깨에 손을 얹어 신뢰감을 전달했다. 우주정거장과 호텔만 하더라도 최소 500억 달러가 넘어가는 엄청난 규모의 사업이었다. SHJ 단독으로 사업을 벌이기엔 현재의 자금력으로는 어불성설이었지만, 경환은 믿는 구석이 있었다. 찰스가 물러나고 경환은 창밖으로 보이는 기기묘묘하게 흩어져 있는 구름을 바라보며 바쁘게 보낸 5년간의 세월을 회상했다.

"유니버스 1호가 발사에 성공해 정상 궤도에 올랐다고 합니다."

"그런가? 다행이군. 자네는 내 이름으로 제임스에게 축전을 보내도록 하게."

펜타곤의 보고서를 살피던 존 매케인은 안경을 내려놓고 프레드 톰슨이 건넨 보고서를 받으며 깊은 회상에 빠져들었다. 재임 초기인 2005년 말 주택시장의 거품은 최고조에 달했다. 2001년 FRB(연방준비제도이사회) 의장인 앨런 그린스펀은 미국 국채에 대한 정책을 바꿀 것임을 시사했고, 이 발언에 위축된 전 세계의 투자은행과 펀드 회사는 40%의 수익률을 보이고 있는 CDO(부채담보부증권)로 몰려들었다. 신규 CDO를 찾아 헤매던 은행들은 신용등급이 기존 프라임보다 낮은 계층의 사람들을 위한 서브프라임 대출에 집중하기 시작했다. 경제대국인 중국과 신흥국가들의 자금까지 CDO로 몰리자, 새로운 모기지가 필요했던 은행들이 NINA(No Income, No Asset) 대출을 내놓으면서 마침내 재앙이 시작되었다.

"그때 SHJ경제연구소의 제안을 받아들이지 않았다면, 지금 이 자리는 버락 오바마가 앉아 있었겠지?"

"그, 그건."

프레드는 말을 잇지 못했다. 2006년 백악관을 찾은 경환은 서브프라임 모기지의 심각성을 설명하며 대응이 늦어지게 된다면 심각한 경제위기와 함께 재선은 어려울 것이라 경고했다. 또한 조기에 사태를 잡지 않는다면 3조 달러에 달하는 손실을 보게 될 거라는 SHJ경제연구소의 보고서도 전달했다.

존 매케인은 FRB와 정면으로 대립하며 금리를 인하해 대출자들의 이자 부담을 감소시키고, 금융권의 반대에도 무릅쓰고 금융감독위원회를 동원, 부실 은행을 정리하는 초강수를 통해 대규모 부실 사태를 사전에 방지하려 했었다. 그러나 FRB는 존 매케인이 독단적으로 움직일 수 있는 기관이 아니었다. 백악관에 정면으로 도전하며 금리 인하에 소극적인 자세를 취했지만, 워싱턴포스트의 주도로 언론이 백악관의 정책에 힘을 실어 주자 마지못해 금리를 인하할 수밖에 없었다. 그러나 2007년 쌓였던 뇌관은 결국 폭발했고, 다수의 서브프라임 고객들이 디폴트 상태에 빠지고 말았다. 대규모의 도미노 현상은 막았다 치더라도, 자산 대부분을 CDO로 가지고 있던 투자은행들은 공황상태에 빠질 수밖에 없었다.

"나한테 제임스는 생명줄과 같았어. 문제는 FRB가 나와 제임스에 대해 칼을 갈고 있다는 거겠지. 그건 제임스가 풀어야 할 몫이니, 내가 관여할 부분은 아니라고 보지만 말이야."

"FRB는 전부터 SHJ에 우호적이지는 않았습니다. 버락 오바마를 물밑에서 지원한 것도 FRB란 소리가 있습니다."

백악관과 FRB의 2차전은 리먼 브라더스 처리 과정에서 다시 격화되었다. 유동 자금에 심각한 위기를 겪고 있던 리먼 브라더스를 영국의 바클레이즈은행이 인수하기 위해 FRB와 협상을 벌였다. 300억 달러의 잠재적 부실을 미국 정부가 보증해 주는 것을 인수 조건으로 내밀자, FRB는 강한 어조로 이를 거절하며, 파산을 종용하고 나섰다. 그러나 백악관은 FRB가 보증을 거절하면 리먼 브라더스의 파산으로 발생하게 될 구제 금융은 정부에서 승인하지 않을 거라며 FRB를 압박하기 시작했다. 결국 리먼 브라더스의 파산은 AIG보험의 파산으로 연결될 것이고 구제 금융도 최소 7,000억 달러가 넘어갔기에 FRB는 울분을 삼키며 리먼 브라더스의 인수 조건에 동의할 수밖에 없었다.

"도움을 받은 건 받은 거고, SHJ가 추진하는 핵융합에너지 사업에 지분을 갖는 건 추진을 해야 하겠지?"

"그렇지 않아도 펜타곤에서 접촉을 취하고 있다고 합니다만, 그 금액이 상상을 초월합니다. 지분 15%를 넘기는 조건으로 750억 달러를 요구하고 있어 협상이 쉽지 않다고 합니다."

"뭐? 750억 달러를 요구한다고?"

"SHJ는 이미 작년에 H-모드 플라스마를 30초간 유지하는 데 성공을 했습니다. 또한, 불순물 제거 기술과 플라스마 형상 제어 기술, 거기에 더불어 레이저를 이용한 관성밀폐 방식까지 성과를 보이고 있습니다. ITER의 참여 요청을 거절하고 현재 호주 정부와 50 대 50으로 핵융합실험로를 건설하겠다고 발표했습니다."

독일과 노르웨이의 SHJ타운이 3년 만에 완공한 것에 비해 호주의 SHJ타운은 5년이 다 돼 가는 지난달에서야 완공할 수 있었다. 농지를 개간한다는 목적이 의심스럽긴 했지만, 존 매케인은 개의치 않았다. 단지, 미래 대체에너지 역할을 할 수 있는 핵융합에너지 사업에 대한 지분을 어떻게 확보할 것인지가 발등의 불이었다. 후대에 미국의 대체에너지를 확보한 대통령으로 자신의 이름을 각인시키기 위해서라도 SHJ의 지분은 반드시 필요했다. 존 매케인의 얼굴에 불쾌감이 퍼졌다.

"아무리 친분이 있는 사이라고는 하지만, 무턱대고 퍼 줄 수는 없는 거 아닌가. 제임스 이 친구, 욕심이 너무 과하구먼."

"형평성이라고 하는데, 노르웨이 정부가 원유와 셰일가스 50%, 현금 50%로 핵융합에너지 사업의 지분 5%를 250억 달러에 매입했다고 합니다. 현재 호주 정부도 풍부한 유연탄과 우라늄을 가지고, 노르웨이와 같은 조건으로 지분 5%를 매입하는 협상을 진행하고 있다는 첩보도 있고요. 2005년도에 확보를 해야 했는데, 너무 덩치가 커졌습니다."

존 매케인의 입이 다물어지지 않았다. 상용화에 성공만 한다면 750억 달러는 한낱 숫자에 불과했다. 그러나 상용화가 미지수인 현 단계에서 750억 달러를 투자해 15%의 지분을 확보하겠다고 한다면 FRB는 둘째 치더라도 의회의 반발에 부딪힐 게 뻔했다. 곤혹스러워하는 존 매케인의 표정을 읽은 프레드 톰슨이 몸을 숙여 낮은 목소리로 말했다.

"SHJ가 현재 필요한 부분을 우리가 해결해 준다면, 금액을 낮추고도 지분을 확보할 방법이 있을 것 같습니다."

앉아서 떼돈을 벌고 있는 한국 정부를 생각할 때마다 울화통이 치밀어 오르던 존 매케인은 프레드 톰슨의 말에 귀를 기울였다. 백악관 집무실에서는 두 사람의 비밀스러운 대화가 계속 이어졌다.

오성그룹 회의실엔 정적이 흘렀다. 오전부터 소집된 계열사 임원들은 점심시간이 한참 지났음에도 자리에서 일어날 수 없었다. 이 회의에는 오성전자 전무로 복귀한 이철승의 모습도 보였다. 노쇠해지는 이형우는 그룹의 경영의 주도권을 서서히 이철승에게 넘기고 있었지만, 이철승의 행보는 물가에 내놓은 자식처럼 불안했다.

"다들 아실 겁니다. SHJ가 단독으로 핵융합로를 개발한다고 했을 때, 여기 있는 모든 사람이 비웃었다는 것을요. 정부가 23%의 지분을 SHJ에 되팔았을 때, 우린 단돈 200억 원에 지분을 모두 넘겼어요. 그런데 노르웨이와 호주가 SHJ에너지의 지분 5%를 250억 달러, 즉 27조 원에 사들였습니다. 느끼는 게 없습니까? 왜 다들 꿰다 놓은 보릿자루처럼 가만히들 있는 겁니까?"

임원진 모두 고개만 숙인 채, 이형우와 눈을 마주치려 하지 않았다. 이형우는 답답했다. 믿었던 오성전자의 사이보그폰인 갤럭시 시리즈는 한국에서만 근소하게 엘리시움 시리즈를 앞설 뿐, 전 세계적으로는 10%를 밑도는 점유율을 보일 뿐이었다. 건설과 중공업 역시 SHJ엔지니어링의 입김에서 자유로울 수 없는 현실을 이형우는 쉽게 받아들일 수 없었다.

"이철승 전무, 이 상황을 어떻게 보나? 오성그룹의 생존과 관련된 질문이니 신중하게 생각해야 할 거야."

SHJ로 인해 호되게 당했던 경험이 있는 이철승은 조심스러울 수밖에 없었다. 아무리 자식이라지만, 계속된 실수는 용납되지 않는 걸 너무나 잘 알고 있었기 때문이었다. 헛기침을 내쉰 이철승이 탁자 위에 놓인 마이크를 입에 가져다 댔다.

"SHJ는 글로벌 경영이 아닌 SHJ를 세계의 중심에 놓으려는 작업을 시작했다고 판단합니다. 호주와 독일, 노르웨이의 SHJ타운이 완공되자마자, 바로 아시아와 아프리카, 중동 지역으로 눈을 돌리고 있습니다. 이에 따라 각국의 유치를 위한 견제가 심합니다. 인정할 건 인정해야 한다고 생각합니다. 오성그룹이 살기 위해서라도 경쟁상대가 아닌 협력상대로 SHJ와의 관계를 설정할 필요가 있다고 봅니다. SHJ는 오성그룹이 뛰어넘기에는 너무 높이 있습니다."

"그럼 SHJ의 하수인이 되자는 얘긴가?"

"오성그룹이 살 수만 있다면 SHJ의 하수인이 되는 게 뭐가 어렵겠습니까? 이미 오성전자의 지분 18%는 SHJ의 수중에 있습니다. 심석우를 통해 이경환 회장이 한국 정치에 관여할 여지가 많다는 정보가 있습니다. SHJ가 나서지 못하는 상황인 만큼, 오성이 SHJ를 대신해 심석우를 키울 필요가 있다고 판단합니다."

이형우는 피식 웃음을 흘렸다. 자신만만하던 이철승의 입에서 하수인이 되겠다는 말이 나오리라고는 전혀 예상하지 못했기 때문이었다. 더욱이 심석우에 대한 분석은 이형우도 동감을 하지 않을 수 없었다. 이젠 본격적으로 자신의 자리를 이철승에게 넘겨야겠다는 생각을 하며 이형우는 푹신한 의자에 몸을 깊숙이 묻었다.

SHJ그룹 본사가 있는 휴스턴은 호주와 유럽의 SHJ타운이 완공됨에 따라 대규모의 파견 인원을 선발하고 있었다. 계열사에서 모집된 2,000명의 인원이 유럽과 호주로 1차 파견을 완료했고, 지금은 같은 규모의 2차 파견을 준비하고 있었다. 한국의 서산 SHJ타운도 호주와 유럽에 파견될 직원을 선발하느라 정신이 없었다. SHJ의 방침은 직원 단독 부임을 불허하고 있었기에, 아무리 본인이 원해도 가족의 동의를 얻지 못한 직원은 이번 파견에서 제외됐다.

"회장님, 커피 한 잔 드십시오."

"고마워요, 혜원 실장."

전용기 사무장으로 경환을 수행했던 김혜원이 머그잔을 조심스럽게 책상에 내려놓고는 계열사에서 올라온 보고서를 정리해 그 옆에 가지런히 놓았다. 하루나가 SHJ 유럽 본사 사장으로 휴스턴을 떠나며 자신의 후임으로 김혜원을 추천했고, 경환은 두말없이 하루나의 의견을 받아들였다. 김혜원의 비서 수행 능력은 흠 잡을 곳이 없었지만, 하루나의 그것과는 큰 차이를 보일 수밖에 없었다.

"부회장과 쿡 사장이 올라오고 계십니다. 회의 후에는 바로 제임스 맥너니 회장의 방문이 준비되어 있습니다."

"알았어요. 사무실에서 한국말을 쓰니 한국에 있는 기분이 드네요. 고마워요."

김혜원이 비서실을 맡으면서 달라진 점이라면 한국어로 대화를 나눌 수 있다는 점이었다. 한국을 떠난 지 내년이면 20년이 되지만, 한국은 경환에겐 애증으로 남아있는 모국이었다. 세계지도에서도 쉽게 찾기 힘들 정도로 작은 땅덩어리지만, 그 작은 땅도 남북으로 갈리고, 갈라진 남에서도 동서로 쪼개져 이념으로 부딪치며 서로 대립하는 모습에 한숨을 내쉰 적이 한두 번이 아니었다. 세계는 빠르게 변화되어 가고, 소모적인 대립으로 정체하는 한국을 포기하고 싶었지만, 가슴에 흐르는 뜨거운 피는 모국을 쉽게 놓아주지 않았다.

"뭘 그렇게 곰곰이 생각하십니까?"

"아! 아무것도 아닙니다. 어서들 앉아서 같이 커피나 한잔 합시다."

우두커니 창밖을 바라보던 경환은 서둘러 자리에 앉았다. 15만 명이 넘는 SHJ의 직원 중에서 황태수와 린다는 경환의 부재 시에 SHJ를 끌고 나가는 중심이 될 인물들이었다. SHJ의 막강한 영향력을 이용해 서로 권력 다툼을 벌일 수도 있는 자리였지만, 두 사람은 애당초 권력엔 관심이 없는 듯, 협력을 통해 경환의 보좌에만 전력투구하고 있었다.

"유니버스 1호는 ISS와의 도킹을 성공리에 마무리하고 예정된 작업을 시작했다고 합니다. NASA에선 오비털사이언스와의 계약 때문에 우리의 지원이 끊기지 않을까 노심초사하는 분위기고요."

"지원은 예정대로 진행하세요. 언젠간 우리 스스로 일어서야 하지만, 지금은 때가 아니라고 봅니다. 그리고 볼튼 사장이 많이 초조해하던데, 두 분이 잘 다독여 주세요."

"알겠습니다. 우주정거장계획이 발표될 때까지는 아직 시간이 필요한 만큼 조급해하지 않도록 조처를 하겠습니다."

2005년부터 지금까지 SHJ는 막대한 자금을 분산하며 내실을 다지는 작업에 전념했다. 보수적인 자금 운용이 필요한 때라는 린다의 강력한 주장을 경환이 받아들였기 때문이었다. 그러나 SHJ유니버스와 SHJ테크놀로지, SHJ에너지 등 미래 사업에 대한 투자는 예정대로 진행되고 있었다. 이러한 내실 작업은 존 매케인과 밀착된 관계를 유지하며 그에 따른 정부의 보이지 않는 지원으로 더욱 속도를 높일 수 있었다. 2년 후면 존 매케인도 백악관을 떠나야 하는 상황이기에 경환은 차기 정부와의 관계에도 신경을 써야만 했다.

"부회장님, 백악관의 제안을 어떻게 생각하십니까?"

"SHJ에너지의 지분 15%를 넘긴다 해도 경영권 방어에는 문제가 없습니다. 어차피 핵융합발전소가 상용화에 성공하더라도 미국 정부의 지원이 없다면 쉽게 판로를 찾기 어려우니까요. 적성국을 제외한 동맹국에 무기 판매를 허용하겠다는 조건이 250억 달러의 가치가 있는지는 아직 결론을 내리지 못했습니다."

백악관은 SHJ에너지의 지분 15%를 500억 달러에 인수하는 조건으로 기술연구소의 무기 개발을 허락하고 미국이 인정한 동맹국에 대한 수출을 요구하겠다는 제안을 던졌다. 경환은 존 매케인의 얕은수에 실소가 나왔지만, SHJ도 핵융합발전소만큼은 미국의 막후 지원이 절실히 필요했다. 린다가 급히 황태수의 말을 이어받았다.

"우리가 이 제안을 받아들인다면 250억 달러에 5%의 지분을 인수한 노르웨이와 호주가 반발할 수도 있습니다. 개발 무기에 대한 내막을 설명할 수는 없으니까요. 이래저래 백악관이 파 놓은 함정에 걸려든 기분입니다."

"이 제안이 우리의 일방적인 손해라고는 보지 않습니다."

"회장님, 무슨 말씀이신가요? 당장 250억 달러가 허공에 뜨게 됩니다.

차라리 이럴 바에야 레임덕이 시작될 존 매케인을 버리고 차기 정부와 판을 다시 짜는 게 어떻겠습니까?"

"차기 정부가 우리에게 호의적일 거란 보장은 없습니다. 이 문젠 존 매케인이 백악관에 있을 때, 마무리를 지어야 합니다."

린다는 경환의 말을 쉽게 이해할 수 있었다. 딕 체니와 앨 고어로 인해 정부의 간섭과 압력에 대응하려 SHJ의 사활을 걸고 엄청난 물량을 쏟아부으며 소모전을 벌였던 일들이 린다의 머릿속을 스쳐 지나갔다. 존 매케인과의 밀월 관계는 SHJ의 성장과 발전에 한 축이 되었지만, 린다는 경환이 무턱대고 존 매케인을 밀어주진 않을 거란 걸 알고 있었다.

"존 매케인은 기술연구소의 개발 능력을 과소평가하고 있을 겁니다. 그러니 그런 조건을 들고 나왔겠지요. 받아들입시다. 무기 개발에 대한 족쇄가 풀리는 거니, 우리도 손해 보는 건 아니니까요. 그 대신 조건을 수정할 필요가 있습니다. 미국의 동맹국 개념에 SHJ타운 혹은 SHJ 지사가 설립된 곳을 포함하도록 협상하세요."

"후후, 기술연구소에서 개발될 신형 무기를 본다면 존 매케인도 입에 거품을 물겠군요."

SHJ 지사는 일부 위험지역을 제외하고 전 세계에 퍼져 있었다. 당장 눈에 보이는 손실이 엄청난 건 사실이지만, 신형 무기의 우월성만 입증할 수 있다면 250억 달러 이상의 가치는 충분히 증명할 수 있다는 것이 경환의 복안이었다. 황태수와 린다를 통해 존 매케인의 얼굴을 살려 주면서 죽는시늉만 하면 되었다.

"자, 이 건은 이 정도로 마무리 짓고. 호주와 유럽으로 빠져나간 인원을 충당할 계획은 잘 진행되고 있겠죠?"

"제일 급한 게 SHJ시큐리티입니다. 휴스턴에서 2,000명, 서산에서 1,000명이 빠져나가는 바람에 경비팀 인원이 많이 부족하다는 보고입니다."

"미국과 한국에 국한된 인원 선발을 다른 지역까지 확대하라고 하십시오. 물론 철저한 충성심과 인격을 갖춘 자에 한한다는 선발 기준은 절대 변하면 안 됩니다. 그리고 L&K재단에서 운영하는 직업훈련원의 인원을 잘 활용한다면, 인원 수급엔 큰 차질이 없을 겁니다."

"그렇지 않아도 미국 25개 주와 한국 4개 지역에 분포된 직업훈련원의 인원 대부분이 SHJ에 흡수되고 있습니다. 충성심도 남다르고요."

L&K재단이 운영하는 직업훈련원을 졸업한 학생들은 80% 이상 SHJ로의 취업을 희망했고, SHJ는 성적보단 인물의 됨됨이를 가려 그들의 입사를 받아들였다. 사회의 하부 계층이었던 직업훈련원 학생들은 자신에게 기회를 제공한 SHJ에 대한 충성도가 다른 직원에 비해 높을 수밖에 없었다. 경환이 10년 넘게 직업훈련원에 공을 들인 이유도 바로 이런 점을 노린 것이었고, 독일과 노르웨이, 호주 각 지역에도 L&K직업훈련원이 속속 들어서고 있었다. 미래를 대비하는 요소에 사업만이 아닌 사람도 포함된다는 경환의 생각이 서서히 빛을 발하기 시작했다.

"야! 존, 저 애는 누구야? 우리 학교에 저런 애가 있다니, 내가 휴스턴에 오길 아주 잘한 것 같다."

"케빈! 정신 차려, 인마. 다른 여자애들은 넘봐도 되지만, 딱 두 명은 접근 불가야. 저 애가 그중 한 명이니까 신경 끄는 게 신상에 좋을 거다."

"내 사전에 접근 불가능한 여잔 없다. 햐, 정말 볼수록 죽인다."

갈색의 긴 생머리를 휘날리고 학교 정원을 가로지르는 여학생이 케빈의 시선을 사로잡고 있었다. 입을 헤벌쭉하며 여학생을 쫓아가려는 케빈을 존이 막아섰지만, 9학년답지 않은 큰 덩치를 자랑하는 케빈을 막아 낼 수는 없었다.

"야! 케빈, 쟤는 정말 안 된다니까!"

샌디에이고 지사에서 근무하던 아버지가 본사로 발령받았을 때만 해도 친구들과 헤어지는 게 못내 아쉬웠던 케빈이었지만, 이 순간만큼은 휴스턴에 온 게 자신의 운명일지도 모른다고 생각하며 입꼬리를 올리며 웃었다. 케빈의 시선을 의식한 여학생이 뒤를 힐끗거리며 걸음을 빨리 옮기자, 케빈도 급하게 발걸음을 옮겼다.

'어?'

급히 따라가던 케빈은 어찌 된 영문인지도 모른 채, 바닥을 굴렀다. 풀밭이 아닌 아스팔트 위였다면 얼굴이 망가질 수도 있을 정도로 케빈의 얼굴은 잔디밭에 파묻혀 있었다.

"꼴에 남자라고 침을 질질 흘리니, 아주 가관이네."

"희수, 오해야. 난 케빈을 말리려고 했다고."

희수의 늘씬한 다리에 걸려 케빈이 바닥에 널브러져 있었는데도 존은 사색이 되어 희수에게 자신의 무관함을 설명하기에 바빴다. 7학년이긴 하지만, 165㎝를 넘는 키에 어려서부터 호신술을 익힌 희수는 자기보다 덩치가 큰 남학생들과도 무술 대련을 밥 먹듯이 하기로 유명했다. 존은 그저 이 상황을 빨리 피하고 싶었다. 희수에게 덤벼들었다가 깁스한 남학생이 한두 명이 아니었기 때문이었다.

"이런 젠장! 운 좋은 줄 알아라. 네가 예쁘니까 참는 거라고."

학생들의 시선이 넘어져 있는 자신에게 쏠리자 케빈은 급히 일어나 옷에 묻은 흙을 털어 내기 바빴다. 자신의 발을 걸어 넘어트린 희수의 늘씬한 외모에 케빈의 눈이 잠시 반짝거렸다.

"참지 않으면 어쩔 건데?"

"뭐? 하, 정말 어이가 없군. 여자와 싸우는 놈은 살 가치가 없다는 게 우리 아버지의 말씀이라 참는 거니까. 혹시 미안한 생각이 든다면, 데이트 한 번으로 용서해 줄 수도 있고."

"케빈! 너 잠깐 나 좀 봐."

케빈의 어이없는 말에 헛웃음을 보이며 케빈에게 다가서려는 희수의 모습을 보고 존이 급히 둘 사이에 끼어들어 케빈을 낚아챘다. 존의 과도한 몸짓을 동반한 설명을 한동안 듣던 케빈의 얼굴이 흙색으로 변하기 시작했다. 어느 순간부터인지 모르겠지만, 케빈의 양손은 자신의 낭심을 덮고 있었다.

"야! 사과하든지 아니면 한판 붙든지 빨리 결정해. 나 바빠!"

희수는 양손을 팔짱 낀 채로 케빈의 결정을 독촉했고, 케빈의 시선을 사로잡았던 여학생이 희수의 팔을 붙잡아 끌었지만, 희수는 그 자리에서 움직이지 않았다. 희수의 독촉에 케빈은 식은땀까지 흘리며 자신의 낭심을 보호한 채로 너무 가깝지 않게 그녀에게 다가갔다.

"미안, 내가 전학 온 지 며칠 되지 않아서 실수했어. 용서해줘."

"게슴츠레한 눈으로 침을 질질 흘리며 위협감을 준, 애한테도 사과해야지 않아?"

"내가 사과할게. 오늘 같은 일은 앞으로 절대 없을 거야."

"빨리 가라. 두 번 다시 이런 일이 반복되면, 너하고 나, 둘 중 하나는 요단강을 건너야 할 거야."

케빈은 우물쭈물하다 존의 손에 이끌려 사라졌다. 지나가던 학생들은 희수에게 대들어 본전도 찾지 못한 전학생을 향해 혀를 찼다. 상황이 정리되자 희수는 자기의 뒤에 서 있는 여학생을 향해 몸을 돌렸다.

"그러니까 호신술 배우라고 했잖아."

"희수 네가 있는데 호신술 배워서 뭐 하게? 한국어 선생님 기다리시니까 빨리 집에 가자."

"내가 제니퍼 너 때문에 아주 팍팍 늙는다, 늙어."

혀를 날름 내밀며 희수의 등을 집 방향으로 밀었다. 초등학교를 졸업한 제니퍼는 SHJ타운 중학교에 보내 달라며 부모님을 졸랐다. 그 이면엔 제니퍼를 부추긴 희수의 공도 컸지만 무엇보다 제니퍼의 굳은 결심이 있었다. 빌과 멜린다는 단식투쟁까지 불사하는 제니퍼의 강경한 자세에 결국 백기를 들 수밖에 없었고 정우를 사윗감으로 내심 욕심내고 있던 빌의 찬성 역시 결정적 작용을 했다.

"오늘은 정우 오빠 집에 오겠지?"

"내가 어떻게 알아? 연구소 일에 푹 빠진 것 같던데. 적당히 좀 해라. 여잔 좀 뺄 줄도 알아야 하는 거야."

정우는 마커스 브라운 박사의 간곡한 요청으로 라이스대 천체물리학과에 입학했다. 학사 과정을 2년 만에 졸업한 정우를 놓치지 않기 위해 라이스대는 부랴부랴 천체물리학연구소를 캘리포니아 공대 수준으로 확장했다. 정우는 자연스럽게 연구소에서 석사 과정을 1년 만에 마치고 박사 과정을 밟게 되었다. 부전공으로 선택한 양자물리학에 깊은 관심을 보이며 연구소에서 밤을 새는 일이 허다하자 제니퍼는 정우를 기다리느라 애간장을 태웠다.

"제니퍼 넌 생긴 거답지 않게 완전 현모양처 감이다. 정우 오빠가 그렇게 좋으냐?"

"현모양처란 말 한국어 선생님이 가르쳐 주셨어. 좋은 말인 것 같아."

"어휴, 내가 너만 보면 아주 답답해 죽겠다."

얼굴을 붉히는 제니퍼를 위아래로 훑은 희수가 크게 한숨을 내쉬었다. 같은 나이였지만, 제니퍼의 굴곡진 몸은 여자인 자신이 봐도 감탄할 정도였다. 특히 가슴이 절벽인 자신에 비해 제니퍼는 티셔츠가 부풀어 오를 정도로 확연한 가슴 선을 가지고 있었다. 자신의 헐렁한 티셔츠를 내려다본 희수의 얼굴에 짜증이 배어 나왔다.

'기집애, 발육은 좋아서.'

희수와 제니퍼를 기다리던 통학버스가 클랙슨을 빵빵거리자 희수는 제니퍼의 가슴을 손으로 툭 치고는 앞서 뛰어가기 시작했다.

"SHJ타운을 방문해 주셔서 감사합니다, 제임스 맥너니 회장님."

"하하하, 오히려 제가 감사드립니다. 과연 SHJ타운은 제 상상을 초월하네요. 오늘의 만남이 좋은 결과로 나타나길 희망합니다. 그러고 보니 회장님과 저는 같은 이름이군요."

넉살 좋은 웃음으로 경환과 악수를 한 제임스는 경환의 맞은편에 자리를 잡았다. SHJ는 휴스턴이 10기, 서산이 5기, 총 15기의 전용기를 운용하고 있었다. 독일과 노르웨이, 호주의 SHJ타운이 본격적인 운영을 시작하면서 노후 기종의 교체를 포함해, 20기의 전용기와 15기의 헬리콥터를 구매할 계획을 세우고 각 항공기 제작사의 견적을 받는 중이었다.

현재 SHJ에서 운영하는 전용기는 경환의 개인 전용기인 글로벌 익스프레스를 포함해 대부분 봄바르디에와 에어버스의 손을 거친 것들이었고, 보잉의 전용기는 단 2기밖에 없었다. 제임스는 미국 기업인 보잉을 무시하고 캐나다의 봄바르디에와 특히, 보잉의 최대 경쟁사인 프랑스 에어버스의 전용기를 구매한 SHJ가 맘에 들지 않았다. 경환의 개인 전용기 교체를 시작으로 대규모의 구매 의사가 시장의 화두로 부상되면서, 제임스는 보잉의 실추된 이미지를 만회하기 위해 이 사업을 손에 쥐려 총력을 기울였다.

태연한 경환과 달리 제임스는 초조할 수밖에 없었다. 수없는 구애에도 경환과의 만남은 쉽게 이뤄지지 않아 제임스의 마음은 점점 조급해졌다. 봄바르디에와 에어버스가 휴스턴에 지사를 설립해 SHJ와의 물밑 협상에 사활을 걸고 있었지만, SHJ는 보잉사의 견적에 이렇다 할 반응을 보이지 않았다. 펜타곤과 백악관의 연줄을 동원해 겨우 만남이 성사된 만큼 제임스는 이 자리에서 결론을 내려야만 했다.

"어려운 발걸음을 하셨습니다. SHJ매니지먼트를 통해 보잉의 견적은 보고를 받았습니다만, 그리 좋지도 나쁘지도 않은 조건이더군요. 제가 말을 잘 돌리지 못합니다. 기분 상하셨다면 이해를 부탁합니다."

"어디나 장사는 똑같지 않습니까? 금액은 사람이 결정하는 겁니다. 우리 보잉은 SHJ의 조건을 100% 수용할 준비가 되어 있다는 것을 먼저 말씀드리고 싶습니다."

제임스는 반짝거렸다 사라지는 경환의 눈빛을 미처 보지 못했다. 최대한 태연하기 위해 애쓰는 제임스였지만, 어색한 웃음은 숨길 수 없었다. 경환은 제임스의 초조함에 불을 지펴야겠다고 생각했다.

"이번 전용기 구매는 SHJ그룹에도 중요한 사업입니다. 아시겠지만, SHJ그룹은 아시아와 아프리카, 중동 지역에 SHJ타운을 설립할 예정입니다. 지금 운영하는 전용기의 최대 3배로 확대를 해야 한다는 계산이 나오더군요. 그렇다 보니 이번 구매는 신중히 결정할 생각입니다."

"그, 그러셔야죠. 전체 견적 금액에서 10%를 인하하겠습니다. 그리고 리 회장님의 전용기를 보잉 B787 VIP급으로, 개조 및 내부 인테리어를 SHJ가 원하는 조건으로 제공하겠습니다."

"개조와 인테리어만 해도 6,000만 달러가 넘는다는 계산이 나오는데, 회장님의 베팅이 너무 크군요. 하지만 저는 공짜를 좋아하는 사람은 아닙니다. SHJ매니지먼트는 전용기를 선정함에 있어 철저히 안전성과 효율성에 기초를 두고 있습니다."

SHJ매니지먼트는 경환의 전용기를 놓고 에어버스의 A380과 보잉의 B787을 비교하고 있었지만, 실무진의 의견은 A380으로 기울고 있었다. B787의 가격은 1억 5,000만 달러로 A380에 비교해 월등히 저렴했지만, 그룹회장 전용기의 조건에 가격은 중요한 문제가 아니었다. 제임스는 입술을 살며시 깨물었다. 1달러의 차입금도 없이 막대한 자금을 운용하는 경환에게 할인을 운운한 것은 분명 자신의 실책이었다. 어색해진 분위기를 만회하기 위해 머리를 굴려 봤지만, 능구렁이를 삶아 먹은 듯 경환의 마음은 쉽게 열리지 않았다.

"맥너니 회장님, 제가 다른 제안을 할까 합니다. 사실 미국을 대표하는 보잉을 마냥 무시할 수도 없고 해서요."

"그, 그야 그렇죠. 플랜트와 IT, 무선통신을 대표하는 곳이 SHJ라면, 항공기 제작을 대표하는 곳은 분명 보잉이니까요. 말씀드렸듯이 우린

SHJ의 조건을 수용할 준비가 되어 있습니다. 어떤 제안이든 말씀해 주십시오."

천하의 보잉이 지금은 고개를 숙일 수밖에 없었다. 민간 항공기 제작에서 에어버스, 전투기 제작에서는 록히드마틴과의 경쟁으로 보잉은 예전의 명성을 서서히 잃어 가고 있었다. SHJ의 발주량 20기는 사실 보잉의 경영에 큰 영향을 끼칠 정도는 분명 아니었다. 그러나 세계 기업으로 성장한 SHJ가 주는 영향력은 200기 이상의 효과가 있었다. 다른 건 몰라도 경환의 전용기는 반드시 손에 넣어야만 했다. 제임스의 화려한 미사여구에 경환의 입에 미소가 지어졌다.

"보잉이 6세대 전투기 개발에 심혈을 기울이고 있다고 들었습니다. 현존하는 최고의 전투기라는 명성을 록히드마틴의 F-22에 넘겨주고 5세대 전투기 사업도 F-35에 넘어가면서 보잉의 전투기 사업은 막대한 영향을 받을 수밖에 없고요. 단도직입적으로 말씀드리자면 보잉과 함께 새로운 개념의 전투기를 개발하자는 제안을 드리고 싶습니다."

경환의 말도 안 되는 제안에 제임스의 얼굴이 굳어졌다. SHJ의 영향력을 이용할 생각이었지 전투기 사업은 그것과는 다른 문제였다. 자신이 동의한다 하더라도 BCA(민간항공제작)와 IDS(종합방위시스템)로 나뉜 보잉에서 IDS는 자신의 권한만으로 움직이는 곳이 아니었다.

"전투기 사업은 근본적으로 다른 문제입니다. 풍부한 자금력을 갖췄다 하더라도 쉽게 접근할 수 없는 곳이기도 하고요. 지금 이 제안 못 들은 걸로 하겠습니다."

전용기 판매가 물 건너가더라도 경환의 제안은 받아들일 수 없었다. 인상을 구기는 제임스의 모습에 경환의 입꼬리가 말려 올라갔다. 제임스의 반응은 이미 충분히 예상했던 바였다.

"충분히 이해합니다. 록히드마틴은 6세대 전투기를 인공지능에 의한 무인기를 기본 개념으로 잡고 있더군요. 이에 반해 보잉은 X-32가 패배한 후, 야심 차게 준비하는 6세대 전투기 사업으로 F/A-18을 2030년까지 대체한다는 명분으로 F/A-XX 프로젝트를 추진하고 계시더군요. 제가 만약 펜타곤이라면 록히드마틴의 손을 다시 들어 주겠습니다."

"어떻게? 그걸."

"전투기 개념은 아니지만, HTV-2 프로젝트는 로켓에 의해 대기권 밖에서 마하 20의 속도로 비행하는 항공기 개념이고, 내년에 실험한다지요? 그리고 UCLASS는 정찰과 감시, 타격이 가능한 무인기고요. 보잉이 유인기에 의존할 때 록히드마틴은 무인기로 방향을 선회했습니다. 싸움이 된다고 보십니까?"

제임스는 할 말이 없었다. 6세대 전투기 사업은 공공연하게 알려진 비밀이었지만, 경환은 세세한 부분까지 정보를 가지고 있었다. SHJ시큐리티의 정보력이 NSA나 CIA와 비등하다는 소문을 새삼 실감했다. 그러나 정보만 가지고 될 수 있는 사업이 아니었다.

"부인하지는 않겠습니다. 그러나 보잉의 IDS 사업은 복잡한 구조로 되어 있습니다. 제가 SHJ의 참여를 혼자 결정할 수 없다는 말입니다."

"SHJ에서는 이 사업을 준비하기 위해 SHJ기술연구소와 SHJ테크놀로지가 개발을 시작한 지 5년이 넘었습니다. 외람된 말이지만, F-35에 필적할 만한 기술력을 확보했다고 자신합니다. 보잉이 아니더라도 자체 제작을 할 여건이 되었단 말이기도 하죠."

"그렇다면 그 큰 파이를 왜 우리와 나누려고 하는 겁니까?"

경환은 잠시 말을 멈추고 탁자에 놓인 찻잔을 집어 들었다. 목을 축인 경환이 서류철을 제임스에게 건넸다. 별 뜻 없이 서류철을 건성으로 넘기던 제임스는 기대고 있던 등을 의자에서 떼고 서류에 집중하기 시작했다.

"전투기 제작의 인프라가 부족했기 때문입니다. 또한, 막강한 보잉의 로비력도 필요했고요. 이 정도면 질문에 대한 답이 되겠습니까?"

경환의 대답에도 제임스의 시선은 서류철에 묶여 있었다. 세세한 기술은 당연히 감췄겠지만, SHJ테크놀로지의 인공지능과 결합한 전투기 제원과 설계도 일부는 제임스의 심장을 뛰게 만들었다. 기술적 검토만 통과한다면 F-22와 F-35에 뺏긴 명성을 되찾을 수 있다는 생각과 함께 개발 중인 6세대 전투기에도 접목할 수 있을 것 같았다. 마침내 제임스가 고개를 들어 경환을 바라봤다.

"기술적 검토를 할 수 있게 자료를 주실 수 있습니까?"

"그건 불가능합니다. 아직 보잉이 우리의 파트너는 아니지 않습니까?"

"조건을 말씀해 보십시오."

"지분 50 대 50으로 신규 법인을 만들고 경영과 인사는 보잉이, 재무와 기술연구소는 SHJ가 가지는 조건입니다. 또한 생산은 보잉이 주관하되 SHJ의 인력이 참여해야 하고, 판매에 대한 권리는 보잉에 있지만, 미국을 제외한 SHJ타운이 있는 지역의 판매는 SHJ가 가지는 조건입니다. 물론 판매원가 산출은 공동으로 작업해야 하고요."

"검토해 보겠지만, 나쁜 조건은 아닌 것 같군요."

"보잉의 엔진 기술만 접목된다면, 1년 안에 최종 설계도는 나올 수 있을 겁니다. 이미 시뮬레이션까지 마친 상태니까요."

지루했던 제임스와의 협상은 이것으로 마무리되었다. 판매 지역 일부를 SHJ에 넘긴다는 부분이 제임스를 찝찝하게 했지만, 지금은 찬밥 더운 밥을 가릴 처지가 아니었다. 혹시라도 록히드마틴에 이 기술이 들어간다면 보잉의 IDS는 헤어날 수 없는 침체기에 들어설 수도 있는 문제였다. 법인 설립에 대한 인허가 작업과 로비를 보잉이 맡기로 하고, SHJ의 전용기 12대의 발주서를 손에 쥔 제임스는 의기양양하게 SHJ타운을 떠났다.

"우리가 자체적으로 제작할 수도 있었는데 아쉽습니다."

"너무 나서다가는 뒤에서 총 맞을 수도 있는 겁니다. 그렇다고 해서 전부를 내준 것도 아니니 아쉬워하지 마세요."

경환을 보좌해 이번 협상에 참석한 최석현이 입맛을 다셨다. 수많은 토론과 회의를 거쳐 보잉을 SHJ의 전투기 사업 파트너로 선정한다는 계획을 세웠지만, 엔진 기술과 생산라인만 제공하는 보잉에 너무 큰 떡을 안겨 줬다는 생각이 최석현의 머리에서 떠나질 않았다. 그동안 봐왔던 경환의 결정과는 달랐기 때문에 통 이해가 되지 않았다.

"전투기 제작에 대한 인프라가 전혀 없는 상태에서 기술만 가지고 덤빌 사업이 아닙니다. 보잉과 공동으로 제작할 전투기는 우리가 가진 일부에 지나지 않습니다. 보잉과의 합작으로 인프라를 구축하고 로비력을 확보한 다음, 보잉의 태도를 봐 가며 천천히 움직여도 된다는 말입니다. 하나를 주고 둘을 얻으면 결코 손해 보는 장사는 아니니까요."

최석현은 역시나 하며 고개를 끄덕거렸다. 방산업계 진입은 다른 업종에 비해 상대적으로 벽이 높았다. 아무리 좋은 기술이라도 판매할 곳이 없으면 그 기술은 사장되거나 뺏길 수밖에 없는 구조였기에 경환은 보잉을 방패 삼아 높은 벽을 넘을 생각이었다. SHJ기술연구소에선 제임스에게 보여 준 모델보다 최소한 2세대 앞선 모델을 개발하는 중이었다.

"제니퍼, 부모님께 연락은 자주 드리고 있니?"

"네, 아저씨. 매일 전화를 드리고 있어요."

한식으로 차려진 식탁에서 경환은 희수의 옆에 가지런히 앉아 식사하는 제니퍼를 기특하게 바라보고 있었다. 부모를 떠나 먼 휴스턴까지 온 강단 있는 제니퍼는 경환과 수정의 우려와는 달리 휴스턴 생활에 잘 적응하고 있었다. 어렸을 때부터 배워 온 제니퍼의 한국어 실력은 희수에 못지않았다.

"여보, 희수 좀 어떻게 해 주세요. 여자애가 매일 싸움만 하고, 내가 창피해서 학부모 회의에 참석할 수가 없다고요. 희수 별명이 뭔지 아세요? 타운의 마녀라고 합디다. 여자애 별명이 마녀가 뭐예요? 마녀가."

"치, 엄만 나만 가지고 뭐라 그래. 두들겨 맞는 것보단 낫잖아."

"어머, 어머. 얘 말하는 것 좀 봐. 너하고 제니퍼 둘을 섞어서 딱 반으로 쪼갰으면 좋겠다."

사춘기에 접어들고 있는 희수는 수정의 과보호에 부쩍 말대꾸가 늘었다. 수정의 말처럼 다소곳한 제니퍼와는 정반대로 희수는 와일드하게 성장하고 있었다. 이건 경환의 머릿속에 희수의 죽음이 트라우마로 남아 있었기 때문에 희수에게 어렸을 때부터 알을 통해 호신술과 격투기를 가르친 탓도 큰 역할을 했다. 경환의 눈에는 두 모녀의 말다툼도 사랑스러워 보였다.

"난 지금의 희수 모습 보기 좋아. 제니퍼는 제니퍼 나름의 아름다움이 있고 희수는 희수 나름의 아름다움이 있는 거잖아. 희수 너, 그렇다고 엄마한테 말대답하는 건 아빠가 용서 못 해. 아빠하고 평생 살아 줄 사람은 엄마니까 난 엄마 편이야."

경환은 갑자기 싸해진 분위기에 수정과 희수의 눈치를 살폈다. 경환의 말이 수정과 희수의 불만만 키운 것 같았다. 눈까지 흘기는 수정의 싸늘함에 경환은 여자의 속마음은 이해하기 힘들다는 듯 고개를 흔들다 화살을 정우로 돌렸다.

"정우 너는 연구도 좋지만, 아직 미성년이야. 연구에 매달리지만 말고 매일 집에 오도록 해. 제니퍼가 이 집에 왜 있는지도 좀 생각해 보고."

"네. 너무 걱정하지 마세요."

짤막한 대답을 끝으로 정우가 식사에 열중하자 경환은 고개를 들어 천장을 바라봤다. 아이들이 자신의 품을 떠나기 위해 준비하는 것 같아 마음 한구석이 썰렁해지는 기분이 들었다. 아직은 철없는 희수와 너무 철이 든 정우, 정우만 바라보는 제니퍼, 수정과 함께 지켜야 할 자신의 분신 같은 존재들이었다. 카리스마 넘치는 경환도 집에서만큼은 수정과 희수에게 꼼짝 못했다.

'삐, 삐, 삐~.'

강남 테헤란로 사거리에서 신호등이 파란색으로 바뀌기도 전에 유턴을 시도하던 승용차 한 대가 콘솔박스로 신호등을 조작하는 교통경찰에게 적발되어 갓길로 끌려 나왔다. 검은색 중형차로 다가선 경찰이 고개를 숙이며 가볍게 거수경례를 보냈다.

"신호 위반을 하시면 어떡하십니까? 사고가 날 수도 있었습니다. 면허증 제시해 주십시오."

"아, 네. 죄송합니다. 제가 바쁜 일이 있어, 마음이 조급했나 봅니다."

운전석에서 차 문을 열고 나온 사내가 자신의 잘못을 인정하며 지갑에서 꺼낸 면허증을 건네주며 공손히 고개를 숙였다. 조수석에 타고 있던 사내가 급히 다가가려 했지만, 운전자의 제지에 걸음을 멈춰야만 했다.

"벌점 15점과 벌금 6만 원입니다. 다음부터는 조심하십시오."

"아, 네. 면목 없습니다. 제가 큰 실수를 범했네요."

"의, 의원님!"

조수석에 있던 사내의 의원이란 소리에 교통경찰은 면허증에 적혀진 이름을 다시 살핀 후, 운전자를 바라보다 사색이 되었다. 방송과 신문지상에 큰 이슈로 떠오른 인물이 자신의 앞에서 고개를 조아리고 있는 모습에 범칙금 고지서를 들고 있던 교통경찰의 손이 가볍게 떨리기 시작했다. 발행된 고지서를 물릴 수도 없던 교통경찰의 당황한 모습에 국회의원인 운전자가 고지서를 뺏다시피 받아들었다.

"제가 워낙 급해서 그럽니다. 다음부턴 조심하겠습니다."

"심, 심 의원님, 제, 제가 오히려 실수를……."

말까지 더듬는 교통경찰을 향해 고개를 조아린 심석우가 고지서를 손에 쥐고 급히 차에 올라타 그 자리를 벗어났다. 혹시라도 자신에게 해가 될지도 모른다는 생각에 교통경찰은 한참을 자리에서 뜨지 못했다. 그러나 이 광경을 목격하던 소수의 행인 뒤에서 연신 카메라 셔터가 터지고 있다는 것을 아무도 알지 못했다.

10년간의 야당 생활은 힘들 수밖에 없었다. 2007년 대선에서 정권을 재탈환해 여당의 대표를 맡은 황국철은 깊은 감회에 빠져들었다. 2007년 대선은 여당의 경선에서 이미 판가름 나는 싸움이었기 때문에 여당의 경선은 그만큼 치열할 수밖에 없었다. 서울시장의 경험으로 지지도에서 앞선 이상민은 당내 보수파와 보수 언론을 앞세워 치밀하게 경선을 준비해, 당 지지도에서 앞선 현 대통령의 발목을 잡았다. 그때 배후를 알 수 없는 서류가 자신의 손에 들어오지 못했다면 지금 청와대 주인은 이상민이 되었을 수도 있었다. 이상민의 비리를 낱낱이 밝힌 서류를 적재 적기에 터트려 이상민의 후보 사퇴를 종용할 수 있었던 것은 자신의 정치 생명을 연장할 수 있는 천운이었다.

황국철은 자신이 청와대 주인과는 어울리지 않는다는 것을 스스로 느끼고 있었다. 단지 여당을 장악해 차기 대권주자를 자신의 손으로 키워 영향력을 지속하려 했지만, 2008년 총선에 무소속으로 등장한 심석우가 당선되면서 상황이 묘하게 꼬이기 시작했다. 무소속인 심석우의 등장을 애써 무시했었지만, 신한국정치포럼이란 모임을 주도하면서 각계각층의 전문가 모임을 형성하더니 지금은 여야 젊은 의원들과 교분을 나누며 그 세를 넓히는 행보를 보이고 있었다. 마땅한 당내 차기 대선주자가 보이지 않는 상태에서 심석우의 행보가 여간 신경 쓰이는 것이 아니었다. SHJ가 심석우의 배후란 심증은 있었지만, 물증이 없었다.

"대표님, 지금 인터넷과 신문이 난립니다."

"무슨 소리요? 안 의원."

여당의 사무총장인 안변수가 대표실을 박차고 들어왔다. 자신의 손에 들려 있는 엘리시움을 급히 황국철에 보여 주며 눈이 나쁜 황국철을 위해 손가락으로 화면까지 확대해 주었다.

"심석우가 신호 위반을 해 경찰에 적발되었다고 하네요. 사진과 함께 평소 고상하게 떠들던 심석우를 비판하는 댓글들이 엄청나게 달리고 있습니다. 하하하. 앓던 이가 빠진 것처럼 시원합니다."

황국철은 말없이 보도 기사를 읽으며 교통경찰에게 고개를 숙이는 사진을 물끄러미 바라만 보았다. 안변수의 말처럼 국회의원이 교통 법규를 위반해도 되냐는 댓글과 심석우에게 실망했다는 댓글들이 올라와 있었다. 간혹 잘못을 인정하고 교통경찰에게 고개를 숙일 줄 아는 국회의원이 몇이나 되겠느냐는 우호적인 댓글도 있었지만, 소수에 지나지 않았다.

"자식, 자주국방과 복지가 어떠냐는 등 떠들더니, 한 방에 가게 생겼습니다. 하하하."

"당 차원에서 절대 이 문제에 나서지 마세요."

"네? 그게 무슨 말씀이십니까?"

"그냥 넘어가라는 말입니다."

정색하는 황국철이 이해가 되지 않아 안변수의 얼굴이 찡그려졌다. 대표실에 오기 전 이미 대변인을 통해 심석우를 교묘히 비난하라는 지시를 내린 상태였기 때문이었다. 안변수가 말을 얼버무리자 낌새가 수상하다고 느낀 황국철의 노기 띤 음성이 다시 들렸다.

"이 기사를 실은 곳이 오중일보 아닙니까? 오중일보 뒤에 오성그룹이 있다는 건 삼척동자도 아는 사실이고요. 신한국정치포럼을 누가 지원하고 있다는 것쯤은 알고 있어야 하지 않습니까! 도대체 사무총장이란 사람의 생각이 이렇게 짧으니."

"그럼, 이 기사가……"

"이 기사는 심석우가 본격적으로 포퓰리즘을 시작했다는 증거란 말입니다. 아시겠어요? 당신은 국회의원 배지 달고 신호 위반한 적 없습니까?

경찰에 단속되더라도 심석우처럼 고개 숙인 적이 있기나 합니까?"

신한국정치포럼을 오성그룹이 지원하고 있다는 사실은 공공연한 비밀이었다. 오성그룹을 시작으로 대현중공업그룹과 대현자동차그룹, 대후그룹, 제일그룹까지 내로라하는 기업들이 이 모임에 관심을 보내고 있어 여당의 고민거리가 된 지 오래였다. 자신의 실수를 직감한 안변수는 기자실로 들어가는 대변인의 모습이 떠올라 인사를 할 겨를도 없이 대표실을 박차고 나갔다. 신문기사와 댓글을 살피던 황국철은 깊은 한숨과 함께 눈을 감았다.

화무십일홍.

꽃이 아무리 붉어도 10일을 넘기지 못한다는 말처럼 10년간의 꿈같은 여당 생활을 접고 돌아온 야당 생활은 쉽게 적응되지 않았다. 2007년 대선과 2008년 총선을 연이어 패배하면서 야당의 살림살이는 쪼그라들 수밖에 없었다. 정권 재탈환을 목표로 대선을 준비하고 있다곤 하지만, 누구도 성공을 확신할 분위기는 아니었다. 박원빈 당 대표의 얼굴에 그늘이 드리워져 있었다.

"대표님, 이 기사를 한번 보시겠습니까?"

박원빈은 원내 대표인 강영수가 건네준 태블릿 PC에 시선을 돌렸다. 심각할 수 있는 상황에서도 박원빈은 피식 웃음을 터트렸다.

"신한국정치포럼에서 움직이기 시작했군요. 의원들 관리는 어떻게 하고 있습니까?"

"저, 그게, 10여 명의 의원이 동요하고 있습니다. 계파를 통해 설득 작업은 하고 있지만, 큰 이슈가 한번 터지기라도 한다면 심각한 상황이 벌어질지도 모르겠습니다. 여당에서도 5명 정도가 줄타기하는 것 같습니다."

"심석우 이 친구, 무서울 정도로 치밀하군요."

"아직은 세가 적지만, 보궐선거를 통해 의원 수를 확보해 지지를 굳혀 가 간다면 원내 교섭단체로 성장할 수도 있다는 분석이 있습니다."

박원빈은 눈을 지그시 감았다. 신한국정치포럼이 정당 역할을 할 수 는 없었지만, 의원 수를 20명으로 확보하게 된다면 새로운 정당을 만드는 건 일도 아니었다. 2년 앞으로 다가온 총선과 대선이 심석우가 이끄는 신 한국정치포럼에 의해 소용돌이칠 것이 분명해 보였다.

"SHJ는 어떻게 움직이고 있습니까?"

"심석우가 L&K재단을 나오는 과정이 매끄럽지 못해 아직은 서로 각 을 세우고 있는 모습입니다."

"그렇지 않을 겁니다. 피는 물보다 진할 테니까요. 전임 대통령과 이경 환 회장은 그리 나쁜 관계는 아니었습니다. SHJ를 통해 심석우와의 연합 을 추진하는 것도 좋은 선택이라고 보는데."

박원빈의 머리에 퇴임해 고향으로 귀향한 노기찬이 떠올랐다. 노기찬 을 통해 경환과 선을 대려는 생각을 해 봤지만, 노기찬은 정치에 개입하 지 않겠다며, 자신의 제안을 거절했다. 자신의 이상이 기득권과 현실 정치 의 벽을 넘지 못했다는 것을 자책한 노기찬은 고향에 칩거하며 저술 활 동에 전념하고 있었다. 박원빈의 입에서 긴 한숨이 터져 나왔다.

"우리와의 연합이 쉽지 않을 것 같습니다. 현재 심석우는 보수 진영의 지지도를 갉아 먹고 있습니다. 특히, 일본과 중국과의 영토 분쟁에 소극적 인 청와대를 신랄하게 비판하며 세를 키우는 중입니다. 비판 대상엔 야당 인 우리도 포함되어 있고요."

"심석우가 L&K재단에 있으면서 제일 신경을 썼던 게 직업훈련원과 경제연구소였습니다. 우리가 아직은 수도권과 호남에 지지세를 확보하고 있다고는 하지만, 호남에서의 심석우 이미지는 나쁘지 않습니다. 결국, 우리 지지세 일부도 잠식당할 수 있다고 생각해야 합니다."

박원빈도 심석우가 쉽게 연합에 응하리라고는 생각하지 않았다. 심석우의 행보는 당내 계파를 만들기 위한 것이 아니란 것을 박원빈도 눈치챌 수 있었다. 심석우의 꿈이 대권을 향한 것이라면 자신의 무덤이 될 수밖에 없는 여당 혹은 야당과의 연합은 안중에도 없어야 했다. 아무리 대중적 지지도가 높더라도 정치적인 뒷받침 없이 대권 도전은 불가능했지만, 심석우의 뒤를 신한국정치포럼이 받쳐 주고 있는 형국이었다. 박원빈은 머릿속으로 SHJ가 도대체 무슨 생각을 하고 있는지 고민할 수밖에 없었다.

'팟, 팟.'

여의도 국회의원 회관 기자실에 심석우의 모습이 나타나자 기자들은 연신 카메라를 터트렸다. 며칠 잠을 자지 못했는지 심석우는 초췌한 모습으로 단상을 향해 걸음을 옮겼다. 심석우의 등장에 기자들의 질문이 쇄도했다.

"질문은 나중에 받겠습니다. 우선 국회의원 신분으로 물의를 일으킨 점, 국민께 사죄합니다."

말을 잠시 끊은 심석우가 단상을 비켜서 90도 각도로 고개를 숙이는 모습이 기자들의 카메라에 잡혔지만, 심석우를 물어뜯기 위해 기자들의 눈은 더욱 날카롭게 빛날 뿐이었다. 단상의 중앙으로 다시 자리를 잡은 심석우가 마이크를 들었다.

"9월 19일 오전 10시경 강남 테헤란로 사거리에서 교통 위반을 하는 잘못을 저질렀습니다. 법을 수호해야 할 국회의원 신분으로 이 같은 범법 행위를 한 제 행동을 변명하진 않겠습니다. 말과 행동이 다르다는 국민들의 질타를 겸허히 수용하며, 저 자신을 뒤돌아보는 계기로 삼겠습니다. 저는 잘못된 제 행동을 반성하며, 앞으로 1년 동안 대중교통을 이용해 의정 활동을 하겠습니다. 국민들께 실망을 드린 점, 다시 한 번 용서를 구합니다."

"의원님의 지지도가 하락하고 있는데, 오늘 기자회견은 지지도를 의식한 것인가요?"

"대중교통을 이용하시겠다는 말씀, 믿어도 됩니까?"

신호 위반 하나로 기자회견까지 열린 상황이 우습긴 했지만, 차기 대권주자로 심석우의 이름이 거론되고 있는 상황에서 보수 언론과 진보 언론 모두 호의적인 모습은 아니었다.

"결과는 있는데 과정이 빠진 것 같습니다. 평소 의원님의 성격으론 교통위반을 할 상황이 아니었는데, 무슨 이유가 있으셨던 건가요? 상황을 말씀해 주십시오. 아, 저는 오중일보 곽순길 기자입니다."

보수의 중앙에 있던 오중일보는 기존 보수 언론과는 다른 행동을 보이며 보수 진영의 분열을 획책한다는 비난을 받고 있었다. 다른 기자들의 눈총이 곽순길에게 집중되었지만, 그는 애써 시선을 외면하며 심석우를 바라보고 있었다.

"지지도를 위한 기자회견은 절대 아닙니다. 국민들의 질타에 용서를 구하기 위해 나선 것뿐입니다. 무소속인 제가 찾은 방법은 이것밖엔 없었습니다. 복지 관련 법률을 제안하기 위해 전날 밤을 새웠습니다. 공교롭게 19일 아침에 제 아내가 늦둥이를 출산하고 말았고, 아기를 보고 싶다는 생각과 출산을 혼자 감당해야 했던 아내에 대한 미안함에 맘이 너무 급해졌습니다. 그렇다고 잘못된 제 행동을 두둔할 생각은 없습니다. 분명 제 행동은 법을 위반한 잘못된 것입니다."

"그게 사실입니까?"

쉴 새 없이 터져 나오던 기자들의 질문은 심석우의 답변과 함께 사라져 버렸다. 법률 제안 때문에 밤을 새우고 아내의 출산을 지키지 못했다는 말을 반박할 정도로 머리 나쁜 기자들은 없었다. 고개를 90도로 다시 숙인 심석우가 기자실을 빠져나가자, 심석우를 잡아먹으려던 기자들은 허탈함에 빠졌다.

"수고하셨습니다."

"아무리 그래도 아내의 출산을 지키지 못한 건 좀 심했습니다. 제가 요새 와이프의 등쌀에 잠도 제대로 못 잡니다."

고개를 절레절레 흔들며 의원실로 향하는 심석우의 뒤에서 그를 보좌하는 박화수의 얼굴에 미소가 퍼졌다.

다음 날 오중일보 정치면엔 심석우의 기자회견 소식과 함께 늦둥이를 안고 있는 심석우의 사진이 실렸다. 잠시 떨어지던 지지도는 서서히 고개를 쳐들었고, 신한국정치포럼을 정경유착으로 해석하던 국민들의 시선이 심석우 개인에게 집중되기 시작했다. 그날 이후, 피곤함에 절어 버스와 지하철에 널브러져 잠들어 있는 심석우의 사진이 개인 블로그를 통해 급속히 퍼지기 시작했고, 심석우에 대한 국민들의 호감도는 온라인의 댓글 수와 비례해 올라가기 시작했다.

"이건 도대체 누구 머리에서 나온 겁니까?"

경환은 심석우의 행적을 추적한 보고서를 살피며 어이가 없는 듯 헛웃음을 지었다. 가재는 게 편이라고 정아의 출산까지 심석우의 이미지 메이킹에 이용되었다는 사실을 어떻게 받아들여야 할지 고민스러웠다.

"정치적 기반이 약하고 40대란 약점을 보완하기 위해서라도 필요했습니다. 덕분에 심석우의 호감도는 급상승 중입니다."

"이런 꼼수보단 국민들의 실생활에 접목될 수 있는 법률 제정을 통해 인지도를 높이는 방법도 있지 않았나 해서 하는 말입니다."

"한국의 정치 상황을 아시지 않습니까? 아무리 능력이 뛰어난 정치가라도 정당에 소속되지 않는다면 끝내는 밟힐 뿐입니다. 그동안 심석우는 법률 제안에 심혈을 기울였지만, 여당과 야당의 철저한 무시에 제출조차 할 수 없었습니다."

아무리 좋은 법률을 만들더라도 국회의원 10명의 동의를 얻지 못하면 제출할 기회조차 얻을 수 없는 게 한국 정치의 현실이었다. 차기 대선주자로 고개를 들고 있는 심석우는 여당과 야당의 견제에 무소속의 한계를 느낄 수밖에 없었다. 황태수의 답변을 이해 못 하는 건 아니지만, 남편 없이 혼자 아이를 출산하며 서러웠을 정아를 생각하니 맘이 편치 못했다.

"그래도 될 수 있으면 직계가족은 이용하지 말라고 하십시오."

"알겠습니다. 좋은 약도 두 번 쓰면 내성이 생기는 법이니까요."

심석우에게 투자한 본전을 뽑기 위해서라도 이번 한 번은 참고 넘어가야 했다. 회귀 전과 크게 달라진 희수의 사춘기에 경환은 수정과 희수 사이를 오가며 피곤한 하루하루를 보내고 있었다. 눈 밑으로 길게 뻗어 내린 다크서클을 만지작거리는 경환의 모습을 황태수가 안타까운 눈빛으로 쳐다봤다.

"피곤하신 것 같으십니다. 좀 쉬시는 게 좋지 않겠습니까?"

"괜찮습니다. 요샌 집보다 사무실에 있는 게 오히려 쉬는 겁니다. 부회장님이야말로 건강에 신경 쓰십시오. 내년이면 환갑이십니다."

경환은 황태수를 놔줄 생각이 없었다. 그러기 위해선 황태수의 건강을 유지시키는 게 절대적으로 필요했다. 경환은 래리와 세르게이에게 했던 것처럼 개인 트레이너와 주치의를 황태수와 린다에게 붙였다. 두 사람의 건강을 직접 일일이 챙기는 모습을 보여 직원들의 감동을 얻었지만, 실상은 자신을 위한 고육지책이었다.

"한국의 여당과 야당 대표들이 끊임없이 추파를 던지고 있습니다. 심석우를 견제하며, 2년 앞으로 다가온 총선과 대선을 준비하기 시작한 것 같습니다."

"아직은 우리가 나설 때가 아닙니다. 그나저나 이형우 회장도 보통은 아니더군요. 신한국정치포럼이 오성그룹의 도움을 받는 건 사실이니까요."

2007년 심석우가 L&K재단에서 독립한 후로 오성그룹은 발 빠르게 심석우를 물밑에서 자금과 인력으로 지원하고 나섰다. SHJ가 친인척이란 따가운 시선을 받는 상황에서 오성의 지원은 심석우의 국회 입성이 수월하도록 도와주었다는 것은 부인할 수 없는 사실이었다. 경환은 국정원도 한 수 접어주는 오성그룹의 정보 수집 능력을 간과하지 않았다.

"오성을 끌어안으실 생각이십니까?"

"싫든 좋든 한국의 경제에서 오성을 제외할 수는 없지 않습니까? 경계는 하면서 언제든 싹을 잘라 낼 준비는 하고 있어야겠지요. 심석우의 행보는 어떻게 예정되어 있습니까?"

"신한국정치포럼을 이용해 여야 소장파 의원들 위주로 작업을 시작한다는 보고가 있었습니다. 내년 하반기에 본격적인 총선 체제로 신당을 결성한다는 계획입니다. 오성그룹에 주도권을 준 게 아쉽긴 하지만, 그때를 기점으로 우리도 본격적으로 심석우를 지원할 예정입니다."

경환은 황태수의 보고에 고개를 끄덕였다. 설익은 밥을 먹지 않게 시기를 최대한 조율할 필요가 있었다. 시기를 잘못 선택해 기억 저편으로 사라진 정치인들이 한둘이 아닌 만큼 신중에 신중을 더해야만 했다.

"내년부터 본격적인 작업에 들어가려면 막대한 자금이 필요할 텐데, 우리 계획을 박화수 이사에게 전달은 했습니까?"

"미묘한 내용이 많아서 아직 연락을 취하지 못했습니다. 국방부와 무기 개발 건으로 한국에 들어가야 하니 그때 만나서 설명할 생각입니다."

"그렇게 하십시오. 5년 가지고는 너무 짧습니다. 최소한 10년은 보장돼야 합니다. 이 점을 설명하면 박화수 이사도 이해하리라 봅니다."

황태수는 경환 앞이었지만, 짧게 한숨을 내쉬었다. 박화수는 대선이 끝남과 동시에 SHJ로 복귀하겠다는 의사를 밝혔다. 자신은 정치보단 기업경영, 그것도 세계를 아우르는 SHJ에서 마지막 인생을 불태우겠다는 소신을 굽히지 않고 있어 황태수를 난처하게 만들고 있었다. 한국이 미국과 같이 4년 중임제였다면 이런 고민도 하지 않겠지만, 5년 단임제는 시작하자마자 끝나는 아주 짧은 시간이란 사실이 경환의 고민인 것을 황태수도 모르지 않았다. 자신의 앞에서 방방 뛸 박화수의 모습을 지우기 위해 황태수는 고개를 흔들었다.

"백악관이 다른 제안을 해 왔는데, 골치 아프네요."

황태수의 난처한 모습을 발견한 경환은 애써 그것을 무시하고 화제를 바꿨다. SHJ에너지의 지분 15%를 500억 달러에 넘기고 신무기에 대한 개발과 판매를 승인받은 일은 미국 경제계의 큰 이슈였다. ITER은 긴장하지 않을 수 없었다. ITER 자금의 한 축을 담당하는 미국이 SHJ에너지 지분을 인수했다는 소식이 전해지면서 미국이 SHJ의 개발 상황에 따라 ITER을 탈퇴할 수도 있다는 소식이 연이어 들렸기 때문이었다. ITER과 연합한 방산업계의 집요한 로비에 직면한 백악관은 사태를 진정시키기 위해 무리한 제안을 해왔다.

"북미관계가 교착된 상태에서 우리에게 이 문제를 풀라는 얘기가 저도 쉽게 이해되지 않습니다. 북한에서 회장님을 초청했다는 명분이 있다고는 하지만, 방산업계의 압박을 다른 쪽으로 풀겠다는 생각이라고 봅니다."

"등 떠밀리며 가긴 싫은 곳인데, 이거 참."

"북한은 우리에게 득이 하나도 없습니다. 안 되는 건 안 되는 거니 제안을 거절하시죠."

북한의 핵문제가 미국 정치계의 화두가 되면서 제네바 핵합의를 거부한 앨 고어 행정부가 다시 도마 위에 올려졌다. 북미 간 상호 불신은 점점 깊어지고 있었고 이라크 전쟁에서 아직 미군을 빼내지 못하고 있는 백악관은 북핵 해결을 위해 우선협상을 추진한다는 계획을 세웠다. 그러나 믿을 수 없는 북한에 끌려다닐 수 없다는 공화당 내부의 반발에 부딪혀 협상 시도도 제대로 준비할 수 없는 처지에 놓였다. 마침, 경환을 초청하고 싶다는 북한 정부의 의사를 접한 백악관은 특사 자격으로 북한을 방문해 달라는 요청을 SHJ에 했지만, 경환은 가고 싶은 생각이 없었다.

"회장님, 3대 세습 체계를 인정받으려는 꼼수인데 우리가 들러리 설 필요가 있겠습니까?"

"저도 딱히 갈 생각 없습니다. 무턱대고 백악관의 요청을 거절하는 것보다는 방문 일정을 12월 초로 미루세요. 두 달 사이에 미국이나 한국에 상황이 발생하면, 자연스럽게 취소될지도 모르니까요."

황태수는 이해할 수 없다는 듯 고개를 갸웃거렸다. 가끔은 경환의 말이나 결정을 전혀 납득할 수 없었지만, 시간이 지나면 그때의 결정이 옳았다는 것을 알게 된 일이 한두 번이 아니었다. 처음엔 경환의 뒤에 보이지 않는 정보조직이 있을 거란 생각도 했었지만, 경환을 가까이에서 봐온 15년 동안 SHJ시큐리티를 제외하곤 다른 조직이 없었다. 경환의 개인적 능력이라고 치부하기엔 어딘가 이상했지만, 황태수는 경환의 지시에 토를 달지 않고 따랐다.

스위스 남동부에 위치한 생모리츠는 유럽의 부호들이 즐겨 찾는 고급 휴양지로 숲과 호수, 특히 알프스 영봉에 둘러싸여 기후가 온화하고 경치가 아름다워 사계절 관광객이 끊이지 않는 곳이었다. 생모리츠에서도 최고급 호텔인 수브레따하우스엔 서너 명의 사내가 모여 심각한 논의를 하고 있었다. 호텔 전체를 철통같이 경계하는 경호원들 사이에서 호텔 출입은 통제되고 있었고 회의실에선 간간이 SHJ란 이름이 흘러나오고 있었다.

"우리가 너무 안일하게 생각했던 것 같습니다. SHJ가 이렇게 클 줄은 몰랐네요."

"조지 부시가 낙마했을 때 강하게 쳐 내야 했습니다. 지금은 백악관까지 움직이고 있고, 특히 FRB마저 존 매케인의 기세에 눌릴 정도로 SHJ의 영향력이 커졌습니다."

"바보 같은 딕 체니를 위시한 네오콘 놈들이 일을 꼬이게 만들었어요. 자신의 감정을 앞세워 무턱대고 덤벼들다니. 그나저나 제임스란 인간 도 대체 어떻게 생겨 먹은 인간입니까? 차입금이 1달러도 없다는 사실이 정 말 믿어지지가 않습니다."

사내들의 분기탱천한 말들이 오가는 와중에도 수장으로 보이는 사내 는 팔짱을 낀 채, 긴 침묵으로 일관하고 있었다. SHJ가 퀄컴을 인수했을 때만 해도 크게 신경 쓰이는 기업은 아니었다. SHJ-구글을 설립하고 기업 을 문어발 식으로 확장하려 할 때, 자신은 쌍수를 들고 환영했다. 기업의 확장은 필연적으로 자금이 동반되어야 했고 자금이 SHJ에 들어가는 순 간, SHJ에 대한 통제권도 자연스럽게 딸려 온다는 생각 때문이었다. 그러 나 자신의 예상과는 달리 SHJ는 철저한 자금 운용으로 차입금 없이 기업 을 확장했고, 겨우 앨 고어를 통해 SHJ퀄컴의 지분 15%가 공개됐을 뿐이 었다. 긴 침묵을 깨고 사내의 입이 열렸다.

"SHJ의 자금력은 어느 정도입니까?"

"SHJ시큐리티의 보안 능력이 워낙 막강하다 보니 자세한 수치는 확인 되고 있지 않지만, 현금과 1년 내 현금화할 수 있는 유동자산을 포함하면 최소 1조 달러에서 최대 2조 달러까지 보고 있습니다."

기가 막혔다. 2조 달러 정도는 대세에 큰 영향을 줄 자금력은 아니었 지만, 일개 사기업이 2조 달러를 움직일 수 있다는 사실은 경환의 개인 적 능력을 인정하지 않을 수 없었다. SHJ를 무너트리겠다는 마음만 먹는 다면 어려운 일도 아니라는 생각엔 변함이 없었지만 그 뒷수습이 만만치 않았다. SHJ의 반발도 무시할 수 없었고 미국이 아닌 세계 경제에 끼칠 여파까지 생각해야만 했다. 제일 시급한 건 철저히 가려진 SHJ의 내부 정보를 어떻게 입수하느냐였다. 사내의 미간이 좁혀졌다.

"네오콘과 딕 체니가 벌인 일로 인해 제임스 리의 경계심이 지금 이 모양을 만든 원인입니다. SHJ 내부 정보를 입수할 방법이 전혀 없는 겁니까?"

"그게 SHJ시큐리티의 보안이 워낙 철저하고, SHJ 내부자를 매수하기도 쉽지 않습니다. SHJ타운을 천국이라고까지 표현하더군요. 어렵사리 내부에 진입한 인원들도 빠르게 적발되거나 스스로 자수를 하는 형편입니다. 아시지 않습니까? NSA도 실패한 곳이 SHJ란 사실을요."

사내의 고민이 깊어져 갔다. 버리자니 후폭풍이 감당되지 않았고, 끌어안자니 어디로 튈지 모르는 위험성이 존재하는 SHJ였다. 딕 체니가 나서지만 않았다면 지금의 상황은 달라졌겠지만, 후회해 봐야 엎어진 물은 다시 담을 수 없었다.

"저, 우선 회유를 시도하는 게 어떻겠습니까? SHJ시큐리티도 배후에 우리가 있다는 것은 어느 정도 눈치채고 있지 않습니까?"

"그렇겠죠. 그렇지 않았다면 존 매케인을 통해 FRB와 대립하진 않았을 테니까요. 말을 계속해 보세요."

"강압적인 방법을 동원한다면 비약이 심하긴 하지만, 내전까지 각오해야 합니다. 전투 인원만 1만 명이 넘어가는 SHJ시큐리티의 능력은 그만큼 우리가 우려할 수준까지 도달했다는 분석이 있기 때문입니다. 우리 쪽의 피해도 각오하지 않는다면 쉽게 선택할 방법이 아니죠."

"서론이 너무 깁니다. 다 아는 사실을 들추지 말고 요점만 말하세요!"

수장의 짜증 섞인 목소리에 방안을 제시하던 사내가 화들짝 놀라 손에 들고 있던 찻잔을 탁자에 떨어트렸다. SHJ시큐리티의 능력이 뛰어나다고는 하지만, 공권력을 능가할 수는 없었다. 긴장한 사내의 목소리가 떨리기 시작했다.

"죄송합니다. 현재 SHJ는 우리가 통제하는 대체에너지 개발뿐만 아니라 우주왕복선 개발과 인공지능, 양자컴퓨터 개발에 손을 뻗치고 있습니다. 또한, 보잉과의 합작으로 전투기 사업을 포함한 신형 무기 개발까지 진출을 시도하고 있습니다. 만약 제임스 리를 우리 조직이 품을 수만 있다면, 그 기술은 고스란히 우리의 통제에 놓이게 됩니다. 결론은, 우리의 조직과 연이 있는 빌 게이츠를 통해 많은 것을 던져 주며 회유를 시도하는 게 좋지 않을까 생각합니다."

"빌 게이츠요?"

MS가 SHJ와 협력을 하면서 IT를 주도하고 있다는 것을 모를 리 없었다. 빌 게이츠 개인만 보더라도 SHJ홀딩스의 지분 5%를 가지고 있었고, 장녀인 제니퍼가 SHJ타운에 거주하며 MS와 SHJ가 혈연으로 엮이게 될 거란 보고를 받은 기억이 떠올랐다. 성공을 장담할 수는 없다 해도 시도해 볼 가치는 충분해 보였다. 이 제안이 먹히지 않는다면, 그때 가서 다른 방안을 찾아도 늦지 않다는 생각이 들었다.

"하부조직을 이용해 빌 게이츠에게 접근해 보세요. 너무 많은 것을 알려 줄 필요는 없습니다."

"알겠습니다. 바로 지시를 내리겠습니다."

요즘 들어 서버가 다운되는 일이 자주 일어나고 있어 신경이 곤두서 있었다. 당연히 SHJ시큐리티 도발이란 심증은 가지고 있었지만, 그 어느 곳에서도 SHJ시큐리티의 흔적을 발견할 수는 없었다. 사내는 피식 웃음을 보였다. 손아귀에 쥘 수 없다면 버리면 그만이었다.

2009년 자민당과 공명당의 연합 내각으로 반세기에 이르는 장기집권 체제의 막을 내렸다. 8월에 치러진 중의원 선거에서 민주당과 사회민주당 연합이 전체 480석에서 300석 이상을 확보함으로써 정권 교체에 성공했다. 1기 하토야마 유키오 내각이 지난달 물러나고 현재는 간 나오토 내각이 정부를 구성해 이끌고 있었다.

기업 우대정책을 편 자민당 정권의 붕괴로 탄생한 민주당 정권은 기업보단 가계를 우대하는 정책을 분명히 하며, 높은 법인세 부과와 제조업과 등록형 파견을 원칙적으로 금지하여 기업에 냉랭한 정책을 연이어 내놓았다. 그러나 이런 정책은 5.2%라는 최악의 실업률로 부메랑이 되어 돌아왔고, 계속되는 엔고와 중국, 한국 등 신흥국들의 거센 추격에 부품의 해외 구매가 늘어나고 급기야 제조업들의 탈일본이 가속화되기 시작했다. 수요 급감은 물가 하락을 부추겼고 기업 수익이 악화하면서 임금과 고용을 불안정하게 만들어 일본은 심각한 디플레이션에 봉착했다.

간 나오토는 쉽게 풀리지 않는 경제 문제에 골머리를 썩일 수밖에 없었다. 아침부터 진행된 경제부서 회의는 지루한 원론들만 오가는 상황에서 아무런 결론도 없이 산회하고 말았다. 집무실 문이 열리며 노다 요시히코 재무대신이 급히 들어섰다.

"총리, 심각한 실업률로 인해 국민들의 불만이 커지고 있습니다. 이런 상태라면 정권 교체에 성공한 의미가 상실됩니다."

간 나오토의 얼굴에 짜증이 그려졌다. 같은 민주당이라 해도 노다 요시히코는 자신의 정적이었다. 집단적 자위권 주장과 과거사를 부정하는 그의 태도는 자민당의 극우 계열과 흡사했다. 그의 방위대신 임명을 자신이 반대한 것도 그런 이유에서였다.

"다 아는 얘기 꺼내지 맙시다. 경기는 살아나고 있지만, 기업들이 신규채용에 소극적인 자세를 보이기 때문 아니겠습니까? 재무대신은 우려되는 디플레이션을 극복할 대안이 있으신 겁니까?"

"저, 그게."

노다 요시히코의 입술이 파르르 떨렸다. 아무리 총리라곤 하지만, 계파를 움직이는 자신의 면전에서 목소리를 높이는 간 나오토가 마땅치 않았다. 차기 내각을 이어받기 위해 당내 중진들과 물밑에서 의견을 교환하고 있는 시점에서 불필요한 언성으로 중진들의 심기를 불편하게 할 수는 없었던 노다 요시히코는 숨을 크게 들이마시며 마음을 가라앉혔다.

"총리, 중국 정부가 SHJ타운 유치를 위해 대규모의 유치단을 한국 SHJ 아시아 본사에 파견한다는 소식이 들어왔습니다. SHJ타운만 일본에 유치할 수 있다면 막힌 경제나 정치 상황은 바로 역전할 수 있지 않겠습니까?"

"중국이 유치단을 보낸다고요? SHJ와 중국은 앙숙 관계가 아닙니까?"

"SHJ는 철저히 이익만을 추구하는 기업입니다. 경제대국으로 성장한 중국을 마냥 무시할 수는 없지 않겠습니까? 한국이 외환위기를 벗어나고 경제적으로 흔들리지 않는 이유는 그 중심에 SHJ타운이 버티고 있다는 사실임을 간과해선 안 됩니다."

노다 요시히코의 답변을 반박할 수 없었다. 외환위기를 벗어난 한국은 쓰러지지 않았고 SHJ타운과 MS의 데이터센터 유치에 성공하면서 IT

강국의 위세를 지속할 수 있었다. 특히 SHJ의 생산기지 역할로 인한 경제적 이익과 기술력 확보는 일본의 목덜미를 내려칠 수 있는 거리까지 좁혀진 상태였다. 중국과 한국의 무서운 추격에 일본의 경제는 휘청거리고 있었다. 그러나 일본엔 SHJ타운을 유치할 명분이 없다는 게 간 나오토의 고민이었다.

"누가 모른답니까? 그러나 명분이 없습니다. 엘리시움만 봐도 일본 점유율이 15%밖엔 되지 않습니다. 플랜트도 합작을 진행하는 기업도 달랑 JSC 한 곳입니다. 중국과 앙숙이라 하더라도 엘리시움의 중국 점유율은 35%가 넘습니다."

일본의 국수주의는 외국산 제품을 배척하는 모습에서 확연히 드러나고 있었다. 이런 와중에 SHJ타운이 들어선다는 건 지나가는 개도 믿지 않는다고 할 정도로 어불성설이었다. SHJ는 아시아 시장을 강화할 목적으로 노르웨이에 건설된 SHJ타운을 벤치마킹해 SHJ 아시아 본사의 지사를 SHJ타운 형식으로 설립하기 위해 선정 작업을 진행하고 있었다. 특이한 점은 이번 선정 작업은 SHJ그룹이 아닌 SHJ 아시아 본사에서 주관한다는 것이었다.

"아시아에서 미국의 유일한 동맹국은 우리 일본밖에 없습니다. 백악관에 요청해 보는 건 어떻습니까?"

"지난 방미 때 지원을 요청했습니다. 존 매케인이 한 발 빼더군요."

간 나오토는 사실을 말해 줄 수 없었다. SHJ가 플랜트로 사업을 시작할 무렵, 미쓰비시중공업을 지원하며 SHJ를 방해한 전력이 지금의 후회를 낳을 줄은 몰랐다. 그러나 노다 요시히코는 간 나오토의 생각을 읽고 있었다.

"총리의 과거 전력이 문제라면 정식으로 유감을 표명하면 되는 일이라고 봅니다. SHJ는 엘리시움만 있는 게 아닙니다. 일본의 검색엔진 1위는 구글이고 사이보그폰 점유율 1위인 소니도 결국은 SHJ퀄컴의 칩을 수입하는 처지입니다. 총리가 힘들다면 제가 유치전을 맡겠습니다."

"뭐요? 지금 뭐라 하셨소?"

노다 요시히코는 쓴웃음을 남긴 채, 총리 집무실을 벗어났다. 자신의 장기집권을 유지하기 위해서 SHJ타운 유치는 놓칠 수 없는 기회였다. 간 나오토의 시대가 끝나 감을 피부로 느끼고 있는 지금, 자민당이 지지도를 끌어올리기 위해 와신상담하고 있는 위태로운 상황은 절대 민주당에 유리하지 않았다. 자신의 정치적 야망을 뺏기지 않기 위해서라도 SHJ타운 유치를 반드시 끌고 와야만 했다. 그러나 중국을 비롯한 아시아 각국도 노다 요시히코와 같은 꿈을 꾸고 있다는 게 문제였다. 특히, 떡을 손에 쥔 경환의 의중이 어디로 향할지는 아직 미지수였다.

"정우 오빠, 이거 좀 먹고 해요."

경환의 불호령에 정우는 마지못해 연구소를 떠나 집에서 통학하는 피곤한 생활을 하고 있었다. 제니퍼가 건네주는 커피와 과일을 받아 든 정우의 입가에 미소가 지어졌다. 한결같은 제니퍼의 모습에 정우의 마음도 서서히 열리고 있었다. 여대생들의 시선을 한 몸에 받고 있는 정우였지만, 어렸을 때부터 한국적인 사고방식을 경환과 수정에게서 물려받은 탓에 미국 여대생들은 눈에 차지 않았다. 어느 순간부터인지는 생각나지 않지만, 한국인보다 더욱 한국적인 제니퍼가 자신의 마음 한구석을 차지하고 있다는 걸 깨달았을 때, 정우는 놀라지 않을 수 없었다. 정우의 시선이 제니퍼의 잘록한 허리선에서 풍만한 가슴까지 스쳐 지나갔다.

"고마워, 공부는 힘들지 않니?"

"충분히 따라갈 정도는 돼요. 오빠처럼 좋은 머리는 아니지만."

"왜 휴스턴까지 와서 이 고생을 해? 대학 가서 만나도 되는데."

제니퍼는 이런 말을 들을 때마다 자신의 마음을 알아주지 않는 정우가 야속하게 느껴졌다. 순간 눈물이 나 고개를 숙였다. 부모님과 동생들이 보고 싶지 않다면 그건 자신을 속이는 것이었다. 제니퍼 역시 왜 정우가 자신의 마음을 독차지했는지, 스스로에게 되묻고 고민했던 적이 많았다. 그러나 자신이 현재 휴스턴에 있고 정우가 그녀의 가까이에 있다는 사실에 만족할 뿐이었다.

제니퍼의 글썽거리는 눈망울을 바라보던 정우가 의자에서 일어나 제니퍼를 가볍게 안았다. 제니퍼의 떨리는 심장박동을 느끼면서 둘의 시선이 마주쳤고, 제니퍼가 고개는 내리지 않은 채, 눈을 살며시 감았다. 바싹 마르는 입술을 혀로 적신 정우의 떨리는 심장 역시 제니퍼와 다르지 않았다. 제니퍼의 입술을 향해 서서히 고개를 숙이던 정우는 노크도 없이 열리는 문소리에 화들짝 놀라 제니퍼를 밀어냈다.

"뭐야? 이 끈적끈적한 분위기, 어쭈? 둘이 영화 찍고 있었어? 이 기집애, 얼굴까지 벌게서 도대체 둘이 뭐한 거야?"

"우, 우리가 뭘 했다고 그러는 거야? 넌 왜 노크도 안 해?"

"오호! 오빠까지 얼굴이 벌건데? 도둑이 제 발 저리다고 성질내기는. 좀 안 보이는 데 가서 해라. 사람 염장 지르지 말고."

눈치도 없이 갑자기 들이닥친 희수로 인해 둘의 첫 키스는 일장춘몽이 되어 버렸다. 연신 시시덕거리는 희수를 한 대 쥐어박고 싶은 충동에 정우는 손을 머리 위로 쳐들었다가 한숨과 함께 내릴 수밖에 없었다.

"제니퍼, 오빠랑 할 얘기가 있어서 그런데 자리 좀 피해 줄래? 시간 얼마 안 걸릴 거니까, 못했던 건 나중에 다시 하면 되잖아."

"오, 오해야. 나 먼저 나갈게."

부끄러움에 식은땀까지 흘리는 제니퍼는 정우와 눈도 마주치지 못하고 서둘러 방을 빠져나갔다. 침대에 다리까지 꼬고 앉아 범죄자 대질신문을 하듯 정우를 요리조리 살피던 희수가 피식 웃음을 터트렸다.

"제니퍼 아직 9학년이거든? 3년만 기다리면 될 걸, 뭐가 그리 급하냐? 하긴, 제니퍼의 발육 상태가 남다르긴 하지."

"너 괜한 소리 하려면 빨리 나가. 연구과제 때문에 정신없으니까."

"우리도 이젠 정리를 좀 해야 하지 않겠어?"

"무슨 소리야?"

좀 전의 시시덕거리던 표정은 온데간데없고, 차갑게 바뀐 희수의 모습에 정우는 펜을 내려놓았다. 이런 날을 예상하고는 있었지만, 최소한 희수가 고등학교는 졸업한 후의 일이라고 생각했었다.

"경영이야? 연구야? 둘 중 하나만 선택해."

"넌 뭘 하고 싶은데?"

"선택은 오빠에게 맡길게. 나도 내년이면 고등학생이야. 슬슬 준비해야 하지 않겠어? 잘난 오빠 때문에 IQ 120에 맞추느라 아주 힘들었거든."

갑작스러운 질문에 정우는 마땅한 대답을 할 수가 없었다. 내년부턴 자신도 준비를 하겠다는 말에 정우의 고민은 깊어졌다. 희수의 실력으로는 정규 교육이 의미가 없다는 걸 모르는 바 아니었다. 자신이 너무 일찍 실력을 드러내는 바람에 희수는 보통 아이들과 다를 바 없는 생활을 할 수밖에 없었다. 둘만의 무언의 약속이기도 했다.

"잘 생각해야 해. 아빠가 키운 SHJ를 지키기 위해선, 경영과 연구 둘 다 포기해선 안 되잖아. 오빠가 경영을 선택한다면 난 미련 없이 연구 쪽으로 방향을 돌릴 거야. 오빠랑 싸우자는 게 아니라, 우리 둘이 현명한 결정을 내리자는 거야. SHJ를 지키기 위해서."

"내가 연구를 선택한다면, 넌 어떤 준비를 할 건데?"

"고등학교를 빨리 졸업하고 대학은 한국에서 다니려고 생각 중이야. 할머니와 한 약속은 지켜야 할 것 같아서. 그런 다음에 SHJ시큐리티에 들어가려고."

"SHJ홀딩스가 아니고?"

희수의 선택은 의외였다. 경영을 준비하려면 SHJ홀딩스가 적격이었지만, SHJ시큐리티를 선택한 희수의 의도가 무엇인지 정우는 이해가 되지 않았다.

"SHJ가 버티는 이유도 SHJ시큐리티가 버팀목이 되기 때문이야. 뭐, 한 4~5년 정도 바닥에서 굴러 보려고. 그다음에 린다 아줌마를 찾아가도 늦지 않으니까."

희수의 철두철미함에 정우는 손을 들어 항복하는 시늉을 보였다. 자신이 실력을 드러낸 후부터 희수는 알을 졸라 호신술과 격투기에 빠져 살았다. 덩치로는 상대가 되지 않는 자신과의 대련에 코피를 쏟는 날이 계속되어도 희수는 눈물 한 방울 흘리지 않았었다. 이젠 단독 대련에서 승패를 가를 수 없을 정도로 희수의 성장세는 빨랐다. 이런 과정이 지금을 위한 계획이었다는 사실을 알게 된 정우는 두 마리의 토끼를 좇던 자신이 부끄러워졌다.

"내가 졌다. 너 경영수업 받아라. 난 연구에 올인할 테니까."

"흐흐흐, 잘 생각했어. 아무리 봐도 오빠 모범생 타입이거든. 그 대신 하나는 약속할게. 나 다음번은 오빠의 2세 중에서 선택을 할 거야. 물론 이어받을 똑똑한 애들이 태어나야 하겠지만."

"왜? 넌 2세 볼 생각이 없냐?"

"내가 워낙 출중하잖아. 그냥 즐기며 살려고."

정우는 고개를 절레절레 흔들었다. 자신도 아직 성인이 되려면 한참 멀었지만, 14살인 희수의 당찬 말엔 통 적응을 할 수 없었다.

"오빠, 나 고민 많이 했어. 오빠가 경영을 선택한다면 공부를 시작해야 하는데, 솔직히 난 공부엔 취미가 없거든. 결정하고 나니 속이 다 후련하다. 그리고 앤 언니가 인공지능과 양자컴퓨터 개발로 히스테리가 늘어 가고 있는 것 같던데, 오빠도 연구에 속도 좀 내 봐."

"뭐야? 아직 아버지 정정하시다. 가시나가 벌써부터 사람을 잡기 시작하네. 그나저나 사춘기 흉내는 언제까지 계속할 거야?"

"아빠나 엄마, 충분히 즐기셨겠지? 곧 아빠하고도 담판 지어야 하니, 사춘기는 이쯤에서 종료하려고."

정우는 어이가 없어 허탈한 웃음을 희수의 얼굴에 뿜었다. 스스로 경영과는 어울리지 않는다는 생각을 했었지만 장남이란 의무감은 항상 자신을 짓누르며 따라다녔다. 그런 의무감으로부터 이제 벗어날 수 있게 되었다. 자신이 생각해도 SHJ 경영은 희수가 적격이었다. 무거운 짐에서 해방된 정우의 얼굴이 환해졌다.

"참, 그리고 한국 속담에 여자가 한을 품으면 오뉴월에도 서리가 내린다는 말이 있더라. 제니퍼, 오빠에겐 아까운 아이니까 울리지 마. 그리고 우리와 MS는 같은 길을 가긴 어렵다는 건 오빠도 잘 알 거야. 나중에라도 제니퍼 상처받지 않게 오빠가 힘이 돼 줘."

"그래, 알았다. 너나 걱정해라. 아버지 아시면 쓰러지신다."

"아빠는 내 말이라면 뭐든 오케이잖아? 나 나간다. 제니퍼 다시 불러 줄 테니까, 아까 못했던 거 다시 해."

"야! 너 이리 와 봐. 이게 귀여워해 줬더니!"

본래의 모습을 다시 찾은 희수는 혀를 날름 내밀더니 쏜살같이 방문을 열고 사라졌다. 이젠 연구소 생활을 접고 SHJ테크놀로지에 자리 잡을 결심을 굳힌 정우가 책장 깊은 곳에서 자신의 연구노트를 꺼내 들었다.

11월의 휴스턴은 간혹 시원한 바람이 불 정도로 한국의 초가을 날씨처럼 화창했다. 오랜만에 휴스턴을 찾은 잭은 자신에게 성공과 좌절을 안겨 준 휴스턴의 전경에 매료되어 주위의 인기척을 느끼지 못할 정도로 빠져 있었다.

"무슨 생각을 그리 골똘히 하십니까? 다시 돌아오고 싶으신 겁니까?"

"아! 회장님. 너무도 변한 SHJ타운에 잠시 넋을 잃었습니다."

경환은 빙그레 미소를 보이며 잭의 손을 힘껏 잡아 주었다. 넋이라는 표현을 쓸 정도로 잭의 한국어 실력은 일취월장해, 간혹 중요한 한국어 단어가 생각나지 않는 경환을 부끄럽게 할 때도 있었다. 둘의 대화엔 영어가 필요 없었다.

"휴스턴도 많이 바꼈죠? 서산이 하루가 다르게 변하는 만큼요."

"그렇습니다. 회장님. 올 때마다 느끼는 거지만, 휴스턴은 이젠 SHJ타운을 빼고는 설명이 안 되는 도시가 되었더군요."

SHJ는 휴스턴 시 정부의 도시개발계획에 전폭적인 지원을 아끼지 않았다. 물론 휴스턴 시 자체가 재정적으로 어려운 도시는 아니었지만, 단지 NASA 이외에는 휴스턴을 대표하는 마땅한 기업이 없었던 것도 사실이었다. 이러한 이유로 휴스턴 서쪽 외곽에 위치한 SHJ타운과 도심을 연결하는 계획이 시 정부를 통해 추진되었고, SHJ도 자금 지원을 통해 한 팔 거들고 나섰다. 지금은 미국인들의 머릿속에 NASA를 제치고 휴스턴을 대표하는 기업으로 SHJ가 자리를 잡아 가고 있었다.

"다운타운과 SHJ를 연결하는 중간에 코리아타운이 형성되었습니다. LA나 뉴욕, 애틀랜타와 비교하면 크다고 볼 수는 없지만, 세력을 넓히고 있고요."

서산과 교류하는 SHJ로 인해 한인들의 유입은 급속도로 팽창되었고, 상대적으로 다수를 차지했던 히스패닉계와 중국계는 서로 다른 행보를 보였다. 히스패닉계가 한인들과의 공존을 선택하며 서로 발전을 꾀한 반면 뿌리 깊은 중화사상에 물든 중국계는 공존을 거부하고 독자 세력을 형성하려 애썼다. 그러나 SHJ와 중국의 잦은 대립에서 중국계를 향한 시선은 곱지 못했고, SHJ와 밀착한 시 정부가 중국계에 대한 지원을 축소하기 시작하면서 많은 수의 중국계 이주자들은 휴스턴을 떠날 수밖에 없었다. 그래도 아직 중국계의 힘은 한국계를 능가하고 있었다.

"SHJ가 휴스턴에 버티는 한, 휴스턴 시 정부도 무시할 수는 없을 테니까요."

국적을 바꿨다지만, 잭은 자신의 청춘이 묻혀 있는 휴스턴을 잊을 수는 없었다. 이미 배신자라는 주홍글씨는 지워진 지 오래였지만, 한국은 잭의 제2의 고향이었다. 만감이 교차하는 잭은 경환의 부드러운 목소리에 정신을 가다듬었다.

"중국과 일본이 미국 정부를 압박하며 유치전에 뛰어들었다는 보고
는 받았습니다. 잭의 생각은 어떻습니까?"

"중국과 일본뿐만 아니라, 베트남과 싱가포르, 태국과 말레이시아가
적극적인 유치 의사를 표명하고 있습니다. 인도도 접촉을 제의한 상태이
고요. 동남아시아의 거점을 확보한다는 애초 계획으로는 싱가포르나 태
국, 말레이시아가 적격이지만, 구매력과 기술력을 앞세운 중국과 일본도
무시할 수만은 없기에 쉽게 결정을 내리지 못하고 있습니다."

잭이 건네준 그동안의 진행 과정과 분석 보고서를 경환은 세세히 읽
어 내려갔다. 중국에서는 많은 수의 정부 실무진이 협상을 주도하고 있는
것에 비해, 일본은 차기 총리로 정치권의 입방아에 오르내리고 있는 노다
요시히코가 협상을 주도하고 있었다. 경환은 보고서에 시선을 고정한 채,
질문을 이어 갔다.

"한국 정부가 신중해 달라는 요청을 했다고요?"

"SHJ타운이 중국이나 일본에 건설된다면 동북아시아의 경제권 싸움
에서 한국이 밀릴 수도 있다고 생각한 것 같습니다."

"주는 것도 없이 달라고만 하는군요. 한국 정부의 요청은 무시하셔도
좋습니다."

"알겠습니다. 그런데 다른 요청도 있었습니다."

보고서를 살피던 경환이 눈을 들어 잭을 바라봤다. 보고서에서는 특
별한 내용을 발견할 수 없었기 때문이었다. 한국에서 정권 교체가 이뤄진
후, SHJ는 철저한 중립을 표방하며 현 정권과는 거리를 두고 있었다. 그
이면에는 심석우란 히든카드의 극적인 연출을 위한 준비였지만, 한국 정

부와는 일정 부분 선을 긋겠다는 경환의 의도도 숨어 있었다. 잭이 급히 말을 이어 갔다.

"SHJ타운 건설과 SHJ에너지 지분을 넘기면서 확보한 원유의 판로에 대해 협상을 하자고 제안해 왔습니다."

경환은 그제야 이해를 했다는 듯, 읽던 보고서를 내려놓았다. 이라크 전쟁으로 시작된 중동의 불안한 정세와 침체된 세계 경제에 따라 OPEC 의 감산정책으로 원유 가격은 하루가 다르게 급상승하고 있었다. 연간 8 억 8,000만 배럴을 소비하는 한국 경제는 원유 가격의 상승에 민감한 반 응을 보였고, SHJ가 확보한 북해 브렌트유는 안정적인 장기 공급원이었기 에 매력적일 수밖에 없었다. 그러나 한국이 수입한 브렌트유는 지금까진 전무한 상태였다.

"내년 EU와 FTA가 발효되면 브렌트유도 좋은 수입처가 될 수 있다 는 판단이 들었겠죠. 우리가 확보한 원유와 호주의 유연탄은 좀 묵혀 놓 은 게 좋을 것 같은데."

"한국 정부의 요청을 받은 제일그룹이 총대를 메고 달려든 것 같습니 다. 일주일에 한 번씩 서산을 찾아오는 통에 귀찮을 정돕니다."

"미국의 경제위기로 2009년 50달러대로 내려간 원유 가격은 올해 들 어 90달러를 위협하고, 내년엔 120달러로 예상하는 분석이 나오니 한국 정부도 발등에 불이 떨어졌겠죠. 원유와 유연탄은 아시아 본사와는 관련 이 없는 점을 분명히 하시고, 잭은 발을 빼세요. 우리가 아니더라도 다른 수입처는 충분히 찾을 수 있을 겁니다."

"역시, 때를 기다리시는 겁니까?"

시선을 마주치며 두 사람은 알 수 없는 미소를 주고받았다. SHJ에너지의 지분 5%를 넘기며 50달러대에 확보한 2억 4,000만 배럴의 원유와 STATOIL과의 합작으로 앞으로 공급될 원유는 에너지의 30%를 석유에 의존하는 한국에 있어선 탐나는 것이었다. 그런 상황은 유연탄 역시 마찬가지였지만, 경환은 아직은 한국에 풀 생각이 없었다. 노르웨이 정부는 땅을 치고 후회할 수밖에 없었지만, SHJ가 원하는 시기에 원유를 넘긴다는 조건을 바꿀 수는 없었다.

"다시 원론으로 돌아갑시다. 중국의 구매력과 경제력은 무시할 수 없지만, 중국에 SHJ타운을 건설하는 건 큰 모험이라고 봅니다. 중국 정부가 준자치권을 보장하겠다는 말도 저는 솔직히 믿지 못하겠고요."

"저도 회장님의 말씀에 동감합니다. 국민성을 본다면 중국보단 일본이 통제하기에는 수월하다고 봅니다. SHJ타운이 건설되면, 싫든 좋든 70% 이상은 중국인들로 꾸려져야 하는데, 통제에 문제가 생길 수도 있습니다. 중국 정부가 준자치권을 보장하겠다는 말엔, 우리가 중국인들을 통제하지 못할 거란 노림수가 있다고 봅니다."

경환은 중국과 일본에 대해 자신과 같은 판단을 한 잭을 물끄러미 바라봤다. 국적만 바꾼 게 아니라 한·중·일 삼국의 역사와 국민성까지 파악하고 있는 잭을 이젠 진정한 한국인이라고 봐도 무방할 정도였다. 중국은 예전과는 다른 모습으로 SHJ에 접근하고 있었다. 경제력과 구매력으로는 SHJ를 강요할 수 없다는 경험이 작용했는지, 중국 정부는 유럽과 호주와 같은 조건으로 SHJ타운 유치를 강력히 원하고 있었다. 그러나 중국의 노림수는 잭과 경환에 의해 걸러지고 있다는 게 문제였다.

"그렇겠죠. 어차피 화장실 들어갈 때와 나올 때는 분명 다르니까요. 더욱이 중국 정부가 우리에게 보장한 내용을 지킬지도 의문이고요."

"그렇지만, 중국을 계속해서 무시할 수도 없다고 봅니다. 내용을 일부 수정하면 어떻겠습니까?"

"보고서에 나와 있는 내용을 말씀하시나 보군요."

"그렇습니다. 어차피 SHJ타운은 아시아 본사의 통제를 따르기 때문에, 명분은 우리에게 있다고 판단했습니다. 일본도 같은 조건을 든다면 반대할 입장은 아니라고 봅니다."

"좋습니다. 이 문제는 잭이 알아서 매듭짓는 게 좋을 것 같군요. 린다도 잭을 기다리고 있으니, 우선 쉬시고 저녁이나 같이 합시다."

경환의 무관심에도 중국은 막강한 구매력을 바탕으로 SHJ와의 관계를 유지하려 노력했다. 그건 SHJ를 향한 끝없는 구애라기보단, 한국이 중국의 통제권에서 벗어날 수도 있다는 우려에 의한 조치였다. SHJ기술연구소에서 개발되고 있는 핵융합에너지가 상용화에 성공하고 개발된 신무기가 군사대국으로 성장하려는 중국에 큰 걸림돌로 작용했기 때문이다. 두려운 적일수록 가까이에 두고 배워야 한다는 영화 대부의 대사처럼 중국은 껄끄러운 SHJ를 중국 안에 두길 원했다. 그러나 잭의 제안을 중국이나 일본이 받아들이지 않는다면, 경환은 미련을 버릴 생각이란 걸 두 정부는 알지 못했다.

"부회장님! 아니, 형님! 너무하지 않습니까? 도대체 제게 뭘 바라시는 겁니까!"

예상은 빗나가지 않았다. SHJ기술연구소와 국방과학연구소의 기술협력협상을 주도한 황태수는 야심한 시각, SHJ시큐리티의 철통같은 보안 속에 은밀히 찾아온 박화수와 자리를 같이하고 있었다. 박화수의 언성이 높아질수록 황태수의 얼굴엔 당혹함이 서려 들었다.

"박 이사, 성질 좀 죽여. 회장님도 자네에겐 정말 미안해하신다고."

"미안해하시면 약속대로 이번 대선을 끝으로 휴스턴으로 불러 주면 되지 않습니까!"

박화수는 황태수의 설명이 끝나기도 전에 자리를 박차고 일어났다. 타의에 의해 발을 담근 정치판은 자신의 예상대로 개판이었다. 소신 있는 정치가보단 계파의 수장에 복종하는 인간들이 대다수였고, 1980년대 '호헌철폐, 독재타도'를 외치며 학생운동을 주도한 군상들은 권력에 취해 젊은 시절의 열정을 잃어버린 지 오래였다. 하루라도 빨리 냄새나는 구렁텅이에서 벗어나고 싶은 생각뿐이었다. 이제 2년만 참고 기다리면 다시 복귀할 수 있다는 생각에 마지막 열정을 불사르는 그에게 황태수의 제안은 청천벽력일 수밖에 없었다. 자리를 박차고 일어나는 박화수를 황태수가 급히 끌어당겼다.

"자네 왜 이렇게 경솔해? 말을 끝까지 듣고 결정해도 늦지 않잖아! 회장님은 자네의 의견을 최대한 중시하라고 지시하셨네."

"제 결정은 변하지 않습니다. 회장님이 절 버리지 않겠다 하시면, 예정대로 2년 후엔 복귀시켜 주십시오. 휴스턴이 아니라도 좋습니다."

SHJ홀딩스의 지분 2%는 자신에게 돌아갈 집이 있다는 것을 느끼게 해준 끈이었다. 그걸 내어 달라는 황태수의 제안은 사형선고나 다름없었다. 돈이 중요한 건 아니었다. 돈은 이미 쓰고도 남을 만큼 수중에 있었다. 지분 2%는 아직도 자신이 SHJ 사람이라는 소속감, 그 이상도 이하도 아니었다. 박화수는 자신을 잡아끄는 황태수의 손에 이끌려 다시 의자에 앉았다.

"자네 객관적으로 심석우를 어떻게 판단하나?"

"무슨 말씀입니까? 잘하고 있지 않습니까?"

"한 나라를 이끌 수 있는, 진정한 지도자감이냐고 묻는 걸세."

"지도자감도 안 되는 사람을 대권에 도전시킨 저의가 뭡니까!"

아직도 날 선 박화수의 목소리에 황태수의 얼굴이 굳었다. 박화수는 황태수의 시선을 애써 외면했다. 그러나 황태수의 말을 부정할 수는 없었다. 심석우는 SHJ에 의해 철저히 만들어진 인물이었지, 한 나라를 이끌 수 있을 만한 개인적인 역량은 부족한 인물이었다. SHJ의 힘이 작용하지 않았더라면, 기존 기성 정치인들의 노련함에 국회의원 배지도 건사하지 못했을 것이었다. 박화수의 화가 가라앉았다고 판단한 황태수는 말을 이었다.

"5년 단임제로는 그 어떤 정책도 펼 수 없다는 걸 자네도 잘 알 거야. 회장님은 심석우를 대권주자로 키우면서, 사실은 자네를 트레이닝한 걸세. 심석우로 5년 동안 틀을 닦은 다음, 다음 5년은 자네가 맡아 주길 원하고 계시네."

"저는 썩어빠진 정치판에서 하루라도 빨리 몸을 빼고 싶을 뿐입니다. 만약 제가 부회장님의 제안을 받아들이지 않는다면 어쩌실 겁니까?"

"자네 뜻이 확고하다면 대선을 끝으로 휴스턴으로 복귀하게. 내가 부회장직을 맡으면서도 SHJ플랜트부문을 겸임한 이유는 자네의 자리를 대신한 거야. 그리고 SHJ는 심석우를 끝으로 한국에서 완전히 발을 뺄 걸세."

박화수는 황태수의 말이 거짓이라고 생각하지는 않았다. SHJ의 큰 축을 담당하는 SHJ플랜트의 수장 자리는 많은 인물의 하마평이 오르내렸지만, 끝까지 황태수의 겸임 체제로 운영되고 있었다. 그 이유가 자신의 자리를 보존시키려는 경환의 뜻이란 사실을 확인한 박화수는 큰 한숨을 내쉬며 고개를 젖혔다. SHJ 아시아 본사가 규모를 축소하거나 호주로 이전할 수 있다는 소문이 은밀하게 퍼져 나가며 주가가 널뛰기하고 있는 사실도 떠올랐다. 박화수는 경환이 진심으로 한국을 버릴 수도 있다는 생각이 들어 눈을 질끈 감았다.

"회장님은 제가 지도자감이라고 생각하십니까?"

"적어도 기존 정치인들보다는 자네가 낫다고 보시네. 자네의 지분 2%를 절대 뺏는 게 아니란 걸 자네도 알 거야. 자네의 유일한 약점을 제거하고, 부족한 자금을 합법적으로 지원하고 싶으신 걸세. 자네의 지분은 SHJ가 망하지 않는 이상, 영원하다는 것을 회장님 본인이 보증한다 하셨네."

"지금은 저도 모르겠습니다. 생각할 시간을 주십시오."

황태수는 고개를 숙인 채, 축 늘어진 박화수의 어깨를 토닥였다. 오성건설 시절부터 자신의 부사수로 생사고락을 같이한 박화수에게 매번 짐만 지우는 자신이 원망스럽기까지 했다. 황태수는 직접 따른 양주잔을 박화수에게 건네며 오늘만큼은 예전의 사수와 부사수의 관계로 회포를 풀고 싶었다.

'이런 젠장! 어디서부터 잘못된 거야?'

2010년 한 해를 정리할 12월이 다가왔음에도 집무실을 서성이며 노심초사하는 경환의 모습에 비서실은 긴장했다. 며칠 전부터 경환의 심기는 좋지 못했다. 비서실을 맡은 김혜원은 온갖 방법으로 상황을 파악하려 했지만 그 이유를 알지 못해 전전긍긍할 뿐이었다. 하루나였다면 경환의 생각을 쉽게 읽었을 거란 생각에 자괴감이 몰려들었다.

"김 실장 때문에 그런 거 아니니, 너무 신경 쓰지 마세요."

"아닙니다. 회장님. 필요하신 게 있으시면 말씀해 주십시오."

경환은 김혜원의 얼굴을 빤히 쳐다봤다. 순간, 당황한 김혜원의 얼굴이 파르르 떨리며 급히 옷매무새를 고쳐 잡았다. 오만가지 상상이 김혜원의 머리를 복잡하게 만들었다. 30대 후반이긴 하지만, 휴스턴의 사교계에서 자신을 모르는 사람이 없을 정도로 미모만큼은 자신 있었다. 수정을 제외하고 여자를 돌같이 보는 경환의 시선이 오늘은 달랐다. 자신을 여자로 생각할지도 모른다는 상상에 김혜원의 얼굴을 붉어지고 있었다.

"김 실장, 뭔 생각을 그렇게 골똘히 합니까? 쓸데없는 생각 말고 린다와 카일 좀 불러 줘요."

"네. 네? 죄, 죄송합니다, 회장님. 바로 쿡 사장과 디푸어 사장을 부르겠습니다."

평소답지 않은 김혜원의 태도에 경환은 고개만 갸우뚱거릴 뿐이었다. 부끄러움에 급히 집무실을 빠져나가다 김혜원의 하이힐이 삐끗거렸다. 자칫, 바닥에 큰 대자로 넘어질 상황이었지만, 다행히 문고리를 부여잡은 탓에 대형 사고는 면할 수 있었다. 자리에 돌아온 김혜원은 화끈거리는 얼굴을 두 손으로 가리며 책상에 머리를 파묻어 버렸다.

'젠장, 있는 쪽 없는 쪽 다 팔리게 생겼군.'

이마를 손으로 눌렀지만, 두통은 좀처럼 사라지지 않았다. 충분히 예상하고 대비했어야만 했다. 너무 자신의 경험에만 치우쳐 주위의 의견을 무시했던 게, 이런 사고를 일으킨 것 같아 경환은 크게 반성할 수밖에 없었다. 조선의 거상 임상옥은 매가 마당의 닭을 채 가는 모습에 자신의 운이 다했음을 깨달았다고 하는데, 경환도 자신의 운이 다한 건 아닌지 심각하게 고민이 되었다.

"회장님, 무슨 생각하고 계세요?"

"아닙니다, 어서들 오세요. 커피나 같이 한잔하고 싶었습니다."

린다의 목소리에 감았던 눈을 뜬 경환은 직접 내린 커피를 두 사람에게 건네주었다. 믿었던 북한의 연평도 도발은 벌어지지 않았다. 주위의 반대를 무릅쓰고 존 매케인과의 관계를 의식해 백악관의 대북특사 자격을 받아들인 경환으로선 빼도 박도 못하는 상황이었다. 천안함 침몰 사건이 예정대로 이뤄진 것을 통해 경환은 연평도 포격 사건을 예상했고, 이를 통해 방북을 자연스럽게 취소시킨다는 복안을 가지고 있었지만, 믿는 도끼에 발등 찍힌 격이었다.

"카일, 북한의 특이 동향은 발견되지 않고 있습니까?"

"김정일의 건강 이상설은 예전부터 있었던 것이고, 3대 세습 체제가 빠르게 진행되고 있다는 점 이외에는 특이사항이 없습니다. 워낙 정보 수집에 어려움을 겪는 곳이다 보니."

NSA도 한 수 접어준다는 SHJ시큐리티지만, 북한에 대한 정보는 오직 위성과 한국의 국정원을 통한 정보뿐이었다. 북한에 대한 정보 수집은 인적 인프라 구축이 필요했지만, 경환은 북한에 대한 관심을 애당초 갖고 있지 않았다.

"백악관에서 일정을 확정해 달라는 요청을 계속 해 오고 있습니다. 계속 미룰 수는 없을 것 같은데요."

"골치 아프네요. 너무 제 판단에만 의존했던 것 같습니다. 변명할 여지도 없으니, 이거 참."

경환은 자신이 만든 자충수에 고민할 수밖에 없었다. 백악관은 경환이 특사를 받아들인 것을 근거로 방북을 종용하고 있었다. 자년 북한의 2차 핵실험은 6자회담을 경색시켰고 올해 있었던 천안함 침몰은 거기에 기름을 부은 꼴이었다. 북한과 단독협상을 하기 위해선 한국의 눈치를 살필 수밖에 없었다. 그런 와중에 북한이 요청한 경환의 방북은, 막힌 북미 관계를 간 보기 위한 적절한 수단이었다. 보내려는 백악관과 버티려는 SHJ와의 줄다리기는 계속되고 있었다.

"갑시다. 내가 뱉은 말이니 책임을 져야겠지요. 내년 1월로 준비해 주십시오."

"제가 동행을 할게요."

"저도 가겠습니다. 특수한 지역이니 회장님의 경호를 위해서라도 알과 제가 수행하겠습니다."

린다와 카일이 경환의 방북을 수행하겠다고 나섰지만, 경환은 손을 들어 두 사람의 요청을 막았다. 북한 정부가 신변 안전을 보장한다고는 했지만, 어떤 일이 벌어질지 모르는 지역에 SHJ의 핵심 인물을 대동한다는 건 부담감이 큰 일이었다.

"린다는 부회장님과 휴스턴을 지키세요. 카일도 마찬가지입니다."

"그래도 회장님을 수행할 사람은 필요하지 않겠습니까?"

"이번 방북은 서산이 준비하도록 하겠습니다. 잭, 코이치와 방북할 생각이니 모든 제반사항을 SHJ 아시아 본사에 일임시키세요. 경호는 알이 있으니, 카일까지 나설 필요는 없습니다."

경환의 결심은 린다와 카일에게 걱정을 일으켰지만 애당초 반대를 무릅쓰고 방북을 결정한 경환에겐 백악관의 독촉을 거절할 명분이 없었다.

SHJ의 영향력이 커질수록 자신이 알던 경험은 점차 무용지물이 되어 간다는 사실을 깨닫자 경환의 얼굴에 큰 그늘이 드리워졌다.

급히 학교를 방문해 달라는 교장의 요청에 수정의 발걸음은 무거웠다. 사춘기로 힘들게 하던 희수는 어느 순간부터 예전의 착한 딸로 돌아와 있었고, 요즘 들어 공부에 매진하는 모습까지 보여 한시름 놓을 수 있었다. 그러나 그런 생각은 오늘 아침 학교에서 걸려 온 한 통의 전화로 인해 산산조각이 나고 말았다. 교장실 앞에서 한참을 망설인 수정은 한숨을 크게 내쉬고는 문을 열었다.

"미시즈 리, 바쁘신데 오시게 해 죄송합니다."

"아닙니다, 교장 선생님. 희수에게 무슨 일이 있었던 건가요?"

반갑게 맞이해 주는 교장의 얼굴을 제대로 볼 수도 없었다. 혹시라도 남학생들과 싸움을 벌인 건 아닌지 수정은 초조하기만 했다.

"다른 게 아니라, 이걸 좀 보십시오."

다행히 희수가 싸움을 벌인 건 아닌 것 같아 안도의 숨을 내쉰 수정은 교장이 건넨 서류를 받아보고는 눈을 크게 떴다.

"보시면 아시겠지만, 모든 시험의 성적이 A+입니다. 오답 하나 없이 모든 시험이 만점이었습니다. 그동안 중간 정도의 실력을 보인 희수의 성적치고는 너무 이상해서……."

교장은 뒷말을 흐렸다. 차마 커닝이 의심된다는 말은 할 수 없었다. 학교에 대한 자율권을 학부모와 이사진에게 보장한다고는 했지만, 수정이 SHJ그룹 총수의 부인이었기에 눈치가 보였다. 수정도 교장의 다음 말을 모르진 않았다. 성적이라는 게 하루아침에 눈부신 성과를 보인다면 '공부가 제일 쉬웠어요'라는 말에 눈살을 찌푸리는 사람은 없었을 것이었다.

"희수가 요새 공부에 집중하고는 있어요. 희수가 다른 어학생들과는 다르지만, 그렇다고 커닝할 정도로 막 자란 아이는 아닙니다."

"저도 그건 미시즈 리의 말에 전적으로 동감합니다. 제가 염려스러운 점은 정우로 인한 희수의 스트레스가 과중한 게 아닌가 하는 점입니다."

수정의 미간이 좁혀지면서 인상이 굳어지는 모습에 교장은 긴장하고 있었다. 정우의 천재성이 희수를 극한으로 몰아세운 게 아니냐는 교장의 말에 수정은 결코 동의할 수 없었다. 희수는 단 하나밖에 없는 사랑하는 딸이었기 때문이었다.

"그러진 않을 거예요. 희수는 지금 어디 있나요?"

"저, 그게. 모든 과목에 대해 재시험을 치르고 있습니다. 곧 끝날 시간입니다."

치밀어 오르는 화를 참는 수정의 주먹에 힘이 들어갔다. 자리에서 벌떡 일어난 수정이 교장을 노려보자, 어색한 미소와 함께 교장의 이마에는 땀방울이 한 방울씩 맺혔다. 정당한 학교의 조치라 하더라도 희수가 받았을 모욕감을 생각하니 분노가 올라와 수정의 입술은 파랗게 질려 가고 있었다. 그동안 조용히 내조에만 힘쓰며 SHJ타운 일에 영향력을 행사한 적이 없던 수정이었지만, 이번만큼은 그냥 넘어갈 수 없었다.

"전 제 딸을 믿습니다. 학교의 조치를 이해할 수도 없고요. 만약 희수의 무고가 밝혀진다면, 이번 일을 그냥 넘기진 않을 거예요."

"미, 미시즈 리. 그, 그게 무슨 뜻인지."

흐르는 땀을 손수건으로 훔치던 교장은 불을 내뿜는 수정의 눈빛에 당황할 수밖에 없었다. 지금껏 그래 왔듯이 내적인 아름다움을 강조하며 자신을 드러내기보단 조용히 SHJ타운의 퍼스트레이디 역할을 수행하던 수정이 이렇게 자신을 몰아세울 줄 몰랐다. 아무리 학교의 자율권이 보장되어 있다고는 하지만, SHJ타운의 주인은 엄연히 경환이었고, 경환을 꼼짝없게 만드는 사람은 자신의 앞에 있는 수정이었다.

"엄마! 학교엔 무슨 일로 왔어?"

재시험을 마치고 희수가 급히 교장실로 들어섰다. 수정과의 대화에서 사면초가에 몰렸던 교장은 희수의 등장에 깊은숨을 내쉬었다.

수정을 통해 학교의 일을 전해 듣고 서둘러 저택에 도착한 경환은 희수의 영악함에 한동안 말이 나오지 않았다. 자신의 회귀는 오로지 희수에 대한 그리움과 미안함으로 얻은 선택이었다. 자신의 영혼을 마몬에게 팔아치웠지만, 희수를 다시 볼 수 있다는 생각에 전혀 아깝지 않았다. 희수를 제대로 키우고 있는 건지, 경환은 깊은 고민에 빠졌다.

"희수야. 엄마는 몰라도, 아빠에겐 말해 줬어야지. 왜 아빠를 속인 거니?"

"아빠, 미안해. 속이려고 한 건 아니야. 공부에 취미가 있는 것도 아니고, 오빠처럼 주위의 관심을 받는 것도 부담스러웠어."

"그건 아빠도 충분히 이해한다. 그런데 지금은 생각이 바뀌었다는 거니?"

"응, 학교를 빨리 졸업하고 싶어졌어. 내 일도 하고 싶어졌고."

경환은 부드러운 눈으로 희수의 눈을 바라보고 있었다. 희수를 서재로 부르기 전, 장남인 정우를 통해 대강의 내용은 이미 들은 상태였다. 경환의 추궁에도 정우는 희수와의 의리를 생각하며 입을 열지 않으려 했지만, 경환은 정우의 머리 위에 있었다. 경환은 정우의 말을 듣고는 어이가 없었다. 도저히 아이들의 생각이라고는 상상할 수조차 없는 얘기였기 때문이었다.

"그래, 희수 네 일이라는 게, SHJ를 경영하고 싶다는 거였니?"

"치, 정우 오빠가 얘기한 거야? 남자가 입도 싸네."

"오빠는 잘못 없다. 왜 희수 네가 재능을 숨겼는지가 궁금한 거야. SHJ는 아빠 개인만을 위한 곳은 절대 아니야. 아빠와 더불어 15만 명이 넘는 동료들과 같이 일하는 곳이야. 희수 널 목숨보다도 사랑하지만, 네가 능력이 되지 않는다고 판단되면, 절대 SHJ를 넘겨줄 생각이 없어. 그건 오빠도 마찬가지야. 단지 머리가 똑똑하다고 해서 기업을 운영할 수 있다고 보지는 않거든."

경환은 희수를 더 이상 어린아이로 생각하지 않기로 했다. 재시험을 통해 모든 테스트를 만점으로 통과한 희수가 이해하지 못하리라고 생각하지도 않았다. 자기의 계획을 주도면밀하게 준비하고 있었던 희수가 한편으로 대단하기도 했지만, 한편으론 안쓰럽기까지 했다.

"아빠한테 미리 말하지 못한 건 정말 미안해. 오빠 때문에도 고민을 많이 한 아빠를 나까지 힘들게 하고 싶지 않았어. 이건 진심이야. 황 박사님이 연구하시는 핵융합에너지나 앤 언니가 개발하는 인공지능과 양자컴퓨터, 그리고 SHJ유니버스까지 이 사업들은 하루아침에 되는 사업이 아니잖아. 엘리시움이나 컴페니언, 그리고 SHJ-구글만으로는 한계에 도달할 거고. 하루라도 빨리 아빠 일을 도와주고 싶었어."

경환은 희수의 당돌한 말에 아무 대꾸도 하지 않고, 자리에서 일어나 희수의 긴 생머리를 쓰다듬어 주었다. 어느새 희수는 부쩍 커 있었다.

"그래서 오빠도 박사 논문이 통과되면 바로 SHJ테크놀로지에 입사하겠다고 한 거니?"

"응. 앤 언니의 연구가 벽에 막혀 있는 것 같아서."

"그럼 희수야. 왜 SHJ시큐리티에 들어갈 생각을 한 거니?"

정우의 답변으로는 부족하다고 느꼈다. 어느 부분에선 희수가 정우를 앞설 수도 있다는 생각이 들었지만, 경환은 다른 문제를 걱정할 수밖에 없었다. 자신도 그랬지만, 희수도 두 번째 인생을 살고 있다는 생각이 경환의 머리에서 좀처럼 지워지지 않기 때문이었다.

"아빠 말처럼 재능 없는 사람이 SHJ를 이끈다면 SHJ의 명성은 오래 갈 수 없다고 생각했어. 내가 아빠 일을 도우려면 화려한 시작보다는 바닥에서부터 차근차근 올라가는 게 정답이라고 결론을 얻었거든. 그리고 SHJ의 중심은 SHJ홀딩스가 아니라, 모든 정보를 쥐고 있는 SHJ시큐리티라고 판단했어. 내가 제일 먼저 해야 할 일은 SHJ시큐리티에서 인정을 받는 게 우선이라고 생각한 거야."

경환은 대답이 끝나는 순간에도 희수의 눈에서 시선을 돌리지 않았다. 희수의 진심을 알고 싶었기 때문이었다. 희수의 판단은 도저히 14살 아이의 생각이라고는 상상할 수 없을 정도로 냉철한 분석이었다. 경환은 목구멍을 뚫고 나오려는 말을 차마 꺼낼 수 없었다. 자신의 염려가 사실이 아니기를 간절히 바랄 뿐이었다. 경환은 그날 저녁 오랜 시간을 희수와 함께했다.

2011년 새해를 맞이한 SHJ는 경환의 방한과 방북을 준비하며 긴장된 나날을 보내고 있었다. SHJ시큐리티는 휴스턴과 서산의 모든 자원을 이용하여 대북 정보 수집에 열을 올리고 있었고, 이 활동엔 제2의 정보조직이라 할 수 있는 호주의 SHJ시큐리티도 처음으로 실무에 투입되었다. 이런 긴장감은 경환의 저택에서도 다르지 않았다. 정우는 연구소에 남아 달라는 마커스 브라운과 라이스대의 요청을 거절하고, SHJ테크놀로지에서 박사 과정 논문을 작성하고 있었다. 앤의 큰 환영을 받은 정우의 출현은 막혀 있던 연구에 속도를 더해 주었다. SHJ테크놀로지를 맡은 희수는 경환을 설득, 조기 졸업을 위해 고등학교 과정을 속성으로 밟아 가고 있었다.

"부회장님, 고생하셨습니다. 박화수 이사에겐 정말 미안하군요."

오랜 고민 끝에 박화수는 경환의 제안을 받아들였다. SHJ홀딩스는 재빠르게 박화수의 지분 2%를 20억 달러에 매입하고, 세금을 비롯한 제반 경비를 모두 부담했다. 원화 2조 원이 넘는 엄청난 금액은 때가 오기만을 기다리며, 로펌을 통해 합법적인 절차를 거쳐 진행되고 있었다.

"그 대신 약속을 하나 했습니다. 자신이 대권에 도전해 성공하게 된다면, 자신의 부탁 하나를 조건 없이 받아 달라고 했습니다."

"무슨 조건입니까?"

"내용에 대해선 말하지 않더군요."

매번 박화수에게 짐만 지웠기에, 그가 내민 조건으로 미안함을 달랠 수 있다면 괜찮다는 생각에 경환은 고개를 끄덕였다.

"혹시 그때 제가 이 자리를 지키지 못한다 해도, 박화수 이사와 한 약속은 부회장님이 책임지고 이행하세요. 제 유언장을 수정해야 하겠군요. 하하하."

"회장님. 무슨 말도 안 되는 말씀을 하십니까?"

"사람 일이란 게, 한 시간 후도 예상할 수 없는 것 아니겠습니까? 다른 뜻이 있어서 한 말은 아니고 농담이니, 너무 깊게 생각하지는 마십시오."

당황해하는 황태수를 향해 경환은 미소를 지어 보였다. 황태수가 죽어도 이해할 수 없는 내용을 말해 줄 수는 없었다. 회귀 전 자신의 마지막은 2015년이었고, 겨우 4년만 남겨둔 상태였다. 정해진 수명이 92살이라고는 하지만, 경환은 앞으로의 4년이 그냥 지나가진 않을 것이라는 생각이 문뜩문뜩 목덜미를 잡아챘다. 이런 생각은 자신이 알고 있었던 미래가 달라지고 있다는 것과, 서두르는 희수의 행동에서도 충분히 느낄 수 있는 것들이었다. 설령, 자신의 신상에 문제가 생기지 않는다 해도, 벽에 똥칠할 때까지 SHJ의 주인 행세를 할 생각은 없었다. 경환은 손으로 얼굴을 쓸어내리고는 급히 화제를 바꿨다.

"중국과 일본이 잭의 제안에 대해 상반된 견해를 보였다고 들었습니다."

"중국의 반응은 충분히 예상한 일이지만, 일본이 우리의 제안을 받아들였다는 게 의외긴 합니다. 온전한 자치권을 부여하고 SHJ타운의 상주 인원 70%를 해외에서 수급한다는 조건이 중국을 자극한 것 같습니다."

"그렇겠죠. 서구 열강에 침략당했던 기억을 떠올렸을 테니까요."

잭은 중국 정부의 제안을 역으로 받아쳐 그들을 당혹스럽게 만들었다. 자치권 부여의 조건은 중국 정부가 받아들인다 해도, 상주 인원의 대부분을 해외에서 수급한다는 제안은 절대 받아들일 수 없는 조건이었다. 해외 인력으로 SHJ타운이 채워진다면 통제권을 획득하겠다는 중국 정부의 생각은 요원할 수밖에 없었기 때문이었다. 그러나 일본이 이 제안을 받아들였다는 것에 경환은 묘한 미소를 지었다.

"노다 요시히코가 급했나 보군요. 제안을 받아들였다니 어쩔 수 없네요. 오사카 이남으로 부지 선정 작업을 진행해 보세요."

"수도인 도쿄를 놔두고 오사카로요?"

황태수는 경환의 지시를 이해하기 힘들었다. 관공서가 밀집한 도쿄를 배제하고 오사카를 선택했을 때의 이해득실을 따져 뵈야만 했다. 경환은 경환 나름대로 마지막 운을 일본에 걸어 보고 싶었다. 이것마저 오류로 나타난다면 SHJ의 미래를 위해서 심각한 결정을 해야 한다는 판단이 들었다.

"다른 지역은 어떻습니까?"

"중동은 근무 환경을 취합했을 때, 사우디와 터키가 가장 유력합니다. 사우디는 아람코와 SHJ엔지니어링의 합작을 들어 강력하게 유치를 희망하고 있지만, 실무진의 의견은 터키로 좁혀지고 있습니다. 아프리카는 정치적으로 안정된 케냐와 협의를 진행하고 있습니다."

"케냐로 선정된다면, 중국이 또 한 번 쓰러지겠군요."

"자원 외교를 펼치고 있는 중국이 자금을 무한대로 풀고 있습니다. 특히, 50억 달러의 무상 지원을 약속한 케냐가 떨어져 나간다면 큰 상처가 될 수도 있겠죠."

석유와 가스, 희토류의 매장이 확인된 케냐를 놓칠 수는 없었다. SHJ는 노르웨이의 STATOIL과 합작하여 케냐의 석유와 가스를 시추하는 조건으로 단일 최대 규모의 지열발전소 건설, 항구인 몸바사와 서부 국경도시 말라바를 잇는 800킬로미터의 철도 건설 투자를 약속했다. 아울러 케냐 정부는 중국과 SHJ라는 떡을 양손에 쥐고 고민했지만, SHJ 아프리카 본사 임무를 수행할 SHJ타운이라는 큰 떡밥도 같이 제안받자 고용 창출과 기술력 증대라는 목적을 이루기 위해선 SHJ의 손을 잡을 수밖에 없었다. 뒤통수를 제대로 얻어맞은 중국 정부는 불편한 감정을 겉으로 드러내진 않았지만, SHJ와의 보이지 않는 알력으로 인해 그들의 관계는 서서히 그 틈이 더욱 벌어지고 있었다.

"터키와 케냐, 일본과 싱가포르가 엮어진다면 1차 계획은 완성되는 것이겠군요."

"그렇습니다. 2차 계획은 아무래도 제가 담당하진 못할 것 같습니다."

경환은 어색한 미소를 지었다. 빠르게 흘러가는 세월을 막을 수 있는 사람은 없었다. 작년부터 퇴임 의사를 내비치기 시작한 황태수의 의견을 경환은 극구 외면하며 받아들이지 않았다.

"부회장님은 제 뒤를 받쳐 주셔야 합니다. 가능하면 좋은 모습으로 저와 부회장님이 함께 자리에서 물러나는 것을 직원들에게 보여 주고 싶군요. 그때까진 다른 생각하지 마십시오."

"그동안 소홀했던 마누라와 여행도 하면서, 손주들 재롱떠는 모습도 보고 싶습니다."

경환은 애써 황태수의 간절한 눈빛을 외면해 버렸다. 아직은 황태수가 절대적으로 필요했기 때문이다. 황태수의 심정을 이해 못 하는 건 아니었지만, 그래도 아직은 황태수를 놓아줄 생각이 전혀 없었다. 그러나 언제까지 그를 붙들고 있을 수만도 없다는 게 경환의 가장 큰 고민이었다.

"제가 없는 동안, 휴스턴을 잘 부탁합니다. 목적이 없는 방북이니 그리 오래 지체하진 않을 겁니다."

"걱정하지 마십시오."

황태수는 보채지 않았다. 두 사람 모두 세월에 장사 없다는 걸 알고 있었고, 1차 계획이 마무리되어 가는 시점에서 남은 정력을 쏟아부어야 할 시기였기 때문이었다. 경환은 씁쓸한 미소와 함께 방북을 위해 자신을 기다리고 있는 전용기를 향해 출발했다.

"래리, 뭐 하고 있냐?"

SHJ-구글의 이사이면서도 연구부문 총괄 사장을 맡은 래리의 사무실에 세르게이가 모습을 드러냈다. SHJ-구글은 13년이란 짧은 기간에 전 세계 IT업계의 강자로 군림하고 있었다. SHJ-구글에서 SHJ유니버스와 SHJ테크놀로지가 분사되면서 SHJ-구글의 기술력은 이미 정점을 향해 달려가는 중이었다. 연구 서류를 들추던 래리는 평소와 다르게 눈동자가 흔들리는 세르게이를 보며 고개를 갸우뚱거렸다.

"무슨 일이야? 너 지금 한창 바쁠 때 아니야?"

"그냥 한심하단 생각이 들어서 말이야. 너라도 보면 좀 풀리지 않을까 해서 왔어."

세르게이는 말릴 틈도 없이 래리의 책상 서랍을 열고는 양주병을 꺼내 급히 입에 들이부었다. 심상치 않은 세르게이의 행동에 래리는 뭔가 일이 틀어지고 있다는 것을 느끼며, 세르게이가 건네는 양주병을 받아들었다.

"래리, 넌 우리 생활에 만족하냐? 우리가 쳇바퀴 돌리는 다람쥐라는 생각 안 해 봤어?"

"말을 좀 풀어서 얘기해 봐. 누구보다도 이 생활에 만족한 건 너야, 세르게이."

"젠장, 모르겠어. 우리도 이미 40대 중반이야. 난 이렇게 사는 게 무슨 의미가 있는지 통 모르겠어. 그나저나 제임스는 왜 SHJ-구글의 상장을 반대하는 거냐고. 기업가치만 보더라도 SHJ퀄컴은 능가하잖아."

래리의 미간이 급히 좁혀졌다. 겨우 돈 때문에 그러느냐는 말이 목구멍까지 올라오는 걸 가까스로 참고 있었다. 래리와 세르게이는 5,000만 달러란 엄청난 연봉을 받고 있었지만, 매년 1억 달러를 넘게 받는 배당금에 비하면 그리 많은 건 아니었다. 세르게이의 말을 이해 못 한 건 아니었다. SHJ의 기업가치를 5,000억 달러만 잡아도 SHJ-구글의 지분 10%를 가지고 있는 자신과 세르게이는 500억 달러의 재산을 확보할 수 있었다. 세계 부자 순위를 바꿀 수 있는 어마어마한 금액이었지만, 경환은 SHJ-구글의 IPO에 극구 반대하고 있었다.

"SHJ-구글을 시작할 때부터 제임스는 상장은 없을 거란 말을 분명히 했잖아. 그건 너와 나를 포함해서 에릭도 동의한 부분이고."

"15년이 흘렀으면 바뀔 때도 됐잖아. 제임스가 언제까지 우리 뒤를 봐주는 것도 아니고. 우리도 우리 살길을 찾아야 하지 않겠어?"

"살길을 찾아야 한다고?"

래리의 눈빛이 날카로워지자 흔들리던 세르게이의 눈동자는 갈 곳을 찾지 못하고 헤매기 시작했다. 래리는 무엇인가가 세르게이를 자극하고 있다는 생각이 들었다.

"너희 둘 뭐가 그리 심각해?"

"아무것도 아니야. 감정이 격해서 실수한 거니, 래리 너 마음에 담아두지 마라."

김혜리의 등쌀에 하소연하러 래리를 찾은 승연은 두 사람 사이에 흐르는 싸늘한 분위기에 어정쩡하게 서 있을 수밖에 없었다. 고개를 좌우로 흔들며 사무실을 급히 빠져나가는 세르게이의 뒷모습을 래리는 한참 동안 바라보고만 있었다.

SHJ그룹 사옥을 건설할 때부터 경환은 지하 공간에 심혈을 기울였다. SHJ시큐리티 지휘부와 보안팀이 위치한 지하 공간은 그 크기를 측정할 수 없을 정도로 넓었지만, 이 구역은 SHJ의 핵심 경영진 이외에는 존재조차 알려지지 않은 공간이었다. 보안 책임자인 케빈 미트닉은 며칠 새 쏟아지는 정보의 홍수 속에서 허우적대고 있었다. 500명이 넘는 정보 수집 인원과 분석 요원들이 위성과 네트워크에서 쏟아지는 정보를 분석하느라 정신이 없었다. 케빈은 SHJ테크놀로지에서 개발하는 인공지능 정보 수집 체계를 간절히 원하고 있었지만, 아직 시간이 필요했다.

"케빈, 잠깐 얘기 좀 하지."

샤워를 언제 했는지, 지하를 벗어나 햇빛을 쏘인 지가 언제인지 기억이 가물거리는 케빈을 카일이 불러 세웠다.

"마침 잘됐군요. 저도 좀 쉴 생각이었습니다."

카일과 함께 자리를 뜬 사이에도 대형 모니터로 수많은 화면이 실시간 전송되고 있었고, 자판을 두들기는 소리가 케빈의 귓가에 자장가처럼 들렸다. 카일이 위스키를 가득 채운 잔을 케빈에게 건네자, 케빈은 기다렸다는 듯이 단숨에 위스키를 들이 삼켰다.

"캬, 좋군요. 살 것 같습니다."

"바쁜 사람 오래 잡아 둘 수도 없으니, 단도직입적으로 묻겠네. CIA 쪽에서 특별한 움직임을 보이고 있다는 첩보가 있는데, 우리와 연관된 게 아닌지 걱정이 돼서 말이야. 뭐, 걸리는 거라도 없나?"

"NSA가 잠잠하니, 이젠 CIA가 머리 아프게 만드네요."

서서히 레임덕을 보이는 존 매케인의 통제력은 급히 꺾이고 있었다. 자신의 수하인 제이 존슨이 수장으로 있는 NSA는 정권 초기부터 SHJ시큐리티와의 소모전을 중단하고 협력 체제로 전환한 상태였다. 카일은 공화당 매파인 마이클 헤이든 CIA 국장이 여간 신경 쓰이지 않았다. 그동안 존 매케인의 위세에 눌려 복지부동하고 있었지만, 카일은 네오콘 계열인 그가 물밑에서 발톱을 갈고 있다는 짐작을 하고 있었다.

"MI6(영국 해외정보부)와 BND(독일 해외정보부)와의 회동이 잦아졌다는 것 외엔 특별한 내용은 없습니다. 저도 이 문제가 신경 쓰여 모든 자원을 집중했는데, 결론은 중동 지역에서 자생하는 테러조직을 분쇄하기 위한 사전 모임으로 파악되었습니다."

"아니야. 그것만으로는 설명이 부족해. CIA 정도면 우리의 감청 시스템을 의식하지 않을 수 없을 거야. 좀 더 깊숙이 파 보게."

"그렇게 해 보죠. 그리고 우리에 대한 정보가 요새 들어 두 배 이상 증가했습니다. 정보를 분석하느라 인원이 모자랄 지경입니다. 그리고 이걸 보십시오."

케빈은 분석이 완료된 특급 보안 문서를 책상에 펼쳤다. 여러 장의 사진 속에는 스위스 생모리츠의 수브레따하우스를 나서는 인물의 사진도 포함되어 있었다.

"워낙 보안이 잘되어 있어 감청엔 실패했습니다만, 여기에 참석한 인물 중, 한 사람은 확인되었습니다."

"대충 예상은 했지만, 실체를 확인하니 허탈하군. 다른 인물들에 대해서도 계속 분석을 진행하고 빌 게이츠는 집중 마크하고 있겠지?"

"빌 게이츠는 우리가 신경 쓸 정도는 아니라고 봅니다. 그러나 계속 살피고는 있습니다."

카일은 서류에서 눈을 떼지 못하고 있었다. 자신의 오점으로 남아 있던 7년 전 암살 사건의 배후가 서서히 드러나고 있었기 때문이었다. SHJ 시큐리티의 정보력으로도 쉽게 밝힐 수 없었던 배후의 꼬리는 심증을 토대로 밀착 감시를 하던 중, 결정적으로 빌 게이츠의 제안을 경환이 거절하면서 잡을 수 있었다. 그동안 당했던 수모를 되갚을 생각에 카일은 전율을 느꼈다.

경환의 전용기가 내려앉은 평양의 순안공항은 한마디로 북새통을 이루고 있었다. 백악관의 대북특사 자격이란 타이틀이 경환에겐 큰 의미는 없었지만, 경환을 바라보는 동북아시아의 시선은 그렇지 않았다. 의례 일본을 먼저 찾아 이번 방북의 의미를 설명하는 게 관례였지만, 경환은 직접 평양을 향해 일본과 한국 정부를 당혹스럽게 만들었다. 휴전선을 맞대고 있는 한국 정부의 당혹함이 훨씬 컸는데, 경환은 평양 방문 후, 한국에 그 결과를 설명하겠다는 말로 한국 정부를 달랬다.

"하하하, 이경환 회장 선생의 평양 방문을 열렬히 환영합니다."

"환영해 주셔서 감사합니다. 홍석형 경제 담당 비서님."

전용기에서 내린 경환을 환영하던 홍석형이 움찔거렸다. SHJ시큐리티와 NSA를 통해 북한의 실세들에 대한 정보를 전달받았는데 그 자료엔 홍석형도 포함되어 있었다. 수차례 경환의 방북을 요청한 북한 정부는 다소격이 떨어지는 홍석형을 영접 인원으로 파견해 경환의 간을 볼 생각이었지만, 경환은 북한에 대한 기대감이 없는 만큼 개의치 않는 모습을 보여 오히려 북한 정부를 당혹감에 빠트렸다.

"하하하, 이 선생께서는 참으로 담이 크신 분이시군요."

홍석형의 뒤에서 한 사내가 모습을 드러냈다. 알이 경환의 곁에 붙으려 하자, 경환이 손을 들어 알을 제지했다. 훤칠한 키에 안경 뒤로 날카로운 눈빛을 숨기고 있는 사내가 악수를 청하며 경환의 앞에 당당한 자세로 나타났다.

"북측의 공기는 미국이나 남측과 비교해 훨씬 좋군요. 장성택 국방 부위원장님."

장성택의 손을 맞잡은 경환은 묘한 웃음을 그에게 지어 보였다. 국방위원장인 김정일의 뒤를 이어 북한의 실세로 등장한 장성택의 거만함에 경환은 동문서답으로 화답했다. 한 치 앞을 알 수 없는 게 사람 인생이듯이 권력의 핵심에 서 있는 거만한 장성택도 자신의 미래를 위해 어떤 준비를 하고 있을 터였다. 화동들이 건네주는 꽃다발을 받아든 경환이 자신을 환영하기 위해 동원된 북한 시민들을 향해 손을 흔들며 북한측에서 준비해준 리무진에 같이 탑승했다. 특이하게도 장성택이 경환의 리무진에 올라타 경호팀을 긴장시켰지만, 경환은 대수롭지 않게 그의 동승을 받아들였다.

"평양을 방문한 소감이 어떠십니까?"

"사람 사는 곳이 어디나 마찬가지 아니겠습니까? 고난의 행군으로 어려움이 많다고 들었는데, 평양은 그래도 좀 나은 것 같아 다행입니다."

계속되는 빈정거림에 배알이 꼴린 경환이 우회적인 표현으로 장성택의 심기를 건드렸다. 그러나 장성택의 표정은 전혀 변하질 않았다. 북한이라는 특수한 곳에서 정치권력을 틀어쥘 정도의 지략가답게 장성택은 경환의 도발을 웃음으로 받아넘겼다. 호위총국의 인도로 차량은 평양 시내가 아닌 북동쪽을 향해 빠르게 달려가고 있었다.

"우리가 묵을 곳이 고려호텔이 아닌가 보군요."

"하하하, 장군님께서는 이 선생 일행을 국빈으로 대우하라 지시하셨습니다. 곧 백화원 초대소에 도착할 겁니다."

차량이 울창한 숲을 통과하자, 대형 인공호수를 끼고 웅장한 규모를 자랑하는 백화원 초대소가 경환의 시야에 들어왔다. 백화원은 북한의 영빈관이라고 할 수 있는 곳으로, 경환의 방북을 국빈급에 맞춰 대우하겠다는 것을 보여주며 통해 경환의 감동을 유발하려는 북한의 계략이 있었다.

"이곳은 총 3각으로 되어 있습니다. 1각은 국가원수가 묵는 곳이지요. 이 선생은 1각에서 묵으시게 될 겁니다. 수행원들은 2각에 묵으시게 될 거고요."

"국방위원장님께 감사함을 전해 주십시오."

"여독을 풀고 계십시오. 저녁에 다시 찾아뵙겠습니다."

초대소 직원들의 안내에 경환은 스위트룸에 들어섰다. 유럽식 풍의 스위트룸은 규모나 시설이 흠잡을 곳 없이 화려했다. 경환을 안내하는 초대소 직원들은 날카로운 눈빛으로 경환을 주시하고 있었지만, 경환은 크게 의식하지 않았다. 알이 시선을 경호팀에게 돌리자, 경호팀들이 도청 방지를 위해 부산하게 움직였다.

"회장님, 조치를 마쳤습니다."

"잭과 코이치를 불러 주세요. 그리고 이곳은 눈들이 많으니, 대화에 신중을 기하시고요."

경환은 무겁게 조이는 넥타이를 풀어헤쳤다. SHJ시큐리티의 힘이 발휘될 수 없는 곳이다 보니 경환도 내심 긴장하지 않을 수 없었다. 김정일의 건강 상태는 하루가 다르게 나빠지고 있었고 후계자인 김정은은 이빨을 감추고 때가 오기를 기다리고 있었다. 버는 돈도 없이 사지로 자신을 몰아넣은 존 매케인을 원망해 봤자, 이미 자신은 평양 한복판에 떨어져 있었다.

'똑, 똑.'

홍석형이 주최한 만찬에서 돌아온 경환은 바로 침대에 몸을 눕혔다. 가볍게 와인으로 끝날 줄 알았던 만찬은 위스키가 올려지면서 급변하기 시작했다. 홍석형을 비롯한 북한의 인사들은 작정한 듯 경환에게 술을 권했고, 가랑비에 옷 젖는 듯 경환도 한계치에 도달했다. 바라지도 않았지만, 홍석형이 주도한 회의는 별 성과 없이 원론 수준의 대화만 오갔을 뿐이었다. 장성택은 모습을 보이지 않았고, 언제 김정일과의 만남이 성사될지는 누구도 알 수 없었다.

"회장님, 몸을 추스르실 수 있으시겠습니까? 장성택이 찾아왔습니다."

"쉬지도 못하게 하니, 웃기는 군상이군요. 그렇다고 온 사람을 돌려보낼 수는 없죠. 들여보내세요."

얼굴을 찬물에 담근 후에야 겨우 정신을 차릴 수 있었다. 와이셔츠 바람으로 응접실 문을 연 경환은 오전과는 다른 장성택의 모습과 마주했다. 어디서 술을 마시고 왔는지 장성택의 모습도 경환과 별반 다르지 않았다.

"야심한 시각에 무슨 일이십니까? 급하지 않은 일이라면 내일 오전에 만나도 괜찮을 텐데요."

"SHJ시큐리티의 능력이 평양에서도 발휘한다는 얘기를 들었습니다. 보위부 애들이 이 방의 움직임을 파악하지 못해 난리가 났더군요."

경환은 아무런 대꾸 없이 쓴웃음을 지었다. 어떻게 도청 시스템을 무력화했는지 궁금해서 찾아온 게 아니란 건 뻔했다.

"본론을 말씀하시지요. 아시겠지만, 이 방에서 나누는 얘기가 밖으로 흘러나가진 못합니다."

"이 선생께서 고난의 행군을 거론하셨지요? 1980년대 말, 소련을 비롯한 동구권 사회주의 정권이 무너지면서 큰 타격을 받았습니다. 엎친 데 덮친 격으로 1995년 대홍수는 그나마 남아 있던 조선의 경제를 송두리째 붕괴시켰고요. 중국과 남측의 지원으로 간간이 버티고 있었는데, 남측의 정권이 바뀌면서 그런 지원도 기대하기 어렵게 됐습니다."

술에 취해서인지 장성택은 거침없이 말을 쏟아 내고 있었다. 당장 반동분자로 몰려도 변명할 수조차 없는 말이 장성택의 입에서 나오자, 경환은 그 의도가 궁금했다. 그러나 암살과 숙청을 통해 북한의 실세로 떠오른 장성택의 발언을 100% 신뢰할 수는 없었다.

"영원한 우방인 중국이 있지 않습니까? 부위원장님 주도로 북측의 자원과 소중한 땅이 헐값으로 중국에 팔리고 있는데, 그에 상응하는 보답이 있지 않겠습니까?"

"허허, 이 선생은 날 매국노로 보시나 봅니다."

장성택의 헛웃음에도 경환의 싸늘한 표정은 변하지 않았다. 중국은 장성택과의 밀월 관계를 통해 북한의 지하자원을 싹쓸이하고 있었고, 개발을 미끼로 군사적으로도 중요한 황금평과 위화도를 임대하는 방식으

로 손에 넣었다. 친중국 노선을 걷는 장성택을 경환은 고운 눈으로 바라
볼 수 없었다.

"미국놈 믿지 말고, 소련놈에 속지 말자. 되놈은 되나오고, 일본놈은
일어난다. 조선 사람 조심하라. 나도 이 말을 믿는 사람입니다. 그러나 지
금 조선의 상황에서 중국마저 등을 돌린다면 우린 절벽에서 떨어질 수밖
에 없습니다."

"그 말씀을 하신 조만식 선생을 죽인 것도 북측 아닙니까? 부위원장
님의 철학에 대해선 잘 들었습니다. 이젠 본론을 말씀하시지요."

미국의 특사 자격이었지만, 경환은 화려한 외교수사로 장성택의 기분
을 살려 줄 생각이 없었다. 지금이라도 존 매케인의 친서를 전달하고 지
긋지긋한 북한 땅을 벗어나고 싶은 생각뿐이었다.

"이 선생이 믿을지는 모르겠지만, 남측과의 국지전을 통해 인민들을
단결시키자는 군부 강경파의 계획을 막은 사람이 접니다. 내가 친중국파
란 오명에서 벗어나기 위해서도 남측과 SHJ의 지원이 절실히 필요합니다.
도와주시겠습니까?"

경환은 장성택을 노려보았다. 장성택의 말이 진심인지의 여부는 중요
하지 않았다. 북한의 정치 특성상 2인자는 존재할 수 없었다. 권력의 정점
에 오른 장성택이라 하더라도 절대 넘을 수 없는 벽은 존재했고, 북한에서
의 2인자는 토사구팽, 그 이상이 될 수는 없었다.

"어떤 지원을 말씀하시는 겁니까? 미리 말씀드리지만, SHJ는 대현그룹
처럼 쉬운 기업이 아니란 걸 아셔야 할 겁니다."

"비료나 식량을 지원해 달란 소리는 안 하겠습니다. 이 선생에게 부탁
하고 싶은 것은, 남측 서산과 같은 규모의 SHJ타운을 우리 조선에도 건설

해 달라는 제안을 하고 싶은 겁니다."

경환은 어이가 없었다. 오히려 식량이나 비료를 지원해 달라고 했다면, 단절된 6자회담 재개를 조건으로 들어줄 용의가 있었다. 그러나 SHJ타운을 건설해 달라는 장성택의 제안은 생각해 볼 가치가 전혀 없었다. 통제를 이유로 중국도 생각하지 않는 경환에게 SHJ타운을 건설해 북한에 헌납할 생각은 추호도 없었다.

"못 들은 걸로 하겠습니다. 저는 미국과 북측의 막힌 대화 창구를 열기 위해 온 것이지, SHJ타운을 건설할 목적으로 온 게 아니란 걸 분명히 말씀드립니다."

"다른 국가에서 SHJ에 제공하는 자치권을 똑같이 보장하겠습니다."

"자치권은 쌍방 신뢰가 쌓인 후에나 가능한 겁니다. SHJ와 북측과는 아직 신뢰 관계가 형성되지 않았습니다. 그리고 지금 하신 제안은 국방위원장의 뜻입니까?"

"그, 그렇습니다. 장군님께서도 SHJ와 같은 세계적인 기업을 유치해, 조선의 경제를 부흥시키라는 지시를 하셨습니다."

경환은 자신이 둔 자충수를 진심으로 후회했다. 아무리 SHJ시큐리티의 능력이 뛰어나다고는 하지만, 폐쇄국가인 북한에서의 활동은 제약받을 수밖에 없었고, 혹시라도 SHJ타운이 북한에 건설되더라도 북한군의 공세를 막을 정도는 되지 못했다. 도둑놈 심보라는 생각에 경환은 어이가 없었는지 장성택을 의식하지 않고 연신 헛웃음을 던졌다.

"내일로 예정된 국방위원장님과의 회담을 이상 없이 진행해 주십시오. 저희는 일정 변경 없이 모레 아침 출국할 겁니다. 그럼 저는 이만 쉬겠습니다."

대북 사업은 양날의 검이었다. 양질의 노동력을 싼 임금으로 이용할 수 있다는 손익상의 계산과 한민족이라는 동포애의 발호로 수많은 개인과 기업이 북한 진출을 위해 투자를 아끼지 않았다. 그러나 경환의 생각은 달랐다. 정치적 논리에 따라 북한 정부에 이용되는 대북 사업에 참여할 생각이 없었다. 특히, 2년 후면 목이 떨어지는 장성택과는 거리를 둘 수밖에 없었다.

'간나 새끼, 다른 남조선놈들하곤 질이 다르구만.'

경환이 머무는 숙소의 불빛이 꺼지는 걸 바라보던 장성택은 좀 전에 있었던 대화를 떠올리며 고개를 흔들었다. 김정일과의 면담을 하루 연장해 애간장을 태우려는 계획은 경환의 선수에 막혀 말을 꺼내지도 못했다. SHJ를 이용해 비자금을 만들려던 계획도 처음부터 수정이 필요한 상태였다. 아무런 소득 없이 백화원 초대소를 벗어나는 장성택은 지그시 눈을 감았다.

"이게 사실입니까?"

"그렇습니다, 부회장님. 1년 전 이상 징후를 포착하고 뒤를 밟고 있었습니다."

황태수는 카일의 보고에 크게 한숨을 내쉬었다. 어디서부터 잘못된 건지는 모르겠지만, 그토록 강했던 SHJ의 내부에 틈이 벌어지고 있었기 때문이었다. 그냥 넘긴 흠집이 결국은 댐을 붕괴시킬 수도 있다는 생각에 황태수는 마음이 급해질 수밖에 없었다.

"정보유출은 심각한 상황입니까?"

"SHJ-구글과 SHJ유니버스의 신기술 일부가 유출된 것으로 확인되었습니다. 현재 SHJ테크놀로지의 기술을 입수하려는 정황이 포착된 상태지만, 보안팀을 뚫지는 못할 겁니다."

"1년이나 되었다면서, 이 지경까지 놔둔 이유가 뭡니까? 회장님도 알고 계십니까?"

"상황을 지켜만 보라는 회장님의 지시가 있었습니다. 유출된 정보도 심각한 수준의 것은 아니고요. 그러나 제기 부회장님께 보고드리는 이유는 더는 두고 볼 수 없기 때문입니다."

카일은 황태수를 찾기 전, 평양을 향하는 경환에게 보고를 마친 상태였다. 황태수의 의견에 따라 일을 처리하라는 지시를 받은 카일은 황태수를 설득해 SHJ 내부에 기생하는 고름을 짜내고 싶었다. 황태수는 여전히 이런 사실이 믿기지 않는 듯, 증거 자료에서 눈을 떼지 못했다.

"부회장님, 요새 들어 우리에 대한 정보가 평소의 두 배 이상 증가했습니다. 또한, CIA의 움직임도 심상치 않고요. 제 생각이지만, 이번 일은 결코 혼자서 하는 일이 아니라고 판단됩니다. 더 늦기 전에 발본색원해야 하지 않겠습니까?"

"그 얘긴 보고를 받아 알고 있습니다. 저도 회장님의 의견과 같습니다. 지금은 우리가 역으로 이용할 가치가 있을 것 같군요."

"저, 그러나."

"적에게 경각심을 줄 필요는 없지 않겠습니까? 우리 손에 의해 상황을 만들어 갈 계획을 수립해 보세요. 우리 통제하에 있어야 합니다."

카일이 집무실을 벗어난 후에도 황태수는 자리에서 일어설 수가 없었다. 배신에 상처받았을 경환을 생각하자, 황태수의 마음이 무거워졌다.

앤은 오늘도 이른 시간에 사무실 문을 열었다. 아직 직원들이 출근하려면 2시간이나 기다려야 했지만, 연구로 생긴 불면증 때문에 그녀는 쉽게 잠들지 못했다. 푸른 눈과 금발의 소유자인 앤은 뭇 남성들의 가슴을 설레게 할 정도의 미모였지만, 연애나 결혼은 더는 그녀의 관심사가 아니었다. SHJ테크놀로지가 설립된 지도 벌써 5년이란 시간이 흘렀지만, 아직 그녀를 만족하게 할 만한 연구 결과물은 나오지 않고 있었다. SHJ유니버스가 유니버스 1호와 2호를 성공적으로 발사할 때부터 앤의 초조함은 극에 달했다.

"어? 정우 너 여기서 뭐 하는 거니?"

"메이어 사장님, 일찍 출근하셨네요. 양자텔레포테이션 실험에 필요한 이론을 다시 검토하고 있었어요. 이 실험이 성공한다면 양자컴퓨터 개발에 한 발짝 더 다가서게 될 거예요. 그리고 광통신에도 적용할 수 있고요. 적어도 일본 도쿄대보단 빨라야 하지 않겠어요?"

정우의 합류로 양자컴퓨터 개발에 속도가 붙기 시작했다. 연구원 모두 정우의 천재성에 감탄하면서도 천체물리학 전공인 정우가 양자물리학까지 섭렵하고 있다는 사실을 쉽게 받아들이지 못했다. 정우의 합류는 양자컴퓨터 개발의 중요한 역할을 하게 될 텔레포테이션 실현에 SHJ가 일본보다 한발 앞설 수 있는 계기가 되었다. 미완전한 형태의 텔레포테이션 기술은 그동안 많이 발표됐지만, 완전한 형태의 양자텔레포테이션은 처음이었다. 이 실험이 성공한다면 컴퓨터 처리 능력과 통신 용량을 비약적으로 향상할 수 있어, 앤도 상당히 기대하고 있었다.

"예전처럼 앤이라고 불러 주렴."

"그럴게요, 앤. 피곤해 보이는데, 커피 한 잔 마시세요."

정우가 따라 주는 커피를 받아든 앤은 정우의 자리가 어지럽혀져 있는 것을 보고 피식 웃음을 터트렸다. 정우는 일찍 출근한 게 아니라, 연구소를 떠난 적이 없는 듯 보였기 때문이었다.

"앤, 조급해한다고 없는 기술이 하늘에서 떨어지는 건 아니잖아요. 이럴 때일수록 차분하게 그동안의 연구를 되짚어 볼 필요도 있다고 생각해요."

"그래. 정우 네 말이 맞을 수도 있겠다. 남들은 다들 성과를 보이고 있는데 우리만 뒤떨어지는 것 같아 내가 너무 초조했나 봐."

정우는 헝클어진 머리를 뒤로 넘기며 환한 미소를 지었다. 경환을 닮아 185㎝가 넘는 키에 수정을 닮아 선이 굵은 외모인 정우는 30대 중반인 앤의 마음을 설레게 할 정도였다. 고개를 세차게 흔든 앤은 자신이 무슨 생각으로 정우에게 하소연했는지 부끄러워졌다.

"우리가 뒤떨어지다뇨? 이미 SHJ테크놀로지의 딥러닝 기술은 다른 곳에 비해 적어도 3년은 앞섰고, 재작년부터 엘리시움에 장착한 '소냐'도 우리의 딥러닝 기술이 적용된 건데요. 소냐 덕에 엘리시움의 매출과 점유율이 급성장하고 로열티도 제법 많이 들어오잖아요."

앤은 인공지능로봇이라는 개발 목표를 두고 인공신경망을 이용한 인공지능이 성공하기 위해선 실효성 있는 학습 방법이 필요하다는 전제하에 1980년대 연구가 시작된 딥러닝 기술에 관심을 보였다. 딥러닝은 데이터처리에 용이한 심화신경망 알고리즘이 활용되지만, 높은 정확도에 비해 느린 속도가 걸림돌이 되어 실무에 적용하기 적합하지 않다고 결론을 내린 기술이었다. 앤은 경환의 지원에 기업을 인수하고 대학 연구진들을 고용하며 새로운 알고리즘을 개발하고 알고리즘을 뒷받침해 줄 하드웨어를

SHJ-구글과 공동으로 개발했다. 이렇게 탄생한 강력한 GPU(그래픽칩셋)는 몇 주 걸리던 작업을 며칠로 줄이는 효과를 보였다. 더욱이 SHJ-구글과 SHJ퀄컴과의 합작으로 개발한 슈퍼컴퓨터는 인공지능 생태계를 조성하는 중이었다. 그러나 놀라운 성과에도 불구하고 이를 상용화시키기 위해선 아직은 갈 길이 멀기만 하다는 게 앤의 고민이었다.

"SHJ테크놀로지의 목표는 소냐 같은 단순한 기술이 아니거든. 아직 목표까지 한참 남았는데, 우리를 추격하는 기업들은 많고. 내가 고민이 좀 많아."

"한국 속담에 첫술에 배부르랴라는 말이 있어요. 소냐 같은 기술이 하나씩 쌓이다 보면 자연스럽게 우리의 목표도 이뤄지는 게 아니겠어요? 그러니 건강부터 먼저 챙기세요. 회장님은 인공지능이나 양자컴퓨터보다는 앤의 건강을 먼저 챙기시는 것 같으니까요."

"그래, 고마워."

앤은 어색한 미소를 지어 보였다. 정우의 말이 고맙긴 했지만, 자신의 성격상 건강보단 연구를 택할 수밖에 없었다. 경환에게 건강에 신경 쓰라는 질책 아닌 질책을 자주 받긴 했지만, 앤은 트레이너의 주의에도 불구하고 연구실을 벗어나지 않았다.

"조금만 기다리세요. 이번 양자텔레포테이션 실험이 성공하면 양자컴퓨터 시제품을 1년 안으로 선보일 수 있을 거예요. 그럼 슈퍼컴퓨터를 대체할 수 있고, 인공지능 개발도 속도가 붙지 않겠어요?"

"그래서 나도 이번 실험에 큰 기대를 걸고 있어."

"걱정하지 마세요. 꼭 성공하게 될 테니까."

정우의 자신감에 찬 목소리에 앤의 얼굴에 미소가 그려졌다. 정우가 나이가 좀 많았으면 좋았을 텐데, 하는 생각이 잠시 들었지만 급히 고개를 좌우로 흔들었다. 정우와 제니퍼와의 관계는 SHJ타운을 넘어 이미 미국 전체에 알려졌고 자신은 둘 사이에 끼어들 수 없다는 걸 잘 알고 있었다. 앤은 자신을 부르는 목소리에 급히 뒤를 돌아보았다.

"앤, 일찍 출근했네. 정우 너도 오랜만이다."

"래리, 어쩐 일이에요? 새벽부터 여길 다 오고."

"잠깐 앤과 얘기 좀 하고 싶어서 찾아왔어. 내가 방해한 건 아니지?"

급작스런 래리의 출현에 앤이 고개를 갸우뚱거렸다. 손을 들어 래리와 인사를 나눈 정우는 다시 실험 자료에 고개를 파묻었고, 앤은 래리와 함께 사무실로 향했다.

"얼굴이 많이 상했네. 연구도 좋지만, 쉬는 것도 일의 연장이야."

"괜히 마음만 바쁘네요. 생각했던 것만큼 속도가 나질 않아 스트레스가 쌓였나 봐요. 그나저나 여긴 무슨 일로 온 거예요? 생전 코빼기도 안 보이던 사람이."

"인공지능과 양자컴퓨터 개발에 속도가 붙고 있다는 소문이 돌던데, 앤도 엄살이 많이 늘었네. 실험은 잘 진행되고 있는 거야?"

앤은 래리를 함부로 대할 수 있는 처지가 아니었다. 자신을 SHJ로 이끈 사람이 래리였고, SHJ테크놀로지 사장으로 임명될 수 있었던 것도 따지고 보면 래리의 지원이 없고서는 불가능한 일이었다.

"정우가 합류한 후로 개발에 속도가 붙기 시작했어요. 그동안 정우가 연구한 양자물리학과 양자컴퓨터 자료를 확인했을 때, 정말 심장이 다 뛰더라고요. 회장님도 대단하지만, 정우도 그에 못지않을 것 같아요."

"정우가 대단하긴 하지. 참, 그 자료 나도 좀 볼 수 있을까? 얼마나 대단한 녀석인지 내 눈으로 확인해 보고 싶네."

묘한 분위기가 사무실을 감쌌고 앤은 래리와 시선을 마주쳤다. 너그러운 인상의 래리는 환한 미소를 짓고 있었지만, 어딘가 모르는 어색함이 두 사람 사이에 맴돌았다. 아무리 래리라 해도 들어줄 수 없는 부탁이었다.

"미안해요. SHJ테크놀로지에서 연구하는 모든 자료는 보안 서류로 묶여 있어요. 사장인 저도 개인적으로 볼 수 없는 자료들이기도 하고요. 며칠 전엔 세르게이가 와서 묻더니, 무슨 일 있는 건가요?"

"세르게이가 왔었다고?"

"그래요. 래리와 같은 요청을 하더군요. 물론 같은 이유를 들어 거절하긴 했지만요."

"잘 알았어. 수고하고, 언제 저녁이나 같이하자고. 나 먼저 일어날게."

어색한 미소를 보이며 래리가 급히 자리에서 일어나 사무실을 나섰다. 앤은 자신이 모르는 일이 래리와 세르게이 사이에 있다는 느낌을 받았지만, 뒤돌아선 래리를 잡을 수는 없었다. 차가운 한기가 잠시 앤의 사무실에 흐르더니 래리를 따라 사라져 갔다.

다음 날, 홍석형과 진행된 협상은 원론에서 머물며 나아가지 못했다. 그건 홍석형 자체가 결정권을 갖고 있지 못한 인물인 탓도 있었지만, 경환도 협상에 특별한 열의를 보이지 않고 있었기 때문이었다. 김정일과의 면담은 아무런 이유 없이 지연되고 있었고, 경환은 일정대로 출국 준비를 하라는 지시를 내려 더는 기다려 주지 않겠다는 뜻을 분명히 밝혔다.

"회장님, 북한 정부에서 준비한 만찬에 참여할 필요가 있겠습니까? 오지 않겠다는 사람을 억지로 불러 놓고, 만나 주지 않는 것을 어떻게 해석해야 할지 모르겠습니다."

"기 싸움을 벌이겠다는 수작에 넘어가 줄 생각은 없습니다. 저는 만찬에 불참할 테니 잭과 코이치만 참석하세요. 관광하러 온 사람도 아니고, 저는 숙소에서 쉬겠습니다."

아직 존 매케인의 친서도 전달하지 못한 상황이었지만, 경환은 친서를 먼저 달라는 홍석형의 요청을 일언지하로 거절해 버렸다. 아쉬운 건 북한 정부지 SHJ나 자신이 아니라는 판단이 들었기 때문이었다. 잭과 코이치가 만찬을 위해 떠나고 숙소에 돌아온 경환은 방북 이후에 복잡하게 얽혀 있는 SHJ의 상황을 풀기 위해 고심하고 있었다.

"북한 보위부와 경호원들의 눈빛이 예사롭지 않습니다. 아마도 도청을 통해 정보를 입수하지 못하는 것에 불만을 보이는 것 같습니다."

"놔두십시오. 과민하게 반응할 필요 없습니다. 최고 통수권자의 신변 안전 각서를 받은 만큼 저들이 함부로 날뛰지는 못할 테니까요."

긴장한 알에 비해 경환은 태연했다. 경환의 경호팀 능력이야 백악관 경호팀 이상이라고 자평하고 있었지만, 여긴 북한의 중심인 평양이었다. 북한이 마음먹고 경환에게 위해를 가한다면 빠져나갈 방법은 전혀 없었다. 방법이 없다는 이유가 오히려 경환을 태연하게 만들고 있었다. 자신의 심기가 불편하다는 것을 만찬에 참석하지 않은 것으로 보여 주며 공을 북한 정부에 넘겼다. 이 정도에도 북한 정부가 반응하지 않는다면 경환은 미련 없이 평양을 떠날 생각이었다.

'똑, 똑.'

느긋하게 실시간으로 방영하는 한국 방송을 보고 있던 경환은 노크

소리에 시선을 돌렸다. 알이 방문을 열자, 군복 차림의 사내가 경환을 향해 거수경례를 하며 다가왔다.

"이경환 회장 선생을 모시러 왔습니다. 옷을 입어 주십시오."

"무슨 일입니까? 예정되지 않은 일정인데, 설명을 부탁하겠습니다."

한국어를 모르는 알을 대신해 김혜원이 급히 사내에게 설명을 부탁했지만, 사내는 미동도 하지 않았다.

"저는 이경환 회장 선생을 모시라는 명령만 받았습니다. 그 이상은 모릅니다. 채비를 갖추십시오."

"무례하군요. 이유를 설명하지 못하신다면, 회장님은 움직일 수 없으십니다."

사내의 강압적인 태도에도 김혜원은 눈 한 번 깜짝거리지 않고 되받아쳤다. 사내의 날카로운 시선이 김혜원의 눈을 향했지만, 김혜원은 사내의 시선을 똑바로 마주 보며 몸을 꼿꼿이 세웠다. 그런 김혜원의 자세에 사내의 얼굴에 당혹감이 서렸다.

"김혜원 실장, 그만합시다. 충분히 예상할 수 있는 것 아닙니까? 옷을 갈아입을 동안 준비를 해 주세요."

"회장님, 잭과 코이치도 불러야 하지 않겠습니까?"

"아닙니다. 만찬은 만찬대로 진행하라고 하십시오. 우리만 조용히 갔다 옵시다."

경환이 옷을 갈아입기 위해 방으로 들어간 사이에도 김혜원과 사내의 기 싸움은 계속 이어지고 있었다. 간단히 옷을 갈아입은 경환은 미리 준비된 선물과 친서를 챙긴 후 백화원 초대소에 준비된 리무진에 탑승했다. 이전보다 많아진 호위총국 병사들의 경호에 위화감이 들긴 했지만, 평양에서 경환은 갑이 아닌 을의 입장일 수밖에 없었다.

어둠이 서서히 내리고 있는 평양 시내는 한가하기만 했다. 무슨 이유에서인지 경환을 실은 차량 행렬이 지나는 곳에서는 행인들조차 볼 수 없었다. 차량은 능라도 경기장을 지났다. 만수대의사당이 눈에 들어오는 것을 보아 평양 중심부를 향해 달려가고 있는 것 같았다.

'회장님, 아마도 국방위원장 집무실로 향하는 것 같습니다.'

긴장했던지 귓속말을 던지는 김혜원의 목소리가 가볍게 떨렸다. 경환은 가벼운 미소와 함께 김혜원의 어깨를 토닥이며 긴장감을 풀어 주었다. 김혜원의 예상이 맞았는지 삼엄한 군인들의 경계를 지나 마침내 엄청난 규모의 철근 콘크리트 건물에 도착했다.

"이 선생, 어서 오십시오. 장군님께서 기다리고 계십니다."

"부위원장님이 계실 줄은 몰랐습니다. 국방위원장님을 못 뵙고 떠날 줄 알았는데, 다행이군요."

"하하하, 장군님의 건강이 염려되어 만남을 연기하려 했지만, 장군님의 특별한 배려로 오늘 만남이 성사된 겁니다. 너무 아쉬워 마십시오."

계단 위에서 경환을 맞이하는 장성택의 모습에 경환은 뼈 있는 농담을 던져 불편한 심기를 표출했지만, 장성택은 태연하게 경환을 맞이해 주었다. 김정일과의 면담에 경호원을 대동하거나 무기를 소지할 수 없다는 사전협의에 따라 경환은 알과 김혜원만 대동한 채, 장성택을 따라 집무실 깊숙한 곳으로 걸음을 옮겼다.

"하하하, 이 선생 활약상은 익히 들었습니다. 평양에 오신 걸 환영합니다."

뇌출혈의 영향인지 김정일은 한쪽 다리를 미세하게 절고 있었다. 검버 섯이 진한 얼굴은 언제 쓰러진다 해도 전혀 이상하지 않을 정도로 병색이 확연해 보였다. 북한의 최고 실력자인 김정일도 흐르는 세월은 잡을 수 없는 듯 보였다.

"환영해 주셔서 감사합니다, 국방위원장님."

"자, 앉읍시다. 이 선생과 할 말이 많습니다."

호탕하게 웃는 김정일과 반대로 경환은 어색한 웃음을 짓고 있었다. 예상은 하고 있었지만, 줄 것도 받을 것도 없는 이 자리가 경환은 매우 불 편했다. 저녁 전인 경환을 배려하려는지 푸짐한 요리가 식탁 위에 가득했 다. 그러나 경환은 김정일이 건네는 술잔을 제외하고는 요리에 손을 대지 않았다.

"우리 장성택 부위원장의 제안을 거절했다고 들었습니다."

술잔을 입에 가져다 대고 있는 경환에게 김정일의 선공이 들어왔다. 미사여구를 동원해 이 자리를 모면할 것인지를 경환은 결정해야만 했다.

"저는 존 매케인 대통령을 대신해 평양을 방문했습니다. SHJ그룹 일 을 논하는 자리는 아니라고 생각했습니다. 이해해 주시기 바랍니다, 국방 위원장님."

"하하하, 그렇지요. 그러나 이 선생이 방북했다 해서 막힌 조미관계가 풀리지 않는다는 건, 이 선생 본인이 잘 아시겠지요. 자, 우리 한잔 마십 시다."

김정일의 잔에 가득 채워진 것이 술인지 알 수 없었지만, 김정일은 술 잔을 단숨에 비웠다. 잔을 입으로 가져간 경환은 술을 입에 털어 넣는 순 간에도 김정일의 여유로움을 이해하기 힘들었다. 경환도 자신의 방북으로 막힌 북한의 정세를 풀지 못한다는 건 알고 있었다. 경환은 찝찝함을 풀기 위해 김정일의 말을 곱씹어 봤지만, 가슴속에서 치밀어 오르는 찝찝함은 쉽게 풀리지 않았다.

"국제적으로 성장한 이경환 선생에 대해 개인적으로 무척 궁금합니다. 18년이란 짧은 시간에 성공할 수 있었던 비결이 뭔지 알려 줄 수 있겠습니까?"

딱히 말해 줄 내용도 없었다. 고난의 행군이 끝났다고는 하지만, 아직 북한의 식량 사정은 그리 좋지 못한 상황이었고, 배급이 끊긴 북한 주민들은 생사의 갈림길에서 사지로 내몰리고 있었다. 자신의 성공기를 알려 준다 해도, 3대 세습을 준비 중인 북한 체제는 조금도 변하지 않으리란 걸 너무 잘 알고 있었기 때문이었다. 그러나 김정일은 SHJ의 성장에 대해 집요하게 질문을 계속 던졌다. SHJ그룹의 대북 투자는 전혀 생각하지도 않고 있는 경환에겐 지루한 시간이었다. 그저 경환은 이 상황을 빨리 마무리 짓고 싶었다.

"국방위원장님, 핵문제를 해결하기 위해선 국제사회에 북측이 나와야 한다고 생각합니다. 북측의 주장을 안에서만 떠드는 것보단, 밖으로 표현해야 한다고 봅니다. 여기 존 매케인 대통령의 친서를 확인해 보시기 바랍니다."

경환은 봉인된 친서를 꺼내 김정일에 건네주었다. 김정일과의 면담을 끝내고 싶다는 표현이기도 했지만, 친서를 받아든 김정일의 입가에 묘한 미소가 흐르며, 알 수 없는 긴장감이 두 사람 사이에 흐르기 시작했다.

"SHJ시큐리티의 능력은 이미 우리도 알고 있으니 이 선생도 이 친서의 내용은 알고 있으리라 봅니다. 내 말이 맞나요?"

148

"봉인된 서류라 저는 내용을 알지 못합니다."

"하하하, 그런가요?"

경환은 호탕한 김정일의 웃음 뒤에 날카롭게 흐르는 눈빛을 놓치지 않았다. 김정일의 말대로 이미 친서의 내용은 알고 있었다. 북한이 핵문제에 적극적인 자세를 보이고 중단된 6자회담이 재개된다면, 미국도 북한에 대한 경제제재 철회와 식량 지원에 최대한 성의를 보이겠다는 내용이었다. 김정일의 태연함과 여유로움이 단지 독재자가 자신의 안방에서 보이는 허세라고 하기에는 어딘가 설명이 부족해 보였다. 경환의 미간이 살짝 좁혀졌다.

"이 선생, 이번 평양 방문이 우리의 초청으로 이뤄진 건 사실이지만, 그 과정엔 복잡한 일들이 많이 있었습니다. 우리도 예상하지 못한 일들이 곳곳에서 발생했다면 믿으시겠습니까?"

"위원장님께서 무슨 말씀을 하시는지, 잘 이해가 되지 않습니다."

경환의 불안한 예감이 그 실체를 드러내고 있었다. 김정일은 존 매케인의 친서는 거들떠보지 않고 서류철을 경환에게 건네주었다. 서류철을 넘기는 경환의 손이 미세하게 떨리기 시작했다.

"반동 새끼들의 책략은 이미 분쇄한 상태이니 너무 걱정하지 마세요. 그 서류를 믿고 안 믿고는 이 선생의 판단에 맡기겠습니다."

경환은 말을 아꼈다. 어디까지 김정일을 믿어야 할지 판단하기 힘들었지만, 북한에서 조작했다고 보기에는 너무 사실적이었다. 경환은 허탈한 웃음을 지을 수밖에 없었다.

"서류의 사실 여부는 꼭 가려내겠습니다. 만약 이 서류가 사실이라면 제가 위원장님께 큰 빚을 지게 된 셈이군요. 계산은 나중에 치르겠습니다."

"하하하, 뭐, 대가를 바라고 한 일은 아닙니다. 그러나 이 선생이 굳이 성의를 보이겠다면 말리지는 않겠습니다. 자, 술이나 한잔 더 합시다."

김정일 앞에서 분노를 보일 수 없었던 경환은 애써 태연함을 유지하며 김정일과의 술자리를 이어 갔다. 새벽이 훨씬 지나서 끝난 면담은 술로 시작해 술로 끝났지만, 집무실을 떠나는 경환은 조금도 취해 있지 않았다.

"장군님, 이경환에게 사실을 밝힐 필요가 있었겠습니까?"

"두 집안이 싸우면 결국 이익을 보는 건 우리 아닌가? 그나저나 그 아새끼들 책략이 성공했다면, 우리 조선은 불바다가 될 수도 있었어. 이경환이가 평양을 떠나면 잔당들을 일거에 쓸어버려야겠어."

김정일은 술 대용으로 마신 우롱차를 바닥에 버리고는 양주를 따라 입에 부었다. 3대 세습에 걸림돌이 될 만한 인물들을 제거하고 있었다. 특히 공공연히 3대 세습에 불만을 표한 이제강 조직지도부 부부장을 제거한 후, 군 지휘권을 분산하기 위해 김일철 인민무력부장도 좌천시켰다. 그러나 군부의 반발이 예상외로 심각해지면서 외세와 결탁해 이번 일을 계획할 줄은 김정일도 알지 못했었다. 장성택과 이영호 총참모장이 사전 모의를 발각하지 못했다면 3대 세습뿐만 아니라, 자신의 자리도 지탱하기 어려웠을 것이다. 김정일은 마시던 술잔을 벽을 향해 던져 버렸다.

경환은 청와대와 백악관에 방북 결과를 설명하고 서둘러 휴스턴에 돌아와 있었다. 경환의 방북 후, 북한은 미국과의 단독회담을 희망한다는 성명과 함께 6자회담에 성의를 보이겠다는 긍정적인 자세를 보여, 경환의 방북이 어느 정도 성과를 보였다는 평가를 받고 있었다. 그러나 북한에서 돌아온 경환은 외부 행사를 모두 취소한 채, SHJ타운 밖을 나서지 않고 있었다.

"회장님, 북한에서 대대적인 숙청 작업이 진행되고 있는 것 같습니다. 김일철과 관련된 군부 인사들을 숙청하는 과정에서 산발적인 국지전도 있었던 것으로 파악됩니다."

경환은 카일의 보고를 말없이 듣고만 있었다. 경환은 평양에서 돌아온 후 SHJ시큐리티의 일부 자원을 북한으로 돌려 북한의 내부 정보 수집에 신경을 곤두세웠다. 김정일이 전달한 내용의 사실 여부를 확인해야만 했기 때문이었다.

"부회장님, SHJ테크놀로지도 성과를 보이고 있다고 들었습니다. 결과물은 언제 확인할 수 있겠습니까?"

"양자텔레포테이션 실험이 성공하면서, 양자컴퓨터 개발에 속도가 붙었습니다. 내년 중엔 시제품을 확인할 수 있을 것 같습니다. 실험의 성공에 따른 인공지능 개발 부분도 상당한 성과를 보이고 있습니다."

"시제품이 나오면 상용화를 빠르게 추진해 보세요. 그리고 핵융합실험로 건설은 차질 없이 진행되고 있나요?"

"우선 상용화를 위한 시판용과 내부용으로 분리해 연구와 검토를 추진하고 있습니다. 그리고 호주 정부에서 적극적으로 나서고 있는 만큼, 프랑스에 건설 중인 ITER보다는 빠르게 완공할 수 있을 겁니다."

황태수의 답변에도 경환의 군은 얼굴은 풀리지 않았다. 방북 후 달라진 경환의 모습은 카일뿐만 아니라, 황태수와 린다까지도 긴장하게 했다.

김정일과의 면담 내용은 오로지 집무실에 모인 세 사람 외엔 아는 사람이 없었다.

"호주에 건설 중인 핵융합실험로 사업에 중국의 공동 참여를 받아들이려고 합니다. 기븐스 사장에게 호주 정부를 설득하라고 지시하십시오."

"회장님, 그래도 갑자기 중국과 손을 잡는 건 너무 위험성이 큽니다. 재고해 주십시오."

갑작스러운 경환의 결정에 황태수의 반발은 예상된 행동이었다. 그러나 린다의 생각은 달랐다. 당혹한 표정을 짓는 황태수에 비해 린다의 표정은 차분했다.

"중국 시장을 계속 무시할 수는 없지 않겠습니까? 아프리카에서조차 우리에게 당했다고 생각한 중국이 마지막으로 손을 내미는 것이라고 봅니다. 막힌 우리의 상황을 풀기 위해 회장님께서 큰 결단을 내렸다고 생각합니다."

"쿡 사장! 지금 무슨 말을 하는 겁니까? 중국이 웃는 얼굴로 우리에게 손을 내밀었다고는 하지만, 그 미소 뒤엔 보이지 않는 칼이 숨겨져 있다는 걸 모르는 겁니까?"

두 사람의 목소리가 높아지자, 경환은 손을 들어 두 사람의 언쟁을 중단시켰다. 경환도 중국이 내민 손을 잡는다는 게 쉬운 결정은 아니었지만, 지금 상황을 돌파하기 위해선 어쩔 수 없다는 판단이었다. 경환은 무겁게 닫혀 있던 입을 열었다.

"북한에서 제공한 내용이 사실로 판명된 만큼, 우리의 결정이 늦어질수록 SHJ를 분해해 자신의 수중에 넣으려는 자들의 공세는 막기 힘들어질 수도 있습니다. 중국의 생각을 모르진 않지만, 핵심을 가린다면 중국도 쉽게 원하는 걸 가질 수 없지 않겠습니까?"

말을 마친 경환은 카일을 향해 고개를 끄덕였다. 황태수의 군은 표정이 풀리지 않았지만, 경환은 황태수를 설득하기보다 현 상황을 정리하는 게 우선이라 생각했다.

"간단히 설명하겠습니다. 북한이 3대 세습 체제를 강화하기 위해 김인철을 좌천시키면서 불러일으킨 군부의 반발이 이번 사건의 시초입니다. 김인철을 위시한 군부 반 세력들은 어려운 쿠데타보단, 미국 특사인 회장님의 암살을 통해 미국과 서방 세계의 반발을 야기시키고 중국의 지원을 받아 북한 내부가 스스로 붕괴해 3대 세습을 막는다는 계획을 세웠습니다. 그러나 중국은 이런 정보를 친중파인 장성택에게 제공해 암살을 사전에 방지할 수 있었습니다."

"그건 다 아는 얘기 아닙니까? 그걸 미끼로 중국이 우리와의 기술제휴, 핵융합에너지 개발에 공동 참여를 원한다니 너무 많은 것을 바라는 것 같습니다."

경환은 씁쓸한 표정으로 황태수를 바라보았다. 경환의 생명보다도 SHJ가 지켜야 할 게 중요하다는 표현에 황태수는 아차 싶었지만, 뱉은 말을 주워 담을 수는 없었다. 자신의 실수를 통감해 고개를 숙인 황태수를 뒤로하고 카일은 말을 이어 갔다.

"우린 북한의 집요한 초청이 북한 정부의 뜻이라고 판단했지만, 사실은 회장님의 방북을 제안한 쪽은 CIA 일본지부의 요청을 받은 일본 내각 정보조사실이란 게 밝혀졌습니다. 회장님의 방북을 통해 지원과 막힌 북미 상황을 풀라는 조언을 하고, 물밑에선 막대한 현금과 정권 보장을 내세워 김인철에게 암살을 제시한 것으로 파악되었습니다. 또한, 중국은

MI6가 접근해 북한에 변고가 생기면 정권을 바꾸는 데 협조해 달라는 요청과 함께 북한에 대한 기득권을 일부 인정하겠다는 제시를 한 것이 확인되었습니다."

"그럼 결국 두 마리의 토끼를 함께 잡겠다는 얘기란 말입니까?"

"그렇습니다. SHJ의 지배구조가 회장님께 몰려 있는 만큼, 회장님의 변고로 SHJ를 무장해제시킨다는 생각과 이를 기회로 무력 침공, 혹은 북한에 대한 강력한 제재의 명분을 얻겠다는 계획으로 판단됩니다. 결국 대체에너지와 우주 개발, 인공지능과 양자컴퓨터가 상용화되기 전에 SHJ를 통제권 안에 두려는 계획이라고 볼 수 있습니다."

카일의 보고가 끝이 났지만, 누구 하나 먼저 입을 여는 사람이 없었다. 중국과의 거래를 반발하던 황태수도 입을 다물 수밖에 없었다. 담담하게 카일의 보고를 듣던 경환이 몸을 세웠다.

"제가 너무 안이하게 생각했던 게 이런 상황을 만들었다고 봅니다. 중국이 우리와 손을 잡는다 해도 가랑비는 피할 수 있겠지만, 퍼붓는 소나기를 피할 정도는 되지 못할 겁니다. 적의 적은 친구라는 말처럼 원점에서 다시 시작하도록 합시다. 이번 중국과의 합작을 시작으로 SHJ시큐리티는 모든 자원을 동원해 방어 시스템을 가동하세요. 그 전에 우리 내부부터 정리할 필요가 있겠습니다."

"SHJ-구글을 말씀하시는 거라면 이미 준비를 끝냈습니다. 현재 SHJ 테크놀로지의 기술을 빼려는 시도가 계속되고 있습니다."

경환은 착잡했다. 믿었던 사람에게 받은 배신의 상처는 쉽게 지워지지 않았다. 안타까움이 앞서 많은 기회를 주려했지만, 이젠 곪은 상처를 도려내야 할 시기였다.

154

"우리가 공권력을 이길 수는 없습니다. 그런 만큼, 적의 적을 아군으로 만들어야 합니다. 당분간 부회장님과 린다는 SHJ 경영을 맡아 SHJ-구글의 IPO를 추진해 시선을 분산해 주시고, 저는 SHJ시큐리티와 함께 위기 상황을 풀어가 보겠습니다. 우선 SHJ-구글의 곪은 고름부터 짜냅시다."

경환의 비장함에 황태수도 자신의 의견을 거둘 수밖에 없었다. 주사위는 던져졌다. 호사다마라는 말처럼 기하급수적으로 성장하는 SHJ에 그 성장을 시기하고 통제하려는 세력은 SHJ의 목을 조르기 위해 서서히 움직이고 있었다. 경환은 지시를 받고 급히 사라진 카일을 안타까운 눈으로 바라보고만 있었다.

래리는 한동안 뜬눈으로 밤을 지새울 수밖에 없었다. 일을 손에서 놓은 지도 며칠이 되었는지 생각나지도 않았다. 어디서부터 잘못되었는지 후회하고 있었지만, 상황은 이미 자신의 손에서 벗어난 상태란 걸 피부로 느낄 수 있었다. SHJ시큐리티가 이렇게 손 놓고 있는 이유는 하나밖에 없었다. 바로잡을 기회를 주는 것이든지 아니면 판을 키울 생각이든지. 더는 두고 볼 수 없다는 판단에 래리는 마지막 설득을 하려 몸을 일으켰다.

"래리, 뭔 생각을 그리 골똘히 하는 거야?"

예상하지 못한 세르게이의 출현에 래리는 자리에 털썩 주저앉았다. 래리의 초점 잃은 눈이 세르게이를 향하자, 세르게이는 자신의 얼굴을 쓰다듬었다.

"내 얼굴에 뭐라도 묻은 거야? 부담되니까 너무 자세히 보진 말라고."

"잘 왔어. 막 너한테 가려던 참이었거든."

래리의 표정이 심상치 않다고 느꼈는지, 세르게이는 주위를 한번 살피고는 의자를 바짝 끌어 래리의 코앞에 자신의 얼굴을 들이밀었다.

"래리, 잘 생각했어. 우린 형제보다도 가까운 친구잖아. 무슨 일이 있어도, 난 널 버릴 생각이 없어."

"세르게이, 그건 나도 똑같은 생각이야. 잘못된 것을 바꿀 기회는 아직 남아 있다고 생각해. 제임스를 같이 설득해 보자."

어색한 침묵이 잠시 두 사람 사이를 갈라놓았다. 래리와 세르게이는 뭔가 다른 분위기에 서로의 눈만 바라볼 뿐, 먼저 말을 꺼내지 못하고 있었다. 입술을 지그시 깨문 세르게이에 의해 어색한 침묵이 깨졌다.

"래리, 잘 들어. 내가 관여하고 있던 신기술에 대한 연구 자료가 유출되고 있다는 정황을 발견했어. 그 자료를 너에게 보여 준 사람도 나였고. 솔직히 물어보자. 그 자료를 유출한 사람이 너니?"

"무슨 소리야? 난 네가 다른 생각을 하고 있는 줄 알고 걱정하고 있었다고. 나도 뭐 하나 물어보자. 무슨 이유로 앤에게 정우의 연구노트를 보여 달라고 한 거야? 그리고 제임스에 대한 원망을 늘어놓은 건 무슨 이유였어?"

"난 그저 SHJ테크놀로지의 기술도 유출되었는지 확인하고 싶었을 뿐이야. 널 도와주기 위해서. 네가 유출에 관여했는지 알아보려고 일부러 그런 거라고. 난 제임스에게 불만 없어."

"허. 야, 이 자식아! 내가 너 때문에 얼마나 마음 졸였는지 알기나 하는 거야?"

당황스러워하는 세르게이를 세차게 끌어안은 래리는 눈물까지 글썽이며 하늘에 감사 인사라도 하고 싶은 심정이었다. 숨이 막혀 세르게이가 캑캑거리기 시작할 때, 두 사람의 방으로 카일이 급히 들어섰다. 부둥켜안고 있는 묘한 분위기에 카일은 연신 헛기침으로 인기척을 대신했다.

"흠, 흠. 두 사람 모두 절 따라와야겠습니다."

그제야 정신을 차린 두 사람은 겨우 주위를 살폈다. SHJ시큐리티의 보안 요원들이 사방에 퍼져 있었고 일부는 무장까지 한 모습이 두 사람의 눈에 들어왔다. SHJ-구글이 설립된 이후 처음 있는 일이었다. 불안감이 래리와 세르게이를 엄습해 오기 시작했고 카일을 따라 나설 수밖에 없었다.

"래리, 세르게이 오랜만이야. 둘이 포옹까지 하는 사이라며?"

"제임스, 아니, 회장님이 무슨 일이십니까?"

카일을 따라 에릭의 집무실에 들어선 두 사람은 에릭의 자리에 앉아 있는 경환의 모습이 의아했지만, 평소와는 다른 분위기를 느껴 경환이 건네는 농담을 전처럼 농담으로 응대할 수 없었다. 에릭의 책상은 보안 요원들의 손에 깨끗이 비워진 상태였고 자리를 지켜야 할 에릭의 모습은 보이질 않았다.

"SHJ테크놀로지가 분사하기 전, SHJ-구글이 인수한 샤프트와 메카로보틱스의 휴머노이드로봇과 관련된 기술 일부, SHJ-구글의 재무제표, 3D 프린팅 기술과 SHJ유니버스의 유니버스 1호의 설계도 일부가 유출되었다는 것을 자네들은 알고 있었다지? 이게 아주 섭섭한데?"

"제임스, 그, 그건."

입이 10개라도 변명할 수 없었던 두 사람은 고개를 떨구었다. 친구의 허물을 감싸고 설득하기 위해 시일을 너무 소비했다. 예상은 하고 있었지만, 경환은 이미 유출 사실을 자신들보다 먼저 알고 있는 듯했다.

"그래도 믿었던 자네들이 아니어서 다행이야."

"회장님, 그럼 에릭이?"

급한 성격인 세르게이는 에릭의 이름을 거론했지만, 설마 SHJ-구글의 최고경영자인 에릭이 그랬을 리 없다는 생각에 고개를 세차게 흔들었다. 놀라기는 래리도 마찬가지였다. SHJ-구글은 에릭의 경영철학이 녹아든 곳이라는 덴, 누구도 사족을 달 수 없을 정도였고 에릭이 쏟아부은 애정이 대단했던 것을 누구보다 잘 알고 있었다. 그런 에릭이 이번 유출을 주도했다는 사실은 믿기 어려웠다.

"나도 안타깝게 생각해. 변호사도 요청하지 않고 SHJ시큐리티의 심문을 받아들인 걸 보면 에릭도 자의에 의해 그런 일을 벌인 건 아닌 걸로 생각할 뿐이야. 에릭이라면 고급 정보도 손에 넣을 수 있지 않았겠어?"

"그럼 에릭은 어떻게 되는 겁니까?"

"우선 조사 결과가 어떤 방향으로 결론 나느냐에 따라 달라지겠지. 그러나 자의가 아니고 유출된 기술이 핵심 기술이 아니라 해도, SHJ-구글에 돌아오지는 못할 거야."

래리는 경환의 허탈한 목소리에 묻어나는 안타까움을 느낄 수 있었다. 그는 에릭의 배후 역시 알고 있는 눈치였지만, 자신들에게 말하지 않을 뿐이었다.

"당분간 SHJ-구글은 래리 자네가 준비되기 전까진, 린다가 잠시 맡게 될 거야. 그렇게 알고 준비해. 두 사람 모두 이번 한 번은 그냥 넘어가겠지만, 더는 날 실망시키지 않았으면 좋겠어. 그리고 소문을 막을 수는 없다 해도, 직원들이 동요하지 않게 신경 쓰고."

에릭의 책상을 손으로 쓸어내리던 경환이 사무실을 떠났지만, 래리와 세르게이는 멍한 눈으로 서로를 바라볼 뿐, 자리를 떠나지 못했다.

"물이라도 한 잔 마시세요. 취조가 아니라 허심탄회하게 얘기를 나눠 보고 싶습니다."

SHJ시큐리티 보안팀에 마련된 취조실엔 초췌한 표정의 에릭이 고개를 젖힌 채 눈을 감고 있었다. 15년이란 짧지 않은 시간을 같이하며 서로 어려움을 극복하고 기쁨을 함께 나눴던 에릭을 바라보는 경환의 심정은 그 누구보다도 착잡했다. 1년 전 에릭의 돌출 행동을 보고받았을 때만 해도, 경환은 내부 권력 다툼의 희생자일 수도 있다는 생각에 긴장하지 않을 수 없었다. 황태수와 린다를 위협할 수 있는 사람으로는 에릭이 가장 유력했기 때문이었다. 이런 경환의 우려는 배신의 아픔으로 다가왔다.

"죄송합니다, 회장님. 제가 너무 건방졌습니다."

자신을 끝까지 믿어 줬던 경환의 눈을 차마 바라볼 수 없었던 에릭은 고개를 떨구고 손을 가늘게 떨며 경환이 건넨 물 잔을 잡았다.

"이유를 묻진 않겠습니다. 단지, 저를 찾지 않았다는 게 섭섭할 뿐입니다."

"집요한 자들이었습니다."

"압니다. SHJ의 피해를 최소화하기 위해 노력했다는 것도요. 하지만 사전에 막을 수 있었던 일이었습니다. 전 그게 안타까울 뿐입니다."

에릭이 외부 모임에 가입하겠다는 의사를 밝혔을 때, 경환은 막지 않았다. 외부 모임을 통해 SHJ의 영향력을 키울 생각으로 에릭을 잡지 않았던 것이다. 그러나 모임의 횟수가 늘어 가면서 에릭의 자만심은 커져만 갔고, 급기야 환각제에 취한 에릭은 여자 문제에 엮이게 되었다. 단순한 부탁에서 시작된 거래는 도를 넘어 SHJ의 주력 사업에 대한 기술을 유출하라는 협박으로 커져만 갔고, 에릭은 자포자기한 심정으로 최선의 선택을 할 수밖에 없었다. 핵심 기술은 최대한 가리면서 자신의 행동이 SHJ시큐리티에 포착되도록 하는 것이었다. 그러나 SHJ시큐리티는 첫 행동부터 에릭을 주시하고 있었다. 경환의 지시만 없었다면 이 자리는 1년 전에 만들어졌어야만 했다.

"오히려 마음이 편안합니다. 제 욕심의 끝을 보고야 말았네요."

"에릭을 미워하지는 않지만, 범죄를 용서할 수는 없을 것 같군요. 에릭도 제 심정을 이해하리라 봅니다."

"알겠습니다, 회장님. 모든 책임은 제가 짊어지겠습니다. 단지, 가족들을 부탁합니다."

"SHJ시큐리티에 최대한 협조해 주세요. 에릭이 우리의 가족이란 생각은 아직도 변함없습니다."

이 말을 끝으로 경환은 자리에서 일어났다. 야비한 술수로 자신의 가족을 쓰러트린 대상을 용서할 수 없었지만, SHJ의 힘은 경환의 분노를 수용하기엔 아직 미약할 뿐이었다. 아무리 SHJ가 비약적인 발전을 했다고 하더라도 SHJ를 통제권에 넣으려는 자들에 비해선 조족지혈에 불과하다는 사실이 경환의 마음을 짓눌렀다.

그러나 아직 희망은 있었다. 자신의 손으로 이룰 수 없는 꿈이라 하더라도, 먼 미래를 준비할 수 있는 기틀은 만들어 놓겠다는 결심이 경환의 분노를 가라앉혔다. 나 혼자 모든 걸 다 이뤄야 한다는 생각을 버리니 머릿속이 맑아지고 있었다. 우공이산. 자신이 아니더라도 자신의 후대가 산을 옮기기만 하면 되는 것이었다.

뉴욕의 겨울은 매서웠다. 2월의 끝자락도 얼마 남지 않았지만, 때마침 쏟아진 폭설에 뉴욕의 교통은 생지옥을 방불케 할 정도로 엉망이었다. 뉴욕의 한복판에 위치한 GE빌딩의 65층 엘리베이터 문이 열리고 정장 차림의 동양인 사내가 모습을 드러냈다. 뉴욕에서 가장 전망이 좋은 레스토랑의 문을 박차고 들어온 사내는 사전에 예약된 자리를 확인하고는 만족한 웃음을 지어 보였다. 맨해튼의 전경이 한눈에 들어오는 이 자리를 예약하기 위해 보스의 이름까지 팔 수밖에 없었지만, 오늘은 그만큼 특별한 날이었다. 사내는 자신의 안주머니에서 꺼낸 반지를 확인하고는 초조하게 시간이 흐르기만을 기다리고 있었다.

'응?'

프랑스 용병 생활에서 습득한 감이 발동하기 시작했다. 사내는 허리를 의자에 깊숙이 파묻고 천천히 숫자를 새기기 시작했다.

'우측 전방 둘, 후방 하나, 정문 둘. 젠장, 빠져나가기 쉽지 않겠군.'

전해지는 살기는 일반적인 청부업자라고 보기엔 평범하지 않았다. 장소가 노출된 만큼 퇴로도 차단됐다고 봐야만 했다. 자신의 생명보단 곧 10분 후에 도착할 연인의 안위가 염려될 뿐이었다. 자신이 죽는다 하더라도 5분 안에 해결해야만 했다. 생각을 정리한 사내의 손이 허리춤으로 향하는 순간 굵은 목소리가 목덜미에서 전해졌다.

"어이, 김상현. 움직이지 않는 게 좋을 거야. 자네의 피앙세를 보고 싶다면 말이지."

"손끝 하나라도 그녀를 건드리면, 넌 이 자리에서 죽는다."

"이거, 무서워서 오줌까지 지리겠는걸? 천천히 손을 빼서 탁자 위에 올려봐. 그럼 아무 일도 없을 테니까."

프로는 프로를 알아볼 수 있었다. 자신이 총을 빼 들기도 전에 머리통에 총알이 박힐 것이란 걸 김상현이 모를 리 없었다. 그래도 그녀만큼은 지키고 싶었다. 천천히 손을 빼 탁자 위에 올려놓자, 김상현의 옆에 앉은 사내가 허리춤에 채워진 권총을 회수했다.

"누군진 모르겠지만, 내 목숨 하나로 만족해야 할 거야."

"착각하지 마. 김상현, 아니 데이비드 킴. 네 목숨엔 별로 관심 없거든."

"후후, 내 한국 이름을 아는 걸 보니, SHJ시큐리티가 예전 일을 복수라도 하러 온 건가?"

"우리가 그리 쪼잔하다고 생각해? 뭔가 착각을 한 모양인데, 네놈을 죽일 마음만 있었다면 이미 5년 전에 넌 죽은 목숨이었어."

김상현의 인상이 잠시 구겨지더니 이내 평온함을 되찾았다. SHJ시큐리티라면 살아날 구멍은 있어 보였다. 김상현은 장소가 노출된 이유가 어디에서 비롯된건지 머릿속에서 찾고 있었지만, 장소가 노출된 것이 아니라 애당초 SHJ시큐리티의 감시하에 자신이 들어와 있었다는 것을 깨달았다. 김상현은 피식 웃음을 터트렸다.

"결국, SHJ시큐리티의 손바닥을 벗어나지 못한 건가 보네."

"그렇지. 그러니 맘 편히 가지라고. 네가 존 해밀턴, 아니, 니키 헤이거를 암살했을 때만 해도, 단순하게 입막음을 하기 위한 것으로 생각했었거든. 나중에 사실을 알고 나도 많이 놀랐어. 배신자를 처단하기 위해 네가 움직였다는 걸 알고 말이야."

김상현의 입술이 씰룩거렸다. 개인적인 친분이 있던 니키 헤이거를 제거하라는 명령을 받고 한동안 고민하지 않을 수 없었다. 니키가 딕 체니와 네오콘에 매수되었다는 사실이 안타까웠지만, 조직의 명령을 거부할 힘은 자신에겐 없었다. 잠시 옛 기억을 되살리던 김상현은 다시 정신을 가다듬었다.

"후후, 지금까지 살려 준 걸 고마워하기라도 해야 하나? 날 죽이려는 생각은 없어 보이는데, 내가 들어야 할 얘기가 더 있는 건가?"

"그 자신감 대단히 좋아 보이는군. 우리도 너 같은 피라미를 죽여 손을 더럽히고 싶은 생각은 없어. 네 보스에게 말만 전해 주면 돼. 그걸로 예전에 진 빚을 갚는다고 생각하라고."

김상현은 자존심이 상했는지 미간을 좁히며 탁자 위에 놓인 손을 슬쩍 빼려 했지만, 자신의 허리로 느껴지는 굵직한 권총의 무게감에 입술을 지그시 깨물며 행동을 멈췄다.

"뭔가 착각을 한 모양인데, 난 보스의 얼굴도 볼 수 없는 위치라는 걸 모르진 않겠지?"

"우리 보스가 네 보스를 만나고 싶다는 말만 전해. 아마 네 보스도 싫다고 하진 않을 테니까. 왜 우리가 너를 선택했는지 궁금해? 우리도 상징적인 일을 하고 싶었다는 게 답이야. 그리고 누가 알아? 이 일로 네가 파격적인 승진을 하게 될지. 아! 오늘 프러포즈할 모양인데, 성공하길 바랄게."

자리를 벗어나면서도 감시를 늦추지 않는 모습에, 김상현은 한 수 아래로 생각했던 SHJ시큐리티에 대한 판단이 잘못되었을 수도 있다는 것을 깨달았다. SHJ시큐리티 요원들이 시야에서 벗어나자, 문을 열고 손을 흔드는 자신의 피앙세를 확인할 수 있었다.

워싱턴포스트지에 실린 SHJ에 대한 특종은 월가뿐만 아니라, 투자처를 찾지 못하던 투자가들을 들썩이게 하기에 충분했다. 기업공개에 보수적이던 SHJ가 SHJ-구글의 IPO를 검토 중이란 소식이 전해지자 시가 총액 7,000억 달러를 넘어선 SHJ퀄컴에 이어 두 번째 잭팟이 될 거란 분석이 떠돌았다. 그와 함께 기사의 진위를 확인하려는 언론사와 투자회사의 문의 역시 빗발쳤다. 그러나 SHJ는 IPO에 대한 어떠한 논평도 발표하지 않고 있어 세간의 궁금증은 더욱 깊어지고 있었다. 그 덕에 병을 이유로 사임한 에릭 슈미트의 후임으로 래리 페이지가 유력하다는 보도와 호주 핵융합실험로 사업에 중국의 참여가 결정되었다는 소식은 IPO 기사에 묻혀 주목을 받지 못했다.

"네, 잘 알겠습니다. 오히려 제가 감사를 드려야죠."

[잘 처신하기 바랍니다. 웃는 얼굴로 제임스와 술 한잔하기를 기다리고 있겠습니다.]

워런 버핏과의 통화를 마친 경환은 수화기를 살며시 내려놓았다. 경환의 집무실에 모인 황태수와 린다의 표정은 굳어 있었다. 내부에 기생하던 고름을 도려냈다고는 하지만, 가족처럼 여기던 에릭의 일은 모두를 침울하게 만들었다. 누구도 에릭의 일에 대해 입에 담기를 거부할 정도였다.

"회장님이 무리해서라도 워런 버핏과 주식을 교환하려던 이유가 이것이었군요."

워런과의 통화를 지켜보던 린다는 풀리지 않던 수학 문제를 푼 학생처럼 속이 시원했다. 일방적인 주식 교환에 자금계획이 틀어져 몇 달을 고생했던 린다는 그제야 워런의 술수에 당한 것이 아니라, 주식 교환은 경환의 치밀한 계획하에 주도되었다는 것을 깨달을 수 있었다. 자신에게 언질을 주지 않아 서운한 감정이 들법도 했지만 어쩔 수 없는 선택을 할 수밖에 없었던 경환의 심정이 안쓰러웠다. 경환은 어색한 미소를 띠며 큰 한숨과 함께 자리에 앉았다.

"존 해밀턴, 아니 니키 헤이거와 앨 고어의 배후가 동일하다는 가정하에 추적을 시작했습니다. 니키 헤이거의 배신에 상황이 꼬이긴 했지만, 우리에게 적대적이지 않다는 느낌을 받았습니다. 그리고 워런 버핏과의 주식 교환은 우리도 적대적이지 않다는 것을 보여 주려는 방편이었습니다."

"모든 문제가 해결되었다고 판단하기엔 부족할 것 같습니다."

"기득권 세력들 사이의 틈을 겨우 비집고 들어간 정도밖엔 되지 않습니다. SHJ의 사활이 걸린 줄타기를 막 시작했을 뿐입니다. 우리가 SHJ를 이끌어 갈 동안 끝날 일은 아닙니다. 그러나 제 후대에선 반드시 그들을 넘어야 합니다."

경환의 비장함이 두 사람에게도 전달되었다. 경환이 최소 6년 전에 SHJ의 위기를 직감하고 대비를 시작하고 있었다는 사실에 황태수와 린다는 말문이 막혔다. 그러나 황태수는 워런 버핏의 배후에 대해서도 파악을 마친 경환이 무게감이 떨어지는 김상현을 통해 만남을 제의했다는 사실에 의구심이 들었다.

"직접 워런 버핏을 통하지 않고 김상현을 이용할 필요가 있었을까요?"

"제 자존심이라고 생각하십시오. 어찌되었건 김상현을 이용해 서산을 쑥대밭으로 만든 만큼, 김상현을 통해 의사를 전달하고 싶었습니다. 그런데 그쪽은 워런 버핏을 통해 답을 전달해 주네요."

생각했던 것 이상으로 팽팽한 기 싸움이 펼쳐지고 있었다. 만만치 않은 상대란 건 이미 알고 있었지만, 시작부터 자신의 예상을 뛰어넘는 행보에 경환도 긴장하지 않을 수 없었다. 그러나 경환은 초조해하진 않았다. 자신의 뒤를 이을 정우와 희수의 능력을 믿어 의심치 않았기 때문이었다. 경환은 다만 한 가지 자신을 신경 쓰이게 하는 일을 매듭짓고 싶었다.

"에릭은 어떻습니까?"

금기시되어 오던 에릭의 얘기가 경환의 입에서 흘러나오자, 두 사람은 서로의 눈치만 살핀 채, 쉽게 입을 열지 못했다. 독촉하는 경환의 눈빛을 확인한 황태수가 어렵게 말문을 열었다.

"호주에 무사히 도착했다고 합니다. 에릭의 사정을 모르는 건 아니지만, 너무 관대한 처벌을 내렸다고 생각합니다."

"에릭은 평생을 죄인처럼 살게 될 겁니다. 자신의 지분 5%도 행사할 수 없고, 호주에 건설한 실버타운에서 빠져나갈 수도 없으니까요. 대신 가족들에게 피해가 가지 않도록 두 분이 신경 써 주세요."

에릭은 SHJ시큐리티의 심문에 협조하며 모든 사실을 털어놓았다. 경환은 핵심 경영진을 제외하곤 에릭의 일이 밖으로 새어나가지 않도록 주의를 기울이는 한편, 에릭의 처벌 수위를 놓고 고민을 거듭했다. 황태수와 린다는 강력한 형사 처벌을 주장했지만, 경환은 SHJ-구글의 성장을 이끈 에릭의 공을 들어 SHJ-구글의 지분 5%를 포기한다는 조건으로 가족과 함께 호주로 보내는 결정을 내렸다. 마침 퇴직 사원을 위한 대규모의 실버타운이 호주에 완공되었기 때문에 표면상으로 에릭의 호주행은 주위의 의구심을 떨칠 수 있는 선택이기도 했다. 린다가 조용히 자신의 의견을 피력하며 경환을 거들고 나섰다.

"에릭의 형사 처벌은 상대편에서 원하는 것일 수도 있습니다. 에릭의 일이 퍼진다면 우리에게도 좋지 않은 영향을 끼칠 수 있을 테니까요. 적절한 판단이라고 저는 생각합니다."

"이 얘기는 여기서 그만합시다. IPO에 대한 반응이 뜨겁던데, 준비는 차질 없이 되고 있겠죠?"

"내부 준비는 끝냈습니다. SHJ-구글의 지분구조는 래리와 세르게이가 10%씩 가지고 있고 우리사주 5%로 20%까진 시장에 내놓을 수 있습니다. 예상되는 주가는 2,500달러로 예상하고 있습니다."

"공개할지 말지는 제가 워싱턴 방문을 마치고 돌아온 후, 상황에 따라 대처를 합시다. 그리고 그룹경영에 대해선 당분간 두 분께서 지금처럼 이끌어 주십시오."

SHJ-구글의 주식 수를 SHJ퀄컴과 같은 2억 주로 20%만 해도 1,000억 달러에 해당하는 막대한 자금을 확보할 수 있었지만, 내실을 다져온 SHJ그룹의 자금 운용을 좌지우지할 정도의 금액은 되지 못했다. SHJ-구글이 공개되면 경영권과는 별개로 자금의 이동에 제약이 걸리는 만큼, 자신이 원하는 걸 얻지 못한다면 소문으로 퍼진 IPO를 거둘 생각이었다.

"그동안 숨겨온 SHJ시큐리티의 능력을 본격적으로 드러낼 생각이시군요."

"SHJ시큐리티도 상대편을 제압할 정도는 아닙니다. 단지, 상대편의 피해도 무시하지 못할 수준이라는 것을 느끼게 해 주는 것으로 만족할 뿐입니다. 변하지 않는 사실은 우리가 희생되더라도 후일을 대비해야 한다는 것입니다."

경환의 짤막한 대답에 황태수는 속으로 탄식을 삼켰다. 2만 명에 육박하는 SHJ시큐리티 인원은 경환의 막대한 지원 속에 정보 수집 능력과 전투수행 능력은 어디에 내놓아도 뒤지지 않는다는 평가를 받고 있었지만, 경환은 상대를 제압할 정도는 아니라는 말로 경각심을 불러일으켰다.

"저는 바로 워싱턴으로 출발하겠습니다. SHJ시큐리티는 당분간 비상 대기하며 보안 수위가 올라갈 것입니다. 존 매케인이 백악관에 앉아 있는 지금이 우리에게 주어진 적합한 때입니다."

"여긴 걱정하지 마십시오. 밀져야 본전이란 회장님의 신조를 믿고 있겠습니다."

경환은 슬픈 미소를 남기며, 알과 함께 집무실을 벗어났다. 경환의 집무실에 남겨진 황태수와 린다의 심정은 착잡하기만 했다. 사지인 줄 알면서도 선택할 수밖에 없는 경환의 마음을 십분 이해하고도 남았기 때문이었다. SHJ의 미래라는 무거운 짐을 어깨에 짊어지고 떠나는 경환의 뒷모습을 바라보던 린다는 울컥 슬픔이 올라와 입을 손으로 가렸다.

경환이 자리를 비운 SHJ타운은 평소와 다름없이 평온하기만 했다. SHJ-구글을 사임한 에릭이 병을 치료하기 위해 호주로 떠났다는 소문에도 큰 동요는 발생하지 않았다. 그러나 평온한 SHJ타운과는 달리 SHJ시큐리티는 비상 체제가 계속 이어지고 있었다. 특히 정보 수집을 분석하는 보안팀은 계속되는 2교대 근무에도 쏟아지는 정보를 분석하느라 직원들 모두 신경이 날카로워져 있었다.

"이봐! 빨리 위성사진을 가지고 오란 말이야!"

"이라크 사업장에 대한 테러 조짐에 대한 분석은 완료한 거야?!"

분석 요원들의 고함도 쉴 새 없이 쏟아져 들어오는 정보의 홍수에 묻히는 듯했다. 오늘도 어김없이 고된 밤샘 작업이 기다리고 있어서인지 케빈의 충혈된 눈은 가라앉지 않았다.

"케빈, 조금만 참게. SHJ테크놀로지에서 양자컴퓨터 시제품이 나오면 최우선적으로 보안팀에 지급될 걸세."

"당연히 저희부터 받아야겠죠. 그런데 시제품이 나오려면 1년은 더 기다려야 하는데, 그때까지 제가 살아남을 수 있을지 모르겠네요."

케빈의 농담에 마땅한 대답을 할 수 없었던 카일은 웃음으로 답을 대신했다. 미국 정보의 한 축을 담당하는 CIA가 경환에 대한 암살을 부추겼다는 증거를 입수한 이후, SHJ시큐리티는 CIA를 대상으로 피 튀기는 정보전을 펼치고 있었다. 그러나 전 세계를 무대로 하는 CIA와의 싸움은 SHJ시큐리티로서도 우위를 점한다고 볼 수 없어 카일을 초조하게 만들었다.

"MI6와 BND의 움직임은 파악되는 게 없나?"

"유럽은 우리가 아직 열세입니다. 그리고 북한에서의 일이 실패한 후부턴 더욱 철저해진 것 같습니다. SHJ시큐리티 유럽 지사의 인원을 증강하고, 모든 자원을 제공하고 있으니 뭔가 걸리긴 걸릴 겁니다. 호주가 백업을 담당하지 않았다면, 쉽지 않은 싸움이 되었을 겁니다."

카일은 어거스트를 영입해 제2의 정보조직을 신설한 경환의 결정이 빛을 보이고 있다는 사실에 정보가 분산될 것이 두려워 반대했던 자신이 부끄러워졌다. 이미 호주 SHJ타운은 휴스턴의 백업을 담당할 정도로 성장해 있었다. 이번 일이 계획대로 마무리된다면 휴스턴에 있는 훈련장을 호주로 옮길 생각을 하고 있었다.

"그런데 좀 이상하지 않습니까? 한국과 호주야 공동 사업이 있으니 그렇다 치더라도 독일과 노르웨이에서 회장님을 국빈에 준하는 자격으로 초청했다는 게 꺼림칙해서요. 그것도 두 나라가 상의한 것처럼 일정까지 맞아떨어지고요."

"사실 나도 뭔가가 있다는 생각을 버릴 수 없네. 결정은 회장님이 하시는 거지만, 숨어 있는 계략을 찾는 건 우리 몫이야. 회장님이 돌아오시기 전까지 두 나라의 서버를 다 뒤지는 한이 있더라도 내막을 파헤쳐 보게. 실은, 나도 이 문제 때문에 자네를 찾아온 거야."

SHJ타운이 완공된 후에도 경환은 유럽을 찾지 않았다. 단지, 핵융합 실험로의 합작 사업을 위해 호주를 방문했던 게 전부였다. 독일과 노르웨이는 SHJ와의 신기술에 대한 합작을 추진하겠다는 명분으로 경환의 방문을 요청하고 있었지만, 경환은 차일피일 미루고만 있었다. 하루나의 얼굴을 다시 보게 된다면 당장에라도 불러들일 것 같은 생각에서 내린 결정이었지만, 그런 경환의 마음을 이해할 사람은 아무도 없었다.

"별수 있겠습니까? 까라면 까야죠. 오늘도 집에 들어가긴 글렀네요. 연봉이나 좀 올려 주세요."

"자네가 받는 1,000만 달러를 제대로 쓰지도 못하면서 연봉 타령인가? 그 대신 SHJ-구글의 1차 방호벽을 뚫은 친구들을 붙여 줄 테니까 기다려 봐."

케빈의 눈이 반짝거렸다. 외부의 사주를 받고 SHJ-구글을 해킹하려 했던 해커들을 적발해 반강제적으로 SHJ시큐리티에 입사시켜, 호주에서 1년 넘게 재교육을 하고 있다는 소문을 들은 적이 있었다. 그 친구들이 합류한다면 자기 일도 줄여들 수 있다는 기대감에 케빈은 카일을 향해 윙크까지 날리며 급히 사라졌다.

"제임스 리를 태운 전용기가 워싱턴에 도착했다는 보고입니다."

90세를 언제 넘겼는지도 모를 정도로 노쇠한 노인치고는 정정해 보이는 인물이 비서의 보고에 읽던 책과 함께 돋보기를 가지런히 내려놓았다.

"역시 제이가 움직였다고 봐야겠지?"

"존 매케인의 요청에 의한 방문이라고는 하지만, 회장님의 판단이 맞을 것이라고 봅니다."

세간의 집중된 시선에서 떨어지기 위해 거대한 저택에 은둔하며 두문불출하고 있었지만, 한 번 잡은 권력은 쉽게 놓을 수 있는 것이 아니었다. 하루가 다르게 쇠약해져 가는 몸뚱어리를 보며 자신의 생도 얼마 남지 않았다는 걸 직감하고 있었다. 쉽게 생각했던 SHJ가 경환이라는 인물에 의해 요동칠 줄은 자신도 예상할 수 없는 일이었다.

"회장님, 제임스가 저쪽에 붙는 것을 막아야 할까요?"

"왜 그렇게 생각하나? 제이가 제임스를 눈여겨본 건 오래되었어. 그만큼 준비를 철저히 했다는 증거로 봐야겠지, 그건 제임스도 마찬가지였을 테고. 나도 늙었나 보군. SHJ가 이렇게 성장할 줄 전혀 예상을 못 했으니까 말이야."

"SHJ시큐리티의 정보 수집 능력이 상당하긴 하지만, 애들 수준을 겨우 넘은 정도입니다."

"자네도 감이 둔해졌군. 애들은 빠르게 크는 법이란 걸 잊은 건가?"

노인의 눈이 지그시 감겼다. SHJ가 제이와 손을 잡기라도 한다면, 겨우 봉합되었던 세력 판세가 본격적으로 갈등 국면으로 접어들게 될 수도 있는 문제였다. 자신의 힘이 어디에 쏠리느냐에 따라 중심 추는 크게 움직일 게 뻔했다. 노인의 인상이 찡그려졌다. 바보 같은 짓을 한 딕 체니와 앨 고어를 용서할 수가 없었지만, 지금은 딱히 나설 처지가 아니었다.

"상황을 지켜보기로 하자고. 제이가 어떻게 나오느냐에 따라, 우리도 방향을 잡아야 할 테니까. 제이와 제임스의 상황을 수시로 보고해 주게."

"알겠습니다, 회장님. 유럽 애들의 움직임도 함께 주시하겠습니다."

노인은 고개만 끄덕일 뿐이었다. 사라지는 비서의 뒷모습을 확인한 노인은 돋보기를 끼고는 다시 책을 읽기 시작했다.

어둠이 깔리기 시작한 워싱턴의 한 고풍스러운 유럽풍 건물 입구로 SUV의 호위를 받는 리무진 한 대가 빠르게 정차했다. 리무진의 문이 열리고 정장 차림의 경환이 차에서 내려, 5층 높이의 건물을 훑어 내렸다. 메트로폴리탄클럽. 링컨 대통령을 포함, 대부분의 전직 대통령이 회원이 될 정도로 역사와 전통을 중시하는 클럽이기도 했다. 미국 내 최상위 5%만을 위한 비밀스러운 장소라는 소문이 돌 정도로 다른 클럽에 비해 정치색이 강한 클럽이라는 비판에도 회원 자격을 얻기 위해 2년 동안 대기하는 사람이 부지기수였다. 클럽의 문이 열리고 턱시도 차림을 한 관리인으로 보이는 사내가 경환을 향해 빠르게 내려왔다.

"제임스 리 회장님 되십니까?"

"제가 제임스 리입니다. 상원 의원님과 약속이 되어 있습니다."

"기다리고 계십니다. 죄송하지만, 회장님을 제외한 다른 분들의 입장은 불가능합니다. 또한, 전화는 사용이 금지되며, 식사 시엔 양복 상의를 벗지 말아 주십시오."

"기본은 알고 있으니, 따로 설명할 필요 없습니다. 그리고 당신보다 한가한 사람이 아니니, 안내를 서둘러 주십시오."

172

관리인의 주절거리는 설명에 경환은 인상을 썼다. 동양인에게 문호가 개방된 클럽이긴 했지만, 관리인의 위풍당당한 모습 속에서 은근히 동양인을 조롱하는 시선을 느낄 수 있었다. 클럽에 가입할 생각도 없었고, 두 번 다시 마주 볼 생각이 없었던 경환은 싸늘하게 대답했다. 예상외로 경환의 매서운 눈빛이 자신에게 꽂히는 걸 느낀 관리인은 급히 시선을 돌려 경환을 클럽 안으로 인도했다.

겉모습과는 달리 클럽의 내부는 화려했다. 탁자와 의자, 심지어 벽에 걸린 그림까지도 어디 하나 흠잡을 곳 없이 조화를 이루고 있었다. 관리인을 따라 2층 계단을 오르는 중 경환은 어딘가 모를 부자연스러움을 느끼고 있었다. 붐벼야 할 클럽의 내부는 개미 새끼 한 마리 없을 정도로 텅 비어 있었기 때문이었다.

'똑, 똑.'

"들어가십시오. 좋은 시간되시길 바랍니다."

관리인의 말을 뒤로하고 열린 문 사이로 경환이 몸을 밀어 넣었다. 오늘의 만남을 위해 경환은 5년이란 시간을 준비하며 기다려 왔다. 이번 만남이 자신의 계획대로 흘러가지 않는다면 SHJ의 앞날은 험난해질 수밖에 없었다. 모든 걸 내려놓을 생각을 했음에도 긴장하고 있는 자신이 한심하다는 생각이 들어 경환은 얼굴에 미소를 띠었다.

"반갑습니다, 상원 의원님. 제임스라고 불러 주십시오."

"반갑네, 제임스. 자네도 제이라고 불러 주게."

최대한 태연한 모습으로 악수를 건넨 경환은 70세를 넘긴 노인의 손에 자신감이 배어 있는 걸 느낄 수 있었다.

"대통령과의 만남은 잘 끝내고 온 건가?"

"만남이라고 할 게 있겠습니까? 대북특사를 맡아 준 것에 대한 보답 차원에서의 초청이었다는 건 제이도 잘 알고 계시지 않습니까? 그나저나 긴장해서 그런지 목이 많이 타네요. 좋은 술이 있으면 한잔 주십시오."

넉살 좋게 자신의 선공을 비껴가는 모습에 제이는 웃음으로 화답하며 와인 테이블에 놓인 술잔을 경환에게 건넸다. 술잔을 건네받은 경환은 빠르게 주도권을 잡아 올 것인지, 아니면 제이에게 주도권을 넘겨 빈틈을 파고들 것인지를 놓고 망설이고 있었다. 그러나 제이는 경환의 고민에도 아랑곳하지 않고 오랜 친구를 대하듯이 자연스러운 분위기를 연출하고 있었다.

"아! 데이비드 킴의 일은 내가 먼저 사과를 하겠네. 내 뜻과는 다르게 진행된 일이었다네. 너그럽게 이해해 주길 바라네."

"사과를 받아들이겠습니다. 덕분에 보안을 강화할 수 있는 계기가 되었습니다. 오히려 제가 감사를 드려야죠."

아군이 될 것인지, 아니면 적군이 될 것인지 경환에겐 이번 만남이 SHJ의 사활이 걸린 문제였지만, 제이에겐 그런 절실함은 찾아볼 수 없다. 말없이 술잔을 기울이는 두 사람 사이로 긴 침묵이 흐르는 동안 제이는 간혹 경환의 얼굴을 향해 알 수 없는 미소를 보낼 뿐이었다. 그 침묵을 제이가 깨고 나섰다.

"난 자네가 퀄컴을 인수할 때부터 지켜보고 있었네. 단지 투자 대상으로만 생각했었는데 자넨 내 기대를 넘어 SHJ-구글로 IT를 점령하더니, SHJ시큐리티의 막강한 화력으로 중국과 NSA와의 사이버전을 승리로 이끌더군. 지금은 대체에너지와 인공지능, 양자컴퓨터 개발까지 추진하며 우리 가문의 목덜미를 간지럽게 하고 있지 않나. 내 고민은 그때부터 시작된 걸세."

"제이의 고민 충분히 이해합니다. 그러나 워싱턴포스트 인수와 워런 버핏과의 주식 교환, 보잉과의 기술합작을 거절하지 않은 것은, 저를 파트너로 인정했기 때문으로 생각했습니다."

"하하하, 내가 자네를 파트너로 인정했다고? 자네가 날 웃게 하는군."

제이의 웃음으로 경환은 모멸감을 느꼈다. 아랫입술을 질끈 깨문 경환은 상처 난 자존심을 숨기기 위해 애써 태연함을 유지하며 제이의 눈을 똑바로 바라봤다. 사실 워싱턴포스트의 인수는 제이의 사인이 없었다면 자금으로 무장한 SHJ라는 신생 기업이 넘볼 수 없는 곳이기도 했다. 경환은 워싱턴포스트의 인수 추진을 제이의 의사 타진을 확인하는 수단으로 이용했을 뿐이었다. 군이 SHJ가 언론에 진출할 의사가 있었다면, 지분구조가 복잡한 워싱턴포스트를 인수하기보단 SHJ-구글을 이용한 전자신문 쪽으로 방향을 잡았을 것이었다. 한참을 웃던 제이는 인자한 노인의 모습으로 돌아와 있었다.

"자네의 경영철학이 참 독특하더군. 한 푼의 차입금도 없이 SHJ라는 거대한 성을 구축했다는 점은 높이 살 만하네. 무선통신에 이어 IT, 에너지와 인공지능까지. 끊임없이 변화를 추구하는 자네의 모습을 보면 미래를 알거나 적어도 경험해 본 사람이란 생각이 자꾸 든단 말이야. 설명해 줄 수 있나?"

"제 배경은 이미 잘 알고 계시지 않습니까? 무일푼으로 시작해 아이디어 하나만으로 지금 이 자리에 왔습니다. 막강한 가문을 가진 제이와는 다른 삶을 살다 보니, 멈추면 죽는다는 생각이 들더군요. 지금 말씀하신 연구들도 제가 시작한 건 아닙니다. 단지, 엄두를 내지 못하는 연구를 제가 이어 갈 뿐이지요. 그리고 남의 돈으로 성공한다 해도, 결국은 내 밥그 릇을 빼앗기게 될 뿐이지요. 질문에 대한 대답이 되었습니까?"

"하하하, 그런가? 내가 오해를 했군."

경환의 보이지 않는 도발에도 제이의 평정심은 깨지지 않았다. 오히려 경환의 평정심이 한계를 드러내며 폭발 일보 직전으로 향하고 있었다. 머리를 조아리더라도 파트너의 자격을 얻고 싶은 거지, 비굴하게 제이의 구두를 핥을 생각은 애초부터 머리엔 들어 있지 않았다. 경환은 상황을 바꿀 필요를 느꼈다.

"제이와 삼촌인 데이비드와의 불협화음에 SHJ가 피해를 보고 있습니다. 이번 에릭 슈미트의 문제를 포함해서요. 저를 파트너로 보고 있지 않으시다면, 제가 어떤 선택을 하게 될까요? 전 제이가 두는 체스판의 말이 될 생각은 없습니다."

평정심을 유지하던 제이의 눈썹이 살짝 위로 치솟았다. 그러나 상원의원이란 타이틀을 쉽게 얻은 것이 아니란 것을 증명하듯 제이는 너무도 빨리 평정심을 되찾았다. 그리고는 역으로 경환을 몰아세우기 위해 질문으로 되받았다.

"내 입장에선 괘씸한 말이기도 하군. 그럼 좋네. 나와 삼촌의 불협화음은 어떻게 정리될 것 같은가? 자네의 대답을 듣고 나도 결정을 내리겠네."

제이의 존재를 확인했을 때부터 경환은 오늘을 준비하고 있었다. 제이의 질문에 사탕발림할 수도 있었지만, 경환은 정공을 선택해야만 했다. 평범한 대답으로는 제이와 파트너 관계를 이룰 수 없었기 때문이었다. 경환은 술로 입을 축인 후, 서두르지 않고 천천히 입을 열었다.

"레이건 정부로 시작해 부시 시절까진 분명 데이비드의 권위에 제이는 뒷방 신세였을 겁니다. 그러나 골드만삭스의 운영권을 제이가 맡게 되면서 상황은 반전되죠. 영국의 J아론사를 인수해 금속 거래에 뛰어들고, ICE(인터콘티넨털익스체인지) 설립 후 석유 거래를 통해 골드만삭스는 데이비드가 운영하는 시티그룹을 뒤로 밀어 버리죠. 제이의 독주가 시작되고 데이비드가 반격을 시도했지만, 이미 때가 늦었지요. 분명 상황은 제이에게 유리합니다. 그러나 가문의 일은 가문에서 해결해야 하지 않겠습니까? 데이비드도 제이를 인정하지 않을 수 없게 될 겁니다. 반목의 시대는 지났고 두 사람의 타협이 진행되겠죠. 결국, 데이비드나 제이가 원하는 길은 같을 수밖에 없으니까요."

"데이비드의 반격이 자네에게 막혔다는 것이 빠졌군."

경환은 슬쩍 미소를 보이는 것으로 답을 회피했다. 제이의 파상적인 공세에 데이비드가 준비한 반격은 조지 부시의 대권 승리였다. 조지 부시를 통해 이라크 전쟁을 기획하고 역전을 노리던 데이비드는 SHJ란 복병을 맞아 허무하게 그 꿈을 접을 수밖에 없었다. 그 당시만 해도 단지 딕체니의 압력에서 벗어날 생각뿐이었던 경환은 이런 복잡한 내막이 있다는 사실을 알 수 없었다. 싫든 좋든 경환의 행동은 제이를 도와준 꼴이었다.

"재밌는 대답이었네, 제임스. 그럼 SHJ를 통제권에 넣으려는 시도가 있다는 사실도 알고 있겠군."

"겨우 파악을 끝낼 수 있었습니다. 당한 만큼 갚아 줄 생각이지만, 혼자 힘으론 도저히 엄두가 나질 않더군요. 마침 제이와도 분란이 있으니, 한 손 거들면 어떨까 싶었습니다."

제이의 울타리가 필요했지만, 경환은 비굴함을 선택하고 싶지는 않았다. 동등한 자격을 원한다는 경환의 우회적인 표현에 제이의 입가에 묘한 미소가 번지기 시작했다.

"난 말보단 행동을 중요하게 생각하는 사람일세. 자네가 내 파트너가 되기 위해선 뭔가 보여 줘야 할 게 있다고 생각하는데. 물론 나도 공짜로 뭘 바랄 생각은 없네."

겨우 밥이 익기 시작했다. 자신의 대에선 경환이 바라는 선택을 할 수는 없었다. 울분을 참고서라도 이 상황을 감수해야만 후일을 노릴 수 있었다. 경환의 머릿속엔 우공이산과 와신상담이란 사자성어가 떠올랐다. 자신의 수모를 후대가 갚아 준다면 그것으로 만족할 수 있었다.

"골드만삭스를 통해 SHJ-구글의 지분 5%를 300억 달러에 투자받고 5%는 엑손모빌과 지분교환 할 계획입니다."

"거기에 더해 SHJ에너지의 지분 5% 250억 달러와 SHJ테크놀로지의 지분 10% 100억 달러, 총 650억 달러를 투자하고 싶은데, 자네 생각은 어떤가?"

"그럼 저도 조건을 추가하겠습니다. 보잉과의 전투기 합작 사업에 파리가 끼지 않게 해 주시고, SHJ시큐리티가 활동을 개시할 때, 공권력의 개입을 철저히 차단해 주십시오."

"NSA는 내 입김이 작용하지만, CIA나 FRB는 상대적으로 우리의 입김이 크게 작용하지 않다는 건 자네도 알 거야. 그러나 CFR(외교문제협의회)과 NSA를 통해 근거리 지원은 가능할 걸세. 그리고 한 가지 더해 한국의 대선에 개입하려는 자네를 모른 척하겠네. 이 정도면 자네도 만족할 만한 거래라고 보는데."

제이의 의중이 SHJ에너지와 SHJ테크놀로지에 있다는 건 충분히 예상하고 있었기에, 제이의 조건은 받아들일 수 있었다. 투자 자금 역시 나쁜 조건은 아니었다. 서로가 필요한 것을 주고받은 만큼 나쁜 거래는 아니었지만, 경환은 절치부심의 울분을 속으로 삭이며 환한 미소를 지을 수밖에 없는 자신이 오늘따라 처량하게만 느껴졌다.

"제임스, 파트너 입장에서 충고하자면, 자네도 최종적으론 타협을 선택하지 않을 수 없을 거야. 가지를 쳐 낼 수는 있어도 깊은 뿌리는 파 낼 수 없다는 말을 명심하게."

"충고 감사합니다. 제이도 데이비드와의 타협을 준비하셔야 할 겁니다."

거래를 끝낸 경환은 맥이 풀렸다. 제이가 건네는 술을 받아든 경환은 제이와 술잔을 부딪칠 생각도 잊은 채, 급히 입에 들이부어 버렸다. 이번 거래가 어떤 결과로 다가오게 될지 지금은 생각하고 싶지 않았다. 제이와의 사적인 대화를 나눈 경환은 어둠이 완전히 깔린 후, 메트로폴리탄클럽을 벗어날 수 있었다. 제이는 2년의 대기 시간이 필요한 회원 등록 심사도 무시한 채, 경환의 이름으로 된 회원 카드를 건네주었지만, 경환은 두 번 다시 클럽을 찾을 생각이 없었다.

"회장님 호텔로 모시겠습니다. 많이 피곤해 보이십니다."

"아닙니다. 냄새나는 워싱턴을 한시라도 빨리 벗어나고 싶네요. 미안하지만, 전용기가 준비되는 대로 휴스턴으로 돌아가고 싶군요."

경환의 부탁을 받은 알과 김혜원은 급히 전용기를 준비시키며 공항으로 방향을 바꿔 차량을 이동시켰다. 긴장감이 풀려서인지 경환의 몸은 서서히 무너져 갔지만, 쉽게 잠들 수는 없었다.

"회장님, 두 시간 내로 전용기가 이륙할 수 있도록 조치했습니다."

"수고했어요. 미안하지만, 담배 한 대 피워야겠습니다."

평소 김혜원과 동행하는 자리에선 차량에서 담배를 삼가던 경환도 오늘만큼은 니코틴의 유혹을 참을 수 없었다. 김혜원이 건넨 담배에 불을 붙인 경환은 차창 밖으로 빠져나가는 담배 연기에 시선을 고정하고 있었다. 강하다고만 생각했던 경환의 쓸쓸한 표정을 본 김혜원의 눈에 눈물이 고였다가 사라졌다.

대통령 비서실장의 추문에 의한 자살로 존 매케인의 레임덕은 그 속도를 더해 가고 있었다. 일본은 한반도를 담당하던 필드 요원 전체가 사망함에 따라 촉각을 곤두세우며 배후를 찾기 위해 내각 정보조사실의 자원을 모두 동원하고 있었다. 그러나 워낙 동시다발적으로 일어난 일이고 어떠한 증거도 남기지 않아 내각 정보조사실은 한마디로 패닉 상태에 빠져 있었다. 또한, 믿었던 CIA 일본 지부에선 무슨 이유에서인지 원활하게 교환되던 정보가 차단된 상태였다. 엎친 데 덮친 격으로 강진을 동반한 쓰나미가 일본 북동부를 덮쳤고 후쿠시마 원전의 폭발로 이어지자 내각 정보조사실의 움직임은 더딜 수밖에 없었다. SHJ 일본 지사는 500만 달러의 위로 지원금을 일본 정부에 전달했지만, 그와는 반대로 MOU가 체결된 SHJ타운에 대한 본 계약은 위험성 해소가 전제되어야 한다는 이유를 들어 차일피일 시간을 미뤘다. 일본 내각에선 SHJ가 방사능이 위험하다는 핑계로 SHJ타운 건설계획을 전면 취소하는 게 아니냐는 우려를 했다. SHJ타운이 취소되었을 시, 외국 자본이 급속도로 빠져나갈 수도 있다는 분석에 전담팀까지 구성, SHJ를 설득하고 있었다.

　SHJ타운에서 두문불출하던 경환이 휴스턴 외곽의 한 고급 저택에 그 모습을 드러냈다. 정장 차림의 경환이 저택에 들어서자, 준비되어 있었던 듯 집사가 빠르게 그를 서재로 안내했다. 오랫동안 경환을 짓누르던 분노가 치밀어 올랐는지 그의 얼굴은 경색되어 있었지만, 서재 문이 열리는 순간 급히 분노를 삭이고 환한 미소를 지어 보였다.

　"하하하, 이게 누구신가? 자네 소식은 여러 경로를 통해 듣고 있었다네, 제임스."

　"저도 딕의 소식은 듣고 있었습니다. 그새 10년이 훨씬 넘었군요. 건강해 보여 안심했습니다."

　아직도 네오콘의 실질적인 수장 역할을 하고 있던 딕 체니는 과장된 동작으로 경환을 맞이했고, 경환도 딕이 내미는 악수를 거절하지 않았다. 겉모습만 보자면 오랜 친구 이상으로 보였겠지만, 서로 잡아먹으려는 듯 매섭게 빛나는 두 사람의 눈매는 예전과는 달라져 있었다. 딕의 손짓을 따라 푹신한 소파에 몸을 묻은 경환은 입가에 미소를 보이며 딕이 건넨 술잔을 받아 들었다.

　"좋은 술이군요. 오래전 딕의 선물을 받고도 제가 준비되질 않아 항상 마음이 불편했습니다. 빚을 지고는 못 사는 성격이다 보니, 오늘 이 자리가 제게는 참 의미가 깊습니다."

　경환이 술의 향을 맡기 위해 시선을 술잔으로 돌릴 때에도 딕의 눈매는 경환을 떠나지 않고 있었다. 오히려 도발적인 경환의 말에 딕의 입 주위가 씰룩거렸다. 그러나 딕은 정치적 연륜이 증명하듯 노련했다.

　"하하하, 그런가? 어떤 선물을 줄지 기대가 되는군. 제이와 손을 잡아서 그런지, 자신감 넘치는 모습이 아주 보기 좋네."

"저도 딕의 기뻐하는 모습을 보니 아주 좋습니다. 텍사스 군수복합업체들과는 얘기가 잘 되셨나요? SHJ기술연구소와 합작을 원하는 업체들이 많다고 들었는데, 예전처럼 무턱대고 기술을 달라고 덤벼서는 안 될 겁니다."

경환과 제이의 합작은 뜻밖의 상황이라 딕을 긴장시켰다. 석유와 함께 미국의 금융과 방산업체는 제이와 데이비드의 눈치를 볼 수밖에 없었고, 경환과 제이의 거래는 서서히 그 효과를 보고 있었다. 엑손모빌과 SHJ-구글의 지분교환과 SHJ에너지의 지분 5%를 골드만삭스에서 인수하면서 SHJ는 노르웨이에서 생산한 원유와 셰일가스의 판로를 자연스럽게 확보하게 되었다. 또한 제이의 입김에 SHJ기술연구소와 손을 잡으려는 방산업체들이 물밑 작업을 시작하고 있었다. 그동안 자신이 관리하던 방산업체들이 이탈 조짐을 보이자, 딕은 서둘러 텍사스로 향했다. 그러나 딕이 모르는 사이 텍사스 지역의 방산업체들은 이미 경환의 손때가 묻었다.

"제임스, 못 본 사이에 많이 컸군. 제이가 자넬 언제까지 밀어줄 수 있다고 생각하는 건가? 제이도 손대지 못하는 곳이 있다는 걸 알아야 할 거야."

"딕의 충고는 항상 고맙게 받고 있습니다. 뭔가 오해를 하시나 본데, 저보다는 딕 자신을 먼저 걱정하셔야 할 겁니다. 제가 생각해도 제가 많이 크긴 했나 봅니다."

경환은 날카로운 말로 점점 딕을 자극했다. 그동안 딕을 쳐 내기 위해 많은 노력을 아끼지 않았던 만큼 경환은 군수복합업체와 딕의 사이에 틈을 만드는 것부터 주도면밀하게 준비해왔다. 이 모든 것을 딕은 알지 못했다. 딕은 웃음기를 거둔 눈빛으로 경환을 쏘아붙였지만, 경환은 태연하게 그의 눈빛을 흘려보냈다.

"딕, 이거 압니까? 보잉과의 합작으로 개발 중인 전투기와 SHJ기술연구소에서 개발하고 있는 대함 미사일에 펜타곤이 많은 관심을 보이더군요. 특히, 항모 잡는 대함 탄도탄으로 펜타곤을 긴장시키고 있는 중국의 동풍-21D보다 월등하다는 평가를 했다는군요. 아직 줄이 있으니 딕도 알고 있을 겁니다."

"그게 어쨌단 말인가? 한국 국방부와 공동으로 개발하고 있다고는 하지만, 이미 SHJ기술연구소는 설계까지 마쳤다는 소리가 있더군. 한국이 미사일 사거리 제한 조치로 묶여 있는 나라인 건 자네도 모르지 않겠지?"

경환은 고개를 끄덕거렸다. 썩어도 준치라고 펜타곤과 협의하는 내용은 딕에게 전달되고 있었다. 물론 그건 경환이 바라던 바였다. 딕의 말처럼 개발 중인 대함 미사일은 사거리가 1,500킬로미터 이상으로 300킬로미터라는 사거리 제한에 묶여 있는 한국은 개발을 하고도 미사일을 손에 쥘 수 없는 처지였다.

"사거리 제한, 그거 중요하죠. 그래서 패키지로 탄도미사일 요격 시스템을 같이 개발하고 있다는 건 들어 보셨나요? 아마 개발이 완료되면 패트리어트 체제가 바뀔 수도 있을 겁니다. 펜타곤도 사거리를 좀 높여 주는 선에서 요격 시스템과 거래를 할 수도 있으니까요. 뭐 천천히 진행할 생각입니다."

딕의 눈썹이 치켜 올라갔다. SHJ기술연구소가 요격 시스템을 개발하고 있다는 건 자신도 듣지 못했고, 더욱이 최고의 비밀을 요하는 무기 개발 상황을 당당하게 자신에게 밝히는 경환의 태도도 마음에 들지 않았다. 입이 쉽게 열리지 않는 딕을 향해 경환이 조용한 목소리로 말했다.

"왜 그랬습니까? 저를 향한 총구라면 이해할 수 있었겠지만, 가족을 건드린 건 용서가 안 되네요."

"내가 가족을 건드렸다니, 난 자네가 무슨 말을 하는지 전혀 이해할 수가 없군."

경환의 한쪽 입꼬리가 조용히 올라갔다. 퍼붓는 소나기를 잠시 피해 가려는 딕의 면상에 주먹을 날리고 싶은 생각이 간절했지만, 경환은 애써 태연함을 유지하며 술로 타는 목을 축였다.

"뭐, 좋습니다. 오래전 일이라 기억에서 사라졌나 봅니다. 에릭 프린스와 니키 헤이거란 인물에 대해 부정하는 것도 어쩌면 당연한 일일 수도 있겠네요. 딕, 항상 건강하게 오래 살아야 합니다. 적어도 제가 딕이 가지고 있는 자리에 올라설 때까지는요."

"지켜보겠네. 그리고 자네도 항상 건강해야 하네. 사람 일이라는 게 내일을 모르는 게 아닌가."

딕은 미소를 보이는 얼굴과는 다르게 경환의 싸늘한 눈빛이 자신을 옭아매는 느낌을 지울 수가 없었다. 예전과 달리 자신 앞에서도 거침없이 몰아치는 경환의 태도에 딕은 주먹을 불끈 쥐었다. SHJ시큐리티의 공작으로 백악관 입성에 실패했다는 사실을 앨 고어를 통해 전해 들었을 때, 딕은 치밀어 오르는 분노 때문에 제대로 잠을 이룰 수 없었다. 돈줄로 여기며 하찮게 생각했던 경환이 자신의 목줄을 잡아챘다는 사실에 딕은 주위의 만류에도 그가 가장 소중하게 생각하는 가족을 죽이는 것으로 복수를 대신할 생각이었다. 니키 헤이거를 회유하는 데 쏟아부은 돈도 아깝게 생각하질 않았다.

계획이 실패하면서 딕의 인생도 나락으로 떨어지기 시작했다. 오히려 SHJ시큐리티의 보안 능력만 키워 준 꼴이 되었고, 이를 통해 자신을 지원하던 세력도 등을 돌리기 시작했다. 얻은 것보단 잃은 게 많아진 상황에서 멀어지는 권력을 다시 잡기 위해 몸부림치던 자신 앞에 당당하게 나타난 경환의 존재는 꺼져 가는 복수심을 자극하기에 충분했다. 자신의 심정을 아는지 모르는지 태연하게 웃고 있는 경환을 그대로 돌려보내고 싶지 않았지만, 경환이 한 수 빨랐다.

"딕, 무슨 고민을 그렇게 하십니까? 혹시 문밖에 대기 중인 용병들이라도 부르고 싶은 건가요? 제가 오늘 명줄이 끊어지나 봅니다. 하하하."

"입 함부로 놀리지 말게. 여긴 SHJ타운이 아니란 걸 잊었나 보군."

딕의 입이 거칠어지기 시작했다. 경환과의 만남을 통해 자신의 입지를 다시 키우고 SHJ를 예전처럼 돈줄로 만들려 했던 계획은 물 건너간 듯했다. 지금은 죽이지 않으면 죽게 되는 피 말리는 싸움이었다. 제이와 손을 잡았다고는 하지만, 아직은 경환이 자신의 우위에 있다고 볼 수 없었다. 딕은 경환의 도발은 단순한 엄포에 지나지 않을 것이라 생각하고 움츠러들었던 어깨를 다시 폈다.

"제가 마지막 제안을 할까 합니다. 모든 걸 내려놓고 조용히 말년을 보낸다면 과거의 일은 접겠습니다. 물론 진심에서 우러나온 사과를 먼저 받아야겠지만요. 결정은 딕이 하십시오."

"자네야말로 제이가 던져 주는 떡이나 받아먹으며 조용히 지내야 할 걸세. 너무 나대다가 명줄이 짧아진 사람을 내가 많이 봤거든. 내 마지막 충고네."

"하하하, 아직 정정한 딕의 모습을 보니 제 마음이 다 편안해집니다.

그럼 전 밖의 용병들이 무서워서라도 자리에서 일어나야 하겠습니다. 아무쪼록 벽에 똥칠할 때까지 오래오래 사십시오."

"뭐야?! 당장 나가, 이 자식아!"

경환의 비아냥에 딕은 결국 폭발하고 말았다. 경환은 술잔을 들어 남아 있던 술을 천천히 바닥에 버린 후 딕을 향해 가볍게 눈인사를 하고 천천히 서재를 빠져나왔다. 딕의 고함에 무장한 경호원이 뛰어들었지만, 총을 뽑을 수는 없었다. 창밖에서 들어오는 레이저 불빛이 정확히 자신들의 가슴과 딕의 이마를 향해 비추고 있었기 때문이었다.

경환의 도발이 있은 후, 딕은 마지막 남은 자신의 정치적 영향력을 동원해 경환을 사지로 밀어 넣으려 했지만, 쉽게 그 뜻을 이룰 수 없었다. 제이와의 합의를 통해 경환이 딕의 배경이 될 만한 연줄을 이미 끊어 놓은 상태라 딕의 전략은 속수무책이었다. 믿었던 석유 카르텔과 군수복합업체들도 제이의 눈치를 보며 서서히 발을 뺄 궁리를 하는 형편이었다.

"회장님, 기온 차가 심한데 오늘은 조깅을 건너뛰는 게 어떻겠습니까?"

"위기가 곧 기회라고 했어. 제임스가 마지막 발악을 하고 있지만, 단지 지나가는 소나기에 불과해. 다시 내 손에 기회가 돌아올 때까진 운동을 게을리 할 순 없지. 준비하게."

비서의 만류에도 불구하고 딕은 모자까지 눌러쓰고 저택을 나섰다. 나이에 비해 정력적인 활동을 보이는 것도 운동을 거르지 않아서라고 생각한 딕은 가벼운 스트레칭에 이어 저택 주위의 숲을 향해 서서히 속도를 높이고 있었다.

"회장님, 오늘 저녁 모임에 앤더슨 상원 의원이 참석하겠다는 통보를 했습니다."

"그래? 그거 잘됐군. 프레드의 자살에 SHJ가 개입했다는 정황은 아직인가?"

"어디에서도 SHJ의 개입은 발견하지 못했습니다. 그러나 백악관을 뚫고 들어올 실력이라면 NSA나 SHJ시큐리티밖에는 없다고 봅니다. 아니면 그 둘의 합작품일 수도 있고요."

비서와 나란히 뛰고 있는 딕은 가쁜 숨을 내쉬면서도 앤더슨 의원의 참석에 주먹을 크게 휘둘렀다. 의회조사국을 움직일 힘이 있는 앤더슨을 설득할 수만 있다면 프레드의 자살과 함께 SHJ기술연구소의 비밀 연구를 조사할 길이 열릴 수도 있었다. 딕은 뛰는 속도를 높여 비서와 경호원을 앞질러 가기 시작했다.

'타깃 이동 중. 거리 900미터, 시야 확보 200미터 전. 작전 승인 요청.'

"작전 승인. 엄폐 유지."

SHJ시큐리티 작전실로 위성에서 실시간으로 전달되는 화면이 전송되고 있었다. 작전을 승인하는 카일의 지휘를 경환은 무덤덤하게 지켜보고 있었다. 이번 작전은 SHJ기술연구소에서 개발된 새로운 병기를 처음 선보이는 자리이기도 했다.

'시야 확보. 작전 개시 30초 전.'

화면으로 빠르게 이동하던 세 사람의 움직임이 어느 순간 갑자기 멈추며 한 사람을 두 사람이 에워싸는 모습이 화면에 비쳤다.

'작전 성공. 철수 승인 요청.'

"철수 승인. 무사 귀환 바람."

작전 종료를 확인한 카일이 헤드셋을 거칠게 벗어 던졌다. 이번 작전은 SHJ시큐리티에서도 극소수만이 참여할 정도로 비밀 유지에 만전을 기한 작전이었다. 이번 작전이 외부로 새 나간다면 SHJ는 공중분해 될 수도 있는 위험스러운 작전이었지만, 경환을 비롯한 누구도 후폭풍을 걱정하지 않았다. 위성 화면에서 시선을 떼지 않고 있는 경환을 향해 카일이 고개를 숙이며 다가왔다.

"회장님, 작전 성공입니다. 누구도 딕의 자연사를 의심하지 못할 것입니다."

"수고했습니다. 최대한 보안을 유지하시고 작전에 참여한 팀원들은 잠시 이동시키는 게 좋겠습니다. 그리고 이번에 사용된 무기는 철저히 비밀에 부치십시오."

"알겠습니다. 직원들은 호주로 이미 발령을 낸 상태입니다."

경환이 딕을 처단하는 데 사용한 무기는 NSA와의 사이버전을 통해 수집한 음파를 이용한 무기로, SHJ기술연구소는 초저음파 탄과 초고음파 탄 개발을 완료했고 이번 작전엔 흔적이 남지 않는 초고음파 탄을 사용했다. 펜타곤에서 개발한 음파 무기에 한참 앞선 기술인 만큼 최대한 숨겨야만 했다.

"카일, 숨 돌릴 틈이 없습니다. 별도의 지시가 없더라도 계획대로 진행하십시오."

"알겠습니다. 딕의 죽음을 처리하는 과정을 지켜보며 속도를 맞추겠습니다."

자신의 명령으로 한 생명이 사라졌음에도 경환의 표정에는 변함이 없었다. 지키지 못하면 뺏기는 처절한 싸움을 시작했을 뿐이었다. 앞으로 많은 죽음이 자신의 앞을 가로막는다 해도 가족을 지키기 위해서라면 경환은 기꺼이 그 짐을 짊어질 생각이었다. 입가에 쓸쓸한 미소를 지으며 경환은 작전실을 뒤로하고 어둠 속으로 사라졌다.

국방부 장관을 역임하고 비록 실패하긴 했지만, 조지 부시의 러닝메이트로 백악관 입성을 시도했던 딕 체니의 갑작스러운 죽음에 워싱턴 정계는 애도의 물결이 이어졌다. 70세의 고령인 상태에서 무리한 운동이 심장마비를 일으켰다는 진단이 나왔고, 일부 부검을 통해 정확한 사인을 밝히자는 의견은 시신을 욕보이지 않겠다는 가족들의 반대에 부딪혀 무산되었다. 경환은 딕 체니의 죽음을 애도하며 황태수가 이끄는 조문단을 파견했고, 가족들이 추진하는 딕 체니 재단 설립에 1,000만 달러를 기부해 딕 체니가 관리하던 정치 인맥에 눈도장을 찍었다.

뉴욕 미드타운의 중심에 위치한 록펠러센터는 19개의 고층 빌딩으로 이뤄진 복합단지로, 록펠러플라자 56층에는 록펠러 가문의 재산을 관리하는 록펠러재단이 자리 잡고 있었다. 2000년 록펠러플라자를 포함해 9개의 건물을 매각하며 록펠러 가문의 자금에 심각한 문제가 있다는 소문이 무성했지만, 사실을 아는 사람은 아무도 없었다.

"삼촌, 오랜만입니다. 여전히 건강하신 모습을 보니 한결 마음이 편해집니다."

"오, 제이. 네가 방문한다는 소식을 듣고 기다리고 있었다. 여기에서 만나는 것도 의미가 깊다는 생각이 드는구나."

록펠러 가문의 수장이 데이비드란 사실은 누구도 부인할 수 없었지만, 실상은 골드만삭스를 통해 JP모건과 록펠러재단의 운영까지 제이로 넘어오면서 가문의 권력은 서서히 제이에게로 이동하고 있었다. 그러나 데이비드의 권력이 사라진 건 아니었다. 다만 경제위기와 서브프라임 모기지 사태에서 골드만삭스가 피해를 면했던 반면 JP모건은 막대한 손해를 입으면서 JP모건의 운영권은 자연스럽게 제이에게 넘어갔고, 그때부터 데이비드의 추락이 시작되었다.

"주위에선 우리가 심각한 자금위기를 겪는다고 생각하게 될 겁니다."

"그렇겠지. 가문의 상징인 록펠러센터까지 매각하고 지금 이곳도 임차비를 내고 사용하는 형편이니까. 대중의 눈을 속일 필요도 있다고 본다."

제이는 반론 없이 고개를 끄덕였다. 무수하게 번지는 음모론의 중심에는 항상 자신의 가문이 있었다. 가문의 영향력이 금융과 석유, 정부기관에 손을 뻗치고 있는 건 사실이었지만, 음모에 음모가 꼬리를 물고 이어지는 건 여전히 부담스러운 일이었다. 가문의 자금이 어느 정도인지 정확히 알고 있는 사람은 소수에 지나지 않았기 때문에 대중의 눈을 최대한 피하기 위해서 가문의 상징인 록펠러센터의 매각은 현명한 선택일 수밖에 없었다.

"삼촌과의 오랜 반목을 끝내고 싶습니다. 피는 물보다 진하지 않습니까? 내년 정계를 은퇴할 생각입니다. 이젠 가문의 일에 전념하고 싶기도 하고요."

데이비드가 조용히 눈을 감았다. 30년 동안 제이와의 갈등으로 인한 집안싸움에 끝없는 소모전을 했던 것도 사실이었다. 300명이 넘는 가문의 일원들이 제이를 중심으로 뭉치고 있다는 걸 자신도 모르지 않았다. 권력과 가문 둘 중 하나를 선택해야 하는 건 90세를 훨씬 넘긴 데이비드로서도 쉽게 결정할 수 있는 문제가 아니었다.

"프레드 톰슨에 이어 딕 체니까지도 제거되었더구나. 이 문제는 어떻게 처리할 생각이냐?"

"제거라니요? 자살과 심장마비라고 알고 있습니다. 그리고 두 사람은 유럽과도 연을 맺고 있어 온전히 삼촌의 사람이라고 볼 수도 없습니다."

데이비드도 제이의 말엔 반론을 제기하기 힘들었다. FRB와 빌더버그에 영향력을 행사한다고는 하지만, 두 곳은 자신의 가문보다는 유럽의 입김이 강하게 작용하는 곳이었다. 유럽 가문의 수장인 제이콥과 좋은 협력 관계를 유지하는 자신과 달리 제이는 공공연히 적대감을 드러내고 있었다. 프레드와 딕이 자신보다 유럽과 가까운 사이란 걸 모르지 않았다.

"마이클 헤이든이 몸을 사리고 있다는 소식이 있더구나. 다음은 마이클인 게냐?"

"전 삼촌이 무슨 말씀을 하시는지 모르겠습니다. 그러나 CIA가 예전과 달리 변했다는 건 분명 마이클 헤이든의 책임이라고 생각하고 있습니다."

제이는 긍정도 부정도 하지 않았다. 존 매케인이 알면 허탈했겠지만, NSA와 CIA의 내면에는 보이지 않는 알력이 항상 존재하고 있었다. NSA에 대한 입김을 계속 유지하고 있었지만, CIA에 대한 입김은 급격히 줄어들고 있었던 것도 사실이었다. 데이비드는 알았다는 듯 고개를 끄덕였다.

"제이, 난 우리 가문을 지키기 위해 한평생을 바친 사람이다. 너와 반목을 했다고는 하지만, 위기 상황에선 가문이 우선시되어야 한다는 점엔 이견이 없다는 말이기도 하다. 네가 SHJ를 쓰고 버릴 칼로 이용하고 있다고 들었다. 그러나 내가 보는 제임스 리란 인간은 그 속에 칼을 숨기고 있고, 언젠가는 가문에 위협이 될 존재라는 생각을 지울 수 없더구나."

"쓰고 버린다는 생각은 안 합니다. 주인을 물지 않는 충실한 사냥개로 키워 볼 생각입니다. 물론 제임스 본인이야 사냥개가 아니라 같이 사냥하러 다닌다고 생각하겠지만요."

데이비드는 고개를 흔들었다. 제이는 경환을 너무 쉽게 판단하고 있었다. 딕 체니와 CIA의 공작을 적극적으로 막지 않은 이유도 시간이 지나면 SHJ가 가문을 위협할 수 있는 존재로 성장할 수 있다는 판단이 들었기 때문이었다. 자신의 생이 얼마 남지 않았다는 것을 느끼고 있는 지금 가문을 위해서라도 빠른 결정이 필요했다.

"SHJ는 항상 한발 앞서 우리를 놀라게 하고 있다. 지금은 미래를 준비하기 위해 엄청난 투자를 집행하고 있기도 하고. 난 그 개발이 성공할 것으로 본다. 그때가 된다면 사냥개가 주인을 물 수도 있다는 걸 잊지 말아야 할 거다."

평소와 달리 차분한 데이비드의 말에 제이는 눈을 반짝였다. 평소의 성격이라면 자신을 문전박대했거나 권력에 강한 집착을 보였을 테지만, 지금의 데이비드는 힘 빠진 노인네에 불과한 모습이었다.

"삼촌의 충고 잊지 않겠습니다. 워런 버핏과 골드만삭스를 통해 SHJ에 발을 담근 이상, 천천히 지분을 넓히며 통제권 안에 들어오게 할 생각입니다. 삼촌은 저와의 반목을 중단하실 생각이신가요?"

"많은 고민이 없었다면 그건 거짓말이겠지. 그러나 가문은 계속되어야 한다는 게 내 생각이다. 네가 한 가지 조건을 수락한다면, 가문에 대한 모든 관리와 운영을 네게 넘길 생각이다."

30년을 넘긴 지루한 반목을 접는 순간이었다. 제이는 데이비드의 조건이 과하지 않다면 거절할 생각이 없었다. 아니, 과한 조건이라도 들어줘야만 했다. 가문의 분란이 오래된 만큼 이젠 미래를 대비하며 뭉칠 시간이었기 때문이다.

"말씀하십시오. 저도 가문의 미래를 위해 이젠 뜻을 합쳐야 한다고 생각합니다."

"흠, 내 조건은 마이클은 어쩔 수 없다 치더라도, SHJ가 헨리와 벤을 건드리지 않게 하라는 것이다. 유럽 애들과는 대결보단 타협이 필요한 시기이기 때문이야. 이건 나를 위한 것이 아닌 가문을 위한 조건이기도 하다."

제이는 짤막하게 한숨을 내쉬었다. 이미 경환과 손을 잡으면서 암묵적인 동의를 한 내용이었기 때문이었다. 그러나 제이의 고민은 길지 않았다.

"좋습니다. 최대한 설득을 해 보겠습니다. 그러나 유럽 애들은 SHJ를 분해해 필요한 걸 손에 넣으려고 했습니다. 삼촌도 아시겠지만, SHJ의 기술이 유럽에 들어간다면 우리에게도 치명타가 될 수 있습니다. SHJ가 우리의 통제권 안에 들어오기 전까지 위해를 가하지 않는다는 약속을 먼저 하셔야 합니다."

데이비드는 고개를 끄덕였다. 제이를 만나기 전, 제이콥과 입을 맞춘 상태였다. 자신의 권력을 제이에게 넘겨준다는 건 쉽지 않은 결정이었지만, 대세는 이미 기울었고 가문은 계속 나아가야만 했다. 모든 걸 내려놓은 데이비드는 자신의 시대가 막을 내렸다는 허탈함이 밀려오자 술잔을 입에 가져다 댔다.

경환의 집무실 내부는 비서실 직원들도 움직임을 파악할 수 없을 정도로 철저히 차단되어 있었다. 황태수, 린다와 함께 SHJ시큐리티의 카일과 알, 케빈까지 모인 자리에는 무거운 공기가 흐르고 있었다. 누군가와의 전화를 마친 경환이 눈을 감은 채, 한동안 말을 잇지 못하고 있었다. 그러나 누구도 그 이유를 묻지는 못했다.

"제이가 여기서 중단해 달라는 요청을 했습니다."

눈을 감은 상태로 독백처럼 내뱉는 경환의 말에 집무실에 모인 사람들의 표정은 굳어져 갔다. 프레드와 딕의 처리 방식을 제이가 알고 있다는 것보다는 SHJ에 대한 간섭이 시작되었다는 사실에 불쾌감을 느꼈기 때문이었다.

"심증만 가지고 있을 뿐이지, 우리에 대한 증거는 전혀 발견할 수 없을 겁니다."

절대 작전이 노출되지 않을 것이란 자신감에 카일의 목소리엔 힘이 들어가 있었다. 이번 작전을 위해 투자된 시간과 노력은 절대 헛되지 않았다는 것을 대변하듯 카일은 넥타이까지 풀어헤치며 호소했다.

"회장님, 심증이 물증을 만드는 것이라 봅니다. 그렇지만 FRB와 빌더버그가 중심이 되어 법무부 독점 금지국을 움직이려 한다는 정보가 있는 만큼, 앉아서 당할 수는 없지 않겠습니까? 그리고 마이클 헤이든이 몸을 사리는 것도 수상하고요."

SHJ의 자금을 담당하는 린다가 경제계로 퍼지는 SHJ에 대한 반독점법 제재가 물밑에서 진행되고 있다는 정보를 우려 섞인 목소리로 전달했다. SHJ에 대한 기소로 심각한 경제적 타격은 없다손 치더라도, 정부와 지루한 법적 싸움을 이어 간다면 지쳐 떨어져 나가는 건 SHJ일 수밖에 없다는 게 모인 사람들의 고민이었다.

"저는 그런 움직임도 위험이 될 수 있지만, 제이의 간섭이 오히려 더 걱정입니다. 한 번 들어주기 시작하면 요구는 점점 더 커지고 결국엔 요구가 명령으로 바뀔 수도 있다고 봅니다."

다른 시각으로 사태를 분석하는 황태수의 말에도 경환은 반응이 없었다. FRB와 빌더버그는 SHJ가 IT에 모습을 드러내기 시작하면서 끊임없이 자신을 괴롭혀 왔었다. 딕 체니와 앨 고어와의 대결구도도 사실은 그 연장선이라고 볼 수 있었다. 스위스 모임의 주도자가 헨리 키신저와 벤 버냉키로 밝혀지면서 죽이지 않으면 죽을 수밖에 없는 외나무다리에 서 있었다. 그러나 제이의 간섭도 분명 경환에겐 신경 쓰이는 일이었다. 고민을 끝낸 경환이 무거운 입을 열었다.

"제이는 제가 체스판의 말이라고 생각할 겁니다. 당분간은 그 생각에 따라 줄 생각입니다."

"회장님. 그건 제이가 원하는 방식일 수도 있습니다."

"그럴 겁니다. 그러나 헨리와 벤은 용서할 생각이 없습니다. 판을 우리가 짭시다. 헨리와 벤의 뒤에 제이콥이 있는 만큼, 제이와 제이콥이 힘을 합치지 못하게 만드는 게 우리가 해결해야 할 가장 시급한 문제입니다."

경환의 말처럼 록펠러 가문을 통합한 제이가 제이콥과 손이라도 잡는다면, SHJ는 좋은 먹잇감에 불과할 수도 있었다. 수백 조 달러를 움직이는 두 가문이 SHJ를 먹자고 달려든다면 SHJ는 고사할 수밖에 없다는 게 경환의 발목을 잡고 있었다.

"중단했던 유럽 방문을 다시 검토하도록 하세요."

"회장님! 그건 절대 안 됩니다. 이미 CIA와 MI6, BND가 모종의 공작을 꾸미고 있다고 확인된 만큼, 회장님이 위험에 노출될 확률이 너무 높습니다. 절대 불가합니다."

"그걸 노리는 겁니다. 제이가 이런 요청을 했다는 건, 이미 제이콥과 일정 부분 합의가 되었다는 것을 뜻합니다. 둘 사이를 갈라놓고 우리가 원하는 걸 얻기 위해선 이 방법밖에는 없습니다."

"다른 방법이 있을 겁니다. 절대 회장님께서 유럽을 방문하는 일은 없어야 합니다."

카일을 시작으로 경환의 유럽 방문계획을 모두 반대하고 나섰지만, 경환은 오히려 담담하기만 했다. 자신의 손으로 이루지 못하는 것도 있다는 사실을 깨달은 순간부터 경환은 자신의 다음 세대를 준비해야만 했다. 그게 SHJ를 위하는 일이고 자신이 사랑하는 가족을 지키는 일이라고 판단을 내렸다. 죽음이 두렵지 않다는 건 거짓말이지만, 덤으로 사는 인생 아쉬울 것도 없었다. 그렇기에 죽음의 그림자가 찾아오더라도 SHJ와 가족에게 위협이 될 만한 것들은 모두 자신이 안고 가야만 했다.

"제가 죽기라도 한답니까? SHJ시큐리티의 능력을 전 믿습니다. 이 기회는 오히려 우리가 남는 장사라고 봅니다. 이익이 눈앞에 있는데 그걸 모른척한다면 그건 장사꾼이 아니지요. 일정을 다시 짜 보세요."

"회장님!"

경환의 확고한 결심에 다들 입을 다물 수밖에 없었다. 경환의 제안처럼 둘을 상대하는 것보단 하나씩 각개전투를 벌이는 게 SHJ에 유리하다는 건 당연한 일이었다. 무거운 분위기를 의식한 경환은 얼굴에 미소를 지었다.

"케빈, 조용하게 내가 유럽 방문을 진행하고 있다는 소문을 퍼트리세요. 그럼 몸을 사리던 마이클 헤이든도 움직이게 될 겁니다. 그리고 제이와 제이콥도 주판알을 두들기기 바빠질 테고요."

"알겠습니다, 회장님. 지금부터 감시 체계를 강화하겠습니다."

"린다는 그룹 운영을 위기에 빠르게 대처하는 방안으로 검토해서 보고해 주세요."

자신을 단순히 미끼로 던지려는 경환의 계획에 린다는 눈물을 감추며 고개만 연신 끄덕였다. 평소와 달리 긴장된 얼굴로 집무실을 빠져나가는 경영진들의 모습에 김혜원을 포함한 비서실은 긴장하지 않을 수 없었다. 김혜원은 집무실에 들어섰지만, 하염없이 먼 곳을 바라보는 경환의 모습에 아무 말도 건네지 못한 채, 조용히 집무실을 빠져나와야만 했다.

경환이 한국과 호주, 독일과 노르웨이의 SHJ타운을 방문한다는 계획이 빠르게 퍼져 가면서 각 지사는 물론 해당 국가의 정부기관도 SHJ와의 사업 확대를 위해 사실 여부를 확인하려는 접촉이 계속되고 있었다. 이와 동시에 CIA를 포함한 각국의 정보기관도 움직임을 보이고 있었고, 이에 따라 SHJ시큐리티의 활동도 증가하고 있었다.

학교의 무지막지한 테스트를 모두 통과한 희수는 10학년이 아닌 12학년 입학이 결정된 상태였다. 정우에 이어 희수까지 월반한다는 소식은 휴스턴을 넘어 전 미국으로 퍼졌다. 170㎝가 넘는 키에 동양적 아름다움을 가진 희수의 사진이 연예지에 오르면서 같은 또래의 여학생들에게 부러움의 대상이 되었다. 한국에서 대학 생활을 하겠다는 희수의 생각이 한국에 알려지면서 한국의 각 대학은 아직 고등학교에 입학하지도 않은 희수를 잡기 위해 대학 총장까지 나서는 웃지 못할 상황이 벌어지게 되었다.

"오빠, 요즘 바쁘다며? 제니퍼가 오빠 얼굴 보기 힘들다고 울상이더라. 하긴, D-WAVE SYSTEM에 뒤통수를 맞았으니 정신이 없긴 하겠네. 분발 좀 해."

"누가 뒤통수를 맞았다고 그래? 그런 쓰레기하고 비교할 생각 없어."

연구실에서 일주일 만에 집에 돌아온 정우는 희수의 놀림에 짜증 섞인 목소리로 대응했다. 지난 5월 D-WAVE SYSTEM은 128큐빗(양자 비트)의 D-WAVE ONE이라는 양자컴퓨터를 1,000만 달러의 가격표를 달고 시장에 공개해, SHJ테크놀로지의 간담을 서늘하게 만들었다. D-WAVE ONE에 대한 테스트와 논문이 없는 상태에서 SHJ퀄컴을 통해 두 대를 구매해 직접 테스트할 수밖에 없었다. 테스트 결과는 기존 슈퍼컴퓨터를 대체할 정도의 성능은 없다는 결론이 나긴 했지만, 첫 시작을 D-WAVE SYSTEM에 뺏겼다는 사실에 정우는 자존심이 상해 있었다.

"SHJ테크놀로지가 개발하는 1,024큐빗의 시제품이 나오면 상황은 역전되겠지만, 그래도 상용화에 성공한 양자컴퓨터의 시초가 D-WAVE ONE이라는 역사적인 기록이 바뀌지는 않잖아. 완벽함을 추구한다는 생각은 좋지만, 분명 SHJ테크놀로지의 전략은 실패했다고 생각해."

"그런 쓰레기를 내놓고 상용화에 성공한 최초라고 떠드는 게 더 웃기는 거야."

정우는 상처 난 자존심을 지키기 위해 D-WAVE ONE을 쓰레기로 비유했지만, 희수의 말을 논리적으로 반박할 수 없었다. D-WAVE SYSTEM이 양자컴퓨터를 개발하고 있다는 소식은 이미 듣고 있었지만, 성능을 떠나서 이렇게 빨리 시제품을 선보일 줄 예상하지 못했었다. 정우의 난감한 표정에 희수의 카운터펀치가 날아들었다.

"정보가 이래서 중요한 거야. 그리고 정보를 어떻게 활용하느냐에 따라 가치가 달라지는 거니까. 앤 언니도 느끼고 있겠지만, 올해가 지나기 전에 SHJ테크놀로지의 시제품이 나와 D-WAVE SYSTEM의 싹을 잘라야 해. 그쪽에선 벌써 512큐빗을 준비 중이란 소문이 있으니까."

"한 번 당한 걸로 충분해. 우리 제품이 나오면 D-WAVE뿐만 아니라, 기존의 슈퍼컴퓨터는 모두 우리 제품으로 대체될 테니까."

정우는 자신이 있었다. 슈퍼컴퓨터를 대체하기엔 많이 부족하다는 결론을 내린 D-WAVE는 성능에 대한 의구심으로 SHJ퀄컴과 록히드마틴 단 두 곳에만 판매가 이뤄졌다. 그러나 기술은 항상 진보하기에, 서둘러 D-WAVE SYSTEM을 추월해야 한다는 희수의 말 역시 틀린 게 아니었다. 경영에 대한 시각으로 접근하는 희수를 보며, 정우는 자신의 선택이 틀리지 않았다는 것을 느꼈다.

"선수를 뺏기긴 했지만, 전화위복이라고 생각해. D-WAVE SYSTEM 덕에 오빠나 SHJ테크놀로지도 두 번 실수하지는 않을 테니까."

"그건 그렇고, 아버지의 유럽 방문을 넌 어떻게 생각하니?"

사소한 일이라도 경환은 식구들과 토론을 통해 서로 교감을 나누는 걸 즐겼지만, 이번 유럽 방문에 대한 일은 무슨 이유인지 말을 아끼고 있었다. 특히 해외를 방문할 때면 가족 모두를 동반하거나 적어도 수정만큼은 함께하곤 했는데, 일정이 빡빡하다는 이유를 들어 이번에는 가족들의 동반을 계획하지 않았다. 잠시 희수의 얼굴에 그늘이 드리워졌다.

"아빠 아마 중대한 결심을 한 것 같아. 록펠러 가문과 손을 잡은 이유도 그렇고, SHJ시큐리티의 비상대기 상황이 여전히 풀리지 않고 있는 것도 어딘가 석연치 않잖아."

"중대한 결심이란 게 뭐라고 생각하는데? 난 아버지가 많이 걱정된다."

"그건……, 내가 어떻게 알겠어?"

정우는 희수가 뭔가를 알고 있다는 생각이 들었다. 자신도 평소와 달리 주위를 정리하려는 경환의 모습에 의구심을 버릴 수 없었다. 희수의 눈에 눈물이 글썽이다 사라진 걸 정우는 눈치채지 못했다.

"아빠가 알아서 잘하실 거라고 난 믿어. 아빤 록펠러 가문과 손잡은 걸 치욕으로 생각하면서도 SHJ의 현재 상황과 미래를 위해 어쩔 수 없는 선택이었다고 생각하시고 계실 거야. 그러니까 아빠가 받은 치욕은 언제가 될지 모르겠지만, 오빠와 내가 반드시 갚아야 할 빚이라고 생각해."

"양자컴퓨터가 시판되고 인공지능 연구가 본 궤도를 찾는다면 SHJ도 변신할 거라고 난 믿는다."

"그것만으로는 부족해. 대체에너지 사업이 자리를 잡고 우주 개발 사업으로 뒷받침되어야 한시름 놓을 수 있을 거야. 이런 걸 보면 아빤 정말 대단하신 분이야. 누구도 생각하지 못하는 걸 미리 준비하고 계셨으니까."

SHJ테크놀로지 하나만 보고 있는 자신에 비해, SHJ 전체를 살피는 희수의 분별력과 판단력에 정우는 고개를 절레절레 흔들었다. 자신이 연구가 아닌 경영을 선택했다면, 희수의 분석력을 능가했겠느냐는 질문에 답을 할 수 없었을 것이다. 정우의 굳어지는 표정을 힐끗 바라보던 희수가 분위기를 바꾸기 위해 급히 화제를 돌렸다.

"제니퍼가 대학을 가지 않겠다고 하던데, 둘이 무슨 일 있어?"

"무, 무슨 일이 있다고 그러는 거야? 대학을 가고 말고는 제니퍼가 알아서 결정할 문제인데 우리가 간섭할 이유가 없잖아."

희수의 눈이 작아지며 의혹의 눈초리로 정우를 바라봤다. 정우는 제니퍼와의 진했던 첫 키스와 스킨십이 떠올라 얼굴이 붉게 물들여졌다는 사실도 느끼지 못했다. 제니퍼가 대학을 가지 않겠다는 말은 하루라도 빨리 결혼을 하고 싶어서란 걸 정우도 알고 있었고, 사실 자신도 그 의견에 반대하지 않았다. 물건을 훔치다 들킨 사람처럼 정우는 헛기침까지 하며 시선을 돌리려 했지만, 희수의 매서운 눈초리는 정우가 빠져나갈 틈을 주지 않았다.

"제니퍼 아직 15살인 거 잊지 마. 둘이 같이 있고 싶은 건 알겠지만, 빌 아저씨도 생각해 줘야지. 대학은 보내고 결혼해도 되잖아."

"야! 너도 15살이거든? 가시나가 말하는 것만 보면 아줌마 저리 가라야. 너나 잘해."

"아이고, 그러세요? 그럼 이 아줌마는 물러가겠습니다. 그리고 둘이 부둥켜안고 있으려면 안 보이는 곳에 가서 좀 해라. 엄마, 아빠가 이 사실을 알면 뒤로 쓰러지시니까."

"야! 이희수 너……."

정우의 고함에 희수는 쌩하니 정우의 방을 빠져나가 버렸다. 정우는 못 느꼈지만 돌아서며 나가는 희수의 눈빛에선 쓸쓸함이 묻어났다.

샤워를 마치고 머리를 털면서 나오는 경환에게 수정이 사발에 담긴 시커먼 한약을 건넸다. 쓴 한약이 입에 맞지 않는 경환이 인상을 써 봤지만, 눈을 부릅뜨고 쳐다보는 수정의 강압에 경환은 코를 막고 한약을 단숨에 넘길 수밖에 없었다. 스테미너를 걱정해야 할 나이는 아직 아니라고 생각하고 있었지만, 수정은 요새 들어 경환의 체력을 걱정하며 한국과 일본, 중국 지사를 통해 한약재를 구하고 있었다. 바쁜 지사 직원들을 이런 일에 동원하지 말라고 몇 번 주의를 시켰지만, 수정은 이 일만큼은 절대 포기하지 않았다.

"여보, 많이 피곤해 보여요. 일도 좋지만, 너무 무리하는 것 같아 걱정이 드네요."

"내가 그렇게 보였어? 나 아직 밤일도 거뜬하다고 생각했는데, 여자가 40을 넘으면 활활 타오른다더니, 그 말이 사실인가 봐. 하긴 최석현 사장은 케이티가 샤워하는 소리만 들려도 잠든 척을 한다는데, 난 그 정도는 아니지 않나?"

"이이는 못하는 소리가 없어."

빈 약사발을 건네받은 수정이 눈을 흘기며 경환의 옆구리를 꼬집었다. 경환은 아픈 시늉을 하면서도 수정을 감싸고는 가볍게 입맞춤을 건넸다. 20년 넘게 자신의 곁을 지켜 주며 집안의 대소사를 일일이 챙긴 수정이 없었다면 지금의 성공은 신기루에 불과했을 것이란 생각은 한 번도 변함이 없었다. 지금은 SHJ타운을 넘어 휴스턴과 텍사스 주 정부에서 진행하는 복지 프로그램에 가장 많은 기부를 하는 사람도 수정이었다. 하루나로 인해 잠시 마음이 흔들린 적은 있었지만, 수정은 경환에게 가장 소중한 사람이었다.

"이제 얼마 안 남았으니 조금만 기다려 줘. 같이 세계 여행이나 하자고."

"언제까지 기다릴 수 있으니, 너무 무리하지 마세요. 돈이 전부는 아니잖아요."

"그래 당신 말이 맞아. 돈이 인생의 전부는 아니지. 그렇지만 나를 바라보는 20만 명이 넘는 직원들과 정우와 희수가 있잖아. 이 문제만 해결하면 크루즈 선박이라도 만들어서 자기한테 선물할 테니까, 그때까지만 참아 줘."

"크루즈요? 말만 들어도 좋네요."

그동안 말로만 그친 적이 없었기에 수정은 내심 기대가 됐지만 경환이 일을 손에서 놓고 한가하게 세계 여행을 다닐 형편이 못 된다는 것쯤은 알았다. 그래도 자신만을 바라봐 준 경환이 고마웠다. 그러나 어두운 경환의 얼굴을 보고 수정은 한참을 망설이다 입을 열었다.

"여보, SHJ시큐리티의 경호원도 많아지고, 진행하는 복지 프로그램에도 참가하지 못하게 하던데, 무슨 일 있는 거죠? 그리고 저도 유럽 방문에 동행하고 싶어요."

"그냥 의례적인 수준이야. 외부 활동은 시간이 좀 지나면 괜찮아질 거니까, 너무 걱정하지 않아도 돼."

경환은 유럽 방문에 따라 가고 싶다는 수정의 요청에 아무 말도 할 수 없었다. 위험이 존재하는 이번 방문에 가족을 노출한다는 건 볏짚을 짊어지고 불에 뛰어드는 꼴이었기에 그 요청을 들어줄 수 없었다. 경환은 대답을 회피하며 수정을 안아 주는 것으로 얼버무리려 했지만, 여자의 감은 무서울 정도로 정확했다. 경환의 품을 벗어난 수정이 반강제로 경환을 소파에 앉히고는 눈을 크게 떴다.

"당신하고 산 지가 20년이에요. 눈빛만 봐도 당신이 뭘 원하는지, 뭘 생각하는지, 난 느낄 수 있어요. 이번 방문, 위험한 건가요?"

"SHJ가 커지고 신기술을 개발하고 있으니 위험은 항상 존재하잖아. 그걸 막기 위해 SHJ시큐리티가 있는 거고. 호주와 한국을 거쳐 유럽까지 여유 있는 일정을 짤 수가 없었어. 짧으면 하루, 길면 이틀 사이로 이동해야 해서 강행군이 될 거야. 가뜩이나 몸도 약한 자기가 소화할 일정이 아니라서 그런 거야."

"단지 그 이유 때문인가요?"

"당연하지. 다른 이유가 뭐 있겠어? 일정을 줄이기 위해 잠도 전용기 안에서 해결할 생각인데. 자기가 옆에 없으면 잠도 잘 못 자는 거, 자기도 알잖아."

장황한 설명이 오히려 수정을 불안하게 한다는 걸 경환은 깨닫지 못했다. 더 이상 수정은 경환을 몰아세우고 싶지 않았다. 자신의 동행이 경환의 일에 지장을 주길 원하지 않았고 그의 마음을 불안하게 만들고 싶은 생각이 없었기 때문이었다. 그러나 밀려오는 걱정에 수정은 떨어졌던 경환의 품을 파고들었다.

"알았어요. 당신이 그렇다고 하니 믿을게요. 그렇지만, 항상 조심해서야 해요. 무슨 일이라도 생기면 전 견디기 힘들 거예요."

"걱정하지 마. 활활 타오르는 자기를 혼자 놔둘 생각은 없으니까. 자기 몸을 보면 누가 애 둘 낳은 아줌마라고 하겠어?"

"이 상황에서 농담이 나와요?"

나이트가운 속으로 훤히 비치는 수정의 몸매는 경환을 아직도 아찔하게 만들었다. 경환의 손이 수정의 나이트가운 속으로 헤집고 들어가 볼륨 있는 몸을 쓰다듬었다. 풍만한 수정의 젖가슴에서 경환의 손이 한동안 떨어지지 않았다. 경환도 지금의 행복을 놓치고 싶지 않다는 생각이 간절했지만, 삶은 그의 뜻대로 흘러가지는 않았다. 전생에서 쌓았던 경험은 무용지물이 된 지 오래였고, 근근이 감으로 버티고 있을 뿐이었다. 경환은 유럽 방문을 무사히 마치고 남은 인생을 수정과 자신을 위해 보내고 싶었다.

"매제를 보니까 늦둥이에 푹 빠져 살던데, 오늘 우리도 늦둥이 한번 볼까?"

"크루즈 선박을 만들어 세계 여행 시켜 준다는 사람이 셋째를 가지자는 소리가 나와요? 좀 있음 우리 할아버지 할머니 소리 들을 수도 있어요."

정우와 제니퍼의 관계가 수정의 귀에도 들어간 듯했다. 경환도 더는 둘의 관계를 부정적인 눈으로 바라볼 생각이 없었다. 빌의 마지막 한 수에 당했다는 생각이 들었지만, 경환은 제니퍼라면 기꺼이 당해 줄 생각이었다. 경환의 입술이 수정의 입술을 덮치며 둘의 뜨거운 밤이 오랫동안 계속되었다.

9월을 지나면서 SHJ는 워싱턴포스트지를 통해 경환의 해외 방문 일정을 공식적으로 발표했다. 호주와 중국, 한국을 거쳐 SHJ타운이 건설 중인 케냐와 터키를 방문한 후, 독일과 노르웨이, 영국을 마지막으로 하는 총 18일간의 일정으로 SHJ 창업 이래 가장 많은 국가를 단시간에 방문하는 강행군이었다. 그러나 SHJ타운 건설이 핵 원전 사고로 인해 지지부진한 일본이 빠지고 SHJ와는 큰 관련 없는 영국이 포함되었다는 사실을 주목하는 사람은 없었다.

세간의 시선은 워싱턴포스트지의 또 다른 기사들에 주목하고 있었다. 그중 하나는 SHJ테크놀로지에서 개발한 1,024큐빗의 아테나-1이라는 양자컴퓨터의 출시가 임박했다는 소식이었다. 세계 최초라는 수식어를 달고 D-WAVE SYSTEM이 선보인 양자컴퓨터가 그 성능에 관한 갑론을박에 휩싸였던 만큼, SHJ의 양자컴퓨터가 어떤 성능을 가지고 있을지에 대해서 전문가들의 의견은 갈려 있는 상황이었다.

또 다른 기사는 SHJ유니버스와 SHJ매니지먼트를 주 사업자로 하는 총 사업비 800억 달러 규모의 저궤도 우주호텔 프로젝트를 추진하겠다고 발표한 것이었다. 2015년부터 건설을 시작해 2025년 완공을 목표로 하는 사업계획은 우주를 여행하고 싶은 일반인들에게 우주여행 시대가 열린다는 기대감을 주었다. 기사가 보도된 후부터 문의가 끊임없이 쇄도하며 관심을 끌었다. NASA와 공동으로 추진하는 사업에는 골드만삭스가 250억 달러를 투자하는 MOU를 체결했다는 소식과 함께, 미국을 선두로 노르웨이와 독일, 영국, 러시아의 자본과 기술이 투자된다는 발표가 줄을 이었다. 경환의 해외 방문이 시작되기도 전에 쏟아지는 기사로 SHJ가 제2의 도약을 준비하고 있다는 분석이 나오고 있었다.

"아테나-1의 제원에 대한 보고를 이상으로 마치겠습니다."

호주로 출발하기에 앞서 경환은 자신의 해외 방문으로 생길 수 있는 경영 공백을 메우기 위해 전 계열사 사장을 소집했다. 경환은 자신의 속마음을 숨기기 위해 과장된 몸짓과 농담으로 회의 분위기를 편안하게 이끌었다. 앤이 보고를 마치자 경환이 마이크를 입에 가져다 댔다.

"SHJ테크놀로지도 서서히 진가를 보이는군요. D-WAVE ONE이 출시된 만큼 차별성을 가져야 할 텐데, 아테나-1은 어떤 차이를 가졌는지 설명해 주시겠습니까?"

"D-WAVE ONE은 양자CPU에서 처리된 연산 결과를 외부의 컴퓨터가 읽는 구조 즉, 일반 워크스테이션에 양자CPU를 보조 연산장치로 달아 놓아, 양자컴퓨터라 불리기엔 한계가 있습니다. 또한, 큐빗을 제대로 제어하지 못하고 있다는 게 가장 큰 단점이기도 합니다. 이와 비교해 아테나-1은 1,024큐빗으로 연산속도를 높였고, SHJ퀄컴과 공동연구로 파동양자수를 이용해 전자스핀을 일정하게 유지, 큐빗의 제어 시간을 극대화해 아테나-1의 수명을 높였다는 차이가 있습니다. 또한, NP-HARD(수학적으로 어려운 문제)를 푸는 데 일반 컴퓨터보다 1만 배 빠른 성과를 보였습니다."

경환은 앤을 물끄러미 바라보았다. 앤의 말만 믿는다면 아테나-1은 신기에 가까운 물건이라고 결론지어 생각할 수 있지만, 어딘가 부족한 점이 경환의 눈에 들어왔다.

"좋습니다. 너무 어려운 말을 듣다 보니 귀가 다 멍멍하군요. 그럼 앤의 객관적인 시각으로 아테나-1의 단점은 뭐라고 생각합니까? 그리고 너무 어려운 말은 잠을 동반할 수 있으니, 일반인인 내가 알아들을 수 있게 쉬운 말로 해 주세요."

"하하하."

경환의 농담에 여기저기에서 웃음소리가 들렸다. 모든 제품과 기술이 완전하다고 생각할 수는 없었다. 남의 지식을 비평하는 건 쉬운 일이지만, 자신의 지식을 비판하기란 쉽지 않다는 것도 경환은 잘 알고 있었다. 그러나 자신의 비판에 인색하지 않아야 피 말리는 싸움에서 돌파구를 찾고 승리로 이끌 수 있다는 생각을 가지고 있었다. 어찌 보면 앤에게는 가혹한 질문일 수도 있었지만, 이미 준비가 된 듯 앤의 표정엔 변함이 없었다.

"연산장치에 적용할 알고리즘의 부재와 양자컴퓨터에 맞는 프로그래밍 언어가 아직 개발되지 않았다는 점을 들 수 있습니다. 또한, 주위의 환경에 민감해 엉뚱한 계산 결과가 나온다는 것과 이를 보완하기 위해 냉각 설비와 방진, 방음 설비의 부착으로 관리가 힘들다는 단점이 있습니다."

"아직 미흡한 점이 많은 상태에서도 출시를 강행한 이유는 D-WAVE SYSTEM을 의식한 건가요? 그리고 어떤 대책이 있는지 설명해 주세요."

"회장님 말씀대로 아테나-1의 출시를 서두른 이유도 D-WAVE SYSTEM에 쏠리는 이목을 끊기 위해서입니다. 프로그래밍 언어와 알고리즘은 현재 SHJ-구글과 함께 작업 중이고, 외형 설비를 효율적으로 관리하는 시스템을 개발하고 있습니다. 또한, D-WAVE와의 차별성을 극대화하기 위해 슈뢰딩거 방정식에 기반을 둔 미시적 운동 분석에 적합한 아테나-2를 2년 안으로 선보일 계획입니다."

경환은 앤의 답변에 만족감을 보이며 연신 고개를 끄덕거렸다. 자신의 단점을 정확히 파악하고 대처 방안까지 마련한 앤의 노련함에 경환은 이 사업의 성공을 점칠 수 있었다. 가격을 3,000만 달러로 책정한 이유 역시 D-WAVE SYSTEM으로 쏠리는 관심을 SHJ테크놀로지로 빼 오려는 전략이라는 사실에 경환은 높은 점수를 주고 있었다. 그리고 NASA와 보잉, MS, 엑손모빌에서 아테나-1을 선구매를 하겠다는 의사를 보내와 경환은 내심 놀라고 있었다.

"슈퍼컴퓨터를 대체할 정도는 아니라고 하지만, 예측과 분석 능력은 향상할 수 있다고 생각이 듭니다. 단점을 보완하기 위해 노력해 주시고,

아테나-1과 인공지능 연구를 결합하는 방안도 검토하세요. 그리고 SHJ시큐리티와 SHJ유니버스는 아테나-1을 구매해 예측과 분석 능력을 높이는 작업을 바로 시행하세요."

"회장님, 그렇지 않아도 구매 신청 품의가 올라온 상태입니다. 아테나-1을 먼저 SHJ시큐리티와 SHJ유니버스에 공급하겠습니다."

SHJ테크놀로지에 이어 우주호텔 건설, 계획과 관련한 보고가 이어졌다. SHJ유니버스를 맡고 마땅한 수입원이 없어 고민하던 찰스 볼튼의 어깨에 힘이 들어가 있었다. 800억 달러라는 상상할 수도 없는 금액이 투자되는 사업을 자신의 손으로 만들어 간다는 자부심에 보고하는 내내 그의 몸짓엔 자신감이 넘쳐났다. 현재 건설 중인 ISS 규모를 능가한다는 것과, 국가가 아닌 민간 기업으로는 최초로 우주 개척을 추진한다는 것을 끝으로 장황한 찰스의 보고는 끝이 났다.

"SHJ유니버스의 프로젝트는 바탕이 중요한 만큼, 시간에 쫓기지 말고 차분하게 준비할 필요가 있습니다. 그리고 자금계획은 마무리되었습니까?"

"골드만삭스에서 250억 달러, 영국과 노르웨이가 20억 달러, 독일과 러시아가 10억 달러, 총 310억 달러를 확보했습니다. 현재 일본과 중국, 한국, 프랑스, 호주 등이 참여 의사를 타진하고 있는 만큼, 자금 확보는 큰 문제가 없을 것으로 예상합니다."

"한국의 참여는 당분간 보류시키세요."

"모듈 제작 시 가격과 기술 면에서 한국이 가장 적당하다는 분석이 있습니다. 혹시 다른 이유가 있으신지요?"

투자금의 많은 부분을 SHJ가 부담해야겠지만, 건설 기간만 10년이 걸리는 만큼 투자 자금은 큰 문제가 되지 않았다. 이미 골드만삭스에서 투자된 돈만 하더라도 이 사업의 투자자금으로 쓰고도 남을 정도였다. 한국을 배제하라는 경환의 지시를 찰스는 이해하지 못해 고개를 갸우뚱거렸지만, 황태수와 린다는 경환의 노림수가 무엇인지를 예측하며 고개를 끄덕이고 있었다.

"자세한 설명은 할 수 없지만, 노르웨이산 원유와 천연가스 그리고 모듈 제작을 같이 처리할 계획입니다. 한국 정부와 한국 기업들과의 협상은 중단하시고, 모듈 제작을 중국에서 할 수도 있다는 뉘앙스를 풍기세요."

"알겠습니다. 한국과의 협상을 끊고 중국과 모듈 제작에 대해 협의를 진행하겠습니다."

그동안 한국에 관대했던 경환의 변화에 회의에 참석한 사람들은 눈이 동그래졌다. 그러나 이젠 한국과도 마냥 퍼 주는 게 아닌 주고받는 관계로 변해야 한다는 점엔 이견이 없었다. 다만 경환의 생각을 이해하는 사람은 단 몇 명뿐이었다. 경환은 자신이 한국인이란 사실을 잊은 적이 없었다. 단지, 한국 정부와 기업들과 척을 졌을 뿐이지, 한국을 부정하거나 폄하하는 행동은 하지 않았다. 오히려 한국인이란 사실을 자랑스러워했고 이것은 자식인 정우와 희수에게도 그대로 전달되어, 정우와 희수는 영어보다 한국어와 한국 역사를 먼저 배웠을 정도였다. 이번 해외 방문이 끝난 후에 한국도 다른 길을 걷게 되길 경환은 간절히 바라는지도 몰랐다.

"SHJ가 성장하고 미래를 준비하는 시점에서 경영 체계도 바뀌어야 한다고 봅니다. 그래서 이번 해외 방문을 계기로 그룹경영의 변화를 실험할 계획입니다. 저는 이번 해외 방문 기간에 짧은 시간이긴 하지만, SHJ시큐리티를 제외한 모든 그룹경영에서 한발 물러나 있을 생각입니다."

회의장엔 웅성거림이 늘어나기 시작했다. 경환의 말이 끝나자, 김혜원을 비롯한 비서실 직원들은 그룹경영 혁신 보고서를 빠르게 돌렸고 회의실 정면에 위치한 대형 스크린으로 그룹개편 안이 나타났다. 계열사 사장들의 놀란 눈치와는 다르게 황태수와 린다는 착잡한 심정으로 입을 굳게 다물고 있었다.

"SHJ그룹은 SHJ자금부문과 SHJ플랜트부문, SHJ무선통신부문, SHJ-IT부문, SHJ미래사업부문 이렇게 다섯으로 분리하고 각 부문은 회장 체제로 움직이게 될 것입니다. 그룹의 총경영은 황태수 부회장이 맡게 될 것이고, 자금부문은 SHJ홀딩스의 린다 쿡 사장이 회장으로 승진해 운영됩니다. 이어서 플랜트부문은 SHJ엔지니어링의 타케우치 코이치 사장이 회장으로 승진하고, 무선통신부문은 SHJ퀄컴의 어윈 제이콥스, IT부문은 SHJ-구글의 래리 페이지, 미래사업부문은 SHJ매니지먼트의 최석현이 회장으로 승진해 맡게 될 것입니다. 승진으로 공석이 되는 계열사 사장은 보고서를 참고하시고, 각 계열사가 다섯 부문으로 분리되는 만큼 혼선을 최소화하시기 바랍니다."

느닷없이 진행된 그룹개편에 회의 참석자들은 어리둥절할 뿐이었다. 경환의 해외 방문이 코앞으로 다가온 상태에서 조직개편도 아닌 그룹개편은 시간이 필요했다. 그러나 이미 린다를 통해 사전 정지 작업은 마무리한 상태였기에 경환은 자신이 휴스턴을 떠나기 전엔 무리가 없을 것으로 판단했다. 이번 그룹개편에 SHJ시큐리티와 기술연구소가 빠진 이유는 이두 곳은 그룹회장 직속으로 앞으로도 자신이 직접 챙길 생각이었기 때문이다. 수입원이 없고 막대한 투자금이 발생하는 만큼 어디에 끼어들더라도 미운 오리 새끼가 될 확률이 높을 것이라고 판단했다. 경환은 천천히 자신의 후대를 위한 준비를 시작하고 있었고, 이런 경환의 움직임을 이해하는 사람은 황태수와 린다 두 사람뿐이었다.

영국 버킹엄셔의 네오 르네상스 양식으로 지어진 대규모의 유럽식 저택은 보는 사람으로 하여금 주눅을 들게 할 정도로 화려하면서도 고풍스러웠다. 미국의 달러를 발행하는 FRB의 최대 주주이면서도 홍콩, 상하이 은행과 런던의 금융 중심지인 시티오브런던의 주주로 세계 금융을 움직이고 있다고 해도 과언이 아닌 로스차일드 가문의 적자, 제이콥이 오랜만에 저택을 찾아 휴식을 취하고 있었다.

"회장님, 록펠러 가문과의 합의도 있었는데, 이번 SHJ의 제임스 리의 해외 방문을 어떻게 처리하실 생각이십니까?"

"제임스라는 그 친구, 참 당돌해. 조용히 있을 줄 알았는데, 오히려 도발하라고 대놓고 나올 줄은 몰랐어."

제이콥은 재미있다는 듯이 슬쩍 웃음을 흘리고는 읽던 책을 손에서 놓았다. 금융으로 영향력을 행사하겠다는 생각이 투자를 원하지 않는 SHJ에 막힌 후부터 제이콥의 자존심에 상처를 입혔다. 빌더버그와 FRB를 통해 어르고 달래 봤지만, SHJ는 보란 듯이 정면으로 돌파하고 급기야 제이와 손을 잡고는 가문의 수족인 프레드와 딕 체니까지 제거해 버렸다. 그러나 SHJ가 개발하는 미래 기술이 탐나는 건 어쩔 수 없었다.

"이번에 양자컴퓨터와 우주호텔 개발까지 선을 보였습니다. 더 크기 전에 싹을 잘라야 하지 않겠습니까?"

"아니야. 그게 오히려 그 친구가 노리는 것일 수도 있어. 제이와 합의

212

를 본 마당에 SHJ는 시기를 두고 요리하는 게 정답이라고 봐. 괜히 제이와의 분란이 다시 생기게 된다면, 우리도 곤란하잖아."

FRB를 통해 미국에 영향력을 행사하려는 계획은 제이와의 힘겨루기로 차질을 보이고 있었다. 어렵게 반목을 봉합한 마당에 제이의 하수인 역할을 자처한 제임스에게 위해를 가한다면 얻는 것보단 잃는 게 많은 형세였다.

"마이클 헤이든이 공작을 계획하고 있습니다. 어떻게 할까요?"

"경거망동하지 말라고 주의를 시키게. SHJ의 기술이 탐은 나지만, 제이와 합의가 된 만큼 시간이 지나면 자연스럽게 손에 넣을 수 있을 거야. 제임스의 방문에 절대 일을 벌이면 안 되네."

"알겠습니다. 헨리와 마이클을 최대한 설득하겠습니다. 둘의 감정이 격한 상태라 쉽지 않을 수도 있습니다."

비서가 빠져나가자 제이콥은 내려놓았던 책을 다시 집어 들었지만, 쉽게 글이 눈에 들어오지 않았다. 절묘하게 치고 들어오는 경환이 바보인지 천재인지 아직은 구분을 할 수 없었다.

보잉에서 인도받은 경환의 개인 전용기는 종전의 전용기에 비해 그 크기나 화려함을 비교할 수 없었다. 침실과 욕조는 기본이었고, 개인 바까지 갖춰진 완벽한 전용기였다. 개인 서재에서 경환은 노트북을 열어 경제 뉴스를 읽었다.

SHJ그룹의 변화 시도라는 제목으로 경제란 기사의 대부분은 SHJ그룹에 초점이 맞춰져 있었다. 테스트나 성능에 대한 기술적 보고서와 논문이 발표되지 않은 아테나-1의 선구매가 이미 10대를 넘어섰다는 기사와,

우주호텔 사업에 막대한 투자 자금이 몰리고 있다는 후속 기사가 쏟아지고 있는 상황에서 SHJ그룹의 개편이 시작되었다는 워싱턴포스트지의 보도는 다시 한 번 여론을 SHJ로 끌어당기고 있었다. 자신의 해외 방문 성과를 극대화하기 위한 전략이란 것은 둘째로 치더라도, 이젠 규모에 맞는 경영 스타일로 변화해야 할 시기라는 생각이 들었다.

"회장님, 본사의 보고로는 케냐와 터키로 인터폴에서 추적하는 다수의 테러리스트가 잠입했다고 합니다. 현지 팀원들이 급히 추적하는 중입니다."

"케냐와 터키요? 좀 의외긴 하네요."

SHJ 전용기 1호는 백악관의 에어포스원에 맞먹는 첨단 설비를 갖추고 있었다. SHJ-구글의 위성과 연동, 반경 500킬로미터까지 검색이 가능한 레이더는 물론이고 지대공 미사일의 추적을 피하기 위한 전파교란 장치와 채프플레어까지 장착되어 있었다. 또한, SHJ퀄컴의 첨단 통신보안 기술로 디지털을 쪼개고 섞어 보내는 기술은 에어포스원에 장착된 해브퀵을 능가한다는 평가를 받았다. 펜타곤은 집요하게 그 기술 제공을 요청해왔고 유출이 되지 않도록 특별 관리를 한다는 통보를 받은 상태였다.

"테러리스트들이 아무런 제재 없이 국경을 넘었다는 건, 뒤를 봐주는 세력이 있다는 걸 뜻한다고 봅니다. 일정 변경을 심각하게 고려해 달라는 요청이 계속 들어오고 있습니다. 소나기는 피하고 보는 게 좋지 않겠습니까?"

알은 10명의 경찰로도 한 명의 도둑을 막지 못하는 상황을 염려하고 있었다. SHJ시큐리티에선 경환의 해외 방문에 앞서 대규모의 팀을 조직해 방문 국가에 파견했다. 경환의 동선에 맞춰 한 달 전부터 모든 위험 요소를 사전에 차단하고 있었지만, 모든 구멍을 막기란 사실상 불가능하다는 것이 알의 표정을 어둡게 만들었다.

"제이콥도 제이를 의식할 수밖에 없을 테니, 쉽게 위해를 가하지는 않을 거라고 봅니다. 일정은 예정대로 진행하기로 합시다."

"호주와 중국은 무사히 넘겼다고 하지만, 한국부터는 CIA의 입김이 작용하는 나라입니다."

"걱정해 줘서 고마워요. 하지만 알이 옆에 있는데 무슨 일 있겠습니까? 그리고 우리가 쉽게 파악할 수 있는 곳에 집중한다는 생각도 드네요. 오히려 아무런 움직임을 보이지 않는 곳이 위험할 수도 있다는 생각이 듭니다."

"흠, 저도 회장님의 의견에 동감합니다. 다시 살펴보겠습니다. 그리고 한국이 좀 시끄럽다고 하니 바로 서산으로 모실 수 있도록 준비하겠습니다."

간단히 보고를 마친 알이 빠져나가자 경환은 잠시 생각에 잠겼다. 호주와 중국 총리와의 면담은 한국을 들썩이게 하고 있었다. 아시아 본사를 호주로 통합하는 방안에 대해서 논의한 내용과 우주호텔 개발에 중국의 참여를 요청받았다는 소식이 한국에 알려졌다. 서산의 SHJ타운이 호주와 합쳐질 수도 있다는 우려가 퍼졌고, 경제계와 정치계는 적절한 대응책을 찾지 못해 우왕좌왕하고 있었다. 한국 정부는 급히 경제 수석을 서산에 파견해 SHJ와의 협의에 들어갔지만, 경환의 지시를 받은 잭에게서 원하던 결과를 얻을 수는 없었다. 다급해진 정부는 경환의 입국에 맞춰 면담을 요청했지만, SHJ는 빡빡한 일정에 준비되지 않은 일정은 소화할 수 없다는 이유를 들어 고사했다. 경환의 전용기가 인천공항에 모습을 드러내며, 신한국정치연합(신정연)도 바빠지기 시작했다.

　"회장님이 막 도착했다는 연락을 받았습니다. 그동안 SHJ와 대립하는 모습을 보여 준 만큼, 강한 모습을 유지해야 합니다."

　"알겠습니다, 박 대표님. 원내 진입에 성공했으니, 이젠 총선과 대선 준비 체제로 변화를 줄 시기란 건, 저도 잘 알고 있습니다."

　박화수는 서산 지역의 보궐선거에 무소속으로 나와 여당과 야당 후보를 제치고 국회 입성에 성공했다. 그 이면에 있었던 SHJ 아시아 본사의 보이지 않는 지원이 큰 역할을 했다는 사실은 드러나지 않았다. 박화수의 당선에 맞춰, 포럼에서 지원해 당선된 무소속 의원들과 여당, 야당의 의원들을 규합해 신정연을 발족했다. 25석이라는 적지 않는 의원들을 모은 신정연은 박화수를 당 대표로 원내 교섭단체를 구성해 제2 야당으로 당당히 국회에 입성했다. 국민들의 관심이 신정연과 심석우 개인에게 쏠리자, 여당과 야당은 다가오는 총선과 대선전략에 골머리를 썩였다.

　"박 대표님께 큰 짐을 지워드려 죄송합니다."

　"그런 말씀 마십시오. 모든 건 회장님이 준비하신 겁니다. 심 의원님이 우리 당의 대선 후보로 나서 승리할 때까진 방심하면 안 됩니다. 정치 9단들의 권모술수는 정치 초년생인 우리가 감당하기 어려운 것일 수도 있습니다."

　"무슨 말씀인지 잘 알고 있습니다. 형님과 10년을 넘게 준비한 일입니다. 실수가 있다면 평생 형님 얼굴을 무슨 수로 보겠습니까? 대표님께서도 많이 도와주십시오."

　박화수는 전부를 말하진 않았다. 경환의 최종 목표가 심석우가 아닌 자신에게 있다는 사실은 차마 꺼낼 수가 없었다. 지금은 심석우의 대권을 위해 모든 걸 쏟아부어야 할 때였기에, 박화수는 심석우의 심기를 흔들고 싶지 않았다.

"심 의원님의 발언으로 정국은 안개에 휩싸이게 될 겁니다. 우리의 정치색이 드러나고 있어 정부 여당, 야당의 견제와 회유는 본격적으로 진행될 것입니다. 그러나 국민들은 당파와 계파로 나뉘어 정쟁만 일삼는 국회의 모습에 등을 돌린 지 오래입니다. 신정연이나 심 의원님은 철저히 정책으로 경쟁하는 모습을 보여 줘야 합니다."

"저도 박 대표님의 말씀엔 동의하지만, 신정연의 뿌리가 약하다는 점이 큰 단점입니다. 교섭단체를 구성하기 위한 고육지책이라고는 해도, 신정연에도 구습을 답습하는 의원이 많이 있습니다."

40대 기수론을 내세워 신정연은 정책으로 경쟁한다는 목표를 가지고 의원 개개인의 정책연구에 많은 지원을 집행하고 있었다. 그 밑바탕엔 박화수의 지분 매각으로 들어온 2조 원이 넘는 돈이 큰 역할을 하고 있었다. 신정연은 박화수의 자금에 대해 색안경을 끼고 덤비는 여야 의원들과 보수언론들을 돌파하기 위해 박화수의 자금 명세를 공개하는 강수를 사용했다. 심석우를 통해 발표한 내용은 1조 3,000억 원을 서해 2함대의 전투력 향상을 위해, 5,000톤급 중형 이지스함 2척을 건조해 기부하겠다는 내용이었다. 또한, 신정연의 운영 자금으로 투입할 7,000억 원의 사용 명세도 철저한 회계절차를 거쳐 분기별로 국민에게 공개하겠다는 발표로 의혹의 시선을 돌렸고, 국민들은 심석우가 자주국방을 실천하려는 모습에 박수를 보내고 있었다. 그러나 신정연 내부는 아직 어수선하기만 했다.

"내년 4월에 실시하는 총선이 우리의 첫 관문이 될 것입니다. 신정연의 색깔이 철저한 정책연구에 있는 만큼, 의원들의 옥석은 가려질 것으로 보입니다. 그리고 우리의 목표치인 80석을 총선에서 얻게 된다면, 심 의원님의 대선 행보에 큰 힘이 실리게 될 겁니다."

"좋은 정책을 연구해 만든다 해도 여당과 야당의 협조를 얻지 못해 사장되고 있지 않습니까? 전 그 점이 안타깝습니다."

"그래도 꾸준해야 합니다. 신정연이 연구하는 정책은 비록 여야의 견제 속에 사장되고 있기는 하지만, 언론을 통해 국민들에게 계속 알려졌습니다. 여야를 상대하는 게 아니라 우린 국민들에게 신정연의 노력하는 모습을 보여 주는 것이 진정한 목적입니다."

"박 대표님이 신정연의 중심을 잡아 주고 계시기에 마음을 놓을 수 있습니다. 대한민국 창건 이래, 당의 운영 자금과 후원 자금의 투명성을 확보했다는 점에서 국민들의 호감도가 상승하고 있으니 총선과 대선전략도 말뿐이 아닌 국민들이 수긍하는 실현 가능한 정책들로 만들어야 할 겁니다."

박화수의 얼굴에 미소가 지어졌다. 심석우를 대선 후보로 만드는 과정은 결코 쉬운 일이 아니었다. 심석우의 개인적 야망과 구습을 답습하려는 모습을 바꾸기 위해 10년이 넘는 시간을 투자해야만 했다. 때로는 절망하고 때로는 손을 놓고 싶었지만, 박화수는 한국을 변화시키려는 경환의 기대감을 저버릴 수는 없었다. 서서히 대선주자로서의 모습을 보이는 심석우를 보는 박화수는 그동안의 노력이 성과를 보이는 것에 잔잔한 감동을 느꼈다.

"의원님의 의견이 십분 반영된 정책들을 연구하고 있습니다. 말뿐인

공약들이 아닌 국민들이 피부로 체감할 수 있는 정책들이 만들어지고 있습니다. 신정연 산하의 경제연구소가 주관하고 있지만, 실질적인 연구는 SHJ홀딩스에서 이뤄지고 있습니다."

"그 얘기는 듣고 있습니다. 총선을 대비해 지역에 맞는 정책들이 곧 나온다더군요. 이젠 SHJ와의 반목을 접을 때군요."

신정연이 포럼으로 정치에 모습을 드러낸 때부터, 물밑에서 이뤄지는 SHJ의 지원이 없었다면 오늘의 신정연은 사실상 없다고 해도 과언이 아니었다. 외면적으로 보이는 모습은 아직 SHJ와의 갈등을 해결하지 못한 모습이었다. SHJ 아시아 본사의 호주 이전 문제와 우주 개발 사업의 참여를 통해, SHJ와의 갈등을 푸는 모습을 보여 줘야 할 시기란 심석우의 말에 박화수는 고개를 끄덕여 화답했다.

"그렇습니다. 회장님이 만들어 놓은 마지막 작품입니다. 신정연의 최대 약점이 부족한 인적 인프라인 만큼, 이번 서산 방문을 통해 막힌 경제 문제를 해결할 수 있다는 모습을 국민들에게 반드시 보여 줘야 합니다. 시간이 되었으니, 출발하시죠."

대선 레이스가 1년 앞으로 다가온 중요한 시기였다. 정치는 생물이란 말처럼, 어떻게 키우느냐에 따라 명암이 갈릴 수밖에 없었다. 정부의 면담 요청까지 거절한 경환에 의해 SHJ가 한국을 떠날 수도 있다는 불안감이 작용하면서 주가는 큰 폭으로 떨어지고 있었다. 경환이 만들어 놓은 판을 어떻게 키울지는 온전히 심석우의 몫이었다.

인천공항에 도착한 경환은 약속도 잡지 않고 무작정 공항으로 나온 청와대 경제 수석을 보고 눈살을 찌푸렸다. 경제 수석의 간곡한 요청에 공항 VIP 접견실에서 짧은 면담을 진행했지만 경환은 SHJ그룹의 미래를 대비한 변화 시도는 철저히 SHJ그룹의 이익에 근거를 두고 있기에 한국 정부와는 관련이 없다는 점을 강조하며 경제 수석의 입을 막아 버렸다. 경환이 한국계이기 때문에 SHJ가 한국을 떠날 일은 없을 것이라 안심했던 한국 정부는 부랴부랴 후속 대책을 제시하며 설득하려 했지만, 경환은 더는 할 말이 없다며 VIP 통로를 이용해 서산으로 떠나 버렸다.

"기술연구소가 이 정도로 성과를 보이는 건, 황 소장님의 노력이 아니었다면 불가능했을 겁니다. 수고 많으셨습니다."

서산을 찾은 경환은 부모님께 간단히 인사를 드린 후, 서둘러 SHJ 아시아 본사를 찾았다. 황정욱을 위로하기 위한 자리에는 잭과 코이치도 자리를 같이하고 있었다. 경환이 진심에서 우러나온 고마움을 표현하자 황정욱은 고개를 숙였다.

"회장님의 전폭적인 지원이 있었기에 가능할 수 있었습니다. 우리는 핵융합 장치에서 H모드를 세계 최초로 달성했고, 재작년 ELM(핵융합플라스마 경계면 불안정 현상)의 제어가 성공하면서 ITER과의 차이를 벌렸습니다. 또한, 플라스마 불순물 제거 기술이 이미 확보되었고, H모드 플라스마를 50초 동안 안정적으로 유지하는 데 성공했습니다. 2020년이 가기 전에는 상용화가 가능할 것으로 판단됩니다. 단지, 제가 그 끝을 보지 못한다는 게 안타까울 뿐입니다."

"호주 정부는 핵융합실험로 건설에 큰 기대감을 보이고 있습니다. 아울러 한국은 물론이고 미국 정부와 이번 기술 참여를 시작한 중국 정부도 자금을 무한대로 투자하겠다는 의사를 보이고 있습니다. 인공지능, 우주 개발과 더불어 핵융합 기술은 SHJ의 미래를 이끌어 가는 동력원이 될

것입니다. 소장님의 노력과 공로는 SHJ의 이름이 남아 있는 한, 사라지지
않을 것입니다."

이미 70대에 들어선 황정욱의 마음을 경환이 모를 리 없었다. 경환 자
신도 대체에너지 사업의 끝을 자기 손으로 이루지 못할 수도 있다는 점
이 아쉬웠지만, 모든 것을 자신이 이룰 필요는 없었다. 이미 미국과 중국
의 이탈이 본격적으로 시작된 ITER 프로젝트는 일본과 영국, 러시아가
그 맥을 유지하고 있었지만, 분란이 끊임없이 일어났고 와해까지 걱정할
판이었다. 핵융합에너지 연구가 ITER에서 SHJ에너지로 쏠리면서 경환은
자신의 역할은 이 정도로 충분하다는 생각을 하고 있었다.

"심석우의 대선 행보가 시작되면, 그동안 숨겨 왔던 무기 개발에 박차
를 가할 생각입니다. 그때까지만 더 고생해 주십시오, 소장님."

"허허, 늙은이를 아주 부려먹을 작성이시군요. 좋습니다. 관에 들어가
기 전까지는 힘을 내 보겠습니다."

"회장님, 심석우 의원과 박화수 의원이 도착했습니다."

심석우보다는 그동안 만나지 못했던 정아와 조카들이 더 궁금했던 경
환은 서둘러 자리를 정리했다. 마음에 빚으로 남아 있는 박화수와도 감정
을 정리해야만 했다.

"시간이 벌써 이렇게 되었군요. 식사는 내일 하는 걸로 합시다. 그리
고 코이치는 언제 떠날 건가?"

"인수인계를 마치고 사흘 후, 떠날 예정입니다. 너무 큰 짐을 제게 주
셔서 부담이 많습니다."

"난 코이치 자네가 잘할 거라 믿어. 비록 내가 자네를 회장으로 추천
하긴 했지만, 반대한 사람은 한 명도 없었다는 걸 명심하도록 해."

코이치의 어깨를 두들긴 경환이 자리에서 일어나 저택으로 향했다. 오랜만에 한국을 찾은 경환과 백년손님인 심석우를 맞기 위해 경환의 어머니는 종일 부산하게 손수 음식을 장만했다. 이미 심석우와 정아가 도착했는지 저택에선 웃음소리가 끊이질 않았고, 얼굴에 미소를 띤 경환은 서둘러 저택에 들어섰다.

"형님 오랜만입니다."

저택을 들어선 경환 앞으로 심석우가 너스레를 떨었고, 심석우 옆에서 무거운 얼굴을 한 박화수가 가볍게 고개를 숙였다. 두 사람과의 대화가 필요했던 경환은 저택에 마련된 접견실로 그들을 안내했다.

"두 사람 모두 고생 많았습니다. 특히 박 의원님은 제게 감정이 많으셨죠?"

"아닙니다."

단답형으로 말을 자르는 박화수의 얼굴은 풀리지 않았다. 머리로는 경환의 뜻을 충분히 이해하고도 남았지만, 아직 가슴속에 남은 멍울이 완전히 사라지지는 않은 듯 보였다. 여전히 굳어 있는 박화수의 표정에 경환은 어색한 미소를 지어 보일 수밖에 없었다.

"형님, 이번 서산 방문을 언론을 포함한 경제계와 정치계가 주목하고 있습니다. SHJ타운 입구에 기자들이 진을 치고 있기도 하고요."

"그렇겠지. 거의 10년 동안 심 의원 자네와 SHJ와의 관계는 한마디로 최악이었으니까."

청와대의 긴급회담 요청과 여야 중진 정치인들의 방문 요청을 모두 거절한 경환이 매제인 심석우와의 단절된 관계를 회복하려고 한다는 소식은 비상한 관심을 끌고 있었다. 이 소식을 전해 들은 청와대와 기존 정치인들은 불쾌감을 느꼈지만, 미국을 포함해 각국 정부와 긴밀한 관계를 유지하는 SHJ의 영향력에 눌려 속만 태우고 있다.

"회장님, 살얼음판은 앞으로도 계속될 겁니다. 한 발만 잘못 내딛는다면, 신정연은 쉽게 와해될 것입니다. 정치권에선 오늘의 만남을 정경유착으로 호도해, 여론몰이를 시도하려 한다는 정보를 입수했습니다."

"저도 보고를 받았습니다. 그래서 SHJ의 모든 사업을 포함, SHJ 아시아 본사의 호주 이전을 한국 정부가 피부로 느끼게끔 진행한 것입니다. 만약 한국에 희망이 없다고 판단되면, 전 미련 없이 이 계획을 실행할 생각입니다."

경환의 단호한 말에 박화수와 심석우는 긴장했다. 단순히 신정연의 정치능력을 높이기 위한 경환의 퍼포먼스가 아니었다는 사실에 큰 충격을 받았다. SHJ 아시아 본사는 오성그룹과 함께 한국 경제를 지탱하는 큰 축으로 성장한 만큼, SHJ가 한국에서의 모든 사업을 접고 이전을 결정한다면 외환위기 이상의 경제적 한파에 한국이 휘청거릴 수도 있었기 때문이었다.

"형님. 아무리 그래도 SHJ가 한국을 포기한다는 건, 절대 있을 수 없는 일입니다. 한국은 엄연히 형님의 조국 아닙니까?"

심석우가 엉덩이까지 들썩이며 경환을 만류했지만, 경환의 표정엔 어떠한 변화도 느낄 수 없었다. 심석우는 싸늘한 경환의 눈빛에 오금이 저렸다.

"그러니까 네가 잘하란 말이야. 난 한국보단 SHJ와 내 가족들이 더 중요한 사람이야. 어쭙잖게 조국이니 포기하면 안 된다는 신파극에 더는 흘려 줄 눈물이 남아 있지 않아. 분명히 말하겠지만, 내년 총선과 대선에서도 희망을 찾을 수 없다면, 미련 없이 손을 털 거야. 그러니 개인적인 야망을 이룬다는 생각보단, 국가와 국민을 위해 무엇을 준비해야 할지에 대해 고민을 해 봐."

"형님은 제가 아직도 예전의 심석우라고 생각하시나 봅니다. 저도 머리가 있는 놈입니다. 여기 박 대표님이나 SHJ시큐리티를 통해 저를 관리하고 있다는 것쯤은 예전부터 알고 있었습니다. 처음엔 화도 나고 억울하기도 했지만, 형님의 뜻을 이해하기로 했습니다. 그리고 제가 다 이룰 생각도 없습니다. 단지 박 대표님에게 넘겨줄 토대를 잘 만들어 볼 생각입니다."

"심 의원님."

박화수가 놀란 눈으로 심석우를 바라봤다. 일류대를 졸업하고 정치물을 먹어서인지, 심석우의 머리는 아둔하지 않았다. 어느 순간부터인지 심석우는 자신의 정치적 야망보다는 진정으로 나라와 국민을 생각하는 모습으로 변해 있었다. SHJ시큐리티를 통해 심석우의 변화된 모습을 보고받고 있었던 경환은 심석우의 진심을 확인하고는 얼굴에 미소를 지었다.

"자네에게 미안하다는 말은 하지 않을 생각이야. 하나밖에 없는 여동생을 줄 때에는 나도 큰 용기를 냈다는 것은 누구보다 자네가 더 잘 알 거야. 내 기대가 헛되지 않게 자네가 잘하리라 믿어."

"회장님, 제가 정치판에 남기로 하면서 저에게 약속해 주셨던 것을 받아야겠습니다."

"드려야지요. 박 의원님껜 항상 죄송한 마음을 가지고 있습니다. 말씀

224

하십시오."

오늘 이 자리는 심석우보단 박화수를 위한 자리이기도 했다. 싫다는 사람을 억지로 정치판에 밀어 넣고, SHJ의 지분까지 강압적으로 매각하게 한 것은 개인적으로도 매우 미안한 일이었다. 박화수가 정치판에 남는 조건으로 제시한 약속이 무엇이든 간에 경환은 거절하지 않을 생각이었다.

"보잉과 추진하고 있는 전투기 사업이 곧 테스트를 시작한다는 소식을 들었습니다. 내년에 시작하는 3차 FX 사업은 보잉과 록히드마틴의 싸움이 되겠지만, KFX(한국형 전투기) 사업은 이번 정권이 KDI(개발연구원)를 통해 '타당성 없음'으로 결론 내려, 좌초위기에 놓였습니다. SHJ가 보잉과의 합작으로 전투기 개발에 대한 기술을 확보했으니, ADD(국방과학연구소)를 통해 지지부진한 KFX 사업을 이끌어 주십시오. 그리고 막혀 있는 미사일 사거리 제한을 풀어 주십시오. 이것이 제 조건입니다."

"허, 이거 참. 어려운 조건으로 제 발을 꼼짝달싹 못하게 만드시는군요. 좋습니다. 박 의원님에게 약속한 것이니 거절하지는 않겠습니다. 단, 내년 총선과 대선에 승리해야만, 제 약속은 지켜지게 될 겁니다. 불만 없으시지요?"

개발비 6조 원, 양산비 11조 원, 총 사업비 17조 원으로 책정, 2002년 확정된 KFX 사업은 2017년부터 2021년까지 수백 대 규모의 미디엄급 국산 전투기를 개발한다는 목표를 가지고 시작되었지만, 정권이 바뀌면서 국제정세와 정치 논리에 휘말리며 방향을 잃고 표류하고 있었다. 경환이 보잉과의 합작으로 전투기 사업에 뛰어든 이유는 단순히 한국을 염두에 둔 것이 아닌 우주 개발과 엮어 미래형 비행체 개발을 위한 것이었다. 박화수는 그런 경환의 생각을 꿰뚫고 있었다. 박화수는 단순히 SHJ를 한국에 묶어 두려는 것이 아닌, SHJ와 한국이 떨어지지 못하는 관계로 만들고 싶었다.

"얘기를 마쳤으니 나가서 식사라도 합시다. 아까 커피를 가져다주는 정아의 눈초리가 아주 예사롭지 않더군요. 아주 작정을 하고 덤빌 기세라서, 빨리 나가 그동안 못했던 오빠 노릇, 외삼촌 노릇 좀 해야겠습니다."

"하하하, 하긴 집사람이 벼르긴 했습니다. 형님 조심하셔야 할 겁니다. 저도 이 세상에서 제일 무서운 게 집사람이거든요. 벌은 형님 혼자 받으시고, 저와 박 대표님은 바로 서울로 올라가겠습니다."

"급한 일도 없는데, 왜? 오랜만에 술이라도 한잔하면서 회포 좀 풀려고 했더니만."

"이 방문에 모든 시선이 집중되어 있으니, 너무 오래 머물면 의혹이 깊어집니다. 대선에 승리해 청와대로 모시겠습니다."

경환은 심석우의 의견을 더는 반대하지 않았다. 서둘러 떠나는 두 사람을 배웅한 경환은 정치놀이의 희생양이라고 생각하는 정아의 따가운 시선을 등 뒤로 느끼며 정아를 피해 급히 조카들을 안아 들었다.

사방에서 터지는 카메라 플래시를 받으며 서산을 방문하고 돌아온 심석우가 신정연 당사 기자실에 모습을 드러냈다.

"심 의원님, 그동안 SHJ와의 반목이 정치적 쇼라는 여야 의원들의 의견이 있습니다. 이에 대해 어떻게 생각하십니까?"

"이경환 회장과는 군대 동기이면서도 혈연 관계로 맺어져 있다 보니, 그런 의견이 있는 줄 압니다. 저는 밤마다 눈물짓는 아내의 모습을 보며 마음이 아팠습니다. 아내의 마음의 병을 회복시키기 위해 서산을 방문했지만, 이경환 회장과의 만남은 철저히 나라와 국민을 위한 정치인의 입장에서 의견을 교환했을 뿐입니다."

심석우의 옆을 지키는 박화수는 기자들의 성향을 면밀히 분석하고 있었다. 국민들의 시선이 심석우와 신정연에 쏠리는 것 이상으로 언론은 신정연에게 호의적이지 않았다. 보수는 보수대로 진보는 진보대로 신정연을 눈엣가시처럼 여기며, 각자의 입맛대로 여론을 몰아가려 했지만, SHJ와 오성그룹이 튼튼히 뒤를 받치고 있어 점차 신정연에 대한 우호적인 기사도 늘어 가고 있었다.

"SHJ가 호주로 이전한다는 소문이 무성합니다. 이 문제와 관련해 어떤 의견을 교환하셨습니까?"

"그런 계획을 검토하고 있다는 것을 이경환 회장은 부인하지 않았습니다. 모든 결정은 SHJ의 미래를 위한 준비 작업이기에 신중하게 검토하겠다는 답변을 받았을 뿐입니다."

기자실이 웅성거리기 시작했다. 소문으로만 들리던 SHJ 아시아 본사의 이전이 경환을 통해 사실로 드러난 만큼, 한국 경제에 미치는 파급 효과를 계산하며 빠르게 기사를 작성하고 있었다. 기자들의 반응을 살핀 심석우가 말을 이었다.

"저는 대승적인 차원에서 SHJ의 이전을 재고할 것을 건의했고, 2013년까지 이전 문제를 추진하지 않겠다는 답변을 받아 냈습니다. 또한, SHJ가 추진하는 몇 가지 사업에 한국의 참여를 강력하게 요청했습니다."

분위기를 잘 이끌어 내야만 했다. 어설프게 자랑만 늘어났다간 오히려 언론과 정치권의 역풍을 맞을 수도 있었다. 말을 끝낸 심석우는 뜸이

들기를 기다렸다.

"어떤 사업을 말씀하시는 건지, 구체적으로 말씀해 주시기 바랍니다."

"총 세 가지 사업입니다. 하나는 SHJ유니버스의 우주호텔 프로젝트에 들어갈 모듈 제작에 한국 기업의 참여를 긍정적으로 검토한다는 합의를 이끌어 냈습니다. 다른 하나는 SHJ에너지와 합작하여 북해산 원유와 천연가스를 안정적으로 한국에 공급하는 것을 협의하겠다는 답변을 받았습니다. 마지막으로는 SHJ는 보잉과의 제휴로 전투기 제작에 대한 기술을 확보하고 있습니다. 저는 지지부진한 KFX 사업에 SHJ의 적극적인 참여를 요청했고, 이경환 회장의 긍정적인 답변을 얻어 냈습니다."

"긍정적인 검토나 협의를 하겠다는 것이지 뭐 하나 확실하게 결정된 건 없지 않나요?"

기자의 질문에 주위는 모두 고개를 끄덕였다. 거창하고 장황한 심석우의 설명에는 뭔가 확실히 끊고 맺는 게 없었다. 모두 한국에 반드시 필요한 굵직한 사업이었지만, 결론은 나 있지 않은 상태였다. 심석우는 예상했던 질문이란 듯이 굳게 닫은 입을 다시 열었다.

"SHJ가 제 뒤를 봐준다는 유언비어에 시달려 온 사람입니다. SHJ는 철저히 이익을 취하는 민간 기업입니다. 저는 이번 서해 2함대에 기증한 이지스함 2척에 대한 시행을 SHJ에 주고 이런 합의를 얻을 수 있었던 겁니다. 저는 정치가이지 사업가는 아닙니다. 또한, 정부나 기업이 추진하는 사업에 영향력을 줄 만한 여건도 되질 못합니다. 이후의 일은 응당히 정부나 기업이 나설 수밖에 없다고 생각합니다. 단지, 저는 뒤에서 이 사업이 성공하게끔 지원을 아끼지 않을 생각입니다. 나라와 국민을 위한 일에, 여당이든 야당이든 그게 뭐가 중요합니까?"

준비된 발언이긴 했지만, 심석우는 강한 어조로 국민들을 설득해 가고 있었다. 여러 가지를 내포하는 심석우의 발언이 기자들로 하여금 본격적인 대선주자로 자신을 부각하기 시작했다는 인상을 주기에 충분했다. 정부도 해결하지 못한 SHJ와의 문제를 신정연과 심석우가 물꼬를 텄다는 것으로 정부와 관련 부서의 무능함을 여실히 드러나게 했다. 그것과 함께, 공을 다시 정부와 여당에 던짐으로써 총선에 사용할 이슈를 남겨 놓았다.

"심 의원이 이젠 정치인다운 모습을 보여 주네요."

"박화수 의원의 힘이 컸다고 봅니다."

식사하는 동안 경환은 정아에게 시달리며 제대로 밥을 입에 넣지도 못했다. 초록은 동색이고 가재는 게 편이라고, 정아는 심석우를 사탕발림해 정치에 입문을 시켰으면 끝까지 책임을 지라는 말로 경환을 압박했다. 종일 정아에게 시달린 경환은 머리도 식힐 겸, 잭의 사무실을 찾아 심석우의 기자회견을 같이 시청하고 있었다.

"오성그룹과 대현중공업과는 내일 모임을 하기로 하셨다죠?"

"네, 회장님. 신정연의 창당에 오성과 대현, 대후의 지원이 있었던 만큼, 우리도 보상해 줘야 할 것 같았습니다. 오성과는 양자컴퓨터와 인공지능 사업 참여를 협의하고 대현중공업과는 이지스함 건조, 대후그룹과는 우주호텔 모듈 제작과 대체에너지 참여를 협의할 예정입니다."

"우리도 이젠 협력을 통해 사업을 안정시켜야 할 때라고 봅니다. 그런 점에서 오성과 대현, 대후를 파트너로 삼은 건 좋은 판단이라고 봅니다. 본격적으로 신정연에 힘을 실어 주도록 하세요. 모든 사업은 총선의 결과에 따라 달라진다는 점을 확실하게 못 박으셔야 합니다."

"박화수 의원에겐 정보 동향 보고서를 꾸준히 보내고 있습니다. 총선과 대선 결과에 따라 사업의 방향이 달라진다는 것을 명확하게 설명하겠습니다."

잭이 건네는 소주를 마시던 경환은 울려대는 전화기의 액정에 뜬 이름을 보고 미간을 좁혔다. 액정에 뜬 정아의 이름을 확인한 경환은 고개를 절레절레 흔들고는 배터리를 분리해 버렸다.

SHJ가 오성그룹과 대후그룹, 대현중공업과 사업 전반에 대한 협의를 진행했다는 소식과 SHJ가 정부와 SHJ 아시아 본사 이전에 대한 의견을 교환해, 2년 동안 검토를 하지 않기로 했다는 소식은 심석우의 기자회견과 맞물려 신정연의 정치적 입지를 높이는 결과로 나타났다. 총선의 핵으로 등장한 신정연의 공천을 받기 위해 많은 정치 지망생들이 몰리는 건, 어쩌면 당연한 결과일 수도 있었다. 그러나 신정연은 외부 전문가 그룹이 참여하는 인사 위원회를 통해 공천이 아닌, 지역 추천제로 인물을 선별한다는 방침을 정했다. 그 이면엔 SHJ시큐리티를 통한 철저한 검증이 뒤따른다는 사실을 아는 사람은 극소수에 불과했다.

SHJ 아시아 본사는 신정연의 위탁을 받은 중형 이지스함 건조를 위해 록히드마틴과 대현중공업에 손을 내밀었다. 보잉과의 합작으로 F-35의 판로에 심각한 영향이 예상된다는 분석에 절치부심하던 록히드마틴은 한국을 생산 거점으로 중형급 이지스함의 건조와 수출까지 고려하는 장기 프로젝트로 성장시킨다는 구상으로 SHJ의 손을 잡았다. 존 매케인과의 합의와 제이의 암묵적인 동의에 SHJ는 본격적으로 방산 분야까지 사업

영역을 넓혀 가기 시작했다.

알의 우려에도 경환은 케냐와 터키의 일정을 무사히 소화했다. SHJ시큐리티의 철통 경호 속에 알의 우려는 기우로 끝이 나는 듯했고, 경환은 하루나와의 재회와 함께 독일 총리와의 회담을 끝으로 노르웨이로 향하는 전용기에 몸을 실었다.

"역시 내 눈은 틀리지 않았네요. 짧은 시간 속에서도 독일 SHJ 유럽 본사를 성장시킨 건, 하루나가 아니었다면 불가능했을 겁니다."

"회장님은 여전하시네요. 건강에 항상 유의하십시오."

사무적이고 냉랭한 하루나의 표정에 경환은 씁쓸한 웃음을 보일 수밖에 없었다. 전생의 기억을 가지고 있지 않았다면 하루나를 결코 놓치는 일은 없었을 정도로 경환에게 그녀는 각별했다. 40세를 넘긴 하루나는 수정과는 다른 매력으로 경환을 자극하고 있었지만, 이미 두 사람 사이에는 보이지 않는 장벽이 너무 두껍게 자리 잡고 있었다.

"내가 언제 빈말한 적이 있나요? 그나저나 노르웨이 일정이 너무 빡빡해서 좀 피곤할 것 같은데, 일정을 변경할 수는 없겠지요?"

"노르웨이 정부와 왕실의 특별 요청이 있어 변경하긴 어렵습니다. 오슬로대에서의 강연과 STATOIL과의 면담 시간을 좀 줄일 수는 있을 것 같긴 합니다."

"농담입니다. 유럽 본사에서 어렵게 만든 일정이니 따라야겠지요. 하루나가 없는 빈자리가 오늘처럼 크게 느껴지긴 처음이네요."

경환은 아차 싶었지만, 한 번 뱉은 말을 주워 담을 수는 없었다. 은연중에 경환이 한 질문은 감정을 최대한 억제하고 있던 하루나의 마음에 돌을 던진 꼴이었다. 타의에 의해 휴스턴을 떠나 독일에 자리를 잡은 하루나는 마치 모든 걸 잃은 허탈함에 우울증 증세까지 겹쳐 한동안 심적 방황을 해야만 했었다. 유럽의 모든 시선이 30대 후반에 SHJ 유럽 본사 사장으로 임명된 하루나에게 집중된 터라, 그 흔한 정신과 상담도 받을 수 없는 처지였던 그녀는 온전히 혼자서 그 고통을 감내해야만 했다. 화려한 미모를 자랑하는 하루나의 등장에 유럽 사교계는 열광했지만, 하루나는 남은 모든 힘을 일에 쏟아부었다. 독일과 노르웨이의 SHJ타운을 일주일에도 몇 번씩 왕복하면서 일에 매진했고, SHJ매니지먼트가 관리하는 전용기 중 하루나의 개인 전용기가 가장 힘들다는 소문이 날 정도였다.

잊으려는 노력이 간절할수록 그리움은 한없이 커진다는 말이 사실이 아니길 빌었지만, 경환의 한마디에 어렵게 쌓은 담벼락이 무너져 내리는 것 같았다. 그 울림은 하루나의 주체할 수 없는 외로움을 자극하기 시작했다. 그러나 그녀는 입술을 질끈 깨물며 참을 수밖에 없었다.

"피곤하실 테니 휴식을 취하시기 바랍니다. 저는 회장님 일정을 실무진과 협의하도록 하겠습니다."

"그래야겠네요. 하루나 말처럼, 오랜만의 강행군으로 좀 지치긴 합니다."

경환의 말이 끝나기도 전에, 하루나는 자리에서 일어나 서둘러 자리를 빠져나갔다. 하루나의 향수 냄새가 아직 진하게 남아 있는 자리를 경환은 물끄러미 바라만 보았다.

오슬로 가르데르모엔공항으로 경환의 전용기가 도착하자, 노르웨이 경찰들과 SHJ시큐리티 직원들은 철통같은 경호를 펼쳤다. 아직 영국 일정이 남았지만 대외 공식 일정은 노르웨이가 마지막이었고, SHJ시큐리티 휴스턴 본사와 호주에선 계속해서 유럽 전역에 대한 실시간 감시를 강화했다. 특히, 지난 7월 정부 청사와 노동당 청소년 캠프에서 발생했던 테러로 91명이 숨지는 사건을 주목하고 있었다.

"노르웨이에 오신 걸 환영합니다, 제임스 리 회장님."

"총리께서 직접 나와 주실 줄은 몰랐습니다. 환영해 주셔서 감사합니다."

에르나 솔레르그는 SHJ타운 유치와 SHJ에너지의 지분을 확보함으로 대체에너지 개발에 발 빠르게 대응했다는 평가 속에 노르웨이 국민들의 지지를 등에 업고 총선을 승리로 이끌 수 있었다. SHJ는 에르나에게 자신의 정치적 야망을 이뤄 준 존재였기에 관례를 무릅쓰고 직접 공항에 나와 경환을 맞이하고 있었다.

"국왕 전하와 노르웨이 국민들은 SHJ의 영원한 친구가 될 것입니다. 아무쪼록 이번 방문이 좋은 결과를 맺기를 진심으로 바랍니다."

"저도 노르웨이와의 협력을 많이 기대하고 있습니다. 우선 테러로 희생된 분들에 대해 애도를 하고 싶습니다."

폭탄 테러가 발생했던 정부 청사는 아직도 철저히 통제되고 있었고, 예정에 없었던 경환의 돌발 발언에 알의 얼굴이 급격히 굳어졌다. 경환과 대화를 나누는 에르나의 감격한 모습에서 경환을 설득하기 어렵다고 판단한 알은 급히 팀원들 일부를 정부 청사에 보내 사전 검색을 지시했다. 노르웨이 경찰과 SHJ시큐리티 경호 요원들의 안내로 차량이 출발을 시작했고, 자발적으로 인도를 메운 노르웨이 국민들의 환영 속에 경환의 리무진은 정부 청사로 향했다.

"알, 너무 표정이 무겁습니다. 예정된 일정을 벗어나긴 했지만, 노르웨이 정부와의 협력을 위해선 어쩔 수 없는 선택이니 이해해 주세요."

"회장님, 외람되지만, 회장님 혼자만의 몸이 아니십니다. 저에게라도 먼저 말씀해 주십시오."

"비행기 트랙을 내려오면서 떠오른 생각이었어요. 앞으론 알과 먼저 상의를 하겠습니다."

이번 경환의 해외 방문을 수행하면서 알은 하루에 2시간 이상 잠을 잔 적이 없을 정도로 경환의 경호에 전력을 기울이고 있었다. 특별한 돌출 상황은 전혀 없었지만, 알은 동물적인 감각을 곤두세우며 자신을 압박하고 있었다. 알의 굳은 얼굴을 바라보던 경환은 급히 일정을 수정하는 김혜원을 찾았다.

"김 실장, 하루나는 SHJ타운으로 출발했습니까?"

"야마시타 사장은 내일 SHJ타운에서 있을 STATOIL과의 회의를 준비하기 위해 먼저 떠났습니다."

경환은 하루나의 생각을 읽을 수 있었다. 하루나와 독일 일정을 함께 진행하면서 경환도 주체할 수 없는 감정을 발견하고 깜짝 놀랄 때가 한두 번이 아니었다. 마음을 추스르기 위해 SHJ타운으로 먼저 출발했다는 것을 경환도 모르지 않았다.

폭탄 테러가 발생했던 정부 청사는 외벽을 가렸다고는 하지만, 아직도 흉물스러운 모습이 그대로 남아 있어 당시의 처참했던 분위기는 충분히 짐작하고도 남았다. 경환은 꽃다발을 헌화하고 잠시 묵념을 통해 희생자를 추모했다. 통제된 인도에서 경환의 모습을 바라보던 노르웨이 국민들과 정부 관료들은 그때의 참상을 떠올리며 눈물을 훔쳤고, 경환을 향해

234

따뜻한 눈빛을 전달해 주었다.

"노르웨이를 대표해서 감사를 드립니다."

"아닙니다. 마음이 너무 아프군요. 희생자들의 추모비와 위로를 위해 200만 달러를 기부하겠습니다. 제가 할 수 있는 게 이것밖에 없어 죄송합니다."

에르나와의 회담은 일사천리로 진행되었다. 경환이 테러 현장을 찾은 데에는 희생자를 추모하려는 이유보단 노르웨이 국민들에게 따뜻한 인상을 심어 주어 노르웨이 정부와의 협상을 유리하게 이끌기 위한 전략이 숨어 있었다. 경환의 예상대로 에르나와의 협상은 물 흐르듯 흘렀고, 북해산 원유와 천연가스 및 셰일가스에 대한 장기적인 협력 체계를 구축하는 합의를 이뤄 낼 수 있었다.

"SHJ그룹의 제임스 리 회장님을 모시겠습니다."

노르웨이 정부와의 회의를 끝낸 경환은 서둘러 오슬로대로 향했다. 에르나가 주최하는 만찬 시간까지의 공백을 최소화하기 위해 빡빡하기는 했지만, 오슬로대에서의 강연을 중간 일정으로 잡아 놓은 상태였다. 오슬로대의 강단에는 경찰과 SHJ시큐리티의 삼엄한 검문검색에도 빈자리 하나 없이 꽉 차 있었다. 사회자의 안내에 따라 강단으로 걸어가는 경환의 모습이 나타나자 우레와 같은 박수 소리가 퍼져 울렸다.

"반갑습니다, 제임스 리라고 합니다. 이렇게 강단에 서게 되어 제 개인적으로도 큰 영광입니다. 솔직히 제가 가진 지식이 짧아 강연할 처지는 못 됩니다. 그래서 제 짧은 지식을 숨기기 위해서라도 강연이 아닌 여러분들과의 대화를 선택할 수밖에 없었습니다."

"하하하."

"자, 그럼 다들 동의하신 것으로 알겠습니다. 한 가지 부탁할 것은 제 사생활과 가족에 관련된 질문은 삼가 달라는 것입니다."

일방적인 지식을 강요할 생각이 없었던 경환은 학생들과의 솔직한 대화를 선택했다. 강단에서 벗어나 준비된 의자에 앉아 학생들의 질문을 기다렸다. 한 학생이 손을 들었고, 마이크가 빠르게 전달되었다.

"SHJ는 20년도 안 되는 짧은 시간에 괄목할 만한 성장을 이뤘습니다. 그 비결은 무엇이라고 생각하시나요?"

"제가 똑똑하고 미래를 내다볼 줄 아는 눈을 가지고 있다고 한다면 믿겠습니까?"

"아니요. 미래를 읽는 능력은 탁월하다고 생각하지만, 똑똑하다고는 보기 힘들겠는데요."

"하하하, 변명의 여지가 없군요. 기업을 성장시키고 미래를 이끌어 가기 위해선 저는 가장 중요한 것이 사람이라고 생각합니다. 아무리 기술이 발전하고 양자컴퓨터와 인공지능이 범람하는 시대라고는 하지만, 전 SHJ의 근본을 20만 명이 넘는 직원이라고 생각하며 같이 SHJ를 성장시켜 왔습니다. 현재의 기업 문화는 빠르게 변화하고 있습니다. 그러나 인사관리는 실적과 이윤 창출로 직원들을 경쟁으로 몰아세우고 있는 게 현실입니다. 경쟁과 이익을 위한 결과물이 중요하지 않다고 말하는 건 아니지만, 저는 SHJ만큼은 인간이 우선인 인간적인 기업으로 성장시킨다는 목표를 세웠었습니다. 그런 결과물이 SHJ타운이고, SHJ 직원의 이직률이 0.3% 미만이란 사실이 이를 증명한다고 봅니다. 제 경영 방식이 옳다고 여러분들에게 강요하는 건 아닙니다. 단지, 이런 경영 방식도 성공할 수 있다는 걸 말하고 싶을 뿐입니다."

경환의 긴 답변이 끝나자, 장내는 조용해졌다. 일부 학생들은 이해하지 못하겠다는 듯이 고개를 갸우뚱거렸지만, 질문한 여학생만은 경환의 답변에 만족한 표정을 짓고 있었다. 이후, SHJ의 미래 비전과 노르웨이와의 장기적 협력 관계에 대한 질문이 줄지어 이어졌고, 경환은 농담과 진지함을 섞어 가며 대화의 분위기를 주도해 나갔다. 학생이라고 하기에는 나이가 들어 보이는 사내가 손을 번쩍 들었다. 마이크가 건네지고 경환은 호기심 어린 시선으로 그를 바라보았다.

"SHJ-구글에서 자체 개발한 자가복제가 가능한 3D 프린트를 우주호텔 프로젝트에 투입한다는 말이 있습니다. 우주선에서 쓰일 수 있는 금속 부품을 개발했다는 소문이 사실인지 궁금합니다."

대화의 주제에서 벗어난 질문이었지만, 경환의 얼굴엔 미소가 번졌다. 오슬로대의 강연 요청을 쉽게 받아들인 이유도 SHJ테크놀로지와의 연결을 시도하기 위해서였다. 경환은 제 발로 찾아온 기회를 놓칠 생각이 없었다.

"제가 연구원은 아니다 보니 기술적인 답변은 드릴 수 없을 것 같군요. 그러나 SHJ-구글과 SHJ테크놀로지에서 3D 프린터를 개발했다는 건 부정하지 않겠습니다. 2006년부터 REPRAP(3D 프린터 개발을 위한 오픈 소스 프로젝트)에 주도적으로 참여했고, 스트라타시스를 인수해 3D 프린터의 기술과 라이선스를 확보했습니다. 또한, SHJ유니버스에서 추진하는 우주호텔 프로젝트에 3D 프린터를 탑재한다는 건 사실입니다. 마지막으로 SHJ는 카이러 교수님이 연구하시는 자가복제로봇에 관심이 많다는 걸 알아 주셨으면 고맙겠습니다."

남극의 해저, 방사능 지역 등 극한 상황 속에서 스스로 학습하고 변신하는 로봇을 개발하고 있는 카이러는 경환이 자신을 알고 있다는 사실에 흠칫 놀랄 수밖에 없었다. 3D 프린터와 연동해 스스로 자기 부품을 생산하는 시스템을 개발하는 작업은 쉬운 일이 아니었다. 이런 와중에 SHJ에서 획기적인 3D 프린터 기술을 확보했다는 소식은 카이러의 심장을 뛰게 했다. SHJ의 기술과 자본이 합쳐진다면 자신의 연구도 빛을 보게 될 것이란 생각에, 카이러는 경환의 답변을 한 귀로 흘릴 수 없었다.

"긴 시간 자리해 주셔서 감사합니다. 다른 일정이 있어, 이만 대화를 마쳐야 할 시간입니다. 궁금하신 점이 있으시다면 뒤로 보이는 메일로 내용을 보내 주십시오. 답변은 아마도 제가 아닌 비서실에서 하게 될지도 모르겠습니다. 미리 양해 말씀드리겠습니다."

"하하하."

경환이 자리에서 일어서자 강단에 모였던 학생들이 기립해, 우렁찬 박수를 보냈다. 일부는 사이보그폰을 꺼내 연신 사진을 찍기도 하고, 일부는 강단을 벗어나는 경환에게 환호성을 지르며 대화가 만족스러웠음을 표시했다. 경환과 동행했던 SHJ테크놀로지 부사장이 급히 카이러에게 다가서는 걸 확인한 경환은, 준비된 차량을 이용해 에르나가 주최하는 만찬장으로 향했다.

경환이 자리를 비운 휴스턴은 겉으로 보기엔 평온했지만, SHJ시큐리티는 긴장된 하루하루를 보내고 있었다. 아테나-1이 정보분석팀에 배정되면서, 수집된 정보를 분석하고 예측하는 작업은 확실히 빨라지고 있었다. 그러나 아직 슈퍼컴퓨터를 대체할 정도의 월등한 성능을 보이지 않는다는 점은 SHJ테크놀로지가 풀어야 할 숙제로 남아 있었다.

"잭슨, 이걸 좀 봐야 하겠는데?"

"지금 나도 정신없는 거 안 보여? 웬만하면 자기 일은 각자 알아서 하자고."

계속되는 비상대기 상태가 풀리지 않아 자의에 의해 지하에 갇혀 있은지, 이미 일주일이 넘었다. 면도할 시간조차 없었던 잭슨은 자신을 찾는 폴을 쳐다보지도 않고 자신의 업무에 온 신경을 집중하고 있었다.

"주요 인물들에 대한 감청 자료와 위성 자료를 아테나-1이 예측한 결과물인데, 내 선에서 처리할 문제가 아니라는 판단이 들어서 그래."

특정 지역에 한해서는 NSA의 감청 시스템을 능가한다는 자체 평가 속에 휴대폰과 IT의 감청을 담당하는 폴은 미심쩍은 아테나-1의 결과물에 10번 이상 같은 작업을 되풀이하고 있었다. 주변 환경과 여건에 따라 달라질 수도 있는 아테나-1은 폴의 간절한 바람도 무시한 채, 같은 결과물을 계속해서 보여 주고 있었다. 자신의 실수도 용납하지 않는 성격인 폴이 지속적으로 도움을 요청하는 모습에 잭슨은 하던 일을 멈출 수밖에 없었다.

"어떤 내용인데? 자료를 줘 봐."

대수롭지 않게 자료를 건네받은 잭슨은 자료를 넘기면서 급격히 표정이 굳어졌다. 안경을 다시 고쳐 쓰고 자료를 되넘기던 잭슨은 폴의 얼굴을 바라봤다.

"다시 한 번 예측 분석을 해 보자고. 만약 결과가 똑같이 나온다면, 이건 우리 선에서 해결할 문제는 분명 아니라고 봐. 우선 정확한 분석을 위해 내가 추가 데이터를 확보할 테니, 준비하고 기다리고 있어 봐."

"너도 그런 생각이 드는 거지? 준비하고 있을 테니까, 추가 자료를 빨리 확보해 줘."

잭슨은 자신이 관리하는 데이터와 함께 각 팀에서 관리하는 자료를 서둘러 넘겨받아 대기하고 있던 폴에게 건네주었다. 추가 자료를 업데이트하자, 아테나-1은 데이터를 빠르게 분석하기 시작했다. 1시간이 넘게 걸린 분석 결과를 집어든 폴의 얼굴은 사색으로 변해 있었다.

"맙소사. 잭슨, 같은 결과야."

"자료를 이리 줘, 보게."

사태의 심각성을 파악한 잭슨은 아테나-1의 분석이 끝나기도 전에 카일에게 연락을 취했고, 카일은 모든 일을 뒤로 한 채, 급히 분석실로 발걸음을 옮겨 왔다. 뺏다시피 자료를 건네받은 카일은 아테나-1이 분석한 내용을 보고 미간을 좁혀 인상을 썼다.

"확인 작업은 확실히 한 자료인가?"

"이미 10번 이상 확인한 내용입니다. 데이터를 추가해 나온 자료가 지금 보시는 것이고요."

경환의 경호엔 만약이란 말은 없었다. 카일은 일단 위험이 감지되면 피하고 보는 게 상책이란 생각을 하고 있었다. 케빈까지 급히 분석실에 들어오자, 카일은 빠르게 지시를 내렸다.

"아테나-1의 분석을 근거로 모든 자원을 투입하도록 하게. 케빈은 새로 투입한 인원들을 동원해 모든 곳을 샅샅이 뒤지고, 잭슨과 폴은 범위를 최대한 좁히도록 해. 그리고 유럽에 나가 있는 현장 요원들을 급히 이동시키고. 서둘러!"

지금부턴 시간싸움이란 생각에 카일은 조급해지고 있었다. 직원들이 사방으로 흩어지는 것을 확인한 카일은 급히 자료를 집어 들고 빠르게 자리를 옮겼다.

에르나가 주최한 만찬을 마치고 경환은 SHJ타운으로 향했다. 오슬로 50킬로미터 외곽에 건설된 SHJ타운까지의 도로는 한적하기만 했다. 경찰의 삼엄한 호위를 받으며 달리는 차 안에서 경환은 영국에서 만나게 될 제이콥과의 관계를 어떻게 풀 것인지를 놓고 깊은 고민에 빠져 있었다.

"회장님, 5분 후 도착 예정입니다."

"그래요. 제가 좀 딴생각을 했나 봅니다. 늦은 시간이니 직원들을 기다리게 하지 말라고 전하세요. 내일 조식을 직원들과 같이하면서 대화를 나눌 생각입니다."

일행의 차량이 SHJ타운에 도착하자, 정문부터 삼엄한 경계가 펼쳐졌다. 아무리 SHJ시큐리티가 비상 체제로 움직이고 있다고 해도 중화기까지 무장한 모습은 어딘가 어색해 보이기까지 했다.

"하루나, 무슨 일 있는 건가요? 어딘가 분위기가 좀 달라졌군요."

"저도 자세한 건 알지 못합니다. SHJ시큐리티에서 경계 병력을 증가시킨 것으로 알고 있습니다. 독일과 터키에 있는 필드 요원들도 현지를 출발해, 내일 오전까지 합류하겠다는 연락을 받았습니다."

경호인력과 노르웨이 SHJ타운의 병력만 해도 만만치 않은 숫자였지만, 독일과 터키의 요원들까지 합류한다는 것이 경환의 마음에 걸렸다.

"회장님, 잠시 다녀오겠습니다. 휴스턴에선 제 연락을 기다리고 있을 겁니다."

"그렇게 하세요. 전 숙소에서 기다리고 있겠습니다. 내용이 확인되면 바로 보고해 주세요."

급히 사라지는 알의 뒷모습을 바라보던 경환은 방향을 돌려 준비된 숙소로 향했다. 독일 SHJ타운의 지사 역할을 하다 보니 노르웨이 SHJ타운은 규모 면에서 빈약해 보였지만, 오슬로의 특급 호텔에 버금가는 게스트 하우스를 보유하고 있어 경환이 묵기에는 다른 어떤 곳보다도 최적의 장소였다.

"회장님, 쉬십시오."

"하루나, 알의 보고를 받으려면 시간이 필요한데, 술 한잔 같이할 수 있을까요?"

이미 김혜원은 자리를 떠난 지 오래였다. 경환을 마주 보고 있는 하루나의 손에 힘이 가해지며, 파르르 입술이 떨리기 시작했다. 머리로는 이 자리를 벗어나야 한다고 외치고 있었지만, 발은 말을 듣지 않고 뒤돌아서려는 하루나를 잡아끌었다. 쿵쾅거리는 심장 소리가 귓전을 때리자 하루나는 눈을 감아 버렸다. 이미 자신의 손은 술잔에 술을 따르고 있었다.

"내일 아침부터 일정이 만만치 않습니다. 알이 올 때까지 가볍게 목을 축이는 정도가 좋으실 것 같습니다."

경환은 하루나가 건넨 술잔을 받고선 단번에 입에 부어 버렸다. 잔을 다시 채우려 손을 뻗었지만, 경환보다 앞서 하루나가 먼저 빈 술잔에 술을 따라 부었다. 탁자를 사이에 두고 마주 보고 앉아 있지만, 경환이 느끼는 거리감은 너무도 멀었다.

"하루나, 미안합니다. 이 말을 꼭 해 주고 싶었어요. 그러나 이해해 달라는 말은 하지 않겠습니다. 내 마음속에 짐이 남아 있다면, 그건 하루나일 겁니다."

감정을 억누르기 위해 술잔을 바라보고만 있던 하루나의 손이 가볍게 떨렸다. 한숨과 함께 눈을 감았다가 뜬 하루나는 술잔을 들어 거침없이 술을 입에 부었다. 연거푸 석 잔을 마실 동안 경환은 아무런 말도 꺼내지 않았다.

"처음 긴자의 하키라에서 회장님을 뵙고, 전 다시 삶의 희망을 찾았습니다. 모든 게 고맙고 감사했습니다. 단지, 회장님 곁에서 받은 은혜를 갚아야겠다는 생각밖엔 없었습니다. 그러나 제 희망이 점점 커지면서, 회장님과 사모님을 힘들게 했던 것도 부인할 수 없는 사실입니다. 그러니 회장님께서 미안해하실 이유는 없습니다. 저는 지금 이 생활에 충분히 만족합니다."

급하게 마신 술기운 때문인지, 아니면 자신의 마음과는 다른 말을 해서인지는 몰라도 하루나의 얼굴은 붉게 달아오르고 있었다. 경환은 하루나의 눈을 마주할 자신이 없었다. 빠져들 것 같은 하루나의 깊은 눈을 바라본다면, 그동안 지켜 왔던 신념을 내던져 버릴 것만 같았다. 경환은 한동안 아무 말도 없이 애꿎은 술잔만 만지작거렸다.

"어느 순간부터 하루나를 여자로 느끼면서 갈등이 없었다면, 그건 거짓말일 겁니다. 그러나 이런 감정보다도, 지켜야 할 신념이 내 발목을 움직이지 못하게 붙잡는군요. 혹시라도 다른 시간대에서 하루나를 만나게 된다면, 그땐, 내가 먼저 하루나에게 다가가겠습니다."

경환은 떨리는 하루나의 눈동자를 느낄 수 있었다. 경환의 눈을 바라볼 수 없었던 하루나는 그의 시선을 외면하며 고개를 떨궜다.

"말씀만이라도 감사합니다. 제가 회장님께 바라는 건 아무것도 없습니다. 단지……."

하루나는 떨리는 음성을 다 잇지 못했다. 한참을 망설이던 하루나는 소파에서 일어나 경환 앞에 자신을 드러내 보였다.

"오늘 하루만이라도 회장님이 아닌 남자로 저를 대해 주세요. 더는 바라지 않겠습니다."

아랫입술을 질끈 깨물고 있던 하루나의 고개가 들려지면서 경환의 눈을 정면으로 바라보고는 블라우스의 윗 단추를 조심스럽게 열었다. 하루나를 바라보는 경환은 이건 아니라고 외치고 싶었지만, 입이 말을 듣지 않았다. 이것이 운명이라면 받아들여야 한다는 생각이 머리 전체를 통제하며 경환의 몸을 움직이게 했다. 경환은 소파에서 일어나 서서히 하루나를 향해 다가가고 있었다.

'똑, 똑.'

"회장님, 알입니다. 급하게 보고드릴 상황이 발생했습니다."

급작스런 알의 방문은 경환과 하루나의 감정을 뭉개 버리고 말았다. 풀린 블라우스의 단추를 급히 닫은 하루나가 긴 한숨과 함께 소파에 주저앉아 버렸다.

"들, 들어오세요."

경환의 말이 떨어지기 무섭게 방으로 들어선 알은 심상치 않은 두 사람의 분위기를 감지했지만 일절 내색하지 않았다. 두 사람의 감정은 알도 오래전부터 느끼고 있었던 것이었다.

"쉬시는데 죄송합니다. 시급을 다투는 일이라 무례를 범했습니다."

"전 나가 보겠습니다."

"아닙니다. 야마시타 사장도 상황을 아셔야 할 것 같습니다. 내일 일정을 모두 취소하라는 황태수 부회장의 지시가 내려졌습니다."

자리를 피하려던 하루나는 일정을 모두 취소하라는 지시가 내려졌다는 소리에 심장이 내려앉았다. 일정까지 취소한다는 것은 경환에게 심각한 위해가 예상된다는 것이었다. 이외에는 다른 이유가 없었다. 암호화된 보고서를 해독한 서류를 읽던 경환의 미간이 찡그려졌다. 어느 정도 제이콥이 통제해 주길 바랐지만, 자신의 바람과는 다른 양상으로 상황은 흘러가고 있었다.

"하루나, 잠시 나가 있겠어요? 알과 둘이 얘기를 좀 해야겠네요."

"전 SHJ 유럽 본사 사장이고 여긴 제 관할 지역입니다. 비상 상황이 유럽에서 발생했다면, 사장인 저도 알아야 한다고 생각합니다."

"하루나! 나가 있으라고 했습니다. 이건 SHJ 회장인 내 명령입니다!"

하루나의 주먹 쥔 손이 떨리는 모습에도 경환의 단호한 눈빛은 변하지 않았다. 금방이라도 터질 것같이 글썽이는 눈으로 고개를 숙인 하루나가 방을 빠져나갔다. 경환은 보고서의 내용을 천천히 읽어 내리고는 큰 한숨을 내쉬었다.

"알, 부회장님은 제가 따로 연락할 테니, 내일 일정은 예정대로 진행합시다."

"회장님! 너무 위험합니다. 결정적으로 그곳은 SHJ시큐리티의 힘이 미치지 않는 곳입니다. 이번만큼은 회장님의 지시를 따르지 못하겠습니다. 죄송합니다, 회장님."

알은 경환의 이번 해외 방문 내내 알 수 없는 불안감에 휩싸여 있었다. 자신의 동물적인 감각은 내일 무슨 수를 써서라도 경환을 휴스턴으로 이동시켜야 한다고 외치고 있었다. 경환을 경호하면서 그의 지시를 단 한 번도 어기지 않았던 알은 처음으로 경환의 지시를 정면으로 거절하고 나섰다.

"미래를 준비하고 대비하기 위해서라도 희생은 감수해야 한다고 생각합니다. 지금 SHJ의 상황은 제이의 하수인, 그 이상도 이하도 아닙니다. 현재 제이와 제이콥은 협력을 선택했고, 우리의 활동을 통제하려고 시도하고 있는 상황에서, 둘의 관계에 흠집을 내고 SHJ가 동등한 자격을 얻기 위해서 가장 필요한 건 명분입니다."

"아무리 명분을 얻기 위해서라지만, 이건 너무 무모한 시도라고밖에는 생각이 안 됩니다. 이 자료를 제이콥에게 전달해 사전에 막는 방법도 있습니다."

"자료를 전달하면 막을 수는 있을 겁니다. 그러나 우린 먹이사슬의 최하단에서 벗어날 수 없게 될 겁니다. 이미 저들의 계획을 알고 있는데, 상황을 우리가 유리하게 만들어 갈 수도 있지 않겠습니까? 그동안 안으로 축적한 SHJ시큐리티의 능력을 이젠 밖으로 표출해야 할 때이기도 하고요."

알은 속이 터질 것 같았다. 한 번 뜻을 세우면 경환의 고집은 쉽게 꺾이지 않는다는 걸 모르지 않았지만, 이건 아니란 생각에 고개를 좌우로 세차게 흔들었다. 자신을 미끼로 제이콥과의 분쟁에 종지부를 찍고 동등한 자격을 얻을 명분을 가지려는 계획이 성공한다는 보장도 없었다. 그러나 경환의 말처럼 제이와 제이콥이 협력한다면, SHJ는 먹이사슬의 하단부에 놓여 그들에게 피를 빨리게 될 처지란 사실은 반박할 수 없었다. 알은 깊은 고민에 빠졌다.

"알, 내가 죽으러 가는 것도 아니지 않습니까? 피해를 최소한으로 막읍시다. 내일을 계기로 SHJ시큐리티에서 중단했던 작전을 준비시키세요.

이쪽에서 먼저 상황이 발생하면 동시다발적으로 대응해야 할 겁니다."

"한 가지 약속해 주십시오. 내일 하루는 어떠한 경우라도 제 지시를 따라 주셔야 합니다."

"약속하겠습니다. 그리고 내일 일정은 저와 SHJ시큐리티 직원들만 동행하는 것으로 하겠습니다. 모든 수행원은 SHJ타운에서 대기하도록 지시하세요."

이후, 알은 내일 있을 일정에 대한 경호 방안과 경환이 따라 줘야 할 내용에 대해 장시간 설명을 이어 가고 있었다. 문밖으로 둘의 대화를 듣던 하루나가 조용히 발걸음을 옮겼다.

"후, 저는 회장님의 결정을 지금도 반대하는 입장입니다. 그러니 부디 조심하십시오."

장시간에 걸친 경환과의 통화를 마친 황태수는 수화기를 내려놓음과 동시에 손으로 얼굴을 감싸며 긴 탄식을 내뿜었다. 부회장실에 모인 린다와 카일은 명분을 위해 자신을 미끼로 활용하려는 경환에게 울분을 토했다.

"너무 위험합니다. 회장님을 설득해야만 합니다."

급히 자리에서 일어난 카일이 위성전화를 꺼내 들었다. 새로 투입된 인원들과 함께 전방위적으로 해킹을 시도한 케빈은 아테나-1의 분석을 뒷받침해 줄 물증을 확보한 상태였다. 수화기 버튼을 누르려는 카일은 황태수의 고성에 뜻을 거둘 수밖에 없었다.

"그만두세요! 한번 결심한 건 절대 뒤돌아보지 않는 회장님의 성격을 아시지 않습니까. 모든 건 알에게 맡기고 우린 우리의 일을 점검합시다."

"그래도 이건 아니지 않습니까? SHJ의 중심축은 회장님입니다."

카일은 참을 수 없었다. SHJ시큐리티는 경환과 SHJ를 위해서만 움직이는 조직이었고, 조직의 수장인 경환의 무모한 계획은 카일을 절망 속에 빠트렸다. 황태수는 카일의 분노를 이해하면서도 침착해야만 했다.

"카일의 심정을 이해 못 하는 건 아니지만, 우린 절벽 위에 놓인 통나무를 걷고 있습니다. 단 한 번의 실수로 인해 깊은 나락으로 추락할 수도 있는 처지란 말입니다. 회장님의 뜻을 이루기 위해서라도 우리가 먼저 냉정해야만 합니다. 린다, SHJ홀딩스는 준비되었나요?"

눈을 감은 채 아무 말이 없던 린다가 한숨과 함께 감았던 눈을 떴다. SHJ의 미래를 위해 자신을 던진 경환이 야속하기만 했다. 그러나 냉정해야 한다는 황태수의 말엔 자신도 동의할 수밖에 없었다.

"이미 준비를 마쳤습니다. SHJ홀딩스는 FRB를 상대하게 되겠지만, 뿌리가 깊은 만큼, 우리만으로는 FRB에 심각한 타격을 가하지는 못할 겁니다. 그러나 우리의 공격으로 FRB의 계획에 큰 차질이 생긴다는 건 분명한 사실입니다. 또한 중국과 러시아, 일부 뮤추얼 펀드의 동참과, 만약 제이가 우리의 뜻에 가담한다면 FRB도 심각한 타격이 예상됩니다."

"백악관이 나설 확률이 높은데, 그 점은 고려되었나요?"

"미국 경제에 직접적인 여파가 가기 때문에, 백악관은 어쩔 수 없이 나서게 될 겁니다. 그러나 제이콥의 몸에 생채기를 내기 위해서는 백악관까지 고려할 여유는 없습니다. 죽기 아니면 살기로 버틸 생각입니다."

"그건 린다가 전권을 가지고 있으니 진행사항과 결과만 보고해 주세요. 그리고 SHJ시큐리티의 작전 상황은 진행하고 있습니까?"

울분이 사그라지지 않는지 카일은 황태수의 질문에도 입을 묵묵히 닫은 채, 굳은 얼굴로 깊은 생각에 잠겨 있었다.

"카일! 이번 계획에 가장 중요한 임무를 수행해야 할 수장이 감정을 억누르지 못한다면, 회장님의 뜻을 어떻게 이루겠습니까? 냉철한 판단이 무엇보다도 중요한 시기란 걸 모릅니까?"

지금이라도 당장 노르웨이로 달려가 경환을 뜯어말리고 싶은 카일은 황태수의 질책에 정신을 차리고 자세를 고쳐 잡았다.

"죄송합니다. SHJ시큐리티는 1년 전부터 계획을 준비하였고 이미 작전을 수행할 팀들이 대기 중에 있습니다. 미국은 3개의 팀이 작전을 진행하고 있고, 영국과 독일이 각 2개팀, 일본과 한국, 호주에 각 1개팀이 준비를 마쳤습니다. 휴스턴의 별도 작전은 미셸이 직접 이끌게 될 것입니다.

"총 10개팀이 대기 중이란 말이군요. 백업은 문제가 없겠지요?"

"직원들의 탈출 경로와 작전 실패를 대비한 비상대기 공간은 확보되어 있습니다."

"동시다발적으로 이뤄지는 작전인 만큼, 지휘 체계가 붕괴하지 않게 다시 살펴보시고, 각국 정보조직에 우리가 노출될 수밖에 없으니, 후속 대비도 철저히 준비하세요. 가장 중요한 건 직원들의 안전입니다. 안전에 문제가 있다고 판단되는 작전은 바로 중지하세요."

정신을 차린 카일은 황태수의 지시에 고개를 끄덕여 보였다. 작전이 성공하든 실패하든 일반 대중은 그 진상에 대해 알 수 없겠지만, 각국의 정보조직 특히 CIA나 NSA, MI6, 모사드는 SHJ시큐리티가 이번 작전의 주체란 것을 모를 리 없었다. 이건 경환과 SHJ시큐리티의 의도이기도 했다. 정보조직들 사이에는 서로 건드리지 않는다는 불문율이 있었지만, 먼저 피해를 보는 SHJ 입장에서 확실한 방법으로 실력을 입증할 필요가 있었다. 10년이 훨씬 넘는 시간 동안 SHJ시큐리티는 이번 한 번의 작전을 위해 피나는 인고의 시간을 감내해 왔다.

"10년을 넘게 훈련한 베테랑으로 팀을 꾸렸습니다. 아테나-1의 분석으로도 90% 이상의 성공을 예측하고 있고, 지휘 본부 역시 수백 번의 시뮬레이션으로 예상되는 외부의 사이버 공격에 대비했습니다. 그런데 휴스턴작전을 검토할 필요가 있겠습니다."

"회장님의 가족들 일정은 모두 취소했겠지요? 저도 그 점이 이해가 되지 않는 건 사실입니다. 그러나 희수의 의견을 무시하기엔 너무도 사실적이더군요."

아테나-1의 예측 자료에는 노르웨이에 대한 위험과 더불어 경환의 가족에 대한 위험도 함께 경고하고 있었다. 내일 오전에 있을 정우의 박사 학위 취득 일정을 취소하는 과정에서 미셸이 급히 카일을 찾았다. CIA에 고용된 용병들의 공격 지점과 방법, 시간까지 정확히 명시된 자료에 카일은 매우 놀랐다. 그 자료가 희수에게서 나왔다는 사실을 전해 들은 카일은 반신반의할 수밖에 없었지만, 그렇다고 희수의 의견을 완전히 무시할 수도 없었다. 사실 관계는 나중에 확인해도 된다는 판단에 미셸이 이끄는 작전팀으로 희수가 지적한 공격 지점을 역포위하도록 지시를 내려 놓은 상태였다.

"회장님 가족들의 일정은 모두 취소했지만, 외부에 알리지는 않았습니다. 적의 공격을 유도하기 위해서 차량은 정상적으로 그 지점을 통과하게 될 겁니다."

"회장님 가족들만큼은 무슨 수를 써서라도 SHJ타운 밖을 나서지 못하게 하십시오. 강압적인 방법도 허용하겠습니다."

"희수가 중심이 돼서 가족들을 설득하고 있습니다. 크게 걱정하지 않아도 될 겁니다."

"저는 이 자리가 부끄럽습니다. 회장님은 본인이 직접 사지로 뛰어들었는데, 회장님을 보필해야 할 제가 할 일이 없다는 게 너무 힘들군요. 그러나 내일은 우리 SHJ에 가장 중요한 하루가 될 것입니다. 그동안 SHJ는 인내하며 울분을 삼켜 왔지만, 이젠 돌아올 곳이 없습니다. 그렇기에 내일은 SHJ의 모든 것을 걸고 단 한 판의 싸움을 해야 합니다. 다들 도와주시기 바랍니다."

비장한 각오를 밝힌 황태수가 고개를 깊이 숙였다. 작전을 위해 카일이 먼저 자리를 빠져나가자, 부회장실엔 린다와 황태수, 둘만 남게 되었다.

"제가 짊어진 짐의 무게가 저를 너무 힘들게 하는군요."

"그래도 잘하고 계시지 않습니까? 회장님도 부회장님을 믿고 계시다는 걸 잊지 마십시오."

황태수는 안경을 벗고 눈을 지그시 눌렀다. SHJ의 모든 것을 건 이번 도박의 성공 여부가 자신의 손에 달렸다는 게 자신의 정신을 압박하고 있었다. 린다는 조용히 자리에서 일어나 잔에 술을 따랐다.

"한잔하세요. 저도 한잔 마시고 싶네요."

"제 모든 걸 이번 일에 걸었습니다. 이번 일이 끝나면, 회장님 멱살을 잡아서라도 제 뜻을 이룰 겁니다."

"약한 소리 하지 마세요. 회장님은 쉽게 부회장님을 놔주질 않을 겁니다."

"고이면 썩습니다. SHJ가 미래를 위해 달려가려면, 제가 물러나야 합니다. 그래도 제가 기쁜 마음으로 결심할 수 있었던 건, 린다가 있었기 때문입니다. 제 뒤를 잘 부탁합니다."

황태수의 진심에 린다는 숙연해졌다. SHJ에 합류한 후부터, 린다는 황태수를 넘어야 할 경쟁상대로만 인식해 왔었다. 그러나 자신의 보이지 않는 도발에도 황태수는 언제나 여유롭고 태연하게 자신을 대할 뿐이었다. 경환은 그런 자신과 황태수의 관계를 조화롭게 만들어 갔고, 결국 린다도 경쟁자가 아닌 상생의 입장에서 황태수를 바라보게 되었다. 그런 황태수가 미련 없이 자리를 자신에게 주겠다는 말에 린다의 얼굴이 화끈거렸다.

"그건 회장님이 결정하실 문제라고 봅니다. 사실 저는 정우를 회장님의 후대로 생각했었습니다. 하지만 언제부터인지 희수가 적격일지도 모른다는 생각이 듭니다."

대를 이어 경영한다는 생각은 상상도 하지 않았던 린다였지만, 정우와 희수의 성장을 보면서 그 생각이 바뀌었다.

"아직은 시기상조입니다. 적어도 10년은 린다가 그 두 아이의 뒤를 봐줘야 할 겁니다. 희수가 예상외로 놀라운 능력을 보이고 있는 것도 사실이긴 하지만, 선택은 그때 가서 해도 늦지 않을 겁니다."

희수의 놀라운 잠재적 능력이 나타나면서, 황태수의 저울추도 급격히 희수에게 쏠리고 있었다. 그러나 황태수는 이런 판단은 자신이 아닌 경환의 몫이라고 생각했다. SHJ의 미래를 위해 자신의 몸도 아낌없이 던지는 경환의 성격상 자식이란 이유만으로 SHJ를 물려주진 않을 것이라고 황태수는 믿고 있었다. 어둠이 깔리기 시작한 휴스턴의 밤도 두 사람을 잠들게 하진 못했다.

"자네, 일을 어떻게 이 지경으로 만든 건가? 자네의 통제가 미치지 못한 것인지, 아니면 자네의 생각이 반영된 건지 알아야겠네."

"헨리와 마이클의 독단적인 행동이지만, 저도 이 계획엔 반대하지 않습니다. 이번 일을 통해 가문의 미래를 탄탄히 하고 제이의 오만함에 경고를 해야 할 시기라고 생각합니다."

뒤늦게 헨리와 마이클의 계획을 보고받은 제이콥은 자신의 지시에 수긍하지 않은 두 사람의 행동에 그들을 통제하지 않은 비서를 책망하기 시작했다. 그러나 지금이라도 계획을 중단시킬 수 있었지만, 제이콥은 쉽게 중지를 명하지 않고 있었다.

"SHJ는 어떻게 움직이고 있나?"

"일정을 취소했다거나 변경했다는 소식은 없습니다. SHJ시큐리티의 능력이 과장되었다는 걸 여실히 드러내는 결과라고 봅니다."

"자넨 하나만 보고 둘은 보질 못하는군. 일부러 불 속에 뛰어드는 제임스가 그 정도 예상을 못 했다는 건 말이 안 돼. 아마도 이번 일을 기점으로 칼을 뽑아 들려 할 거야. 자넨 터키와 독일에서 SHJ 전용기가 급히 출발했다는 보고를 듣지 못했나?"

비서는 입술을 질끈 깨물었다. SHJ 전용기가 두 곳에서 출발했다는 정보는 어디에서도 들을 수 없었다. 제이콥이 자신이 모르는 정보조직을 운영하고 있고, 모든 초점을 SHJ에 맞추고 있다는 걸 깨닫는 순간이었다. 어쩌면 자신이 보고하기 전에 헨리와 마이클의 계획을 알고 있었을 수도 있다는 생각이 들자 등허리로 굵은 땀이 흘러내렸다.

"헨리와 마이클에게 정보를 전해 주고 작전을 중단시키는 게 어떻겠습니까?"

"놔둬. 멍청한 두 놈의 계획은 이미 제임스의 귀에 들어갔을 거야. 두 놈은 작전이 성공하든 실패하든 SHJ시큐리티에 의해 처참한 최후를 맞게 될 거야. 내 의지와는 상관없어. 나도 모른 척할 수밖에 없을 테니까."

제이콥의 이중적인 모습에 비서는 갈피를 잡을 수 없었다. 작전이 노출되었다면 작전을 변경하거나 적어도 중단시켜야 했지만, 제이콥은 이를 묵인하고 있었다.

"자네를 용서하는 건 이번이 마지막이란 걸 알아야 할 거야."

"죄송합니다. 제이의 반발이 예상되는데, 그 문제는 어떻게 처리할까요? 미리 언질을 줘야 하지 않겠습니까?"

"제이가 모른다고는 생각하지 않아. 아마 나와 같은 생각을 하고 있겠지. 상황을 지켜보며 가장 큰 이득이 무엇인지 고민하고 있을 테니까. 제이와의 문제는 제임스가 어떻게 행동하느냐를 본 후에 천천히 결정할 생각이야."

식은땀은 등허리뿐 아니라 이미 비서의 이마도 흠뻑 적시고 있었다. 자신의 모든 행동도 결국엔 제이콥의 손바닥을 벗어나지 못한다는 걸 깨달았다. 위대한 가문의 수장이 된다는 것은 단순히 돈으로만 살 수 있는 건 아니었다. 비서는 제이콥을 상대하려는 경환이 타 죽을 걸 알면서도 불 속으로 뛰어드는 불나방에 지나지 않는다고 생각했다. 잠시 말을 끊었던 제이콥의 입이 열리자 비서는 다시 긴장했다.

"SHJ가 과연 어떻게 이 상황을 헤쳐 나갈지, 자넨 짐작할 수 있겠나?"

"SHJ시큐리티를 통해 헨리와 마이클을, 거기에 벤까지 제거하려는 시도가 있지 않겠습니까? 그러나 미국의 공권력을 상대해야 하는 문제가 발생할 수도 있어, 자칫 SHJ가 공권력의 역풍에 사라질 수도 있다고 봅니다. 그들을 희생시키고 SHJ를 얻을 수 있다면 남는 장사라는 생각도 듭니다."

"아니야. 뭔가가 빠져 있다는 느낌을 지울 수가 없어. 내가 경험한 제임스란 친구는 우리의 예상 범위를 항상 벗어났었어. 자넨 지금 즉시 SHJ의 전략이 무엇일지에 대한 예상치를 작성해서 보고하게."

"알겠습니다."

자신의 의도와는 달리 일이 꼬이고 있었지만, 전화위복이 될 수도 있다는 생각에 제이콥의 입꼬리가 말려 올라가고 있었다. 작전이 성공하거나 실패하거나 크게 중요한 것은 없었다. 단지, 물에 빠져 허둥대는 경환이 어떤 선택을 하게 될 것인지가 궁금할 뿐이었다.

새벽에 이뤄진 황태수와의 긴 통화는 경환의 진을 쭉 빼 놓을 정도로 힘들었다. 하루나에 대한 미안함과 아쉬움에 뜬눈으로 밤을 새운 경환의 모습은 그룹회장이라고 부르기에 부끄러울 정도였다. 직원들과 약속된 조식 모임에서 하루나의 모습을 찾을 수가 없었다. 하루나의 자존심에 상처를 입혔다는 생각과 조식 모임을 거절한 하루나에 대한 걱정에 경환은 진한 커피로 조식을 대신하고 있었다.

"김 실장, STATOIL은 실무진이 회의를 주관하는 것으로 진행하고, 왕실 일정은 SHJ시큐리티와 내가 움직일 겁니다."

"알겠습니다. 왕실 일정은 제가 연결을 해 오고 있었기에, 제가 회장님을 수행하겠습니다."

김혜원은 수행원 모두 SHJ타운에서 대기하라는 경환의 지시대로 수행할 수밖에 없었지만 자신까지 대기하라는 그의 지시가 이해되지 않았다. 사실, 독일에서부터 경환의 곁엔 자신이 아닌 하루나가 있었고, 전임 비서실장인 하루나를 예우하는 차원에서 김혜원은 묵묵히 참아야만 했다. 왕실 방문 일정도 처음부터 자신이 연결고리를 만들었기 때문에 경환의 대기 명령은 하루나에 대한 질투로까지 번졌다.

"이번 왕실 방문은 경호에 어려움이 있다는 SHJ시큐리티의 판단이 있었기 때문입니다. 그렇다고 취소할 수도 없고, 수행원을 최소화하자는 의견을 받아들인 거니 김 실장은 그렇게 알고 준비를 하세요."

"알겠습니다. 그러나 야마시타 사장은 이미 왕궁으로 출발했습니다."

"그게 무슨 말입니까? 하루나가 출발했다니요?"

경환은 마시던 커피 잔을 내려놓고 눈빛으로 알에게 지시를 내렸다. 노르웨이의 어떤 직원도 왕궁에서의 테러 위험에 대해 알지 못한 상태에서 하루나가 왕궁으로 출발했다는 사실에 경환은 크게 당황할 수밖에 없었다. 김혜원은 경환의 당황한 모습에서 뭔가 일이 잘못되었다는 것을 직감했다.

"회장님의 왕궁 일정을 협의한다는 말만 남기고 새벽에 오슬로로 출발했습니다. 전 회장님과 이미 상의가 된 줄 알았습니다."

"SHJ타운의 출입구를 봉쇄하라는 지시를 받지 못했습니까! 회장인 제 지시까지 무시하다니, 도대체 일을 어떻게 이따위로 처리하는 겁니까!"

경환의 불같은 분노에 조식을 진행하는 식당의 분위기는 급격히 얼어붙었다. 직원들 모두 열심히 놀리던 포크와 나이프를 하나둘 내려놓았고, 아랫사람에게 항상 경어를 붙이며 존대하던 경환의 갑작스러운 태도에 김혜원은 긴장할 수밖에 없었다.

"회장님, 유럽 본사 사장인 하루나를 정문에서 막을 수는 없었을 겁니다. 그리고 모든 출입구가 봉쇄되기 전에 미리 SHJ타운을 빠져나간 것으로 확인되었습니다."

알의 보고에도 경환의 노기 띤 얼굴은 풀어지지 않았다. 하루나의 안전을 위해 밖으로 내몰았던 자신의 결정이 너무 후회스러웠다.

"왕궁엔 경호팀이 미리 나가 있나요?"

"사전점검을 위해 1개팀이 나가 있습니다."

"신체에 위해가 되지 않는 선에서 하루나를 감금하라고 명령을 내리세요. 일정이 끝나기 전엔 하루나와 마주치는 일은 기필코 없어야 합니다."

알이 급히 식당을 빠져나가자, 경환은 그제야 자기로 인해 식당의 분위기가 달라졌다는 것을 느낄 수 있었다. 자신의 실수를 인지한 경환이 침체한 분위기를 살리려고 했지만, 이미 마음은 다른 곳에 가 있었다. 경환은 아침부터 계획이 어긋나고 있다는 사실에 불안감이 엄습해 옴을 느끼고는 서둘러 식당을 빠져나갔다.

하루나의 행방이 오리무중인 가운데 경환의 마음은 조급해지기 시작했다. 마음 같아서는 당장에라도 왕궁으로 출발하고 싶었지만, 알에 의해 세워진 경호 대책에 따르겠다고 약속한 이상 더디게 가는 시간을 한탄할 수밖에 없었다.

"회장님, 출발하실 시간입니다."

"하루나는 아직 소식이 없나요?"

경환의 질문에 알은 고개를 좌우로 흔들었다. 경환이 조급해하는 모습에을 보고 알은 긴장하고 있었다. 위험이 상존하는 상황에서 경호 대상인 경환의 불안함과 조급함이 자칫 좋지 않은 결과로 나타날 수도 있었기 때문이었다. 서둘러 경환이 리무진에 탑승하자 한층 경호가 강화된 경호 팀들이 리무진의 앞뒤에서 빠르게 출발했다.

"독일과 터키의 직원들도 도착했습니까?"

"만일의 사태에 대비해 왕궁 외곽과 SHJ타운으로 이어지는 도로 경계에 투입했습니다. 노르웨이 정부나 경찰이 인지하지 못하도록 최대한 은폐하고 있습니다."

모든 준비는 마쳤다. 경환은 자신의 생사에 대한 걱정은 접어 두기로 했다. 자신이 아니어도 황태수와 린다는 SHJ의 중심축 역할을 할 것이고, 정우와 희수가 제 몫을 할 때까진 지켜 주리라 믿고 있었다. 경환이 예상치 못한 하루나란 변수에 고민하고 있을 때, 차량은 빠르게 왕궁 정문을 향해 속도를 줄이기 시작했다.

"제임스 리 회장의 방문을 진심으로 환영합니다."

"감사합니다. 왕자님께서 직접 나오시다니 영광입니다."

훤칠한 키에 왕족의 기품이 물씬 배어 있는 하콘 왕세자가 건네는 악수를 받으며 경환은 가볍게 고개를 숙여 한국식 예절로 경의를 표했다. 노르웨이 국민들은 사랑을 위해 왕위를 포기하려 했던 하콘 왕세자를 사랑하고 있었다. 마약과 혼음, 미혼모의 타이틀로 왕실과 국민들의 반대가 극심했던 메테 마리를 하콘은 끝까지 포기하지 않았다. 국민들을 향해 과거의 잘못을 솔직히 털어놓고 국민들의 동의하에 결혼에 성공할 수 있었다. 두 사람은 결혼 후, 메테 마리의 헌신적인 내조와 봉사 활동에 힘입어 현재는 국민들의 사랑을 한 몸에 받고 있었다.

"국왕께서 기다리십니다. 같이 가시지요."

도열한 근위병들 사이를 왕세자와 같이 걸어가던 경환은 근위병들 끝에 에르나 총리와 함께 서 있는 하루나를 발견하고는 급격히 얼굴이 굳어졌다. 경환은 뒤를 쳐다봤다. 알과 함께 단 두 명의 경호원만 있을 뿐이었다. 왕실 경호처와 끝없는 설전을 벌였지만, 경호원들에 대한 총기 소지는 불허되었고, 알을 포함한 두 명의 경호원은 맨몸으로 막아야 할 상황이었다.

　"하루나, 여기서 뭐 하는 겁니까?"

　경환은 억지스러운 미소를 띠며 하루나를 잡아채려 했지만, 에르나와 왕세자비의 계속되는 인사에 어쩔 수 없이 알에게 눈빛으로 신호만 보낼 뿐이었다. 그러나 알은 하루나를 신경 쓸 틈이 없었다. 국왕인 하랄 5세의 입장과 함께, 한 사내를 주목해야만 했기 때문이었다.

　"국왕께서 입장하십니다."

　경환은 하루나를 뒤에 세운 채, 국왕을 맞이하기 위해 자세를 고쳐 잡았다.

　힘든 결정이 안드레스 스벤손의 온몸을 짓누르고 있었다. 크게 심호흡을 하고 평정심을 되찾으려 했지만, 이마로 흐르는 땀이 멈추지 않았다. 영국 태생임에도 20년 전 노르웨이 국적을 취득하면서 왕실 경호처에 특채되었다. 영국에서의 특수부대 경력과 성실함으로 지금은 왕실 경호처 부처장의 위치까지 오를 수 있었다. 그러나 안드레스는 아무에게도 말할 수 없는 비밀을 가지고 있었다.

　'젠장, 나도 이젠 나이가 들었군.'

　속으로 욕지거리를 쏟아내는 안드레스는 권총의 탄알을 확인하며 안전장치를 해제했다. 특수부대 시절 탁월한 성적이 주목되어 MI6에 특채되었다. 노르웨이의 북해산 원유에 대한 정보를 입수하기 위한 작전에 투입된 안드레스는 국적까지 포기했다. 일주일 전, 수년간 연락이 없었던 비선 루트를 통해 밀명을 전달받은 안드레스는 며칠을 뜬눈으로 밤을 지새워야만 했다. 자신의 조국이 영국인지 노르웨이인지 혼란스러웠기 때문이었다. 노르웨이에서 이룬 가족들은 여행이란 명목하에 영국으로 보냈다. 이젠 실행만 남았을 뿐이었다.

'휴스턴 도착.'

"전 대원, 정 위치에서 대기. VIP 5분 후 입장."

튜브 이어폰으로 타깃의 도착 소식이 들려왔다. 마지막으로 권총집을 확인한 안드레스는 평소와 다름없이 지시를 내리고는 국왕을 앞서 접견실로 향했다. 접견실 문이 열리고 동양인으로는 보기 힘든 훤칠한 키의 타깃이 눈에 들어왔다. 국왕의 뒤로 물러난 안드레스는 국왕과 환담을 나누는 타깃을 시선에서 놓치지 않았다.

거리 10미터.

정확한 사격을 위한 거리로는 충분하지 않았지만, 문제가 되지 않는 거리였다. 그러나 안드레스는 타깃 경호실장의 강렬한 눈빛이 자신을 향하고 있다는 것을 인지하고 긴장했다. 경호실장은 타깃에 대한 최적의 저격 포인트를 자신의 몸을 이용해 교묘히 가리고 있었다. 지금의 위치에서 몸을 왼쪽으로 튼다면 포인트를 다시 설정할 수 있었겠지만, 타깃의 옆에 서 있는 왕세자가 위험해질 수도 있었다.

'듣던 대로군. 감이라는 건가?'

안드레스는 경호실장의 눈빛과 그대로 마주쳤다. 둘 사이의 눈빛이

스파크를 튀기기 시작했다. 첫 사격을 타깃에 명중해야만 했다. 총기를 소지하지 않았다지만, SHJ시큐리티의 경호팀은 몸으로 막을 것이고 왕실 경호처 대원들이 자신을 향해 불을 뿜을 것이기 때문이었다. 국왕과의 대화가 끝나가고 있었다. 노환으로 심신이 불편한 국왕이 이 자리를 벗어나기 전에 승부를 봐야만 했다.

'어떤 미친 자식이 이런 계획을 짰는지, 면상을 후려치고 싶군.'

빠른 판단을 해야만 했다. 국왕을 경호하는 자신에게 남은 시간이 별로 없었다. 그러나 타깃의 경호실장은 쉽게 저격 포인트를 내주지 않고 있었다. 확실한 효과를 위해선 타깃의 머리를 노려야만 했지만, 10미터는 애매한 거리였다. 안드레스는 눈동자를 움직이지 않은 채, 타깃의 흉부를 살폈다. 다행히 방탄조끼는 착용하지는 않은 듯 보였다.

국왕이 불편한 몸을 이유로 양해를 구하고 발걸음을 돌리는 모습이 안드레스의 눈에 들어왔다. 여기에서도 저격 포인트가 나오지 않는다면 작전을 중단해야만 했다. 자신의 목숨이 중요한 게 아니라, 작전 실패의 후유증을 고려해야만 했기 때문이었다. 국왕이 타깃에서 벗어나면서 경호실장의 몸이 오른쪽으로 살짝 틀어졌지만, 시선은 여전히 자신에게 향해 있었다. 더는 망설일 수 없었다. 작전 완료까지 1초면 충분했다.

안드레스의 손이 빠르게 움직였다. 여전히 타깃의 머리는 저격의 사각지대에 놓여 있었다. 안드레스의 눈에 자신에게 빠르게 뛰어오는 경호실장과 타깃에게 뛰어드는 여자의 모습이 들어왔지만, 망설일 수 없었다.

'탕, 탕.'

권총을 쥔 팔에 묵직한 느낌이 전달되면서 안면에 심한 통증이 전해져왔다. 만족스러웠다. 첫 번째 탄환이 여자의 손바닥을 관통해 정확히 타깃의 가슴에 적중하는 걸 확인했다. 왕실 경호처 대원들이 총을 겨눈 채, 자신에게 다가오는 모습이 보였다. 망할 놈의 경호실장은 자결할 시간 조차도 줄 생각이 없는 듯 달려왔다. 안드레스는 조직의 명령을 수행했다 는 자부심을 느끼며 이내 안면에 적중한 통증으로 인해 정신을 놓았다.

"외곽 대기조! 빨리 진입해! 앞을 막는 것은 무엇이든지 적으로 간주 한다."

알은 빠르게 지시를 내렸다. 너무 위험한 작전이었다. 안드레스를 제 압한 알은 안드레스의 권총을 빼앗아 들고 왕실 경호처 대원들과 대치했 다. 하콘 5세는 경호원들에 의해 빠르게 대피했지만, 하콘 왕세자는 대피 를 거부하고 현장에 남아 경호처 대원들과 알의 중간에서 양팔을 좌우로 뻗었다.

"다들 총 내리세요!"

하콘은 울부짖고 있었다. 왕실 근위병을 제압하고 빠르게 왕궁으로 진입한 SHJ시큐리티 대원들은 알의 앞으로 나와 왕실 경호처 대원들과 대치를 시작했고, 알은 두 명의 경호원이 몸으로 덮치고 있는 경환과 하 루나에게 향했다. 하콘은 왕실 경호처 대원들 앞으로 나와 양측의 불상 사를 막기 위해 혼신의 힘을 기울이고 있었다. 그러나 알의 지시가 없 는 상황에서 SHJ시큐리티 대원들은 하콘의 울부짖음에 미동도 하지 않 았다.

"회장님! 회장님!"

알은 급히 경환의 와이셔츠를 젖혔다. 경환의 호흡을 확인한 알은 경 환의 옆에 쓰러져 있는 하루나를 심각하게 바라보았다.

"1조와 2조는 회장님과 하루나를 대기 중인 의료팀에 인계하면서 돌발 상황에 대비하고, 5미터 앞으로 다가오는 건 이유 여하를 막론하고 무조건 사전 제압해!"

정신을 잃고 쓰러져 있는 경환과 하루나를 둘러업은 요원들이 삼엄한 엄호 속에 왕궁을 빠져나가자, 알이 왕실 경호처와 대치하고 있는 곳 앞으로 걸어 나갔다. 누구의 피인지는 구분할 수 없었지만, 알은 피범벅 상태였다.

"모두 총 내려."

알의 명령이 떨어지자, SHJ시큐리티 대원들의 중화기가 일시에 바닥을 향했다. 그러나 대원들의 검지는 여전히 방아쇠에 놓여 있었다. 왕실 경호처 대원들도 하콘 왕세자의 지시에 따라 총을 거둬들였다.

"왕세자님, 왕실 경호처의 공격에 회장님이 저격당하셨습니다. 저희는 이 문제를 중대한 도발로 규정하겠습니다. 지금 막, SHJ타운으로 향하는 외곽 도로에 경찰로 위장한 무장 세력을 제압했다는 보고가 들어왔습니다. 이번 사태에 대한 노르웨이의 처리 과정을 지켜보겠습니다."

왕세자는 다른 무장 세력이 경찰로 위장해 있었다는 말에 정신을 차릴 수 없었다. 말을 마친 알은 대원들을 통솔하며 왕궁을 빠져나갔다. 이미 왕궁 외곽은 경찰과 근위병, 경호처 요원들이 얽혀 SHJ시큐리티 직원들과 대치를 하고 있었다. 그러나 급히 달려 나온 하콘 왕세자에 의해 대치가 풀리면서 경환과 하루나를 실은 경호 차량은 200킬로미터 이상으로 속도를 높여 SHJ타운으로 향했다.

전 세계가 CNN의 속보에 촉각을 기울이며 경악했다. 생생한 화면에는 두 발의 총성과 함께 SHJ시큐리티 직원들이 근위병을 제압하며 왕궁으로 뛰어드는 모습과 얼마 지나지 않아 경호원에게 업혀 나오는 남녀 두 명의 모습이 보이고 있었다. 사건의 경위와 충격을 당하고 경호원에게 업힌 남녀에 대한 인적사항이 확인되지 않고 있다는 보도 끝에 기자는 인상착의가 SHJ 회장인 경환과 SHJ 유럽 본사 사장인 하루나와 비슷하다는 추측을 조심스럽게 제기하고 있었다.

이런 추측성 보도에 제일 먼저 반응한 건 월가였다. 끝을 모르고 몇 년째 고공행진을 하던 SHJ퀄컴의 주가는 개장과 함께 3%나 빠지며 경환의 사망설에 무게를 싣는 모습을 보였고, 매도 물량이 서서히 증가하며 주가를 더욱 끌어내리고 있었다. 이러한 변화에도 전혀 반응을 보이지 않고 시장에 나온 주식을 매입하던 SHJ는, SHJ유니버스의 우주호텔 사업과 SHJ타운의 확대를 위한 자금을 마련하기 위해 SHJ홀딩스와 뮤추얼펀드로 투자된 미국 국채를 매도해 자금을 마련하겠다는 계획을 발표했다. 대수롭지 않게 생각하던 월가와 FRB는 SHJ가 소유한 국채의 규모가 1,000억 달러라는 사실에 당황할 수밖에 없었다. 린다의 발표가 끝나자마자, SHJ홀딩스가 소유한 400억 달러 상당의 국채가 시장에 풀리면서 상황은 매우 급하게 돌아갔다.

"난 괜찮으니까 너무 걱정하지 마. 그리고 지금부턴 카일과 부회장님의 지시를 절대 따라야 해. 무슨 일이 있어도 당분간은 SHJ타운을 빠져나오지 말고."

SHJ타운으로 돌아온 경환은 겨우 정신을 차릴 수 있었다. 눈물을 쏟아내는 수정을 겨우 안심시킨 경환은 왼쪽 가슴의 뻐근한 통증으로 인해 힘들게 수화기를 내려놓았다. 골절로 인해 경환의 가슴엔 여러 갈래의 테이프가 어지럽게 붙어 있었다.

"회장님, 안정을 취하십시오. 방탄조끼로도 회장님의 늑골 두 대는 보호할 수 없었습니다."

SHJ기술연구소에서 개발한 신소재를 이용해 SHJ시큐리티가 자체 개발한 방탄조끼는 외형상 착용 여부를 구별하기 어려울 정도로 얇았다. 그러나 탄환이 방탄조끼를 뚫지 못했다 하더라도 흉부에 가해지는 충격을 막을 수는 없었다. 숨을 내쉬는 것도 힘들었던 경환은 긴 숨을 쉬지 못하고 헐떡이고 있었다.

"하루나는 어떻습니까? 안드레스가 권총을 꺼내 들기 전, 저를 덮쳤습니다."

경환은 첫 탄환이 하루나의 왼쪽 손바닥을 관통해 자신의 가슴에 박히는 충격을 느끼며 바닥에 쓰러졌다. 자신의 품에 안기며 쓰러지는 하루나의 미소를 경환은 잊을 수 없었다. 자신의 독촉에도 대답하지 못하는 알의 표정에서 하루나의 상태가 좋지 못하다는 것을 눈치챌 수 있었다.

"하루나를 봐야겠습니다. 앞장서세요. 으윽!"

"회장님, 몸이 회복하려면 시간이 필요합니다. 안정을 취한 후에 상황을 들으십시오."

병상에서 일어나던 경환은 왼쪽 가슴에 진하게 전해지는 통증에 허리를 굽힐 수밖에 없었다. 급히 달려온 알의 부축이 없었다면 병실 바닥에 고꾸라질 뻔했다. 알의 부축에 병상에 앉은 경환의 마음은 급해지기 시작했다. 아직도 쓰러지며 자신에게 미소를 보낸 하루나의 얼굴이 생생하기만 했다.

"잠시 통증이 있었을 뿐입니다. 내 눈으로 직접 하루나를 봐야겠습니다. 어서 앞장서세요."

경환의 분노에 서린 눈빛을 바라본 알은 긴 한숨을 내쉬며 경환을 부축해 휠체어에 앉혔다. 경환의 휠체어는 외부가 철저히 차단된 복도를 지나가고 있었다. 불안감에 경환의 손은 미세하게 떨렸고, 심장을 짓누르는 통증은 이미 잊은 지 오래였다. 마침내 휠체어가 멈추고 서서히 몸을 일으킨 경환이 유리벽 건너로 하루나를 마주 대했다.

인공호흡기로 힘겹게 호흡을 유지하는 하루나의 모습에 경환은 하루나를 마주 대할 자신이 없었다. 눈을 감은 채, 유리벽에 머리를 박은 경환은, 마스크를 벗고 다가오는 담당 의사를 향해 힘없는 목소리를 내뱉었다.

"어떤 상태입니까?"

"첫 번째 탄환은 하루나의 왼손을 관통했습니다. 그러나 두 번째 탄환이 흉추에 박혀 신경을 압박하고 있습니다."

"그래서 뭐가 어떻다는 겁니까!"

"죄송합니다. 겨우 위기는 벗어났지만, 빠른 수술이 필요한 상태입니다. 현재 환자는 이동할 수 없는 상태이기 때문에 외과 수술팀이 휴스턴에서 출발했습니다. 그러나 수술이 성공한다 해도 장애가 동반할 가능성이 많고, 장애의 정도는 현재로선 알 수 없는 상황입니다."

"모든 걸 다 취하시고, 반드시 살리셔야 합니다. 무슨 수를 쓰든지 간에 반드시. 으윽!"

유리벽을 손으로 내리치던 경환은 쓰나미처럼 파고드는 통증을 느끼고 바닥에 쓰러졌다. 알의 부축에 겨우 휠체어에 다시 앉은 경환은 치미는 분노에 붉은 피가 흐를 정도로 세게 입술을 깨물었다.

"어서 회장님을 병실로 다시 모셔!"

"알! 시간이 없습니다. 회의실로 갑시다. 당한 만큼 이젠 철저히 돌려 줄 시간입니다."

경환은 하루나를 뒤로하고 알이 끄는 휠체어는 방향을 돌려 회의실로 향했다. 경환이 들어선 회의실의 분위기는 무겁기만 했다. 경환은 머뭇거릴 시간이 없다는 듯이 SHJ홀딩스의 사장으로 임명돼 이번 방문을 수행한 에릭 존슨에게 시선을 돌렸다.

"에릭, 상황은 어떻게 진행되고 있습니까?"

"시장에 내놓은 국채 400억 달러는 FRB가 빠르게 매입했습니다. 추가로 내놓을 600억 달러도 FRB와 FRB의 입김이 작용하는 금융권의 매입이 예상됩니다. 그러나 중국이 국채 250억 달러를 매도하고 이를 통해 금을 매입하거나 유로화와 엔화로 변화를 시도할 수도 있다는 발표가 나오면서 주가와 환율이 널뛰기를 하기 시작했습니다. 이에 놀란 백악관이 직접 600억 달러의 추가 매도를 중지해 달라는 요청을 해 왔다고 합니다."

경환은 SHJ퀄컴의 상장과 SHJ에너지, SHJ테크놀로지 등 지분을 교환하며 취득한 자금을 미국 국채와 금을 매입하는 방법으로 자금을 분산해 왔었다. 단 한 번의 승부를 위해 10년이 넘는 기간 동안 준비를 해 왔고, 이젠 분출할 시기였다. 기축통화인 달러를 흔들어 FRB를 공격하려는 생각은 중국 위안화의 국제화 계획과 맞물려 FRB를 곤혹스럽게 만들기에 충분했다. 중국의 미국 국채 매도가 시작된다는 소문은 한국을 비롯한 기타 국가들까지 술렁이게 하는 효과를 주었다.

"우린 불만 지피면 됩니다. 그 이후는 시장이 알아서 움직일 것이고요. 우리의 칼이 FRB를 향하는 이상, 백악관의 요청은 최대한 시간을 끌어야 합니다. 그리고 제이의 반응은 어떻습니까?"

"회장님의 저격과 우리의 발 빠른 조치에 많이 당황한 듯 보입니다. 회장님의 상태에 대한 문의만 계속 들어올 뿐, 다른 움직임은 없다는 보고입니다."

제이도 당황했을 것이란 걸 모르지 않았다. 어쩌면 자신에 대한 암살계획을 사전에 감지했을 수도 있었다. 그러나 저격이 발생함과 동시에 SHJ홀딩스의 국채 매각을 시작으로 CIA에 대한 공격은 제이도 예상하긴 힘들었을 것이다. 명분을 손에 쥔 경환은 참았던 분노를 표출해야만 했다.

"알, SHJ시큐리티는 준비되었습니까?"

"회장님의 저격과 동시에 휴스턴의 공격을 분쇄했다는 보고를 받았습니다. 대전차 로켓까지 무장하고 있어 자칫 큰 위험이 될 수도 있었다고 합니다. 그리고 다른 10개팀은 이미 작전을 시작했습니다."

경환은 왕궁으로 출발하기 전, 변경된 휴스턴작전 보고서를 확인했었다. 정확한 공격 지점까지 지목하는 희수를 어떻게 이해해야 할지 경환은 착잡했다. 그러나 지금은 그것까지 신경 쓸 여유가 없었다. 이번 공격의 주체가 헨리와 마이클 헤이든으로 확인된 이상, 수백 배의 이자를 받아낼 생각이었다.

"우리는 뒤가 없습니다. 작전이 시작되면 제이콥과의 협상 결과에 따라 끝없는 소모전을 해야 할 상황이 될 수도 있다는 걸 명심하시기 바랍니다. 그러나 전 세계의 정보기관을 적으로 돌리는 한이 있더라도 받은 만큼 돌려준다는 것을 확실히 보여 줘야 합니다."

"회장님에 대한 공격으로 직원들은 더욱 단결하고 있습니다."

"믿고 따라 주셔서 감사합니다. 노르웨이 정부는 어떤 조치를 하고 있습니까?"

"안드레스 스벤손과 우리가 제압한 무장 인원을 취조하고 있지만, 묵비권을 행사하며 저항하고 있다고 합니다. 그리고 하콘 왕세자와 에르나 총리가 SHJ타운을 방문해 직접 사과와 해명을 하겠다고 요청하는 중입니다. 우리가 확보한 자료를 넘겨주면 어떻겠습니까?"

노르웨이도 결국은 피해자였지만, 피해자라 해서 책임 소재에서 벗어날 수는 없다는 게 경환의 생각이었다. 전 세계의 시선이 지금 노르웨이와 SHJ에 쏠리고 있는 지금, 경환은 자신과 하루나의 희생으로 얻는 명분을 최대의 이익으로 환산해야만 했다.

"그건 천천히 해도 상관없습니다. 왕세자와 총리의 방문은 승인하겠습니다. 최대한 은밀하게 연락을 취하세요. 두 사람과 만나고 난 후, 저는 바로 영국으로 출발하겠습니다."

"회장님, 아직 몸이 완전하지 않으십니다. 안정을 취하시고 영국을 가셔도 늦지 않습니다."

골절상을 당해 몸이 완전치 않은 건 사실이었지만, 경환은 하루라도 빨리 끝장을 봐야만 했다. 시간이 길어지고 SHJ와 제이, 제이콥이 서로의 계산기를 두들기며 자신들의 이익을 위해 부딪치게 된다면, 불리한 건 SHJ일 수밖에 없었다. 하루나의 희생을 덧없는 것으로 만들지 않기 위해서라도 경환은 서둘러야만 했다.

"상황이 우리에게 유리해졌다고 해서 시간이 우릴 기다려 주진 않습니다. 제이콥이 냉정한 판단을 하기 전에 정신을 차리지 못하게 해야 합니다. 내일 아침엔 영국에 도착할 수 있도록 준비해 주시고, 알은 SHJ시큐리티의 작전에 차질이 없어야 한다는 제 뜻을 카일에게 전달하세요."

버지니아 랭리에 위치한 CIA 국장실엔 마이클 헤이든이 초조한 듯 사무실 안을 서성거리고 있었다. 6개월을 넘게 준비한 계획이 제대로 성공했는지가 확인되지 않고 있어 마이클을 답답하게 만들었다.

"맥스, 제임스 리의 생사는 아직도 확인이 안 되고 있는 건가?"

자신의 오른팔이자 CIA 특수 활동 부차장인 맥스 휴겔은 이번 작전을 총지휘하면서 MI6와 BND를 끌어들이는 중요한 역할을 담당하고 있었다.

"외곽에 대기하던 팀들이 일시에 연락이 두절되었습니다. 현재는 CNN의 화면이 유일한 상태입니다. 화면을 분석한 바로는 최소 중상 이상의 타격이 있었던 것으로 확인된다는 의견입니다."

맥스의 답변에도 마이클의 불안감은 사라지지 않았다. 그만큼 SHJ시큐리티의 대응은 놀라울 정도로 빨랐다. 현장을 일시에 제압하고 SHJ타운으로 귀환하는 시간까지 총 20시간밖에 걸리지 않았다는 것은 미리 준비하고 있지 않고서는 불가능하다는 게 마이클의 생각이었다.

"MI6도 사태 파악에 어려움을 겪고 있는 모양이야. 백악관과 NSA에서도 압박해 오기 시작했으니 자네도 입단속 잘해야 할 거야."

"저도 그게 걱정이긴 합니다. NSA에 우리가 연관된 증거가 있다는 소문이 돌고 있습니다."

마이클은 종일 의심의 눈초리로 자신을 바라보는 백악관과 NSA에서 시달려야만 했다. 아직 증거를 손에 쥐고 있지는 않은 듯 보였다. 비밀은

1년만 지키면 된다. 백악관의 주인이 바뀌는 1년만 버티면 자신의 입지는 탄탄한 반석 위에 올라앉을 수 있었다. 제이콥과의 문제는 헨리가 맡아주기로 한 이상, 자신은 이번 작전을 끝까지 책임져야만 했다.

"내일 일찍 워싱턴으로 가야 하니, 오늘은 여기서 정리하자고. SHJ에 대한 정보가 입수되면 바로 소식을 주게."

"알겠습니다, 국장님. SHJ시큐리티가 움직일 수도 있으니, 경호 차량을 강화하겠습니다."

존 매케인의 호출은 이미 예상했던 터라 평소와 같이 장황한 설명만 늘어놓고 올 생각이었다. NSA가 눈에 걸리긴 하지만, 서로 약점을 쥐고 있는 마당에, 같이 죽자고 달려들기는 힘들 듯했다. 적당히 조작된 정보를 건네주고 타협을 시도할 생각을 하며 마이클은 지하 주차장으로 향했다.

'띠리리, 띠리리.'

피곤한 눈을 붙이려던 마이클은 울리는 사이보그폰을 꺼냈다. 발신자가 표시되지 않은 전화에 마이클이 멈칫했다. 작전을 위해 사용하는 번호를 아는 사람은 한 손에 꼽을 정도였다.

"누구야."

'마이클 헤이든. 선물을 준비했는데, 잘 받아 줬으면 좋겠군.'

기계음으로 변조된 목소리에 마이클의 인상이 구겨졌다. 옆의 비서가 재빠르게 전화를 추적하기 위해 본부에 연결을 시도해 봤지만, 계속 먹통이었다. 고개를 가로젓는 비서를 바라보던 마이클은 앞뒤의 경호 차량을 확인하며 사이보그폰을 귀에 가져다 댔다.

"정부 요원을 협박했다간, 지구 끝까지 추적당한다는 걸 모르나 보군."

'역시 CIA 국장다운 말이군. 협박이 아니라 받은 걸 돌려주려는 것뿐이야. 잘 가게, 마이클 헤이든.'

급히 승용차 손잡이를 당겨 봤지만, 잠겨 있었다. 당황한 기사가 속도를 높이려는 순간.

'꽝!'

마이클이 탄 승용차가 폭발을 일으키며 공중으로 솟구쳐 올랐다. 그러나 그것은 끝이 아닌 시작이었다.

원전 폭발로 방사능 피폭 지역이 확대되고 있는 상황에서 내각 정보조사실은 한반도 담당 부서 팀원의 전원 사망에 자원을 집중시키지 못했다. 믿었던 CIA의 이중적인 태도에 분노하고 있었지만, 미국은 일본에 있어선 여전히 넘을 수 없는 벽이었다. 어렵게 약속한 CIA 일본 지부장과의 만남에서 뭐라도 건져야만 했다.

"시간이 20분이나 지났는데, 아직도 도착하지 않은 건가?"

"죄송합니다. 계속 연결이 되지 않고 있습니다."

한반도 공작을 담당한 팀원의 몰살로 입지가 좁아질 대로 좁아진 가네모토 토시모리 실장은 경찰청 공안부 시절부터 자신의 오른팔이었던 다무라 다카시 국제부장을 닦달했다.

"다카시, 이번 이경환 회장의 저격 사건에 CIA가 연루되었다는 첩보는 없나?"

"심증만 갈 뿐입니다. 노르웨이 왕궁에서 작전을 벌일 정도로 대담한 조직은 몇 개 없으니까요."

토시모리는 CIA의 꼬임에 넘어간 자신을 책망하고 후회했지만, 자신이 잘못했다기보다 미국의 요청을 거절할 만한 배포를 가진 인물은 없을 것이라며 책임을 회피하고 있었다. 총리도 모르는 비밀작전이었다. 개인적인 감정은 없었지만, SHJ가 CIA의 눈 밖에 난 상태라면 빠져나갈 구멍은 없는 것이 분명했다. 이번 노르웨이 사건도 CIA의 작품이란 걸 토시모리는 확신할 수 있었다.

"실장님, 이번 노르웨이 저격 사건으로 내각이 추진하는 SHJ타운 유치가 물 건너갔다는 의견이 지배적입니다. 원전 폭발로 인해 살아나려는 일본 경제는 다시 한 번 큰 타격을 받고 있는데, 돌파구를 한국과 북조선에서 찾아야 하지 않겠습니까?"

"총리의 다케시마 발언도 국민의 시선을 한국과의 마찰로 돌리려는 전형적인 물타기지, 원전 폭발이 어쩌면 쓰러지는 일본에 큰 자극제가 될 수도 있을 거야. 지금 연합 정당은 오래가지 못해. 내년이면 우파 정권이 들어설 수밖에 없는 정국이니까."

토시모리는 하루가 다르게 군사대국으로 치닫는 중국과 경제적으로 압박하는 한국으로 인해 일본은 사면초가에 빠졌다는 생각을 하고 있었다. 기댈 수 있는 곳은 미국밖에 없었고, 미국은 현 상황을 이용해 일본의 목줄을 쥐었다가 풀기를 반복하고 있었다. 오늘만 하더라도 SHJ와 중국이 내놓은 미국 국채의 일부를 매입하라고 강요하고 있었고, 내각은 이를 수용할 수밖에 없었다. 이런 상황을 극복하기 위해서라도 토시모리는 강한 내각이 들어서야 한다는 것에 반대하지 않았다.

"더 늦어졌다가는 총리와의 만남이 늦어지게 되네. 아직도 연결되지 않고 있는 건가?"

꼴 보기 싫은 놈이긴 했지만, 약속 하나는 철저히 지키는 놈이었다. 느낌이 좋지 않았다. 다카시의 표정을 봐서는 아직도 연결되지 않는 듯 보였다. 정보기관끼리의 핫라인이 연결되지 않는다는 건, 두 가지 이유밖에는 없었다. 받고 싶어도 받을 수 없는 상황에 빠졌거나, 아니면 이 세상 사람이 아니거나. 토시모리가 급히 자리에서 일어나 자리를 떠나려 할때, 사색이 된 다카시가 다가왔다.

"실장님, 마이클 헤이든의 차량이 폭발해 사망했다는 소식이 들어왔습니다."

"뭐야? CIA 일본 지부가 연결이 안 된다는 건 그쪽도 이미 당했다고 봐야 할 거야. 어서 서둘러 돌아가세."

믿을 수 없었다. CIA 국장을 대놓고 암살할 수 있는 조직이 있을지 의문이었다. 이제부터 피 말리는 정보조직 간의 전쟁이 벌어질 수도 있는 심각한 상황이란 것을 직감했다. 일본의 이득을 위해 최선의 선택을 해야만 했던 토시모리는 급히 요정을 나왔고, 경호원들이 그의 주위를 감싸며 승용차의 뒷문을 여는 순간이었다.

'퍽, 퍽.'

"저격이다! 어서 실장님을 보호해!"

경호원들의 외침이 사방으로 퍼지며 토시모리를 에워싸고 있었지만, 정확히 이마 한가운데가 터져 나간 토시모리와 다카시의 사지가 뒤로 넘어간 후였다.

헨리 키신저는 급히 자신이 머물던 저택을 빠져나와 자신의 안가 역할을 하는 10층 건물의 펜트하우스로 거처를 옮겼다.

"제이콥, 자네가 그렇게 나온다면 나도 자네에 대한 우호를 저버릴 수 있다는 것을 알아야 할 거야."

헨리는 신경질적으로 전화를 끊어 버렸다. 마이클의 폭사를 확인한 후부터 이것이 경환의 암살에 대한 SHJ시큐리티의 반격임을 직감할 수 있었다. 은밀한 작전을 선택할 수도 있었겠지만, SHJ시큐리티는 차량 폭발이라는 과격한 방법을 동원할 정도로 과감성을 보였다. 믿는 구석이 있다는 걸 은연중에 과시함으로 극도의 공포를 주려 한다는 것을 헨리도 모르지 않았다. 제이콥이 도움을 거절했더라도 믿는 구석은 있었다. 전 세계 외교와 금융, 방산업체에 영향력을 가지고 있었기에 며칠만 견뎌 낸다면 충분히 반격을 가할 수 있다고 자신했다. 반격이 힘들더라도 적어도 거래를 통해 자신의 목숨은 건질 수 있다고 생각했고, 경호원과 중무장한 용병들이 즐비한 이곳은 철옹성과 다름없었다.

"제이콥, 이 쥐새끼 같은 자식. 그 자리를 언제까지 지킬 수 있을지 두고 보자고."

가문의 수장이긴 했지만, 제이콥의 가문에 대한 영향력은 제이의 그것에 비해 상대적으로 약했다. 이번 위기를 벗어나게 된다면 가문의 다른 조직들을 설득해 제이콥을 왕좌에서 물러나게 할 계획이었다.

"헨리, 1층에 소피아가 도착했다는 보고입니다. 돌려보내는 게 좋지 않겠습니까?"

CCTV 모니터를 힐끗 쳐다본 헨리는 불안했던 얼굴에 음흉한 미소를 띠었다. 극도의 공포감을 억누르기 위해선 섹스보다 좋은 방법이 없다고 생각했던 헨리가 자신의 거처로 소피아를 급히 불러들인 것이었다.

"올라오도록 해. 내가 부른 거니까."

"그래도 조심해서 나쁠 건 없다고 생각합니다. 방금 들어온 보고로는 일본 내각 정보조사실장과 부장이 저격을 당해 사망했다고 합니다."

"흠. 미쳐 날뛰고 있군. 결국은 제 발등을 찍게 될 거야, 젠장."

헨리는 고민할 수밖에 없었다. 일본의 정보 수장까지 목이 달아난 마당에, 다음 차례는 자기란 사실을 감지할 수 있었기 때문이었다. 그러나 90세를 바라보는 나이에 자신의 남성을 일으켜 세울 수 있는 여자인 소피아를 밖에 두고 헨리는 주저하고 있었다.

"소피아의 뒷조사는 이미 할 만큼 했고, 이곳을 들락거린 지도 6개월이 넘었으니, 큰 문제는 없을 거야."

"알겠습니다. 밖의 경호인력을 몇 명 더 붙이겠습니다."

문밖으로 소피아의 항의 섞인 목소리가 들렸지만, 헨리는 개의치 않았다. 아마도 온몸을 검색하느라 알몸이 되었을 소피아의 모습을 상상하자, 헨리의 남성이 반응을 보이기 시작했다.

"흑흑. 헨리, 제가 왜 이런 대접을 받아야 하는데요? 오늘은 돌아가겠어요."

입구에서부터 거실을 통과할 때까지 철저한 검색을 당한 소피아의 얼굴은 부끄러움에 붉게 상기되어 있었다. 자존심에 상처를 입은 소피아는 침실에 들어서자, 얼굴을 감싸고 울음부터 터트렸다.

"소피아, 테러 위협이 있어 경호원들이 긴장해서 그런 거니까, 너무 신경 쓰지 말도록 해. 그 대신 내가 큰 선물을 줄 테니까 말이야."

"그래도 이건 아니잖아요. 제가 창녀 대접을 받는다는 게 너무 수치스러워요."

소피아를 알게 된 건, 헨리에게 있어서 행운이었다. 조지타운대 정치학 박사 과정에 있는 소피아를 대학 강연회에서 알게 되었다. 청초한 외모와는 달리 침대에서만큼은 자신을 리드하며 잃었던 남성을 다시금 깨워 주었다. 한 달에 한 번이긴 하지만, 헨리는 소피아와의 만남을 손꼽아 기다릴 정도였다. 이미 대학 학자금 대출과 졸업 후 상원 의원 보좌관 자리를 약속했지만, 헨리는 전혀 돈이 아깝지 않았다. 헨리는 어깨를 들썩이며 울고 있는 소피아의 곁에 다가가 봉투를 건넸다.

"헨리! 제가 돈을 보고 당신을 만난다고 생각하는 거예요?"

"소피아, 오해하지 마. 이건 내 여자의 품위를 유지하기 위한 거지, 다른 뜻이 있는 건 아니라고. 소피아의 눈물을 보니 내가 참을 수가 없어. 어서 침대로 가자고."

봉투 안에 들어 있는 10만 달러짜리 수표를 힐끗 바라본 소피아는 헨리의 코앞에서 천천히 옷을 벗어 내렸다. 급했던지 헨리는 이미 속옷까지 모두 벗어 버린 상태였다. 소피아의 브래지어가 흘러내리며 터질 것 같은 가슴이 드러나자, 참을 수 없었던 헨리는 급히 자신의 얼굴을 소피아의 가슴에 묻었다.

"헨리, 오늘 왜 그래요? 침대에 누우세요. 그리고 저한테 맡기세요."

소피아의 속삭임에 흥분한 헨리가 침대에 대 자로 눕자, 소피아는 헨리의 남성을 희롱하기 시작했다. 눈을 감고 소피아의 현란한 입놀림을 느끼기 시작한 헨리의 남성이 서서히 반응을 보이기 시작했다. 소피아의 혀가 남성을 벗어나 자신의 가슴과 목을 타고 올라와 자신의 입술에 다가오고 있었다.

"헨리, 좋아요?"

"흠, 소피아는 언제나 환상적이야."

"호호호, 그런가요? 내가 이 볼품없는 걸 6개월씩이나 물고 있었다는 게 기가 막히네요."

"뭐, 뭐라고? 컥!"

헨리는 말을 채 잇지 못했다. 소피아의 두 손이 헨리의 목을 사정없이 꺾어 버렸기 때문이었다. 두 눈을 부릅뜨고 말 한 마디도 할 틈 없이 헨리는 이미 이 세상 사람이 아니었다. 외투만 급히 걸친 소피아는 3개월 진천장에 몰딩으로 위장시켜 놓은 파이프를 조심스럽게 꺼냈다. 몰딩 사이로 둥근 금속 물체를 꺼낸 소피아는 베란다로 나가 금속 물체를 고정하고는 밑을 향해 뛰어내렸다. 검은색 외투가 외벽과 조화를 이루었다. 와이어를 이용해 빠르게 내려간 소피아는 대기 중인 검은색 밴에 올라타고는 유유히 사라져 갔다.

"하루 사이에 도대체 무슨 일이 발생하고 있는 건가?"

존 매케인은 정신이 혼미했다. 경환의 저격 사건부터 마이클의 폭사와 방금 들어온 헨리의 사망까지, 단 하루 만에 벌어진 일이라고는 도저히 믿기지 않을 정도였다. 존 매케인의 호출에 급히 백악관을 찾은 제이 존슨은 담담히 보고를 이어나갔다.

"마이클을 시작으로 일본과 호주, 영국, 독일의 CIA 지부가 와해하는 수준의 피해를 봤습니다. 한국은 CIA 요원들을 NSA로 이동시켜 피해를 간신히 막을 수 있었습니다. 일본은 정부 수장까지 암살을 당해 초상집 분위기입니다."

"허, 임기 중간이었다면 이 자리도 지키지 못했겠구먼. 예상대로 SHJ 시큐리티가 움직인 건가?"

프레드의 자살로 자신의 레임덕이 빠르게 진행되고 있다는 건 말하지 않아도 느낄 수 있었다. 그러나 최강의 정보조직인 CIA의 해외 지부가 와해를 걱정할 정도로 피해를 봤다는 건, 너무도 심각했다. 존 매케인도 SHJ와 CIA의 갈등은 알고 있었지만, 이렇게 죽기 아니면 살기로 치열하게 전개될 줄은 전혀 예상하지 못했다.

"SHJ라는 증거는 어디에서도 찾을 수 없었습니다. 그러나 제임스의 저격이 발생하고부터 모든 사건이 진행된 것으로 봐서는 SHJ시큐리티가 이미 오래전부터 모든 준비를 마치고 있었다는 생각이 듭니다."

"아무리 개인적인 친분이 있다 해도 연방 정부 요원을, 그것도 본토에서 암살했다는 건 용납할 수 없는 심각한 문제야. FBI를 통해 전말을 파헤치고 SHJ의 개입이 사실로 드러나면, 제임스뿐만 아니라 SHJ까지 날려야겠어."

경환과의 협력이 8년 동안 백악관을 지킬 수 있었던 힘이 되었다고는 하지만, 자신은 엄연히 미국 대통령이었다. 어떠한 상황에서도 연방 정부에 대한 도발은 용납돼서는 안 되었다. 제이 존슨은 백악관을 찾기 전, 제이와의 연락을 통해 존 매케인을 최대한 설득하라는 요청을 받았던 기억을 떠올렸다.

"대통령님, 연방 정부에 대한 도발은 당연히 강하게 대처해야 한다고 봅니다. 그러나 국가의 이익에 무엇이 부합되는지는 다시 생각해 볼 필요가 있습니다."

제이 존슨은 특급 비밀이라고 적혀 있는 보고서를 존 매케인에게 건네고는 말을 이어 갔다.

"발신자 추적에 실패한 자료이긴 하지만, CIA와 MI6, BND가 결탁해 제임스의 암살을 모의했다는 자료입니다. 아마 이 자료는 SHJ시큐리티에서 나온 것으로 추정만 하고 있습니다. 만약 정부에서 SHJ를 향해 총구를 돌린다면, 연방 정부가 암살을 모의했다는 자료가 세상에 알려질 수도 있습니다. 더욱이 마이클과 헨리가 이 모의를 주동한 것은 사실이기도 합니다."

존 매케인은 자료를 넘기며 당황하고 있었다. 자신도 모르는 사이에 승인한 적이 없는 작전이 마이클과 헨리에 의해 전횡되고 있다는 사실에 대해 분노까지 느끼고 있었다. 그렇다 하더라도 이 사건을 그냥 넘긴다면 대내외적으로 연방 정부의 무능력을 인정하는 꼴이었다. 그러나 SHJ시큐리티의 정보 수집 능력을 자신이 직접 확인한 상태라 SHJ가 사생결단으로 나왔을 때의 후폭풍도 염려해야만 했다.

"NSA의 의견은 어떤 건가?"

"SHJ홀딩스의 국채 매도도 FRB를 흔들기 위한 것이라고 판단되는 만큼, NSA가 나서 SHJ를 설득해 보겠습니다. 지금까지 밝혀진 내용은, SHJ를 먼저 공격한 건 CIA이고 SHJ는 보복을 가했다는 것입니다. 언론에서 냄새를 맡기 전에, 이번 암살 사건을 다른 방향으로 흘러가게 해야 합니다."

"사건 내용을 조작하잔 말인가?"

"사실을 밝힐 수도 없지 않습니까? 시간이 없습니다. 언론과 의회가 나서기 전에 선수를 치고 들어가야 합니다."

긴 시간 동안 존 매케인과의 독대를 마치고 나온 제이 존슨의 얼굴엔 피곤함이 묻어 있었다. 자신도 SHJ시큐리티가 이 정도로 과격하게 대응할 줄 전혀 예상치 못했다. 경환이 영국으로 날아가고 있는 지금, 경환과 제이콥 두 사람이 원만한 타협을 보기를 간절히 바라고 있었다. 제이 존슨의 머릿속엔 이슬람 과격 테러그룹의 이름이 무수히 지나가고 있었다.

전 세계가 테러의 공포에 휩싸여 있는 상황에서 경환의 전용기는 런던 히스로국제공항에 착륙했다. 전 세계는 전날 총상을 입은 자의 생사가 확인되지 않은 상태에서 경환의 개인 전용기가 영국에 도착했다는 소식에 주목하고 있었다. 그러나 경찰의 특별 보호 속에 전용기에서 누가 내리는지는 철저히 보안 속에 가려져 있었다. 단지, 중무장한 경호 차량 속에 리무진 두 대가 장갑차까지 동원한 경찰의 호위를 받으며 공항을 벗어났다는 소식만 들릴 뿐이었다.

"웃기는 놈들이군. 자기들이 사주를 해 놓고, 전투기에 장갑차까지 동원해 호들갑을 떠는 모습이 안쓰럽기까지 하군."

경환의 전용기가 영국 영공에 들어서자마자, 영국 정부는 전투기까지 출격시켜 전용기를 호위했다. 한편에선 경환의 암살을 사주하고 다른 한편에선 경환을 보호하겠다고 나서는 모습이 역겨웠다.

"알, 작전은 예정대로 진행되었습니까?"

"무슨 이유인지 한국과 벤 버냉키는 NSA가 개입해 보호하고 있습니다. NSA와의 관계를 생각해 두 곳의 작전은 취소한 상태입니다."

제이의 입김이 작용했다고 볼 수 있었다. FRB에서 제이콥보다 상대적으로 영향력이 적은 제이 역시 이를 계기로 영향력을 확대하려는 속내를 드러냈다. 명분을 얻었다 해서 제이까지 적으로 돌릴 힘은 아직 경환에겐 없었다.

"한국이 의외긴 하지만, 일단 NSA의 뜻을 존중해 주기로 합시다. CIA

의 동태는 어떤가요?"

"우리의 기습에 당황한 것 같습니다. 지부를 폐쇄하고 안가로 숨어들고 있습니다."

"시간이 지나면 우리에 대한 역습을 계획하리라 봅니다. 그 전에 사태는 종료되겠지만, 역습에 철저히 대비하세요."

"알겠습니다. 심증은 우리를 지목하겠지만, 어디에서도 증거를 확보하진 못할 겁니다. 그래도 역습엔 철저히 대비하고 있습니다."

차량은 런던 외곽을 향해 달리고 있었다. 제이콥과의 협상에 온 정신을 집중해야 했던 경환은 수술이 진행되고 있는 하루나에 대한 걱정은 잠시 잊기로 했다. 더는 봐줄 수 없다는 존 매케인의 압력을 염두에 둬야만 했기 때문이었다. 피해자는 SHJ였지만, 연방 정부에 대한 도발을 지속한다면 존 매케인도 칼을 들 수밖에 없다는 걸 경환도 모르지 않았다. 그러나 이번 제이콥과의 담판이 계획대로 진행되지 않는다면, SHJ의 선택은 그리 많지 않다는 게 경환을 고민스럽게 만들었다. 경호 차량이 멈추고 경환이 탄 리무진과 경호 차량만이 전형적인 유럽식 저택의 정문을 통과했다.

"제이콥도 죽는 건 두렵나 보군."

"협조해 주시기 바랍니다."

몸수색을 받던 경환은 비웃음을 입가에 흘렸다. 몸수색을 담당한 제이콥의 비서는 어금니를 깨물었다. 제이콥의 특별 지시만 없었다면, 이 자리에서 경환의 머리에 총알을 박아 버리고 싶을 정도였다. 경호원들을 저택 밖에 세워 둔 채, 알과 단둘이 저택에 들어선 경환은 그 화려함을 뒤로하고 중무장한 제이콥의 경호원들 사이를 유유히 지나쳐 제이콥의 개인 서재에 들어섰다. 커튼으로 방 전체를 둘러친 서재는 낮인지 밤인지 구분이 힘들었다.

"걱정이 많았습니다. 제임스의 모습을 보니 안심해도 되겠군요."

"그래도 갈비뼈 두 대는 지키지 못했습니다. 주신 선물은 잘 받았습니다."

제이콥이 건네는 오른손을 가볍게 잡은 경환은 제이콥의 맞은편에 자리를 잡고 앉아 다리를 꼬았다. 첫 만남부터 독기 서린 말이 오갔다. 제이콥은 여유로운 자세와는 달리 날카로운 눈빛으로 자신을 바라보는 경환의 눈빛이 기분 나빴다. 마음만 먹는다면 경환은 물론이고 밖에 대기 중인 경호원들까지도 살려 보내지 않을 수도 있었지만, 제이콥은 자신의 저택에서 피를 보고 싶지 않았다.

"정신없이 바쁠 텐데, 이 먼 영국까지 찾아온 이유가 궁금하군요. 제임스 리 회장님."

"제임스라 불러 주십시오. 저도 제이콥이라 불러도 되겠지요?"

제이콥은 고개를 가볍게 끄덕였다. 건방진 놈이라 생각했다. 사지에 뛰어들고서도 놈의 얼굴에선 긴장감이라고는 찾을 수 없었다. 아무리 제이의 뒷배에 올라탔다고는 해도 놈과 함께 SHJ를 날리는 건 손바닥을 뒤집는 것과 같이 쉬운 일이었다. 제이콥의 생각을 안다는 듯이 경환은 입꼬리를 올리며 담배를 입에 물고 불을 붙였다.

"이곳은 담배를 피우는 곳이 아닙니다. 꺼 주시기 바랍니다."

제이콥의 비서가 경환의 흡연을 제지하고 나섰다. 경환은 손가락 사이에 낀 담배를 보이며 비서를 죽일 듯이 노려보았다.

"이곳의 개는 훈련을 잘못 받았군. 다시 한 번 주둥아리를 함부로 놀

린다면, 내가 직접 훈련을 시켜 주지."

경환의 도발에 비서가 상기된 얼굴로 양복 안쪽으로 오른손을 넣는
걸 제이콥이 손을 들어 제지했다. 경환은 비서의 경고에도 불구하고 입으
로 깊게 들이마신 담배 연기를 보란 듯이 뿜어내고 있었다. 제이콥은 작
아진 눈으로 경환의 대답을 강요하고 있었다.

"제가 죽다 살아난 놈이라서 그런지, 겁이 사라져 버렸습니다. 그래도
혼자 죽긴 억울해서 이렇게 제이콥을 찾아왔습니다. 같이 살겠습니까? 아
니면 같이 죽겠습니까? 이게 제 대답입니다."

"제임스, 듣던 대로 아주 건방지군요. 그런 이유로 여길 찾았다면 제
대답은 간단합니다. 혼자 죽으십시오."

말을 마친 제이콥이 소파 깊숙이 몸을 묻었지만, 경환은 어떠한 동요
도 없이 담배 연기를 다시 내뿜었다. 겁을 상실한 것인지, 아니면 저격으
로 정신이 나갔는지 제이콥은 여유롭게 담배를 피우는 경환의 행동이 쉽
게 이해가 가지 않았다. 자신의 비서가 총을 뽑아들고 나서는 것을 제이
콥은 더는 제지하지 않았다. 경환은 권총을 뽑아들고 앞으로 나서는 비서
의 눈을 똑바로 바라봤다.

"이 저택을 지키는 개는 똥오줌을 구별하지 못하는구면. 역시 훈련이
필요하겠어."

'퍼퍽.'

"으악!"

순식간에 벌어진 일이었다. 권총을 뽑아들고 앞으로 나서던 비서의 오
른손이 몸에서 분리돼 바닥에 떨어졌다. 비서의 비명에 밖에서 대기하던
경호원이 중화기로 무장한 채 서재 안으로 뛰어들었지만, 제이콥의 제지

에 아무도 움직일 수 없었다. 방탄유리와 커튼으로 가려진 내부를 뚫고 정확히 비서의 손을 노렸다면 경호원들의 총구가 불을 뿜기도 전에 자신의 머리가 먼저 터져 나갈게 뻔했다.

"제이콥, 이제 좀 대화다운 대화를 할 수 있겠네요, 안 그렇습니까? 그리고 훈련이 덜 된 강아지는 밖으로 내보내시지요. 피 냄새가 나서 그런지 담배 맛이 떨어지거든요."

제이콥의 눈짓에 경호원들이 정신을 잃고 바닥에 널브러져 있는 비서를 업고 사라졌다. 며칠 전부터 저택 외곽을 철저히 수색해 왔지만, SHJ시큐리티는 그전부터 자신을 노리고 있었다는 생각이 들자 제이콥은 간담이 서늘했다.

"지금의 행동이 너무 무모하다고 생각하지 않습니까?"

"그런가요? 어차피 지키지 못할 거라면 동반자는 한 명 있는 게 좋지 않겠습니까? 제가 아무런 준비도 하지 않은 상태에서 함정에 빠졌다고 생각하는 건 아니겠지요? 아! 제가 마지막 선물을 잊었네요. 지금쯤이면 올라왔을 텐데, 잠시 제이콥의 노트북을 사용해도 되겠지요?"

경호원들의 총구가 자신의 머리를 겨냥하고 있는 상태에서도 경환의 행동은 여유로웠다. 밖의 경호원들은 서로 총구를 들이대며 대치하는 중이었고, 어딘지 모르는 곳에서는 자신의 머리를 겨냥하고 있었기에 제이콥은 경환의 행동을 제지하지 못했다. 자신의 노트북을 켜고 암호까지 능숙하게 뚫고 들어가자, 제이콥은 아랫입술을 지그시 깨물었다. 그제야 제이콥은 자신의 주위가 SHJ시큐리티에 의해 뚫렸다는 것을 깨달을 수 있었다.

"역시 시간 하나는 철저히 지키는군요. 제이콥도 궁금할 텐데, 한번 보시겠습니까?"

제이콥에게 노트북을 건넨 경환은 다 타들어 간 담배를 비벼 끄고 새로운 담배를 꺼내 물었다. 내색은 하지 않았지만, 골절된 갈비뼈의 통증이 심해지고 있었기 때문에 경환은 담배로 고통을 잊어야만 했다. 경환이 건넨 노트북을 받아 든 제이콥은 인상을 찡그렸다.

"모르긴 해도 MI6는 전 세계의 지탄에서 자유롭지 못할 겁니다."

제이콥은 경환의 잔인함을 느낄 수 있었다. 무력을 이용해 CIA의 유럽 지부를 초토화했다면 MI6에 대한 공격은 사이버상에서 이뤄지고 있었다. MI6가 스파이를 노르웨이뿐만 아니라 각 유럽 왕궁과 정부에 심어놓은 것, 아프리카와 중동에서의 암살 및 비밀작전 내용, 아일랜드 분리 독립을 저지하기 위한 역 테러작전, 심지어 영국 왕실과 정부의 의사 결정에 깊숙이 개입한 내용이 증거 문서와 함께 인터넷에 올라와 있었다.

"제이콥, 이 정도에 놀라시면 어떡합니까? 그나마 다행인 점은 어디에서도 제이콥이 연관되었다는 것은 나오지 않았다는 겁니다."

"다 같이 죽자는 겁니까? 그리고 이 정도는 해프닝으로 묻어 버릴 수도 있다는 걸 제임스도 알 텐데요."

"물론 알죠. MI6가 해프닝으로 몬다면, 더 강한 걸 공개할 생각도 있습니다. 그땐 제이콥도 자유롭지 못할 겁니다."

이 정도로도 MI6나 영국 정부는 큰 타격을 받을 수도 있었다. 그러나 이보다 더 강한 걸 공개한다는 경환의 말이 거짓으로 보이지는 않았다. 이미 자신의 패를 읽힌 상태에서 경환이 가진 패를 읽지 못하는 한 이 게임은 질 수밖에 없었다. 그러나 쉽게 패배를 인정할 수는 없었다. 그건 자존심이 허락하지 않았다. 여유롭게 담배 연기를 뿜고 있던 경환은 제이콥의 복잡한 머릿속을 더욱 엉키게 만들었다.

"같이 죽든지, 같이 살든지 그건 제이콥의 몫이라고 분명 말했습니다. 한 가지 덧붙이자면, 제이콥이 저와 같이 죽기를 다비드가 무지 바라고 있다는 것입니다."

"다비드?"

자신의 가문 중에서 자신을 위협할 수 있는 지파는 프랑스를 근간으로 한 다비드였다. 경환이 무슨 의도로 다비드를 거론했는지는 모르겠지만, 자신이 이 자리에서 경환과 같이 공멸하게 된다면 최대의 수혜자는 가문의 적통자를 내세워 자신의 자리를 위협하는 다비드라는 것은 명확한 사실이었다.

"제이콥, 제가 당하고만 있을 줄 알았습니까? 가문의 재정에 대한 전권을 제이콥이 가지고 있지 못하다는 것도, 프랑스의 다비드가 영국의 금융권까지 노리고 있다는 것도 이미 알고 있습니다. 만약 제이콥이 저라면 누구와 손을 잡겠습니까?"

"흠."

제이콥은 생각을 정리할 시간이 필요했다. 그러나 경환은 한가하게 제이콥을 기다려 줄 생각이 없었다. 이미 목숨은 유럽 방문을 결정한 순간에 내건 상태였다. 지금은 자신의 목숨보다는 SHJ와 가족들을 위한 실낱같은 희망으로 버틸 뿐이었다.

"예전 한국의 위대한 제독이 이런 말을 했습니다. 죽기를 각오하고 싸우면 반드시 살겠고, 살고자 하면 반드시 죽을 것이라고요. 그래서 저는 이미 죽기를 각오했습니다. 제이콥은 각오가 되었습니까?"

경환은 담배를 끄고 오른손을 치켜들었다. 경호원들이 긴장하며 방아쇠에서 손가락을 풀지 않고 있었지만, 제이콥은 경환의 손이 내려가면 자신의 생명도 끝이 난다는 것을 알았다. 그러나 다친 자존심으로 인해 제이콥은 입을 열 수가 없었다.

"알, 그동안 곁을 지켜 줘서 고맙습니다. 웃으면서 갑시다."

"아닙니다. 회장님을 모시고 같이 갈 수 있어, 저에겐 오히려 영광입니다."

경환의 태연한 모습에 제이콥은 긴장했다. 어디에서도 판돈을 높이려는 경환의 블러핑이라는 느낌은 받을 수 없었다. 경환의 담배가 마지막 한 모금을 남겨둔 상태였다. 마지막 담배 연기가 경환의 입에서 뿜어진다면, 오른손도 내려갈 것이란 직감에 제이콥은 급히 입을 열었다.

"제임스! 기다리십시오! 같이 살길을 찾아봅시다."

서두르는 제이콥의 말에도 경환의 오른손은 내려가지 않았다. 경환은 제이콥의 다음 말을 기다리며 물끄러미 그를 바라만 보고 있었다.

"제이와 같은 수준의 지분 참여를 하겠습니다. 또한, SHJ와의 불화를 이 자리에서 끝내고 동등한 자격으로 제임스를 대할 준비가 되었다는 의사를 가문을 걸고 밝힙니다."

"제이콥, 뭔가를 착각하신 것 같군요. 제이콥보다는 못하지만, 돈이라면 저도 징글징글하게 많습니다. 동등한 자격이라고 말씀하셨는데, SHJ의 지분을 일방적으로 갉아먹으려는 시도보다는 좀 현실적인 방안을 제시해야 하지 않겠습니까?"

"조, 좋습니다. 일단 분위기를 정리하고 차분하게 대화를 나눠 봅시다."

죽음은 인간에게 가장 큰 공포를 선사하는 것이었다. 경환은 죽음을 초월했다고 자신 있게 말할 수는 없었지만, 적어도 제이콥보다는 죽음 앞에 당당할 수 있었다. 경환의 눈빛을 받은 알이 창을 향해 두 손을 들어 신호를 보내자, 경환의 오른손은 서서히 내려왔다. 뒤를 생각하지 않은, 어쩌면 무모한 계획이었지만, 그런 무모함이 아니었다면 제이콥은 굴복하지 않았을 것이었다.

양측 경호원을 모두 물린 상태에서 경환과 제이콥 두 사람의 대화는 오랫동안 이어지고 있었다. 간간이 제이콥의 탄식과 경환의 고성이 서재 밖으로 흘러나왔지만, 그것을 문제 삼는 사람은 아무도 없었다. 단지, 경환은 제이와 제이콥 사이에서 완충 역할을 통해 동등한 자격을 얻길 원했고, 제이콥은 제이와 함께 경환을 끌어들여 씹어 먹어도 시원치 않을 다비드를 견제할 수단을 만들기를 원했다.

경환의 전용기는 휴스턴이 아닌 워싱턴 D. C. 외곽의 공군기지에 착륙했다. 휴스턴으로 향하던 경환을 존 매케인이 급히 불러들여서라기보다는 CIA의 피비린내 나는 싸움을 정리할 때라는 걸 느꼈기 때문이었다. SHJ시큐리티의 기습에 속절없이 당해야만 했던 CIA도 복수를 위해 이빨을 갈고 있었고, 아무리 앞선 기술과 무장을 갖추고 있다고 해도 공권력을 상대로 오랜 싸움을 지속할 수는 없다는 게 경환의 생각이기도 했다.

공군기지에 내린 경환은 백악관 경호팀들의 삼엄한 경호 속에 백악관으로 향했다. 그의 곁은 여전히 알이 지키고 있었고, 언론의 눈을 피해 경환의 차량은 비밀 출구를 통해 백악관으로 들어서고 있었다.

"제임스, 내가 당신을 어떻게 처리해야 할지 한번 말해 보세요."

경환의 인사를 받기도 전에 존 매케인의 격앙된 목소리가 귓전을 때렸다. 세계를 아우르는 미국의 대통령인 존 매케인도 CIA와 SHJ시큐리티의 싸움에 희생자일 수밖에 없었다. 여론을 등에 업은 민주당은 테러를 막지 못한 백악관을 공격하며 차기 대선을 준비하고 있었고, 공화당은 존 매케인과 선을 긋기 시작했다. 사면초가인 존 매케인은 참았던 분노를 경환에게 풀고 있었다.

"대통령님, 저는 알다시피 피해잡니다. 도대체 무얼 바라시는 겁니까? 이번 저를 공격한 배후에 MI6가 있었다는 기사를 봤습니다. 미국 국민인 저를 영국 정보기관이 나서서 암살을 부추겼는데, 백악관에서 어떤 조치를 취했는지 알고 싶군요."

"이 모든 것에 대해 SHJ시큐리티가 있었다는 걸, 내가 모른다고 생각합니까?"

"저도 모르는 걸 대통령께서 알고 계시다니 참으로 놀랄 뿐입니다. 말보다는 증거로 저를 이해시켜 주십시오."

경환은 존 매케인과의 기 싸움에 져 줄 생각이 없었다. MI6의 기밀문서가 인터넷으로 퍼지자, MI6와 영국 정부는 전 세계에서 쏟아지는 비난에 정신을 차리지 못하고 있었다. 그러나 심각한 인적 피해를 본 CIA에 대한 기밀문서는 무슨 이유에서인지 공개되지 않았다. 존 매케인은 CIA에 대한 목줄을 쥐고 있는 경환이 두렵다는 생각이 들었다. 사실 심증으로 경환을 몰아세우고 있었지만, SHJ시큐리티가 개입되었다는 증거는 어느 곳에서도 발견할 수 없었기 때문이었다. 존 매케인은 한발 물러서는 것을 선택했다.

"여기서 그만 멈춰야만 할 겁니다. 참는 것도 한계가 있다는 걸, 누군가는 알아야 할 겁니다."

"저도 그렇게 생각해서 대통령의 요청을 받아들인 겁니다. 이번 CIA에 대한 공격에 이슬람 테러 집단이 관련되었다고 들었습니다. SHJ가 힘이 될 수 있다면, 국가 안보를 증가할 수 있도록 NSA와 펜타곤과의 합작을 늘릴 생각입니다."

병 주고 약 주겠다는 경환의 대답에 존 매케인은 분노가 일었다. NSA에 의해 테러의 배후로 이미 이슬람 과격 테러 집단을 지목하고 나섰고, 미국의 모든 공권력은 그들을 추적하기 위해 투입된 상태였다. 경환이 내민 화해의 손을 존 매케인은 뿌리칠 수 없었다. SHJ시큐리티의 감청 시스템과 전용기에 설치된 암호 체계는 NSA와 펜타곤의 방어 능력을 높이기 위해 절대적으로 필요한 것들이었기 때문이었다. 그렇지만, 예전과는 다른 경환의 모습에 존 매케인은 긴장하고 있었다.

"나는 FRB가 미국 경제를 쥐락펴락하는 시스템이 옳지 않다고 보는 사람입니다. 처음 제임스를 만났을 때만 해도, FRB와 대립각을 세우는 SHJ를 심정적으로 응원하기도 했고요. 그러나 SHJ가 FRB 시스템에 참여한다는 정보를 받고 적잖게 실망했습니다."

제이의 입김이 작용하는 NSA를 통해 존 매케인에게 정보가 흘러들어 갔음을 경환은 직감했다. 경환은 제이콥과의 협상을 통해 FRB 시스템을 실질적으로 관장하는 연방준비은행 뉴욕은행의 지분 중 일부를 300억 달러에 넘겨받았다. 제이콥은 제이가 관장하는 시티은행이 소유하고 있는 지분도 같은 조건으로 넘기라는 압박을 가하고 있었다. 제이로서는 자신의 하수인으로 생각한 경환이 오히려 제이콥을 이용해 압박을 가하는 것이 마음에 들지 않았다. 그러나 가문의 수장으로 등극한 상태에서 대결보다는 타협을 선택할 수밖에 없었다.

"대통령께서는 뭔가 착각을 하셨나 봅니다. 저는 미국 경제까지 책임질 인물은 아닙니다. 단지, SHJ를 위한 선택을 했을 뿐입니다. FRB에 의해 미국 경제 아니 세계 경제가 좌지우지되고 있는 현실은 저도 맘에 들지는 않습니다. 그러나 제 후대가 이 문제를 어떻게 헤쳐 나갈지는 저도 지금은 알 수 없군요. 제 능력은 여기까지입니다."

"제임스는 세상 다 산 사람 같습니다. SHJ의 후대는 지금과는 다를 것이란 말로 들어도 되겠습니까?"

경환은 고개를 갸웃거리며 묘한 웃음만을 남겼다. 제이와 제이콥과의 관계는 언제든 변할 수 있는 문제였다. 서로의 이익을 위해 잠시 숨을 고를 시기가 필요했다는 걸 경환이 모를 리 없었다. SHJ의 기술이 상대적으로 앞섰고 막강한 SHJ시큐리티를 보유하고 있다고 해도, 제이와 제이콥의 영향력의 발끝에도 미치지 못한다는 사실을 인정해야만 했다. 그러나 경환은 믿는 구석이 있었다. 어쩔 수 없이 타협을 선택할 수밖에 없었던 자신과는 달리, 희수와 정우가 이끌게 될 SHJ는 분명 다른 선택을 하게 될 것이란 걸 경환은 굳게 믿었다.

"심석우를 제임스가 뒤에서 지원하고 있다는 정보를 얼핏 본 기억이 있고, SHJ기술연구소에서 만든 무기가 한국에 넘어갈 수도 있다는 우려가 있기도 합니다. 교통정리가 필요하지 않겠습니까?"

"대통령께서는 분명 저와 약속을 하지 않았습니까? SHJ에너지의 지분 참여를 인정해 주는 조건으로, SHJ기술연구소의 무기 개발과 판매에 대해 승인을 받은 기억이 있습니다. 대통령께서 말을 바꾸신다면 저도 법적으로 처리하겠습니다."

아직 된장인지 똥인지 구분을 하지 못하는 존 매케인에게 경환은 일

침을 가했다. 아무리 대통령이라 해도 자신의 사인이 들어가 있는 계약서를 무시할 수 없었고, 자신의 적대 세력이었던 제이콥마저 아군으로 만든 경환을 강압적으로 이길 방법은 없었다.

"동북아시아는 중국과 일본, 러시아가 첨예하게 대립하고 있는 곳이란 걸, 제임스도 알고 있을 겁니다. 신무기의 개발로 균형 축이 한국으로 기울게 된다면 우선 일본이 크게 반발할 겁니다."

"대통령께서는 일본이 미국의 방패라면 한국은 창이라고 생각하지 않습니까? 창이 무뎌지면 아무리 방패가 튼튼한들 깨지기 마련입니다. 태평양으로 고개를 내미는 중국을 일본 혼자서는 막기 어렵다는 말이기도 하고요. 그렇다고 한국을 무턱대고 밀어줄 생각은 없으니 염려하지 마십시오. 한국보단 SHJ의 이익이 제겐 더 중요합니다."

우선은 존 매케인을 달랠 필요가 있었다. 미국의 입김에서 벗어날 수 없는 건 일본뿐만 아니라, 한국도 마찬가지였다. 심석우와 박화수가 이끄는 신정연이 총선의 핵으로 나타났다고는 하지만, 경환은 미국이 물밑에서 장난을 칠 경우의 수도 포함해야만 했다.

"좋습니다. 이번 SHJ와 보잉이 공동으로 개발한 전투기가 펜타곤의 시선을 끌고 있다는 것도 알고 있을 겁니다. 몇 차례 테스트를 더 거쳐야겠지만, F-35와 비교해 절대 밀리지 않을 정도라고 하더군요. 그래서 하는 말인데, 이 전투기를 FMS(대외군사판매 방식) 시스템에 넣어도 상관없겠지요?"

"뭐 그렇게 하십시오. DCS(상업구매 방식)로 재미를 좀 보려고 했는데, 정부에서 관리해야겠다고 한다면 제가 무슨 방법이 있겠습니까? 가격이나 제대로 받아 주십시오."

미국 정부가 판매의 중간상인 역할을 하는 FMS 방식은 한마디로 정부의 허가가 없이는 해외 판매를 하지 못한다는 것을 뜻했지만, 경환은 순순히 존 매케인의 제안을 받아들였다. 존 매케인은 김이 빠져 버렸다. 경환의 반발을 예상하고 주도권을 쥐려 했지만, 경환은 막대한 투자비가 들어간 전투기 사업을 아무렇지 않게 던짐으로써 존 매케인의 입을 막아 버렸다. 보잉과의 합작으로 전투기 제작에 대한 노하우는 이미 확보를 했고, 심석우가 대통령에 당선된다면 SHJ기술연구소를 통해 KFX 사업에 참여한다면 본전은 충분히 뽑고도 남는다는 계산이 섰기 때문이었다.

"그럼 한국에 있는 SHJ기술연구소는⋯⋯."

"그만 좀 합시다."

경환은 존 매케인의 말을 잘랐다. 하나를 주면 하나를 받아야 하는 것이 비즈니스의 기본이었지만, 무조건 달라고만 하는 존 매케인의 행태를 더는 참을 수 없었기 때문이었다. 존 매케인은 경환의 고성에 어안이 벙벙했다. 아무리 레임덕이 시작되었다고는 하지만, 아직은 미국의 대통령이었다. 경환의 날카로운 눈이 존 매케인을 바라보며 말을 이었다.

"MI6에 의해 미국 국민이 암살을 당할 뻔했는데, 도대체 정부는 뭘 하고 있었습니까? 죽음에서 살아나온 사람의 주머니를 털 생각만 하고 있다는 게 말이 됩니까? 지금까지 이 자리에서 논의된 모든 내용을 원점에서 다시 검토하겠습니다. 그리고 이 순간부터 SHJ는 본사 이전을 포함해 법적으로 모든 일을 진행하겠습니다. 한번 끝까지 가 보시겠습니까?"

"미국의 안보가 우선시 되어야 한다는 게, 대통령인 내 지론입니다."

"그래서 대통령이 원한 FMS 시스템에 SHJ가 투자한 전투기를 포함하자는 데 동의하지 않았습니까! SHJ기술연구소까지 넘본다면, 저도 더는 참지 않을 생각입니다. 지금부터라도 MI6와 CIA가 연결되어 있다는 것을 찾아볼 생각입니다. 아울러 이라크 전쟁을 포함해 프레드 톰슨이 백악관의 정책 결정에 깊숙이 관여되었었다는 소문도 파헤쳐 볼 생각입니다. 아시겠습니까!"

생사를 건 싸움에서 제이와 제이콥과의 타협을 성공시킨 경환은 영원히 미국의 호구로 남을 생각이 없었다. MI6를 파렴치한 조직으로 만들었지만 CIA와 백악관을 건드리지 않은 이유도 오늘 이 자리를 예상했기 때문이었다. 저물어 가는 존 매케인의 자리는 더는 경환에게 위협적이지 않았다. 오히려 경환의 위협에 존 매케인은 퇴임 후를 걱정해야만 했다. 너무도 커져 버린 경환의 모습에 존 매케인은 자신의 발언을 철회할 수밖에 없었다.

"회장님, 무사하셔서 천만다행입니다. 제가 10년은 더 늙었습니다."

경환은 황태수의 너스레에 반가운 미소를 지었다. 존 매케인과 선을 그은 경환은 제이를 만나 제이콥과의 관계를 설명하고 제이가 가지고 있는 연방준비은행 뉴욕은행의 지분을 제이콥과 같은 조건으로 인수하는 데 성공했다. SHJ가 나서 자신과 제이콥의 완충 역할을 담당하겠다는 경환의 설득이 한몫 거들긴 했지만, 사생결단을 통해 제이콥과 끈끈한 관계를 유지할 수도 있다는 생각이 결정적으로 제이를 움직이게 했다.

"모두 고생 많으셨습니다. 큰 위기를 벗어났다고 해서 안심해선 안 됩니다."

그룹회장단을 모두 소집한 경환은 감회에 젖었다. SHJ를 위협하는 적대 세력을 분쇄하는 데 성공했더라도, 이 자리에만 머문다면 언젠가는 다른 위협이 SHJ를 집어삼킬 수도 있는 문제였다. 아직은 긴장의 끈을 놓을 수 없었다.

"이번 제이콥과의 합의로 우리가 FRB에 진출하게 되었습니다. 제이콥은 SHJ유니버스의 우주호텔 사업에 100억 달러를 투자하기로 했습니다. 우주호텔을 제이와 제이콥에 던져 주고 우린 우주를 개척하는 일에 매진해야 합니다."

"제이콥의 MOU 초안이 도착했습니다. 검토를 마치면 제가 직접 영국으로 넘어가 계약을 진행하겠습니다."

"그렇게 하세요. 린다라면 충분히 잘해 내실 겁니다. SHJ테크놀로지의 지분 5%를 넘기는 조건으로 제이콥이 토해 낸 것은 당분간 SHJ를 지키는 밧줄이 될 겁니다. 그렇지만, 제가 가져온 것은 짧게는 10년, 길게는 20년의 평화일 뿐입니다. 그 이후를 대비해야 한다는 것을 반드시 기억하시고, 그에 맞는 장기 대책을 수립해 놓으세요."

한순간 제이나 제이콥과 같이 가문을 일으킬 생각도 해 봤지만, 경환은 그 생각을 지워 버렸다. SHJ는 가문이 아닌 가족 같은 직원들의 힘으로 지키길 원했다. 물론 혈연에 의해 맺어진 관계가 아니다 보니 몇 세대가 흘러간다면 본래의 의미는 퇴색되고 SHJ도 사양길에 접어들 수도 있었지만, 그게 순리라면 받아들여야 한다고 생각했다. 그러나 그전에 SHJ타운을 전 세계에 뿌리내려 SHJ타운끼리의 상호 협력 관계를 만들어 놓을 계획이었다. 여기까지 생각한 경환의 얼굴이 갑자기 굳어지며 최석현을 바라보았다.

"최 회장님, 하루나의 상태는 어떻습니까?"

"15시간에 걸친 수술을 잘 견뎠습니다. 그러나 무슨 이유인지, 아직

의식은 돌아오지 않은 상태입니다."

SHJ의 미래사업부문을 책임지는 최석현이 심각한 표정으로 경환의 말을 받았다. 가슴 한구석을 짓누르는 하루나의 수술 소식을 들은 그의 굳은 얼굴은 쉽게 펴지지 않았다.

"최고의 의료진이 가 있다고는 하지만, 노르웨이 SHJ타운은 열악할 수밖에 없습니다. 휴스턴으로 이송시킬 수 있겠습니까?"

"하루나를 이송하기 위해 전용기를 개조하고 있습니다. 지금은 무리라는 것이 의료진의 의견이고 빠르면 일주일 후에 이송이 가능할 것 같습니다."

"수고해 주세요. SHJ의 모든 자원을 동원해서라도 하루나를 사고 이전으로 되돌려야 합니다. 그리고 재활 시설을 포함한 세계 최고의 의료 시설을 휴스턴과 호주에 세우십시오."

"알겠습니다, 회장님."

최석현은 하루나의 하반신이 마비될 수도 있다는 의료진의 의견을 경환에게 보고할 수는 없었다. 하루나로 인해 그늘진 경환에게 더 큰 짐을 지우는 것 같기 때문이었다. 회장단과의 회의를 짧게 마친 경환은 무거운 발걸음을 가족이 기다리는 저택으로 돌렸다.

"여보, 어서 오세요. 고생하셨어요."

저택에 들어서는 경환을 집사인 크리스토퍼에 앞서 수정이 먼저 달려와 안겼다. 주위의 시선을 의식하기도 전에 입맞춤으로 서로의 애정을 확인한 두 사람은 나란히 손을 맞잡고 거실로 향했다.

"아이들이 안 보이네?"

"정우는 연구소에서 살고 있어요. 희수는 곧 들어올 시간이고요."

아직 가슴에 남은 통증을 수정에게 들키지 않기 위해 경환은 어금니를 깨물었다. 수정은 경환의 행동이 부자연스럽다는 것을 알고서도 내색하지 않았다.

"다시는 혼자 어디 다닐 생각 말아요. 앞으론 껌딱지처럼 딱 붙어 있을 거니까."

"이거 자기 무서워서라도 혼자 다니면 안 되겠네."

"가슴은 아직도 많이 아파요?"

"괜찮아. 살짝 금이 간 게 전부야. 며칠 쉬고 일어나면 괜찮아질 거니까."

수정은 과장된 행동을 하는 경환의 모습 뒤로 그늘져 있는 것을 놓치지 않았다. 그러나 차마 그 의미를 물을 수는 없었다. 경환의 옆에 자신이 있지 못했다는 것과 하루나의 행동에 수정은 고마움보다는 심한 질투심을 느꼈기 때문이었다. 하루나의 수술이 성공했다는 소식은 들었지만, 하루나에 대한 얘기를 경환 앞에서 꺼내기는 쉽지 않았다.

"저, 여보. 하루나가 당신을 대신해 총탄을 몸으로 막았다는 게 사실인가요?"

수정은 눈을 질끈 감았다. 자신을 향한 경환의 사랑이 식었다고는 생각하지 않았다. 그러나 동정이든 안타까움이든 경환의 마음에 하루나가 자리 잡고 있는지 확인하려 하는 자신이 너무 힘들고 싫었다.

"내가 방탄조끼를 입었다는 걸 몰랐던 모양이야. 최석현 회장은 말해주지 않지만, 수술이 성공했어도 장애는 피하기 어려울 것 같아."

"장애요?"

하루나가 장애를 갖게 될 것이란 말에 수정의 심장은 뛰기 시작했다. 수술이 성공했다는 소식에 수정은 마음을 놓고 있었다. 한 사람만 바라보던 하루나를 유럽으로 보낸 건 자신이었다. 그러나 같은 상황이 오더라도 자신은 그때와 같은 선택을 했을 것이었다. 하루나가 장애를 갖게 된다는 소리에 수정은 심한 자책감을 느끼기 시작했다.

"하루나를 그대로 놔두실 건가요?"

"휴스턴과 호주에 재활 시설과 함께 의료 시설을 지을 생각이야. 언제가 될지는 모르겠지만, 원래대로 돌려주고 싶어. 이게 내 솔직한 심정이야."

수정은 아무 말도 하지 못했다. 자신을 향한 경환의 마음을 믿지 못하는 건 절대 아니었다. 그러나 경환의 마음 한구석에 조그맣게 자리 잡은 하루나를 느낄 수 있었다. 그것이 하루나에 대한 동정이기를 수정은 바랄 뿐이었다. 잠시 두 사람 사이로 흐르던 침묵은 거실로 들어서는 희수로 인해 깨졌다.

"아빠! 내가 얼마나 걱정을 했는데."

"그랬니? 아빠 이렇게 멀쩡하잖아. 우리 예쁜 딸 좀 안아 보자."

가방을 소파에 내 던지고 희수가 경환의 품으로 뛰어들었다. 정확히 왼쪽 가슴을 파고드는 희수로 인해 경환은 숨쉬기 힘들었지만, 희수의 머리를 쓰다듬으며 볼에 입을 맞추느라 통증을 애써 무시했다. 수정과 제니퍼는 두 부녀의 애정 행각을 빤히 바라보고만 있었다.

"어머님께서 많이 걱정하셨어요."

"그래, 제니퍼 얼굴을 보니 아저씨도 아주 반갑구나. 그런데 어머님이라니?"

경환은 희수를 품 안에 둔 채, 수정과 제니퍼를 번갈아 쳐다보았다. 아직 고등학생인 제니퍼의 입에서 어머님이란 소리가 자연스럽게 나오자 경환은 자신도 모르는 사이에 일이 벌어지고 있다는 것을 느꼈다.

"제니퍼가 휴스턴에 머문 지도 꽤 오래되었잖아요. 정우와 제니퍼도 서로 좋아하는 것 같고요. 인정하기로 했어요."

"엄마! 아빠도 사실은 알아야지. 아빠, 사실은 오빠와 제니퍼가 키스 하는 걸 엄마가 봐 버렸어. 멜린다 아줌마가 놀라긴 하셨지만, 두 사람을 공식적으로 인정하기로 했어."

"정, 정우가? 오냐 오냐 키웠더니, 이 자식이 하늘 높은 줄 모르는구 면."

희수의 고자질에 제니퍼의 얼굴은 붉게 물들여졌다. 경환은 자신을 향해 고개를 끄덕이는 수정을 외면하고는 정우에 대한 실망감을 그대로 표현했다. 아직 어리다고 생각한 정우의 행동이 괘씸하다고 느낀 경환 은 눈물까지 글썽이는 제니퍼를 향해 나지막한 목소리로 타이르기 시작 했다.

"제니퍼, 나를 포함해서 남자들은 다 늑대란 걸 잊으면 안 된다. 고등 학교를 졸업할 때까지 아무런 사고를 일으키지 않는다면 내가 나서 두 사 람을 결혼시킬 테니까, 그때까진 몸가짐을 바르게 해야 할 거야. 정우가 징징거린다고 꼬임에 넘어가지 말고."

"네, 알겠습니다. 정우 오빠 혼내지 마세요."

제니퍼의 목소리에 힘이 빠져 있었다. 아직 고등학교를 졸업하려면 2 년을 넘게 기다려야 했고, 정우는 하루가 다르게 진한 스킨십을 요구하고 있었다. 아직 가장 소중한 것을 정우에게 주지는 않았지만, 이미 크리스마스 선물로 주겠다고 약속을 한 상태였다. 경환의 말을 무시할 수 없었던 제니퍼는 보챌 정우를 어떻게 달랠지가 고민이 되어 깊은 한숨을 내쉬었다. 제니퍼의 난감한 표정을 뒤로하고 경환이 수정을 향해 입을 열었다.

"내가 희수와 할 얘기가 있는데, 당신 제니퍼와 잠시 시간을 보내 줄 수 있어?"

"무슨 일이신데요?"

"큰일은 아니고, 내년이면 희수도 장래를 선택해야 하잖아. 내가 개인적으로 희수에게 궁금한 게 있어서 그래."

"알았어요. 제니퍼, 우리 잠시 나갈까?"

수정이 제니퍼의 손을 잡고 거실을 빠져나가자, 희수는 긴장한 듯 경환을 물끄러미 바라만 보고 있었다. 경환은 크리스토퍼에게 아무도 서재에 들이지 말라는 지시를 내리고 희수와 함께 서재로 향했다. 서재에 도착한 경환은 부드러운 표정으로 희수를 바라보았다.

"요즘 네가 세운 계획은 잘 진행되고 있는 거니? 월반해서 많이 힘들 텐데."

"힘든 건 없어. SAT도 2,370점을 받았고, AP도 5점을 받았거든. 그런데 월반을 해서 인턴십과 과외 활동이 부족한 것도 사실이야. 뭐, 미국에서 대학 다닐 생각은 없으니까, 이 정도면 한국 대학에서 공부할 실력은 된다고 생각해."

희수가 한국에서 대학을 다니겠다는 소식이 언론을 통해 공개되고, 희수의 천재성이 드러나자 희수를 한국 대학에 빼앗기면 안 된다는 여론과 함께 하버드대를 시작으로 스탠퍼드대와 시카고대까지 희수의 입학을 추진하고 있었다. 그러나 희수의 생각이 요지부동이란 것을 확인한 경환은 조심스럽게 다음 질문을 꺼냈다.

"정우의 박사 취득 행사에 참석하려는 엄마와 오빠를 희수가 막았다는 것을 듣고, 아빠 많이 놀랐다. 혹시 아빠한테 하고 싶은 말이 있지 않니?"

경환은 말을 꺼내는 순간에도 조심스러웠다. 희수의 눈빛이 순간 흔들리고 있다는 걸 확인한 경환은 태연함을 유지하기 위해 애쓰고 있었다. 자신에 이어 사랑하는 희수까지 영혼이 팔렸다면 경환은 죽어서라도 마몬을 용서할 생각이 없었다. 회귀의 목적이 희수였던 만큼, 희수는 행복한 삶을 살아야만 했기 때문이었다. 경환은 떨리는 가슴을 진정시키며 희수가 생각을 정리할 시간을 주고 있었다.

"아빠, 카일 아저씨가 위험하다고 해서 그랬던 거야. 엄마나 오빠가 섭섭하긴 했겠지만, 아빠도 없는데 사고라도 당하면 안 되잖아."

"희수야, 네가 어디서 공격을 당할지 정확한 시간과 장소를 알고 있었다고 하던데, 그건 어떻게 알 수 있었던 거니?"

"그, 그건, 집에서 라이스대까지의 도로를 구글맵을 통해 살펴보다가 내가 적이라면 가장 좋은 공격 장소가 어디일지를 생각하다가 그 장소를 카일 아저씨한테 알려 준 것뿐이야. 사실 나도 그 장소가 맞을지는 전혀 몰랐어."

거짓말을 할 때면 희수의 눈동자가 흔들린다는 걸 경환은 알고 있었다. 어렸을 때부터 애지중지 키워 온 희수의 모든 동작은 경환의 머릿속에 저장되어 있었다. 거짓말을 하고는 하루도 버티지 못하고 용서를 빌었던 희수가 더는 묻지 말아 달라는 듯이 애절한 눈빛을 보내고 있었다. 경환은 답답하기만 했다.

"희수야, 아빠 이 세상에서 널 가장 많이 사랑한단다. 어쩌면 엄마나 오빠에 대한 사랑과는 다를 수도 있어. 하나만 기억해 주렴. 아빠 어떤 상황에서도 희수 네 편이란 걸 말이야. 마지막으로 하나만 물어볼게. 혹시 마몬이란 이름을 들은 적이 있니?"

"아니. 처음 듣는 이름이야."

"그래, 더는 묻지 않을게. 아빠 항상 널 믿으니까."

희수의 눈동자는 여전히 흔들리고 있었다. 어디서부터 잘못되었는지 경환은 분노를 넘어 허탈함과 공허함을 느꼈다. 당황하는 희수의 몸짓에서 딸도 자신만의 비밀을 지키고 있다는 것을 어렴풋이 느낄 수 있었다. 경환의 슬픔을 참을 수 없었던지 희수가 조용히 입을 열었다.

"아빠, 그렇게 나쁜 일은 아니니까 걱정하지 마. 아빠를 속이려고 그러는 건 아니야."

경환은 울컥 치밀어 오르는 눈물을 애써 참으며 희수를 끌어안았다. 희수에 대한 애틋함에 참았던 눈물이 한두 방울 흘러내렸다. 경환은 한동안 희수를 품에서 놓지 않았다.

2012년이 오면서 한국의 모든 시선은 총선과 대선으로 향했다. 지난 4월에 실시한 총선은 진정한 승자와 패자를 구분할 수 없을 정도로 다소 충격적인 결과를 국민들에게 안겨 주었다. 심석우와 박화수가 이끄는 신정연은 계획했던 80석에 한 석이 빠진 79석을 차지하며 화려하게 등장했고, 신정연의 돌풍에 휘말린 여당은 108석, 야당은 96석, 진보 정당과 무소속이 17석을 획득했다. 심석우와 박화수는 비례대표 순위를 버리고 지역구를 선택해 압승을 거뒀고, 신정연의 약진에 대선 정국은 한 치 앞을 알 수 없을 정도였다.

"박 대표님, 정부 여당과 야당의 밥그릇 싸움이 심해지는 것 같습니다. 계파 싸움에서 밀린 세력을 흡수해 세를 넓히는 것도 좋지 않겠습니까?"

"대선 후보 경선을 치르고 나선 이탈하는 세력은 있을 겁니다. 그러나 그들을 받아들여선 안 된다고 생각합니다. 배운 게 도둑질이라고, 썩어 빠진 계파 정치에 신정연이 물들 수도 있습니다. 우린 철저히 국회의원 개인의 의견과 정책을 존중하는 정당으로 남아야 합니다."

일부 잡음이 없었던 것은 아니지만, 신정연은 정책으로 승부를 건다는 당론을 철저히 지키고 있었다. 신정연의 의원들은 정부 여당과 야당을 가리지 않고 자신의 지역구에 맞는 정책에 따라 의견을 달리하는 모습을 국민들에게 보여 주고 있었다. 경우에 따라선 하나의 정책을 놓고 신정연 소속 국회의원들끼리 자신의 소신에 따라 난상 토론을 벌이는 일도 흔했다. 여야 의원들은 신정연 소속 의원들을 박쥐라고 표현하며 깎아내렸지만, 국민들은 새로운 시도를 하는 신정연에 지지를 보내고 있었다.

"이런 상황에서 대선에 승리한다 해도, 결국 국회에 발목을 잡혀 제대로 된 정책을 펼 수 있을지 의문입니다."

"과도기를 거쳐야 한다고 봅니다. 우리가 기존 정치인들과 같은 모습을 보인다면 국민들은 신정연을 버리게 될 겁니다."

"결국 과도기는 제가 거치고, 박 대표님은 쉽게 차기를 노리시겠다는 말씀이시군요."

박화수는 묵묵히 입을 굳게 다물었다. 심석우의 투정을 받아 줄 생각이 없어서이기도 하지만, 심석우의 지적은 정확했기 때문이었다. 국회가 세 곳으로 찢어진 상태에서 정부가 추진하는 정책은 번번이 벽에 가로막힐 확률이 높았다. 이탈 세력을 받아들여 과반수를 넘긴다면 자신이 생각한 정책을 펼 수 있겠지만, 박화수의 말대로 신정연은 구태의연한 정치에 물들 수도 있었다.

"농담입니다. 신정연을 통해 한국 정치를 먼저 바꿔야겠지요. 대선전략은 계획대로 진행되고 있습니까?"

"다음 주엔 받아 보실 수 있으실 겁니다. 헛말이 난무하는 공약이 아닌, 실질적으로 국민이 체감할 수 있는 공약을 기본으로 하고 있습니다. 관건은 TV토론을 통해 지지도를 끌어올려야 한다는 점입니다. 이미 SHJ 시큐리티와 SHJ홀딩스가 여야의 대선 공약 허점을 철저히 분석하고 있습니다."

아직 여야의 대선 후보 경선이 치러지지도 않은 상태에서 공약을 분석하고 있다는 점이 심석우는 새삼 놀랍지도 않았다. 스포트라이트를 받으며 화려하게 정치에 입문하게 된 것도 SHJ의 철저한 계획이 없었다면 불가능했다. SHJ는 겉으로는 중립을 표방하고 있었지만, 오성과 대현, 대후그룹을 아우르며 물밑에서 신정연을 지원하고 있었다. 물론 밥그릇을 챙기려는 기업의 특성을 무시할 수 없었던 SHJ는 모든 경제적 이익을 SHJ와의 합작으로 떠안는 강수를 두며 신정연으로 향하는 정경유착을 사전에 방지했다.

"제가 만약 대선에 실패한다면, 형님은 과연 한국을 떠날까요?"

"회장님의 성격으로 봐선 분명 한국에 대한 미련을 버리실 겁니다. SHJ는 이미 세계 경제를 움직이는 중심으로 다가가고 있습니다. 한국에 목맬 필요가 전혀 없다는 말이기도 하고요. 북한을 위에 두고 중국과 일본 사이에서 허덕이는 한국을 변모시키기 위해서라도 이번 대선, 반드시 이겨야 합니다."

주변국의 도발에도 기침 한 번 크게 할 수 없는 현실을 바꾸고 싶었다. 경환의 부하 노릇을 한다 해도 당당하게 큰소리칠 수 있는 나라로 만들고 싶다는 생각이 간절했다. 대선 일자가 빠르게 다가올수록 심석우는 긴장했다.

미국과 한국의 대선 레이스가 본격적으로 시작되면서 경환은 마지막 단추를 채우기 위해 움직이고 있었다. 공화당의 미트 롬니와 민주당의 힐러리 클린턴이 서로에게 날을 세우며 엎치락뒤치락하고 있었지만, 경환은 민주당 상원 의원인 제이의 요청을 받아들여 힐러리 클린턴에게 무게감을 실어 주고 있었다. 그것은 경환이 제이와 함께 비밀리에 힐러리와 만나 대선 승리 이후의 일들에 대해 사전협의를 거쳤기에 가능할 수 있었다.

한국은 여야의 대선 후보 경선이 시작되자 구태의연한 네거티브전략이 난무하며 서로에 대한 비난 수위를 높이고 있었다. 그러나 신정연은 경선 후보 간의 철저한 정책 대결로 심석우를 대선 후보로 결정한 상태였다. 이런 정책 대결은 TV를 통해 여과 없이 방영되었고, 국민들은 인물이 아닌 정책으로 경쟁하는 신정연의 경선 방식에 신선함을 느꼈다.

"그게 무슨 말씀이십니까! 저는 절대 동의하지 않겠습니다."

미국보단 한국 대선에 깊숙이 개입하고 있던 경환은 얼굴까지 붉히며 황태수를 나무라기 시작했다. 그러나 경환의 질책에도 황태수의 얼굴엔 편안함이 묻어나 있었다.

"회장님, 물이 고이면 썩는 법입니다."

"SHJ는 아직 고인 물이 아닙니다. 반도 채우지 못한 상태인데 벌써 물을 빼겠다는 부회장님의 말씀에 저는 절대 동의할 수 없습니다."

경환의 고함에도 황태수는 미소를 잃지 않고 있었다. 경환의 반발을 예상하지 못한 것은 아니었지만, 황태수도 이번만큼은 뜻을 굽힐 생각이 없었다. 22년 전, 경환과의 첫 만남을 떠올린 황태수는 세월의 무상함을 느끼며 눈을 지그시 감았다. 화성산업이라는 들어 보지도 못한 회사의 실장으로 오성건설의 잘나가던 부장인 자신을 무력하게 만들었던 경환을 황태수는 잊을 수 없었다. 일개 중소기업을 글로벌 기업인 KBR의 파트너로 만든 추진력과 예측력은 도저히 20대라고는 볼 수 없을 정도였다. 경환이 SHJ란 기업을 만들고 자신에게 내민 손을 잡았을 때에도 황태수는 내심 이를 반겼다. 그리고 자신의 선택이 절대 잘못되지 않았다는 것을 지금껏 느끼고 있었다. 그런 황태수가 이제는 자신의 자리를 놓아야겠다고 말하고 있었다.

"회장님께서 저를 생각해 주시는 마음, 진심으로 감사드립니다. 그러나 제 한계는 제가 잘 알고 있습니다. 제이콥과의 관계가 정리된 지금, SHJ는 과감한 전략으로 미래를 선도해야 합니다. 그러기 위해선 저보다는 린다가 적격입니다. 그건 회장님도 잘 아시고 계시지 않습니까?"

"누누이 말해 왔지만, SHJ는 인간이 중심이 되는 기업으로 남아야 합니다. 아직은 조화가 필요하다는 게 솔직한 제 생각입니다. 물론 린다가 부족하다는 건 아니지만, 린다의 강함은 부러질 수도 있습니다. 아직은 부회장님이 받쳐 주셔야 합니다."

"린다는 회장님 덕에 강함과 함께 유연함을 이미 갖췄습니다. 충분히 회장님을 보좌하고도 남을 겁니다."

"그래도 안 됩니다. SHJ는 정년이 없다는 게, 제 신조란 걸 모르셨습니까?"

경환은 황태수의 부회장직 사임을 절대 받아들일 생각이 없었다. 황태수의 뜻을 경환도 모르지 않았고, 린다면 충분히 SHJ를 이끌 수 있다는 것을 알고 있었지만, 황태수를 이렇게 보내고 싶지 않았다.

"혹시 제 사임을 막으시는 이유가 저보다 먼저 쉬시려고 하시는 것 아니십니까?"

"무, 무슨 말도 안 되는……."

경환이 말을 더듬자, 황태수는 소파에 묻었던 몸을 들어 올려 경환의 코앞으로 다가갔다. 생각을 들키기라도 한 듯, 경환은 연신 헛기침을 해댔고 그의 약점을 잡은 황태수는 집요하게 파고들기 시작했다.

"제가 회장님을 모신 지 20년입니다. 제 마누라 생각은 몰라도 회장님 생각은 충분히 읽을 수 있지요. 다른 사람은 속여도 저는 못 속입니다."

"이거 부회장님하고는 말이 안 통하는군요. 어쨌든 부회장님의 사임은 못 받아들입니다. 아니, 안 받아들입니다."

이유도 없는 경환의 강짜에 황태수는 고개를 절레절레 흔들었다. 황태수는 한번 결정하면 뒤를 돌아보지 않는 경환을 너무 잘 알고 있었다. 경환을 설득하기 위해 황태수는 마지막 수단을 쓸 수밖에 없었다. 그러나 황태수의 얼굴은 여전히 밝은 표정이었다.

"사모님께 크루즈 선박을 선물하시겠다고 들었습니다. 그걸 제가 맡아서 하겠습니다. 그 대신 그룹부회장으로 린다를 임명하시고 저는 그룹고문으로 남게 해 주십시오. 이 정도면 좋은 거래라고 생각하는데요."

"헉! 그걸 어떻게 아셨습니까? 혹시 최석현 회장입니까?"

경환은 제이콥과의 거래를 성사하고 은밀히 최석현에게 크루즈 선박의 설계를 부탁했다. 황태수에게 그룹경영을 맡기고 수정과의 약속을 지키려던 경환의 계획은 부회장직 사임이라는 복병을 맞아 삐거덕거리고 있었다. 비밀을 지킬 것을 약속받았던 경환은 자신의 뒤통수를 친 최석현을 그냥 놔두지 않겠다고 다짐하고 있었다.

"최 회장은 아닙니다. 사모님이 하신 말씀을 제 집사람이 전해 주더군요. 기대하시면서도 있을 수 없는 일이라고 하셨답니다. 회장님을 슬쩍 넘겨짚어 봤는데, 최 회장에게 뭔가를 지시하신 것을 보면 제 추측이 맞았나 보군요. 그리고 제 입 아주 쌉니다. 하하하."

"정말 이렇게까지 하셔야겠습니까? 제 뒤통수를 제대로 치시는군요."

제이콥과의 싸움에도 밀리지 않던 경환은 황태수를 앞에 두고 긴 한숨을 내쉴 수밖에 없었다. 그러나 경환은 그런 황태수가 고마웠다. 공격적인 경영을 통해 미래를 대비해야 한다는 황태수의 말엔 경환도 어느 정도는 동의하고 있었다. 경환은 때를 알고 물러서려는 그가 고마우면서도 야속하기만 했다.

"회장님, 전 죽을 때까지 SHJ 사람입니다. SHJ에 대한 애정이 넘치기에 물러나려는 것뿐입니다. 그리고 회장님의 다음을 준비하기 위해서라도 저보다는 란다가 적격입니다."

경환은 더는 황태수의 결심을 되돌릴 수 없다는 걸 직감했다. 그렇다고 황태수를 자신의 곁에서 떠나게 하고 싶지도 않았다. 어떤 면에서 본다면 란다보다는 자신의 곁을 묵묵히 지켜 준 황태수에 대한 애정이 각별했기 때문이었다. 마지막 결심을 한 경환은 무겁게 입을 열었다.

"제 집사람을 속일 순 있어도 부회장님을 속일 수 없다는 건 진작 알고 있었습니다. 부회장님이 내미신 거래, 받아들일 수밖에 없겠군요. 자리 이동은 하지 않겠습니다. 명패만 고문으로 바꾸시고 크루즈 건조를 맡아 진행해 주세요. 이 비밀이 샌다면 그땐 그룹회장으로 복귀시킬 겁니다."

"하하하, 비밀이 샐 염려는 없습니다. 크루즈 사업에 진출하겠다고 선언을 하면 그만이니까요. 저도 오늘부턴 두 다리 쭉 뻗고 잠들 수 있게 되었군요."

다음 날 SHJ는 황태수를 그룹고문으로 위촉하고 린다를 그룹부회장으로 하는 인사를 단행했다. 린다의 강력한 반발이 없었던 건 아니었지만, 황태수와 경환의 설득에 린다도 결국 굴복할 수밖에 없었다. 황태수의 은퇴를 지켜본 어윈 제이콥스는 고령인 자신의 은퇴도 받아들여 달라는 요청을 했지만, 경환은 두 개의 중심축이 동시에 무너지면 안 된다는 이유를 들어 일언지하로 거절해 버렸다.

본격적인 린다 체제로 모양새를 바꾼 SHJ는 제이콥과의 싸움으로 위축되었던 그룹경영에서 벗어나, 그동안 쌓아 놨던 막대한 자금을 통해 M&A 시장을 싹쓸이하는 공격적인 투자로 SHJ테크놀로지와 SHJ유니버스의 기술력을 확대해 가기 시작했다. 또한, FRB 뉴욕은행 지분을 확보함으로써 이사진 구성 권한을 받은 SHJ는 20명의 이사진을 파견해 본격적으로 FRB 정책에 영향력을 행사했다. 아직 제이나 제이콥이 가진 영향력엔 미치지 못했지만, 그 정도만 해도 중간 역할은 충분히 할 수 있을 정도였다. 경환은 핵심 사업을 제외하고는 모든 경영을 린다와 회장단에 넘기고 있었다.

"너 혼자 컸다고 생각하는 거니? 엄마 마음은 아주 찢어지는데, 너는 뭐가 그리 좋다고 웃는 거니?"

"내가 죽으러 가는 것도 아닌데 엄만 왜 울고 그래? 내가 너무 과잉보호로 컸다니까."

수정은 대학을 다니기 위해 한국으로 떠나는 희수를 부여잡고 놔주질 않았다. 눈물까지 글썽거리는 수정과는 달리 희수의 얼굴은 환하게 빛나고 있었다.

"여보, 애 말하는 것 좀 봐요."

아무 말도 없이 서 있는 경환을 수정이 날카로운 눈빛으로 쳐다보자, 경환은 움찔했다. 두 모녀 사이에 끼어들어 본전도 찾지 못한 적이 많았기에 철저히 중립을 지키기로 마음먹었지만, 희수가 떠나는 지금 상황에서 경환도 살길을 찾아야만 했다.

"이희수, 오빠도 그랬고 대학생이 되면 등록금과 생활비는 네가 스스로 벌어야 해. 엄마 맘 상하게 해서 너한테 득 될 것은 하나도 없을 텐데."

"윽, 치사하게. 그렇지만, 나에겐 할아버지와 할머니가 계시다는 사실. 음하하하."

너스레를 떠는 희수를 경환과 수정은 멍하니 바라만 볼 수밖에 없었다. 하나밖에 없는 딸을 처음으로 떼어 놓는 아픔에 수정은 희수와 함께 서울에 들어가고 싶어 했다. 기숙사에 머물게 될 희수를 위해 이것저것 준비해 주고 싶었지만, 희수는 극구 사양하고 혼자서 한국에 가는 것을 선택했다.

대학을 선정할 당시 희수는 영악하게도 대학과 직접 거래를 시도했다. 많은 대학에서 희수의 입학을 희망했지만, 희수는 경환의 모교인 한양대에 직접 전화를 걸어 장학금과 기숙사, 거기에 생활비를 조건으로 흥정을 벌였고 대학 측은 희수의 조건을 전적으로 수용했다. 장학금과 기숙사, 생활비를 지원한다 해도 희수의 입학으로 가져올 대외 이미지 향상을 생각하면 절대 밑지는 장사가 아니었기 때문이었다. 용돈을 받으려면 엄마한테 잘하라는 경환의 말은 희수에겐 엄포에 지나지 않았다.

"희수 넌 엄마가 슬퍼하는 건 보이지도 않니?"

"희수 쟤 집을 떠나는 게 그렇게 좋은가 봐요. 딸 키워 봐야 소용없다더니, 흑……."

참았던 눈물이 수정의 눈에서 흘러내렸다. 한순간도 희수와 떨어진 적이 없었던 수정은 엄마로서 다른 감정을 느끼고 있었다. 아이들이 성장하고 독립한다는 걸 알고는 있었지만, 그 시기가 너무 빨리 다가왔다는 사실을 받아들이기 힘들었다.

"엄마는 아빠가 있잖아. 그리고 며느리 될 제니퍼도 있고. 전화도 자주 하고, 방학하면 꼭 올게. 그리고 내가 이 세상에서 제일 사랑하고 고마운 사람은 엄마야."

"희수야, 하루에 한 번씩은 꼭 전화하고, 주말엔 반드시 서산에 내려가고, 힘든 일 생기면 엄마한테 바로 알려 줘야 해. 엄마가 바로 한국으로 갈 테니까."

수정이 희수를 껴안고 울음 섞인 목소리로 당부하는 모습을 경환은 물끄러미 바라만 보고 있었다. 자신과 SHJ의 미래를 위해 일찍 부모의 곁을 떠나려는 희수를 생각하면 울컥하는 심정을 주체할 수 없었지만, 두 모녀의 신파극에 동참할 생각은 없었다.

"시간 다 되었다. 지금 들어가야 탑승 시간을 맞출 수 있을 거야."

"나 그만 갈게. 그리고 학교생활에 익숙해지면, 그때 엄마 부를게."

"흑, 그래 어서 들어가라. 학교 다니면서 밥 굶으면 안 된다."

수정을 억지로 떼어 놓은 경환은 희수의 등을 출국장으로 밀었다. 전용기를 이용해 한국에 보내려고 했지만, 희수는 앞으론 자신의 힘으로 성장하겠다는 말과 함께 전용기를 거절했다. 출국장으로 들어가기 전 희수가 뒤를 돌아 손을 흔들었다.

"제니퍼! 엄마 잘 부탁할게. 그리고 오빠가 너한테 잘못하면 나한테 말해. 내가 그날로 당장 날아와서 네 편들어 줄 테니까."

"고마워. 건강하고, 메일로 자주 연락하자."

"네가 내 동생이면 내 편을 들어 줘야지. 누가 널 데려갈지 고생문이 훤하다."

환하게 웃으며 손을 흔들던 희수가 출국장 안으로 사라지자, 수정은 주위의 시선에도 아랑곳하지 않고 주저않아 굵은 눈물을 흘리기 시작했다. 제니퍼가 급히 수정의 팔을 부축하며 정우를 노려보자, 머리를 긁적이던 정우가 급히 다른 팔을 부축하고 나섰다. 경환은 그런 정우를 한심하게 바라보고는 여자를 이기지 못하는 자신의 피가 아들에게까지 흘러들어 간 것을 확인하고는 안타까움에 고개를 좌우로 흔들었다.

수정이 아이들의 부축을 받으며 공항 밖으로 빠져나가자, 알과 카일이 조용히 다가왔다.

"회장님, 한국 지부에서 준비를 완료했다는 보고가 들어왔습니다."

"희수의 눈치가 보통이 아니니, 절대 조심하라고 지시하십시오."

"SHJ시큐리티의 한국 지사와 호주 지사에서 특별히 선발한 인원이고 정식으로 대학에 편입한 만큼, 희수도 쉽게 눈치를 채기는 힘들 겁니다."

아무리 위험 요소를 제거했다고 해도 경환은 안심할 수가 없었다. 더욱이 희수가 비밀을 간직하고 있다는 사실을 알고부터 SHJ시큐리티의 밀착 경호를 지시했고, 카일은 희수와 같은 과에 두 명의 여자 요원을 입학시켰다. 경환은 쉽게 떨어지지 않는 발걸음을 돌리며 깊은 한숨을 내쉬었다.

미국의 대선은 너무 싱겁게 끝이 났다. 8년간의 공화당 집권도 경제를 살리지 못했다는 평가 속에 미트 롬니는 제대로 된 반격을 못 하고, 힐러리 클린턴에게 쉽게 백악관을 내주고 말았다. 부부가 동시에 대통령이 되었다는 타이틀보다는 여성 최초라는 수식어가 따라옴으로써 힐러리는 남편의 그늘에서 완전히 벗어났다는 평가를 받고 있었다. 대선이 끝난 후 힐러리의 감사 전화를 직접 받은 경환은 그동안 미뤄 왔던 NSA와 펜타곤과의 합작 사업을 공식적으로 승인하며 힐러리의 승리를 축하해 주었다.

싱겁게 끝난 미국 대선과는 달리 한국의 대선은 혼전 양상을 거듭하고 있었다. 아무리 SHJ가 뒤를 받쳐 준다고는 하지만, 보수와 진보로 나뉘며 확실한 지지층을 가지고 있는 여야의 저력은 무시할 수 없었다. 확실한 우위를 점한 후보가 없는 상태에서 지지율 2위로 시작한 심석우는 롤러코스터처럼 1위와 3위를 오르락내리락하는 지지율로 인해 천국과 지옥을 맛보고 있었다.

그런 지지율의 널뛰기에 변화가 생기기 시작한 건 TV토론이 끝나고 나서부터였다. 여야 대선 후보가 공동으로 심석우를 공격하고 나섰지만, 심석우는 이를 유연하게 대처하면서 역공을 펴는 전략을 취했다. 가장 뜨거운 논란을 핀 복지정책과 관련해 심석우는 5년간 증세 없이 100조 원 이상을 투입하겠다는 여야의 복지정책을 조목조목 반박하고 나섰다. 아울러 공약이 헛소리로 끝나지 않기 위해 매년 공약 이행률을 국민에게 보고해 중간 평가를 받자는 제안을 하며 여야 대선 후보를 꿀 먹은 벙어리로 만들었다.

"심 후보님의 복지정책은 국민들이 무엇을 원하는지 전혀 모르시는 분 같습니다. 평소 신정연의 당론이 정책을 통한 경쟁으로 알고 있는데, 과연 복지에 대해 알고는 계시는지 되묻고 싶습니다."

5세까지 무상교육과 양육 수당 지원, 4대 중증 질환의 100% 건강보험 책임, 고교 무상교육과 저소득층 대학 등록금 무상 지원 등의 복지 공약으로 재원 100조 원을 증세 없이 마련하겠다고 장담한 여당 후보가 심석우를 공격하고 나섰다. 이미 심석우에 의해 재원 마련 방안이 무참히 박살 난 여당 후보의 얼굴엔 심석우를 가만두지 않겠다는 비장함이 서려 있었다.

"복지정책을 검토하면서 많이 망설였던 게 사실입니다. 재원 마련이나 세수를 고려하지 않고 오로지 국민들의 입맛에만 맞춰야 할지를 말입니다. 여기 계신 후보님들의 복지 공약은 너무나도 훌륭합니다. 대한민국의 복지정책은 반드시 그렇게 가야만 합니다. 그러나 안타깝게도 아직은 정부의 재원으로는 그 좋은 정책을 다 수용할 수 없습니다. 대한민국이 복지국가로 가기 위해선 자기 것을 일부 포기해야만 합니다. 아흔아홉 개를 가진 자가 하나 가진 자의 것을 빼앗는 것이 아닌, 아흔아홉 개에서 하나를 빼 하나도 가지지 못한 자에게 줄 수 있는 사회가 되어야만 진정한 복지국가의 시작이라고 저는 생각합니다."

"추상적인 말씀이시군요. 복지정책이 없다는 걸 미화시키는 것 아닙니까?"

여당 후보의 질책성 발언에도 심석우는 카메라를 향해 환한 웃음을 지을 뿐이었다.

"박 후보님은 성격이 참 급하시군요. 후보님이 보시기에 복지에 관한 제 공약이 적을 수는 있지만, 모두 지킬 수 있는 공약입니다. 그러나 100조 원이 넘는 돈이 증세도 없이 하늘에서 떨어지는 건 아닙니다. 저는 재원 마련을 위해 서민의 부담이 증가하는 간접세는 놔두고 직접세를 조정하는 방법을 통해 복지국가로 가는 토대를 만들 생각입니다. 제가 다할 생각은 없습니다. 단지, 복지국가로 갈 수 있는 토대를 만들어 물려줄 생각입니다. 그러기 위해 가진 자들을 끊임없이 설득할 생각입니다."

심석우는 TV토론에서 부자 증세란 말을 사용하지 않았다. 법인세와 상속 등 재산과 소득에 관련된 직접세를 우회적으로 거론했다. 기득권의 반발을 불러올 수도 있는 심석우의 발언에 여야 대선 후보의 입가엔 미소가 번졌다. 그러나 그 미소는 단 하루 만에 곤혹스런 표정으로 바뀌게 되었다.

TV토론이 끝난 다음 날, SHJ 아시아 본사는 워런 버핏의 주장을 근거로 부유세의 긍정적인 측면을 들어 부의 재분배와 사회적 기여에 기업이 나서야 할 때라는 발표를 하고 나섰다. SHJ 아시아 본사의 발표에 맞춰 오성과 대현, 대후그룹 산하의 경제연구소에서 버핏세라고 불리는 부유세에 대해 검토할 가치가 있다는 보고서가 나오면서 반신반의하던 국민들의 시선은 서서히 심석우를 향하기 시작했다.

인천공항으로 경환의 전용기가 사뿐히 내려앉았다. 전용기가 멈추고 문이 열리자, 수정과 나란히 손을 잡고 내리는 경환의 뒤로 정우와 제니퍼의 모습이 보였다. 대선을 3일 앞두고 한국을 방문한 이유에 대해 언론들의 추측성 기사가 연일 보도되고 있었지만, SHJ는 성탄절 연휴를 가족과 함께 보내려는 경환의 뜻이라는 짧막한 성명을 발표해 심석우와 연결지으려는 언론의 추측을 차단하고 나섰다. 서산으로 향하는 리무진 안에서 경환은 잭에게 입을 열었다.

"여론 플레이는 잘 진행되고 있습니까?"

"근소하게 앞서고 있지만, 여전히 오차범위 내에 있습니다. 개인 블로거를 중심으로 이번 대선에 심 후보가 탈락하면 한국과의 합작 사업을 접고 SHJ 아시아 본사가 호주로 이전할 수도 있다는 소문이 퍼지고 있습니다. 여당 후보와 언론에서 사실 여부를 확인해 달라는 요청을 해 오고 있지만, 대응하지 않고 있습니다."

기득권의 벽은 높았다. SHJ의 막대한 지원에도 심석우의 지지율은 오차범위를 벗어나지 못하고 있다는 사실에 경환의 미간은 급히 좁혀졌다. 심석우를 만나 힘을 실어 주고 싶었지만, 선거법 위반에 휩싸일 수도 있었고, 정경유착을 걱정하는 국민들의 역풍을 맞을 수도 있어 자제해야만 했다. 도청 방지 시스템을 확인한 알이 고개를 끄덕이자, 경환은 SHJ퀄컴에서 자체 개발한 위성전화기를 꺼내 버튼을 눌렀다.

"제이, 제임스입니다."

[급히 한국을 방문했다는 소식은 듣고 있었는데, 한국 대선 때문인가?]

"뭐, 그렇게 되었네요. 지난번 부탁했던 일을 진행해야 할 것 같습니다."

[한국 대선이 자네의 뜻과 달리 쉽지 않다는 보고는 듣고 있었네. 이미 준비하고 있으니 몇 시간 후면 좋은 소식이 들어갈 거야. 일이 잘 풀리면 돌아와서 술이라도 한잔 사게.]

역시 제이는 사태를 파악하고 있었다. 힐러리를 뒷받침하는 조건으로 한국 대선에 대한 도움을 약속받은 경환은 마지막 단추를 채우기 위해 제이의 지원을 요청했고, 제이는 이미 모든 준비를 마치고 있었다. 경환이 급격히 제이콥과 가까워지는 것을 방지하기 위해 제이는 경환의 부탁을 들어줄 수밖에 없는 처지였다.

"박화수 대표에게 곧 소식이 있을 테니 준비하라고 일러두세요. 마지막 작전인 만큼, 입단속을 철저히 하라는 말도 잊지 마시고요."

"알겠습니다."

잭이 위성전화기를 들어 박화수에게 연결을 시도하고 있을 때, 경환과 가족들이 탄 차량은 SHJ타운 정문을 통과해 저택을 향해 빠르게 달려가고 있었다.

경제정책 실패와 원전 폭발로 국민들의 전폭적인 지지에 자민당은 정권 탈환에 성공했고, 그 중심엔 아베 신조가 있었다. 총리실의 밖을 바라보는 아베의 얼굴엔 기쁨이 충만해 있었다. 태평양 전쟁의 패배 이후, 70년이 흐르는 동안 일본은 발톱을 숨기고 와신상담을 하며 재기를 노려왔다. 이젠 과거의 영광을 재현하기 위해 일본의 본 모습을 보여 줄 필요가 있었다. 중국은 경제력을 군사력에 쏟아부으면서 미국을 위협하는 수준까지 도달했고, 미국으로서도 중국을 견제하기 위해선 일본에 힘을 실어 줘야겠다고 판단했다. 때가 무르익었고, 허리춤에 감춰 둔 칼을 뺄 시기였다.

"총리, 미국에서도 문제 삼지 않겠다는 답변이 도착했습니다."

"역시, 제 생각이 맞았습니다. 미국도 결국엔 한국이 아닌 일본의 손을 들어 줄 수밖에 없었을 겁니다."

"그래도 한국을 자극하는 건, 시기적으로 좋지 않다는 분석이 많습니다."

"아니에요. 현 정권이 힘을 쓰지 못하는 지금이 가장 적기입니다. 대선 후보들은 의견이 분분할 거고, 적극적인 대처는 하지 못할 겁니다. 우린 다케시마가 분쟁 지역이란 사실을 알림으로써 한국과의 외교에 우위를 점하고, 국민들에게 다케시마에 대한 인식을 높이기만 하면 성공입니다."

미국도 눈을 감아 주기로 약조가 돼 있었다. 강한 일본을 외치며 경제 부흥을 약속하고 얻은 자리였다. 금융 완화와 엔저를 통해 내수를 증가하고 재정 수입을 확대하는 경제정책이 일시적으로 먹히면서 고질적인 디플레이션을 잡는 성과를 보였다. 이젠 한국과의 분쟁을 통해 강한 일본을 국민들에게 인식시켜 그동안 감춰 왔던 칼을 빼 들기만 하면 되는 간단한 일이었다.

"문제는 심석우가 어디로 튈지 모른다는 겁니다. 그리고 심석우 뒤에 SHJ가 버티고 있다는 미확인 정보도 있습니다. SHJ가 나선다면 골치 아플 수도 있지 않겠습니까?"

"SHJ도 결국은 미국 기업입니다. 기업이 외교 문제에 관여할 수 없을 겁니다. 또한, 한국은 다케시마에 대응하지 않겠다는 원칙을 세웠다고 하니, 우리를 도와주고 있지 않습니까? 우린 그런 한국 정부를 이용해 실익을 얻으면 됩니다. 적어도 20년 내에는 다케시마를 최소한 공동 관리 구역으로는 만들 수 있을 겁니다."

음흉한 미소를 띠는 아베는 급히 수화기를 들어 명령을 하달했다. 아베의 명령이 떨어지고 몇 시간 지나지 않아, 일본 해상 자위대 소속 헬기 한 대가 함정에서 이륙해 빠른 속도로 KADIZ(한국방공식별구역)를 넘어 독도 인근 54킬로미터까지 접근하기 시작했다.

신정연 당사로 기자들이 급속히 모여들고 있었다. 근소한 차이지만, 지지율 1위를 보이고 있는 심석우의 갑작스러운 기자회견 소식에 9시 뉴스까지 뒤로 밀리며 모든 언론이 촉각을 곤두세우고 있었다. 격앙된 모습으로 단상에 선 심석우가 마이크를 대고 입을 열었다.

"금일 오후 17시 30분경 일본 해상 자위대 소속 헬기 한 대가 KADIZ를 넘어 독도 인근 21킬로미터까지 접근한 중대한 사태가 발생했습니다. 우리 공군의 F-15K가 출격하자 헬기가 기수를 돌렸지만, 일본도 제3 항공대의 F-15J를 출격시켜 무력시위를 하다 기수를 돌렸다고 합니다. 이런 중차대한 사태가 벌어졌음에도 일본의 후안무치에 경고도 없이 사건을 덮으려는 정부가 저는 한탄스럽습니다."

대선에 대한 중대한 결단이 있지 않을까 생각했던 기자들이 웅성거리기 시작했다. 기자들을 살피던 심석우는 심각한 표정으로 말을 이어 갔고, 그들은 심석우의 말을 확인하기 위해 사방으로 전화를 돌리느라 분주했다.

"독도는 엄연히 대한민국의 영토입니다. 정부는 독도를 실효 지배하는 곳은 대한민국이고, 사법재판소 역시 100년을 실효 지배하면 영토를 실질적으로 점유하고 있는 국가의 영토로 인정한다는 말도 안 되는 이유로 국민들을 속이고 있습니다. 국민 여러분, 분쟁이 있는 영토는 1,000년을 지배하더라도 실효 지배 인정이 되지 않습니다. 그러므로 일본은 철저하리만큼 독도를 분쟁 지역으로 만들려 하는 것입니다. 또한, 정부는 우리가 대응하면 우리 스스로 독도를 분쟁 지역으로 만드는 격이라는 논리로 무대응이 상책이라는 주장을 하고 있습니다. 그러나 저는 그렇게 생각하지 않습니다. 일본은 우리의 무대응을 철저히 계산속에 넣으며 독도를 공동 관리 구역으로 설정하기 위해 치밀하게 접근하고 있습니다."

단상 뒤의 스크린에 일본어로 표기된 기밀문서가 나타났다. 선명한 한국지도 위로 독도와 울릉도 사이가 긴 타원형으로 칠해져 있었고, 남해는 제주도까지 포함해 칠해져 있었다. 기자들 모두 그 의미를 알지 못해 웅성거리고 있을 때, 일본어 전공자인 한 기자의 외침이 들렸다.

"뭐야? 저거 잠수함 전대의 작전 구역 표시잖아!"

"맞습니다. 일본 해상 자위대의 잠수함 전대의 극비 문서입니다. 저는 이 문서를 입수하고 조용히 국방부에 전달할 생각이었습니다. 그러나 일본의 독도 도발을 숨기기에 급급한 정부에 실망감을 느껴 공개를 결심했습니다. 일본은 한국의 영토를 제집 앞마당처럼 드나들고 있습니다. 저는 지금 이 순간에도 분노를 금치 못합니다. 아울러 이 문서가 조작된 문서라면 저는 지금이라도 당장 대선 후보를 사퇴하고 법의 심판을 받겠습니다."

심석우의 목소리엔 힘이 들어가 있었다. SHJ시큐리티에서 전달한 문서였고, 이 문서가 조작되었다는 헛소리가 들리면 더 강력한 문서를 연이어 공개할 생각이었다. 일본은 빼도 박도 못하는 외통수에 걸린 상태였다.

"저는 국민 여러분께 약속드립니다. 제가 정부의 수반이 된다면 일본의 독도 도발에 강력한 대응을 하겠습니다. 일차적으로 독도의 경비를 경찰에서 해병대로 교체하는 방안을 적극적으로 검토하고, 이차적으로 동해 1함대의 전력을 이지스함과 강습 상륙함, 잠수함을 포함한 기동전단 규모로 확대해 동해를 침범하는 어떠한 적도 용인하지 않겠다는 의지를 보여 주겠습니다. 마지막으로 해양기지 건설과 입도 지원 시설을 확대해, 더는 조용한 외교로 일본의 기를 살려 주는 일은 하지 않을 생각입니다. 이젠 도발엔 격퇴로 맞불을 놓아야 할 때입니다. 저는 지금이라도 정부가 일본과 영토 분쟁을 벌이고 있는 중국과 러시아와 공동으로 이 문제를 대처하길 주문합니다."

말을 마친 심석우는 질문을 받지 않고 사라졌다. 자주국방을 외치던 심석우가 일본을 향해 칼을 뺐다는 다소 선정적인 제목의 기사가 각 신문사로 빠르게 전송되고 있었다. 여당과 야당 후보들은 심석우의 기자회견에 아무런 대응도 하지 못하고 그저 TV로 방영되는 심석우의 얼굴만 바라볼 수밖에 없었다. 다음 날부터 정부와 여당을 중심으로 한 정치권이 심석우를 비판했다. 주변국을 자극할 수 있는 위험한 발언이라는 성명으로 심석우에 대한 불만을 노골적으로 표출했지만, 오히려 심석우의 지지율은 오차범위를 벗어나기 시작했다.

"회장님, 당락이 결정된 것 같습니다. 미국 대선보다 힘든 싸움이었습니다."

급히 한국을 찾은 린다, 카일과 함께 대선 결과를 지켜보던 경환에게 잭이 당락을 보고했다. 황태수의 은퇴에 자극을 받고 경환에게 자신의 은퇴를 거론했다 한마디로 박살이 난 잭은 경환의 눈치를 보는 중이었다.

"다들 고생하셨습니다. 심 후보가 청와대에 들어간다 하더라도, 국정 장악능력은 떨어질 수밖에 없을 겁니다. 잭은 눈에 띄지 않는 선에서 최대한의 지원을 아끼지 마세요. 그리고 다시 한 번 은퇴를 거론하면 종신직으로 임명할 테니 알아서 하시고요."

잭은 경환을 향해 어색한 웃음을 보였다. 국민들의 관심 속에 75%의 투표율을 보인 대선은 근소하게나마 심석우가 앞서고 있었다. 그러나 총투표수 3,070만 표 중에서 심석우가 40%, 여당 후보가 36%, 야당 후보가 23%로 심석우와 여당 후보의 표 차이는 100만 표를 조금 넘을 뿐이었다. 심석우가 정권을 잡고 신정연이 여당으로 틀을 바꾸더라도 국정을 끌고 나가기에는 쉽지 않은 정국이었다.

"이번 선거가 끝나면 기존 여당과 야당의 계파 싸움으로 분열이 예상됩니다. 다음 정권에 힘을 실어 주려면 이들 계파를 신정연으로 끌어들이는 게 어떻겠습니까?"

"더는 개입하지 마십시오. 그건 심석우 후보와 박화수 대표가 풀어야 할 몫입니다. 우린 두 사람과 약속한 일을 지키는 선에서 최대한의 지원을 하는 것이지, 우리가 정치에 직접 개입하면 국민 여론의 역풍을 맞을 수도 있습니다."

구태의연에 익숙한 정치인들이 신정연에 모여든다면 신정연은 기본 창당 목적을 잃을 것이고 국민들 역시 등을 돌릴 게 뻔한 일이었다. 그러나 심석우와 박화수가 어떤 선택을 하게 될지, 경환은 자신의 선택이 잘못

되지 않았다는 것을 증명하기 위해서라도 그것을 지켜볼 필요가 있었다.

"대통령직 인수위가 설립되면 우리와의 합작이 본격적으로 시작될 겁니다. 표면상으로는 잭이 거래하게 되겠지만, 린다가 총지휘를 맡으십시오."

"이미 SHJ기술연구소는 준비를 마쳤습니다. KFX 개발과 대함 미사일, 신형 구축함 등은 ADD(국방과학연구소)와 공동 기술 계약이 체결되면 바로 성과를 보일 수 있습니다. 그러나 탄도탄 방어 시스템은 펜타곤의 항의가 예상되어, 일단 포함시키지는 않았습니다."

"하기야 보잉과 공동 개발한 전투기도 FMS로 묶였는데 탄도탄 방어 시스템은 말하면 입만 아프겠죠. 우선은 미국과 한국, SHJ가 공동으로 개발하는 모양새를 취하고 판매 이익은 최상으로 산정하십시오."

좋은 무기라도 미국 정부를 배제하고 개발, 판매할 수는 없었다. 존 매케인 정부와의 계약으로 판매의 자유를 가졌다고는 하지만, SM-3와 PAC-3를 능가한다는 자체 분석 보고에서도 알 수 있듯이 한국과 단독으로 개발한다면 미국은 입에 거품을 물 게 뻔했다. 고고도 탄도미사일 요격을 목적으로 개발된 SM-3는 일본과 공동으로 연구 개발된 미사일이었고 이번 SHJ기술연구소의 탄도탄 방어 시스템이 본격 가동된다면 퇴물이될 수밖에 없었다. 김정일의 사망과 김정은의 등장으로 북핵 위협이 가속화되고 있는 상황에서 한국에 없어서는 안 될 시스템이었지만, 경환은 SHJ의 이익을 무시하고 공짜로 넘겨줄 생각은 안중에도 없었다.

"CIA와 MI6 상황은 어떻습니까?"

MI6의 파렴치한 행동이 폭로되면서 노르웨이 정부는 영국과 국교 단절까지 거론할 정도로 격앙된 자세를 보였고, 영국 정부는 이를 무마하기 위해 내각이 총사퇴하고 관련자를 사법처리 했지만, 노르웨이 정부는 받아들이지 않았다. 급기야 여왕까지 나서 정중히 사과하고 경제적 이익을 포기한 후에야 국교 단절이라는 최악의 사태는 면할 수 있었다.

"관련자 모두가 처벌되면서 현직을 떠났지만, 언젠가는 상처 입은 자존심을 되찾으려 할 겁니다. 내부 깊숙이 우리 사람을 심었고 전담팀을 구성해 숨소리조차도 밀착 감시하고 있습니다."

"그래요. 방심은 절대 금물입니다. 핵융합에너지와 인공지능, 양자컴퓨터와 우주 개발이 몇 년 안으로 본격 가동될 것입니다. 이번 제이콥과의 싸움에서 가장 이득을 본 곳은 SHJ가 아닌 중국입니다. 미래 사업이 진행되고 있는 상황에서 중국이 조용하게 뭔가를 준비하고 있다는 생각을 떨칠 수가 없습니다."

"중국이 사이버 전력 증강과 고정 스파이를 동원해 SHJ타운에 접근하려고 시도하고 있습니다. 아직은 우리를 뚫을 실력이 되지 못하지만, 방심하지 않겠습니다."

"NSA를 이용하세요. 우리와의 기술합작으로 얻은 게 있으니, 밥값을 하라고 하면 거절진 못할 겁니다."

경환의 지시를 받은 카일이 조용히 고개를 끄덕였다. 호주에 건설 중인 핵융합실험로는 완공을 앞두고 있었다. 북한에서의 테러 정보를 넘겨주는 조건으로 핵융합실험로 사업에 참여한 중국은 핵심 기술에 대한 접근이 막히자, 노골적인 불만을 표출했다. 그러나 기술합작도 감지덕지하지 못한다면 빠지라는 SHJ의 강경한 대응에 꼬리를 내릴 수밖에 없었다. 그러나 순순히 포기할 중국이 아니란 걸 경환은 알고 있었다.

"끝났군요."

TV에선 심석우의 당선 확실을 보도하며 당원들과 환호하는 박화수 대표를 비추고 있었다. 심석우 집 주위엔 기자들과 지지자들 주민들이 모여 북새통을 이뤘고, 카메라를 통해 불이 환하게 켜진 거실이 보였다.

'띠리리, 띠리리.'

위성전화기의 액정에 뜨는 번호를 확인한 경환의 얼굴에 미소가 번졌다. 심석우와 신촌 주막에서 의기투합한 지, 21년이 흘렀다. 마지막 남은 단추까지 채우게 된 경환은 기쁜 마음으로 전화기를 들었다.

"수고했어. 축하해."

[고맙습니다. 형님이 아니었으면 절대 넘볼 수 없는 자리였습니다.]

"오늘까지는 매제로 대할 생각이야. 오늘 이후로는 대한민국의 대통령으로 내 존대를 받게 될 거야."

[상관없습니다. 제겐 영원한 형님이시지 않습니까?]

심석우의 목소리는 가늘게 떨리고 있었다. 경환의 그늘에서 벗어나려는 생각이 없었던 것도 아니었다. 그러나 경환의 그늘을 벗어나서는 하루도 버틸 수 없다는 현실을 깨닫기까지는 그리 오랜 시간이 걸리지 않았다. 아무런 조건 없이 자신을 밀어주는 경환의 마음을 알고부터 심석우는 개인적 욕망을 접고 진심으로 한국의 정치를 바꾸기 위해 노력했다. 자신의 손에 쥐어진 5년이란 시간을 헛되게 보내고 싶지 않았다.

[형님, 주변국들로 인해 설움 당하지 않는 나라를 만들고 싶습니다. 제가 다 할 수는 없겠지만, 적어도 제 다음은 그런 나라를 만들 수 있게 튼튼한 기초를 마련할 생각입니다. 도와주십시오.]

"초심을 잃지 말라고 말해 주고 싶어. 때로는 강한 모습이 필요하지만, 때로는 고개를 숙이고 타협과 화합을 이뤄야 할 거야."

[온 힘을 다하겠습니다. 그리고 박화수 대표와 약속하신 건 지켜 주십시오.]

"뭐야? 대통령에 당선됐으니, 약속한 거 빨리 내놓으라고 협박하는 거야?"

수화기로 너머 호탕하게 웃는 심석우의 목소리가 들려왔다. 이미 예전의 심석우가 아니란 사실을 알고 있는 경환도 그런 그가 밉지는 않았다. 특히, 경환은 아직도 박화수에게 미안한 마음이 들어 그 이상이라도 해주고 싶었다.

"인수위가 결정되면 바로 진행이 될 거니 너무 걱정하지 마. 그 대신 공짜는 없어."

[어련하시겠습니까? 한국도 가난한 나라는 아닙니다. 줄 건 주고, 받을 건 받아야지요. 그 대신 미국 애들처럼 무지막지하게 이득을 취하시진 말아 주십시오. 적정한 이윤은 반드시 보장해 드리겠습니다.]

KFX 사업을 시작으로 이지스함 건조, 핵융합로 사업과 우주호텔 건설 등 심석우의 정권 장악에 힘을 실어 줄 계획이 줄줄이 기다리고 있었다. 그러나 거래는 거래였다. SHJ의 이익을 무시하고 한국에 퍼 줄 생각은 애당초 경환의 머릿속엔 존재하지도 않았다.

[형님, 제게도 선물 하나 주십시오.]

"대통령이나 된 사람이 무슨 선물 타령을 하고 그래? 오히려 나한테 선물을 줘야 하는 거 아니야?"

[다 가시진 분이 뭘 또 바라십니까? 내년 4월쯤 해서 힐러리 클린턴과 정상회담을 추진할 생각입니다. 힘 좀 써 주십시오. 그리고 철벽을 제게 양보해 주십시오.]

"정상회담이야 그렇다 치고, 철벽은 또 뭐야? 뭘 알아야 양보를 하든 말든 하지."

안타까운 현실이긴 했지만, 해외 순방의 첫 국가를 미국으로 선택할 수밖에 없는 심석우의 심정을 이해하고 있었다. 그러나 자신도 모르는 철벽을 양보해 달라는 말에 경환은 고개를 갸우뚱할 수밖에 없었다.

[하하하, 죄송합니다. SHJ기술연구소에서 개발 중인 탄도탄 방어 시스템을 철벽으로 부르기로 했습니다. 안타깝지만, 어차피 미국을 무시하고 한국 스스로 시스템을 완료할 수 없지 않습니까? 미국의 참여가 어쩔 수 없는 상황이라면, 그 이상으로 다른 걸 받아 낼 생각입니다. 힐러리에겐 이 기술의 반 이상이 한국의 기술이라고 할 생각이니, 부탁 좀 하겠습니다. 형님.]

"뭐야! 형님이라고 부르지도 마. 이건 대통령이 아니고 완전 날강도잖아. 꿈도 꾸지 마라! 난 절대 동의 못 해!"

[하하하. 형님 기자들 인터뷰가 있어 저 끊습니다. 그럼 동의하신 것으로 알겠습니다. 조만간 찾아뵙겠습니다.]

"내가 언제 동의했다는 거야! 너 내가 물로 보이는 거야!"

경환은 악을 써 봤지만, 이미 전화는 끊겨 있었다. 경환은 멍한 표정으로 전화기를 바라보고 있었고, TV에선 집 밖으로 나와 지지자들에게 손을 흔드는 심석우의 모습이 방영되고 있었다.

휴스턴의 겨울은 뼛속까지 아리는 강추위는 없었다. 그러나 쌀쌀한 기온은 창밖으로 보이는 나무를 더욱 쓸쓸하게 만들기엔 충분했다. 1년이 넘는 재활에도 하루나의 하반신은 큰 차도를 보이지 않았다. 그러나 가장 큰 문제는 하루나가 재활에 대한 강한 의지를 보이지 않고 있다는 점이었다. 휠체어를 의지해 창밖을 바라보던 하루나의 눈가에서 굵은 눈물이 떨어지고 있었다.

'똑, 똑.'

병실 밖에서 들리는 노크 소리에도 하루나는 전혀 반응을 보이지 않았다. 멍하게 창밖을 응시하는 하루나의 귀엔 아무런 소리도 들리지 않는다고 표현하는 게 맞을지도 몰랐다. 몇 번의 노크에도 반응이 없자, 조용히 문이 열렸다.

"하루나, 오랜만이지요? 늦게 찾아와 미안합니다."

익숙한 목소리에 눈물을 급히 감춘 하루나가 휠체어를 돌렸다.

"사, 사모님. 한국에서 돌아오신 지도 얼마 되지 않아 바쁘실 텐데, 여긴 어쩐 일이세요?"

"미안해요. 일찍 찾아왔어야 했는데, 하루나를 마주할 용기가 없었어요. 하루나를 마주한 지금도 솔직히 여러 가지 생각이 많이 드는 것도 사실이고요. 이해해 줘요."

몇 번의 재수술과 재활 기간에도 수정은 하루나를 찾지 않았었다. 남편의 생명을 지키기 위해 몸을 던진 하루나를 향해 절이라도 하고 싶은 마음도 있었지만 남편을 사랑하는 다른 여자를 받아들이긴 어려웠다. 그러나 수정은 재활에 대한 노력을 보이지 않고, 삶의 의지를 잃어 가는 하루나를 더는 두고 볼 수 없었다.

"하루나, 절 용서해 달라는 말은 하지 않을 겁니다. 그러나 재활에 의지를 보이지 않는 것은 잘못된 생각이에요. 하루나를 회복시키기 위해 회장님뿐만 아니라, 모든 직원이 힘을 쓰고 있다는 걸 알아주세요. 저는 하루나가 재활에 의지를 보여 주길 바라요."

"찾아 주셔서 감사합니다. 그러나 제 운명이 여기까지라면 받아들이고 싶은 게, 솔직한 심정입니다."

멍한 하루나의 눈을 바라보는 수정의 마음은 애잔했다. 핏기조차 없는 하루나의 얼굴은 살아 있는 사람이라고 말하기 힘들 정도였다. 하루나를 마주하고 있는 순간에도 수정의 마음은 사방으로 교차하고 있었다. 대상이 자신의 남편이 아니었다면, 무슨 수를 써서라도 하루나의 마음을 돌리고 싶었다. 그러나 남편의 마음에 다른 여자가 자리 잡고 있다는 것을 인정하기는 죽기만큼 어려웠다.

"하루나가 아니었다면, 회장님 아니 내 남편이 우리 곁을 떠났을 수도 있었어요. 난 그런 하루나를 인정하려 노력하고 있어요. 하지만 나도 어쩔 수 없는 여자인가 봐요. 이해해 주실 수 있어요?"

"모든 건 제 잘못입니다. 사모님께서 그런 말씀을 하신다면, 전 더욱 살아 있을 의미를 찾지 못할지도 모릅니다. 죄송하지만, 제 마음을 완전히 정리할 때까지만 기다려 주셨으면 합니다."

수정이 자리에서 일어나 휠체어를 잡고 있는 하루나의 두 손을 잡았다. 하루나의 손은 너무 차가웠다. 하루나의 손 밑으로 보이는 두 다리는 걷기를 포기해서인지 살이라고는 찾아볼 수 없을 정도로 앙상한 뼈만 남아 있었다. 큰 결심을 했는지 숨을 크게 내쉰 수정이 하루나의 초점 없는 눈을 바라보았다.

"호주로 가 주세요."

"사, 사모님. 저를 또……."

초점 없는 하루나의 눈이 가늘게 떨리기 시작했다. 하루나는 한 달에 한두 번 병문안을 오는 경환을 매정하게 대하면서도 그날을 낙으로 삼고 지냈다. 자신의 유일한 낙까지 빼앗으려는 수정이 너무도 원망스러웠다.

"오해하지 마세요. SHJ메디컬이 설립된 이유는 하루나를 회복시키겠다는 회장님의 의지라는 걸 모르지 않을 거예요. 그 SHJ메디컬이 SHJ테크놀로지와 같이 나노로봇을 이용한 신체 회복 프로그램을 개발하고 있어요. 그러나 임상 시험과 FDA의 승인까지는 너무 오랜 시간이 필요하고요. 그래서 까다로운 미국보단 호주에서 하루나를 치료하려는 거예요."

하루나는 아무 말도 하지 않았다. 힘든 재활과 치료에도 자신의 하반신이 회복된다는 보장도 없었고, 회복되더라도 자신의 삶은 크게 달라질 것 같지 않았다. 이번만큼은 수정의 요청을 들어줄 생각이 없었다.

"하루나, 연구진의 말로는 2년 정도면 일상생활이 가능할 정도의 회복은 가능하다고 합니다. 2년만 참고 재활 의지를 보여 주세요. 그런다면 남편의 곁에 저와 함께 하루나가 서는 걸 인정할 수도 있을 것 같네요."

"사, 사모님."

"자신은 못 해요. 그러나 노력은 해 볼 생각이에요. 그러니 하루나도 노력하는 모습을 보여 줘야 합니다."

하루나의 두 손을 잡은 수정의 손등 위로 하루나의 눈물이 떨어졌다. 하루나는 아무런 대답도 하지 못한 채 고개를 숙여 흐느꼈고, 돌아서면 후회할지도 모른다는 생각에 수정의 눈에도 눈물이 맺혔다. 며칠 후, 하루나를 태운 전용기가 호주를 향해 이륙했다.

기대와 우려 속에 51%라는 역대 최저 지지율을 가지고 심석우 정부는 출범했다. 40%의 득표율과 과반수에 훨씬 미치지 못하는 의석수로 국회 장악력이 떨어지는 신정연으로 인해 초기 심석우 정부는 두 야당의 딴죽걸기와 기득권 세력의 저항 속에서 정책 추진에 큰 어려움을 가지고 있었다. 그러나 심석우 정부와 신정연은 조급해하지 않았다.

"대통령님, 여야 대표들이 도착했습니다."

"그래요. 강 실장, 나가 봅시다."

대통령 집무실에 들어선 강동원이 심석우를 향해 고개를 숙이며 다가섰다. 화성산업과 SHJ화성플랜트를 거치면서 강동원은 한 우물만 팠다. 경환에게 깨지고 박화수에 의해 다듬어지면서 강동원은 화성플랜트를 키우는 데 일조했고, 박화수가 정치에 뛰어들면서 자신에게 손을 내밀자 강동원은 자신의 운명을 박화수에게 맡겼다. 박화수의 충신으로서 강동원은 궂은일을 도맡아 했고, 그런 그의 열정과 성실에 탄복한 심석우는 박화수를 설득해 그를 대통령 비서실장에 임명했다. 경력이 미천하다는 지적이 정부와 여당 내에 많았지만, 심석우는 믿음을 보이며 그런 우려에도 개의치 않았다.

강동원의 인도를 받으며 접견실에 심석우가 들어서자, 박화수와 함께 두 야당의 대표가 자리에서 일어났다.

"일찍 모셨어야 했는데 시기적으로 좀 늦었습니다. 그러나 앞으론 이런 자리를 정례화하도록 노력하겠습니다. 다들 앉으시지요."

"초대해 주셔서 감사합니다."

환한 미소를 얼굴에 머금고 심석우가 악수를 건네자, 두 야당 대표는 심석우의 손을 가볍게 잡고는 그를 따라 자리에 앉았다. 두 야당 대표의 얼굴엔 자신감이 서려 있었다. 국회 장악력이 떨어지는 정부를 길들일 필요가 있었고, 오늘 만남은 심석우의 항복 선언을 받기 위한 자리로 생각하고 있었다. 굳은 표정의 박화수와는 달리 두 야당 대표의 얼굴엔 웃음이 가득했다.

"국민들의 소리에 귀를 기울이지 않고 정부가 너무 여론 플레이에만 집착한다는 목소리가 큽니다. 경제부처에서 부자 증세를 검토하고 있다고 하는데, 기업의 부담이 커진다면 투자가 위축되고 내수 소비가 감소해 결국은 국민경제가 발목 잡힐 수도 있습니다. 프랑스가 작년에 시도한 부유세가 실패할 것이란 분석을 참고할 필요가 있다고 봅니다."

정권을 빼앗기고 야당으로 전락한 황국철 대표가 먼저 포문을 열었다. 대통령의 발언을 기다리지도 않고 선수를 빼앗은 황국철의 거만함에 박화수의 미간이 좁혀졌지만, 심석우는 그런 황국철을 향해 가벼운 미소를 보냈다.

"하하하, 먼저 이렇게 치고 들어오시니 제 간담이 다 서늘합니다. 전경련에선 GDP 대비 법인 세액이 크다고 주장하더군요. 그래서 전임 정부가 기업의 입맛을 맞추기 위해 부자 감세를 했다는 것도 어느 정도 이해는 합니다. 그러나 뚜껑을 열고 보면 상황이 다르더군요. 2000년 대비 2011년의 가계소득은 86% 증가에 그쳤지만, 근로소득 세수는 141% 증가했습니다. 그러나 법인소득은 530%로 대폭 증가했지만, 법인 세수는 151%만 증가했을 뿐입니다. 늘어난 소득에 비해 세수는 그리 크지 않은데, 문제라고 보지 않으십니까?"

"기업의 경쟁력이 곧 국가의 경쟁력입니다. 이를 통해 기업들의 투자가 활발해졌고, 한국을 이끌어 가는 원동력이 되었다는 것을 아셔야 합니다. 여론을 반영하지 않은 부유세는 실패할 것이고 기업들이 한국을 떠날 수도 있습니다."

심석우 정부가 들어서며 부자 증세를 한다는 소문이 끊이지 않았다. 이건 심석우의 대선 공약이기도 했지만, 서민들의 기대감과는 달리 고소득자와 기업들은 크게 반발하고 있었다. SHJ와 연결된 기업들은 조용했지만, 그 외 재벌 기업들은 본사를 해외로 이전할 수도 있다는 소문을 퍼트리며 정부를 압박하고 있는 것도 현실이었다. 심석우가 급히 웃음을 거뒀다.

"떠난다면 잡지 않을 생각입니다. 그러나 본사를 해외로 이전하고도 이전과 같은 혜택을 누릴 수 있는 기업이 있을지 저는 의문이군요. 경제가 우선이냐 복지가 우선이냐 이 문제는 닭과 달걀의 딜레마와 같다고 생각합니다. 정부도 경제가 위축되지 않는 선에서 세법을 조정해 복지국가의 초석을 다지려는 것입니다. 급격한 변화보단 연착륙을 위한 변화를 시도하려는 것이니 정부를 믿어 주시길 바랍니다."

황국철은 입을 닫았다. 심석우의 말처럼 재벌 기업이 본사를 해외로 이전한다면 한국에서 지위를 누리기는 힘들었고, 기술과 자본만 빼앗기는 결과를 초래한다는 걸 모르지 않았기 때문이었다. 선공하려다 역공을 맞은 황국철은 주도권을 빼앗기지 않기 위해 화제를 급히 돌렸다.

"정부의 급격한 군사력 증강정책에 주변국이 술렁이고 있습니다. 물론 자주국방의 필요성에 반대하는 것은 아니지만, 속도를 조절하며 먼저 외교력을 발휘해야 하지 않겠습니까?"

박화수의 기부로 SHJ의 발주에 따라 대현중공업은 록히드마틴과의 합작으로 중형급 이지스함 두 척을 건조하고 있었고, 동해 1함대의 전력 증강과 SHJ기술연구소와의 합작으로 KFX 사업에 대한 계약을 체결한 상태였다. 북한과 중국, 특히 일본이 한국의 군사력 증강에 심한 반발을 하고 있었다.

"언제까지 외교력 하나에만 매달리겠습니까? 외교력에서 우위를 점하기 위해서라도 그에 상응하는 군사력은 가지고 있어야 한다고 생각합니다. 만약 일본 제3 호위 함대와 불미스러운 사고라도 발생한다면, 단 한 척도 격침시키지 못하고 동해 1함대는 전멸한다는 충격적인 결과가 있습니다. 최소한 해군 장병들이 자부심을 가지고 조국의 바다를 지킬 수 있게 하는 것이 제 할 일이라고 생각했습니다."

"저도 이 문제에서만큼은 정부를 지지하는 입장입니다. 그러나 이 문제보다도 더 심각한 것이 SHJ와의 정경유착이라고 생각합니다. 세간에는 정부와 여당이 SHJ의 하수인이라는 소문이 파다합니다. 한국 기업도 아닌 미국 기업과 정부의 유착 관계가 계속된다면 이번 정부에 국민들은 등을 돌리게 될 겁니다."

조용히 황국철의 선공을 지켜보던 진보를 대표하는 박원빈 대표가 두 사람의 대화에 치고 들어왔다. 신정연의 등장으로 수도권 세력을 넘겨주고, 대선 이후 증폭된 계파 간의 갈등으로 당의 분열될 위기에 직면한 박원빈은 심석우의 아킬레스건을 건드릴 수밖에 없었다.

"이경환 회장이 제 처남이란 사실은 변하지 않습니다. 또한, 정부와 SHJ 간의 합작 사업이 많은 것도 부인할 수 없는 사실이고요. 그러나 SHJ와 정부와의 합작은 과거 문민정부 시절부터 이어져 왔습니다. 또한, 참여 정부 때 가장 활발하기도 했고요. 그런 SHJ와의 정경유착에서 두 대표님도 자유로울 수 없습니다. 사실 SHJ 입장에서 한국을 통해 무슨 이득을 얻을 수 있겠습니까? 단지, 이경환 회장의 모국이 한국이란 사실만으로 우린 SHJ의 등골을 빨아먹고 있습니다. 미국 정부가 일본에서 한국으로 방향을 돌리려고 하는 것에는 SHJ의 영향력이 작용하고 있다는 걸 모르지 않으실 겁니다. 과연 누구를 위한 정경유착인지 곰곰이 생각해야 하지 않겠습니까?"

"흠."

구차한 변명보다 정면 돌파를 선택한 심석우의 말에 두 야당 대표는 마땅한 반론을 제기하지 못하고 연신 헛기침만 해댔다. 박화수는 자리가 사람을 만든다는 사실을 심석우를 통해 깨닫고 있었다. 이번 청와대 회동으로 얻을 것이 많지 않다는 걸 실감한 두 사람은 서슬 퍼런 정권 초기를 피해 때를 기다릴 필요를 느꼈다. 눈을 지그시 감고 생각에 빠진 황국철을 대신해 박원빈이 분위기를 바꾸려 입을 열었다.

"신정연 소속 의원들 때문에 머리가 아픕니다. 수험생이란 말이 나올 정도로 국회 도서관에서 살다 보니, 우리 의원들의 스트레스가 장난이 아닙니다. 들리는 말에 의하면 출석 체크도 하신다면서요?"

"하하하, 그건 제가 아니라 여기 박화수 대표님이 답변하셔야겠습니다."

굳었던 인상을 편 심석우가 총대를 박화수로 넘겼다. 공부하기 싫으면 당을 떠나라는 말이 있을 정도로 신정연 소속 의원들은 정부 정책연구와 지역 개발정책을 발의하기 위해 시간이 부족할 정도로 매진하고 있었다. 상임 위원회 활동도 신정연 의원들이 가장 활발했고, 국민들은 그런 신정연 소속 의원들에게 새로운 정치를 느끼고 있었다.

"세금으로 세비를 받는 국회의원이 정책개발을 위해 공부를 하는 건 당연하다고 봅니다. 우리 당에서는 특별한 이유 없이 회기나 국회활동에 불참하는 건, 권리와 의무를 동시에 저버린 파렴치한 행동으로 규정하고 있습니다."

황국철과 박원빈의 입에서 작은 탄식이 흘러나왔다. 국민들의 시선이 신정연으로 급속히 쏠리고 있었고, 기존 정치에서 탈피하지 못한다면 3년 후에 있을 총선에서의 필패가 눈에 선했기 때문이었다. 차기 정권 탈환이 쉽지 않을 수도 있다는 걸 직감한 두 사람은 당의 존속을 위해서라도 환골탈태를 선택해야만 했다.

"리 회장님과는 두 번째 만나는 거지요? 급히 모셔 죄송합니다."

"아닙니다. 대통령께서 부르신다면 달려와야지요. 불러 주셔서 감사합니다."

여러 차례 방문한 백악관이었지만, 경환의 위치는 예전과는 사뭇 달라졌다. 대통령 집무실엔 힐러리와 함께 이번 정부의 핵심 인사들이 모여 있었다. 그들 중엔 NSA 국장인 제이 존슨도 눈에 띄었다. 제이와 경환의 입김이 작용한 점도 있었지만, 미국의 안보를 위해 혁혁한 공이 인정되어 힐러리 정부에서도 NSA를 계속 맡고 있었다.

"존 브레넌입니다. 치유하기 힘든 상처를 서로 가졌지만, 과거는 잊고 미국의 미래를 위해 서로 고민합시다."

"CIA를 맡게 되신 것 축하합니다. 앞으로도 많은 도움을 부탁합니다."

힐러리 정부가 들어서면서 가장 큰 변화를 보인 곳은 CIA였다. 국장으로 임명된 존 브레넌은 힐러리의 측근으로 합류하면서 SHJ와의 싸움으로 만신창이가 된 CIA를 수습하고 있었다. 유럽의 각 지부가 궤멸할 정도의 타격을 받은 CIA는 SHJ시큐리티의 교묘한 방해 공작 속에 힘들게 조직을 재건하고 있었다.

"리 회장님, 과거를 다시 거론하지는 않겠습니다. 국가의 안보를 위해 이젠 SHJ가 나설 때가 되었다고 생각합니다. CIA에서 SHJ와 공동으로 프로젝트를 진행하고자 하는데, 도움을 주시길 바랍니다."

"저희를 높게 평가해 주셔서 감사합니다. 그리고 CIA 내부 깊숙이 SHJ를 음해하려는 조직이 아직 사라지지 않고 있는 마당에 우리가 먼저 손잡을 수는 없지 않겠습니까? 마치 유럽 조직이 무너진 이유가 SHJ라고 보는 시각이 있다더군요. 국장님은 어떻게 생각하십니까?"

존 브레넌의 표정이 순간 굳어졌다. 가장 강력한 힘을 펼칠 수 있는 정권 초기임에도 불구하고 경환은 눈 하나 깜짝이지 않고 CIA의 제안을 거절해 버렸다. SHJ시큐리티에 의해 엄청난 피해를 봤지만, 존 브레넌은 한발 물러설 수밖에 없었다.

"SHJ와는 무관한 일이라는 것을 다시 한 번 밝힙니다. 회장님의 말처럼 불온한 조직이 CIA 내부에 기생한다면 저는 이것을 묵과하지 않을 것입니다."

"국장님의 말씀 기대합니다. 공동 프로젝트는 그 이후에 다시 검토하겠습니다."

제이, 제이콥과 같은 배에 타기로 한 이상, 막강한 조직력을 가지고 있는 CIA도 함부로 경환을 건드릴 수 없었다. 존 브레넌의 곤혹스러운 표정과는 달리 두 사람을 바라보는 힐러리의 표정은 밝았다. 앨 고어와 존 매케인을 통해 힐러리는 SHJ의 능력을 인정하고 있었다. 자신의 대통령 당선도 제이와 경환과의 거래가 없었다면 당내 후보 경선에서 탈락했을 수도 있었다는 것을 잘 알고 있었다.

"자, 자. 딱딱한 얘기는 그만하고 본론부터 말하겠습니다. 한국의 심 대통령 방미와 관련해 한국 정부에서 결정하기 어려운 요구를 해 왔습니다. 한국의 요구를 받아들인다면 당장 일본의 반발이 예상되는데, 혹시 철벽이란 방어 시스템에 한국 정부가 많은 지분을 가지고 있다는 것이 사실입니까?"

힐러리는 날카로운 눈으로 경환을 바라봤다. 제이 존슨을 통해 힐러리가 자신을 찾은 이유는 미리 알고 있었다. 경환은 속으로 탄도탄 방어 시스템을 도둑질한 심석우를 욕하고 있었지만, 이미 엎어진 물이었다.

"2000년 중반부터 한국의 ADD와 공동으로 연구를 시작했습니다. 그건 존 매케인 정부와의 합의를 기반으로 한 사업이었습니다. 미국이 일본과 공동으로 개발한 SM-3의 BMD 시스템과는 별도의 소프트웨어를 사용한다는 개념으로 한 연구였고, 기초 기술을 한국이 가지고 있다는 것도 사실입니다."

"우리가 알고 있는 정보와는 다르군요. 한국 정부는 발만 담그고 모든 기술은 SHJ기술연구소에서 나왔다고 하던데, 정보가 잘못된 건가요?"

한국의 ADD나 정부기관에서 정보를 빼내는 것은 손바닥을 뒤집는 것보다 쉬운 일이란 사실을 경환은 다시금 깨달았다. 꼬투리를 잡고 늘어지는 힐러리의 표정은 마치 승리자의 표정과 다르지 않았다. 힐러리는 생각할 틈도 주지 않고 다시 치고 들어왔다.

"심 대통령이 철벽의 공동 개발을 제안하면서 미사일 사거리 완전 철폐와 F-22 구매 승인, 항공모함 개발을 요청했습니다. 이 정보를 입수한 일본이 엄청난 반발을 하면서 핵을 개발할 수도 있다고 엄포를 놓고 있습니다. 한국 정부를 설득해 주세요. 그리고 SHJ에서 개발 중인 철벽 시스템은 펜타곤과 연구를 해 주시고요."

욕지거리가 올라오는 걸 경환은 억지로 참았다. 5년 전이라면 백악관의 엄포에 타협하려 노력했겠지만, 백악관을 오기 전, 한국을 통해 중국을 견제하자고 제이와 제이콥을 설득한 경환에게 힐러리의 엄포는 통하지 않았다.

"한국 정부의 소소한 일들이 미국 정보기관에 그대로 노출되는 걸 알고 있는데 탄도탄 방어 시스템 개발을 대놓고 할 정도로 한국 정부가 어리석다고 생각하십니까? 분명히 말씀드리겠는데, 철벽 시스템은 한국 정부의 기술이 대부분입니다. SHJ는 공동 기술 개발로 단지 숟가락만 얹었다는 말입니다. 그리고 한국 정부의 요청을 받아들일지 말지는 백악관에서 결정할 문제지만, SHJ의 경영에 백악관이 나서는 것은 옳지 않습니다."

"미국은 일본을 버릴 수 없습니다."

"그럼 한국을 버리시든지요. 한국이 군사력 개발에 힘을 쓰는 이유도, 일본의 영토 도발과 중국의 군사력 증강에 미국이 제대로 된 역할을 하지 않고 부추기고만 있기 때문입니다. 만약 한국이 중국과 함께 일본을 견제하려든다면, 그땐 어떤 대처를 하실 겁니까?"

힐러리와 경환의 기 싸움은 회의에 참석한 정부 요인들을 오랜 시간 동안 당혹스럽게 만들었다. 철벽 시스템이 완료되면 SM-3와 PAC-3는 퇴물이 될 수도 있다는 정보 분석이 나오면서 힐러리는 경환을 통해 그것을 쉽게 얻으려 했지만, 예상외로 강경하게 나오는 경환의 태도에서 주도권을 장악할 수 없었다.

경환이 백악관을 방문한 이후 힐러리 정부는 심석우의 방미를 놓고 갑론을박에 휩싸였다. 한국 정부의 요청을 받아들이지 말라는 일본 정부의 집요한 로비에도 대체에너지와 신무기 개발, 우주 개발과 연결된 한국의 이탈은 미국에도 큰 부담일 수 있었다. 미국의 답변이 늦어지는 것에 불만을 보이는 한국 정부가 중국과 군사 교류를 추진하겠다는 발표를 했으며 암암리에 가해지는 SHJ의 압력에 미국 정부는 심석우의 방미를 통해 직접협상을 추진한다는 계획으로 한발 물러섰다.

큰 기대감에 미국을 국빈 방문한 심석우는 역대 정부와는 다르게 미국 정부의 환대를 받았지만, 실무협상에선 제자리걸음을 할 수밖에 없었다. 심석우가 요청한 모든 제안에 제동을 걸고 나선 미국 정부의 진 빼기 전략에 심석우는 약소국의 설움을 처절할 정도로 느꼈다. 미국은 한국 정부와 SHJ기술연구소가 추진하는 모든 무기 개발에 미국의 참여와 통제가 반드시 있어야 한다는 원론만 되풀이했기 때문이다.

이 소식을 카일의 보고로 전해 들은 경환은 백악관에 압력을 다시 행사하기 위해 골똘히 고민하고 있을 때, 심석우의 대범한 시도가 힐러리를 곤혹스럽게 만들었다. 실무진들의 모든 협상을 중단시킨 심석우는 힐러리와의 단독회담을 통해 철벽 시스템을 독자적으로 개발하겠다고 통보한 것이다. 또한, 전작권을 예정대로 환수하고, 중국과 러시아와 군사협력을 강화해 주변국의 영토 야욕을 분쇄하겠다는 강성 발언으로 힐러리를 분노케 했다. 경제제재를 할 수도 있다는 힐러리의 엄포에도 심석우는 하려면 하라는 식으로 버텼고, 이 소식을 전해 들은 경환도 그의 강짜에 고개를 절레절레 흔들었다.

"대통령이 젊으시니 그 추진력을 제가 따라가질 못하겠군요."

"하하하, 무슨 말씀이십니까? 대통령을 상대하느라 제 머리가 터지기

일보 직전입니다."

내일이면 워싱턴을 떠나 뉴욕과 LA의 교민들을 위문하고 돌아가야 할 시간이었다. 마지막까지 결론이 난 건 아무것도 없었다. 힐러리는 힐러리대로 심석우는 심석우대로 깊은 고민에 빠져 있었지만, 누구 하나 양보할 생각이 없어 보였다.

"대통령께 솔직하게 말씀드리겠습니다. 미사일 시거리가 철폐되면 가장 먼저 반응할 곳은 일본입니다."

"그 점 동감합니다. 그러나 일본도 내부적으론 이미 준비를 마친 상태입니다. 대만도 미사일 사거리를 파기하고 사거리 3,000킬로미터 탄도탄을 실전 배치한 상태입니다. 한국만 제한 조치를 가지고 있다는 건 말이되지 않습니다."

"저는 중동 지역보다도 동북아의 군사력 팽창이 매우 심각하다고 봅니다. 한국이 시작하면 일본도 연달아 뛰어들 것이고, 동북아 지역이 화약고로 변할 수도 있습니다."

"이미 동북아 지역은 화약고가 된 지 오래입니다. 북한만 하더라도 탄도탄을 보유하고 있고 일본도 사거리 3,000킬로미터의 지대지 미사일을 보유하고 있습니다. 일본이 미국의 앞마당인 태평양을 지키는 마지막 방패란 사실을 모르지 않지만, 한국의 도움 없이는 결코 태평양을 지킬 수 없습니다. 일본의 이지스함엔 SM-3가 배치되었고, 한국엔 겨우 쓸모도 없는 SM-2가 배치되었을 뿐입니다. 북핵의 위협에서 벗어나고, 해군력을 증강을 통해 주변국과 같은 군사력을 맞추기 위해 우린 미국의 동의가 없더라도 철벽 시스템을 개발할 것입니다."

채찍과 당근을 통해서는 심석우를 굴복시킬 수 없다는 것이 힐러리를 당혹스럽게 했다. 죽기 살기로 덤비는 한국을 예전과 같이 강압적으로 대할 수 없다는 게 문제였다. 심석우의 뒤에 버티고 있는 SHJ가 힐러리에게도 부담이었기 때문이었다. 일본의 막강한 로비력도 제이와 손을 잡은 SHJ의 전방위로 퍼붓는 로비 앞에선 무용지물일 수밖에 없었다. 깊은 한숨을 내쉰 힐러리는 보채는 심석우를 달래야만 했다.

"좋습니다. 미사일 사거리는 1,000킬로미터로 조정하고, F-22의 일본 판매를 보류하겠습니다. 철벽이 개발되기 전엔 SM-3와 PAC-3를 저렴한 가격에 올해부터 한국에 판매하겠습니다. 또한, 일본의 영토 분쟁에 미국이 적극적으로 나서겠습니다. 이 정도가 제가 드릴 수 있는 최선입니다."

"대통령의 고민을 이해 못 하는 건 아니지만, 역시 한국보단 일본의 손을 들어 주시는군요. 한국이 핵을 개발하겠다는 것도 아니고, 영토를 지키기 위해 최소한의 전력을 갖추겠다는 겁니다. 다음 달 중국을 방문하는 제 손에 선물이 들려지지 않게 해 주십시오."

"참는 데도 한계가 있습니다."

"그 말씀을 그대로 대통령께 다시 하겠습니다."

한 마디도 지지 않는 심석우에게 힐러리는 질려 가고 있었다. 한국이 너무 커 버렸다는 생각을 하면서도 한국을 포기할 수는 없었다. 한국은 계륵과 같은 존재였기 때문이었다. 군사적으로 미국을 위협할 수준에 도달하고 있는 중국을 최전방에서 견제하고, 혹시 모를 중국과의 전쟁을 국지전으로 이끌기 위해서는 한국이 반드시 필요했다. 더욱이 한국을 밀고 있는 SHJ는 자신도 건드릴 수 없는 영향력을 가지고 있다는 게 결정적인 이유였다. 힐러리는 우경화로 한국을 자극한 아베 신조를 씹어 버리고 싶었다.

"미사일 사거리 1,500킬로미터, 철벽 시스템의 공동 개발. 이것이 제 마지막 제안입니다."

1,500킬로미터면 베이징과 도쿄를 사거리에 둘 수 있는 거리였다. 심석우는 아직은 미국을 이길 힘이 없다는 걸 인지하고 있었다. 이런 조건도 경환의 압박을 염두에 둔 힐러리의 꼼수였지만, 자신이 바라는 조건과는 거리가 있었다.

"저도 일부 양보하겠습니다. 미사일 사거리는 2,500킬로미터, 3년 후 재조정하기로 하고, 철벽 시스템과 신무기 개발에 미국의 공동 참여를 인정하는 조건으로 일본과 같은 핵연료 재처리와 고체 연료 로켓 개발을 인정받아야겠습니다. 저도 이것이 마지막 제안입니다."

"뭐라고 하셨습니까?"

힐러리의 놀란 표정에도 심석우는 꿈쩍하지 않았다. 원자력 잠수함과 항공모함 개발 등은 시간이 필요하긴 했지만, 박화수가 정권을 이어받아 건조할 수 있을 정도의 기반을 만들기만 하면 충분했다. 아쉽기는 하지만, 미사일 사거리 철폐는 다음을 기약할 수밖에 없었다. 예정된 시간을 초과하며 두 사람의 회담은 계속되었다. 모든 합의를 마치고 공동 발표를 하는 자리에서 심석우는 밝은 표정이었지만 힐러리는 어색한 웃음을 보이고 있었다.

"여보, 아가씨가 참 예쁘게 나오네요."

"무슨 소리야? 비쩍 마른 게 뭐가 예쁘다고 그래? 내 눈엔 당신이 가장 예뻐."

"호호호, 요샌 아부도 많이 늘었네요. 그래도 듣기 싫지는 않네요."

대통령 전용기에서 교민들의 환영을 받으며 트랙을 내리는 모습이 방영되고 있었다. 심석우의 손을 잡고 내리는 정아는 교민들의 손을 일일이 잡아 주고 있었다. 정치인의 아내로 살면서 모든 행동이 자유롭지 않았던 정아에게 경환은 미안함을 늘 느꼈지만 TV 속 영부인이 된 모습은 흐뭇하게 바라볼 수 있었다.

"남편 잘 만나 영부인 소리도 듣고, 아가씨가 부럽네요."

"지금이라도 정치에 뛰어들까? 청와대가 아니라, 백악관 안주인으로 만들어 줄 수도 있는데 말이야. 말만 해, 지금이라도 당장 SHJ 때려치우고, 정치판에 뛰어들 테니까."

"아이고, 무슨 말을 못 하겠네요. 그냥 난 이대로가 좋아요."

인생의 반이 꺾인 지 오래였다. 경환은 수정의 손을 가볍게 잡아 주었다. 인생의 반을 함께한 수정은 경환에겐 없어서는 안 될 존재였다. 지금의 SHJ를 만들 수 있었던 것도 수정의 기다림과 믿음이 없었다면 불가능했을 것이란 걸 누구보다 경환이 잘 알았다.

"지금까지 날 믿고 기다렸는데, 딱 2년만 더 기다려. 그땐 귀찮을 정도로 당신 옆에만 있을 테니까, 구박이나 하지 말고."

"지금까지 기다렸는데 2년쯤 못 기다리겠어요? 황 고문님이 한국에 가신 것도, 그 일 때문이라면서요?"

누가 말을 해 줬는지, 수정도 2년 후의 일을 은근히 기대하는 눈치였다. 크루즈 건조에 매달리던 황태수는 대현중공업에 발주한 크루즈 건조를 현장에서 직접 감독하겠다는 말만 남기고 한국으로 떠나 버렸다. 세계에서 가장 큰 크루즈인 22만 톤급 규모의 OASIS OF THE SEAS 호를 간단하게 누를 정도로 규모나 시설이 상상을 초월할 정도였다. 32만 톤급으로 건조되는 가칭 SHJ 호는 선박 길이 430미터에 폭 75미터로 승무원을 합쳐 총인원 1만 5,000명의 탑승이 가능하게 설계되었다. 최상부 데크는 하나로 연결해 설계도에도 자세히 나타나지 않는 특수 지역으로 분리되어 있었다. 건조가 완료되면 대형 도크가 있는 호주로 옮겨져 최상부와 특수 공간에 대한 추가 제작을 SHJ그룹이 단독으로 할 예정이었다.

"당신이 알고 있었다니 김빠지는데. 배 이름이 뭔지 알아?"

"아뇨, 배 이름이 뭔데요?"

"비밀이야. 하하하."

"치, 그런 게 어딨어요?"

경환의 가슴을 때리는 수정의 손을 잡고 그녀의 입술을 찾았다. 느닷없는 기습에 놀라긴 했지만, 수정도 경환의 입술을 받아들이며 눈을 살며시 감았다. 깊은 입맞춤을 나눈 경환이 수정의 머리카락을 손으로 쓸어내리며 그녀를 바라봤다.

"여보, 내년이면 제니퍼도 졸업해요. 이젠 두 아이 결혼을 시켜야 하지 않겠어요? 멜린다도 결혼을 서둘자고 하고 있고요. 정우 짝으로 손색이 없을 것 같아요."

"빌에게 어떻게 제니퍼 같은 딸이 나왔는지 알다가도 모를 일이야. 두 아이가 서로 좋아한다면 나도 반대할 생각은 없어. 그 일은 당신이 알아서 진행해."

"알았어요. 그리고 하루나의 재활이 순조롭게 진행되고 있다고 하네요."

"나도 소식은 들었어. 재활에 큰 의욕을 보이고 있다고 하더라고."

수정으로 인해 하루나의 호주행이 결정되었다는 걸 알고 있었지만, 경환은 애써 모른척했다. 수정이 인정했다 해도 아직은 하루나를 마음에 품을 수 없었다. 경환은 그에게 안겨 있는 수정과 다시금 깊은 입맞춤을 하고선 저택을 나와 집무실로 향했다.

"카일, 이번 심석우의 방미에서 새로운 정보는 들어온 게 없습니까?"

"미사일 사거리를 2,500킬로미터로 조정하고 핵연료 재처리와 고체 연료 로켓 개발을 묵인한다는 정도가 전부입니다. 예상외로 심석우의 배 짱에 백악관이 백기를 들었다는 분석입니다. F-22 구매와 항공모함 개발 에 미국을 참여시키겠다는 요청은 관철하지 못했지만, 대체로 한국 정부 가 이번 회담에 성공했다고 볼 수 있습니다."

"F-22는 KFX 사업으로 따라잡을 수 있다는 자신감이 있었을 겁니 다. 항공모함도 마찬가지고요. 그나저나 심석우의 강짜에 우리가 머리 아 프게 생겼습니다."

"회장님이 그렇게 만드셨으니, 그 책임도 회장님이 지셔야지요. 심석우 가 강짜를 부린 배경엔 우리가 있었던 것도 사실이니까요."

경환의 우는 소리에 린다가 뾰로통하게 받아쳤다. 한국에서 건조하 는 크루즈가 무슨 용도로 사용될지 린다는 알고 있었다. 자신만 남겨 두 려는 경환에게 하는 무언의 항의였다. 경환은 째려보는 린다의 눈을 애써 외면했다.

"린다에게 오랜만에 혼나니 옛날 생각이 납니다. 아테나-2의 개발이 얼마 남지 않았다고 하는데, 린다가 보기엔 어떻습니까?"

"아테나-2는 아테나-1과는 기능과 성능에서 차원을 달리하는 괴물이 될 가능성이 많습니다. 슈퍼컴퓨터를 대체할 수 있다는 분석과 함께, 상용화에도 성공할 수 있을 것으로 보입니다. 그러나 중요한 건 인공지능을 탑재한 아테나-SP가 곧 완료된다는 점입니다. 이 기술은 당분간 SHJ 내에서만 독점으로 사용할 생각입니다."

SHJ테크놀로지는 아테나-2 개발과는 별도로 인공지능과 양자컴퓨터를 접목한 아테나-SP 개발에 심혈을 기울였다. 아직 초기 단계지만, 모든 시스템 운영을 계산에 따른 수동적인 형태에서 벗어나 자기 학습을 통해 능동적 사고가 가능하도록 설계됐다. SHJ테크놀로지에서도 개발에 참여한 정우와 핵심 인력만 알고 있을 정도로 비밀을 유지하고 있었고, 당분간은 세상에 모습을 드러내면 안 되는 물건이기도 했다.

"크루즈 건조가 완료되고 호주로 이동되면 크루즈 시스템 운영을 아테나-SP에 맡겨 볼 생각입니다. 이 기술은 절대 외부로 노출되면 안 되니, SHJ시큐리티는 특별히 신경을 쓰셔야 합니다. 크루즈 운영으로 확실한 판단이 서면 SHJ타운으로 천천히 확대하는 것으로 계획을 잡으십시오."

"알겠습니다. 개발이 완료되더라도 검증에 시간이 필요하니, 크루즈 건조에 맞춰 오류가 발생하지 않도록 신경 쓰겠습니다."

내년이면 호주에 건설 중인 핵융합실험로도 테스트를 거쳐 본격 가동 체제로 들어설 수 있었다. 경환은 자신의 시간이 얼마 남지 않았음을 직감하고 있었다. 노르웨이에서 총탄을 가슴에 맞았을 때부터 서서히 기울어가고 있음을 느꼈지만, 마지막 단추를 채우기 위해 버티는 중이었다.

"크루즈 건조가 완료되면 SHJ는 린다를 회장으로 추대해 그룹경영을 맡길 겁니다. 그러나 SHJ시큐리티는 계속해서 제 직속으로 남게 됩니다. 린다와 카일은 업무 협조 체계에 대해 연구해서 보고하세요."

아무도 말이 없었다. 린다도 경환과 함께 크루즈에 탑승하고 싶었지만, 희수와 정우가 SHJ에 자리를 잡기 전까지 도와달라는 그의 간곡한 부탁을 외면할 수 없었다. 또한, 완전한 은퇴가 아닌 크루즈를 통해 SHJ의 영향력을 전 세계에 퍼트리려는 경환의 계획에 린다는 승복했다. SHJ는 경환의 후계자를 기다리며 미래를 대비하기 위한 숨 고르기에 들어갈 채비를 갖추기 시작했다.

2016년 9월

SHJ에도 많은 변화가 있었다. 작년 9월 린다를 그룹회장으로 위촉하고 명예회장으로 한발 뒤로 물러선 경환은 각 나라에 건설된 혹은 건설 중인 SHJ타운을 방문하는 일 외에는 모든 그룹경영을 린다에게 맡겼다. 작년 9월 완료 예정이었던 크루즈 선박이 호주에서의 2차 건조가 늦어지면서 경환의 일정도 늦어졌다.

희수는 3년 만에 대학을 조기 졸업하고는 바로 SHJ시큐리티에 입사했다. 호주의 SHJ시큐리티 훈련기지에서 6개월간의 맹훈련을 우수한 성적으로 마친 희수는, 중동 SHJ플랜트 공사 현장 방어팀에서의 현장 근무를 마치고 현재는 서산 SHJ타운에 배치되어 있었다.

가장 큰 변화를 겪고 있는 곳은 한국이었다. 방미 이후, 일본의 반발 속에서도 동해 1함대의 증강계획을 발표하여 실행에 들어갔고, 올해 초, 8,000톤급 이지스함 한 척과 KDX-2급 구축함 두 척이 배치가 완료되었다. 서해 함대는 이미 2년 전에 중형 이지스함 두 척이 배치가 완료된 상태로 항모 전단을 꾸리기 위한 기초 작업을 착실히 하고 있었다. 공군 또한 SHJ와의 KFX 사업이 본 궤도에 오르며, 2017년 실전 테스트를 남겨

놓은 상태였다. 철벽 시스템은 중국과 일본의 반발에도 한국과 미국, SHJ
의 공동 개발로 실전 테스트를 성공리에 통과하며 실전 배치를 앞두고 있
었다. 다탄두 ICBM(대륙 간 탄도미사일)에 대응할 수 있는 버전으로 미
국과 한국은 철벽-1과 철벽-2를 극비로 묶어 두 나라 이외의 판매를 사실
상 금지했다.

　"회장님, 곧 한국 영해에 들어서게 됩니다."

　"벌써 한국에 도착했나 보군요. 지루할 틈이 없네요. 접안 시설은 확
인되었나요?"

　"SHJ 아시아 본사에서 확인했습니다. 접안엔 지장이 없다고 최종 확
인되었습니다."

　32만 톤급 크루즈 선박이 접안할 수 있는 시설은 한국에 없었다. 2년
전부터 SHJ 아시아 본사는 부산시에 일부 금액을 투자해 국제 크루즈 터
미널을 확장했고 기존 시설물도 보강을 완료한 상태였다. 초대형 크루즈
인 크리스털 호의 입항에 SHJ는 물론이고 부산시도 잔뜩 긴장해 있었다.

　"하하하, 제임스 드디어 한국에 도착을 하나 봅니다. 보면 볼수록 이
크리스털 호는 대단하네요."

　"빌, 제니퍼와 멜린다만 아니었어도, 빌의 승선은 불가능했다는 것을
알아야 합니다."

　"하하하, 이거 섭섭한데요? 사돈인 나에게 300만 달러의 승선료를 받
고서도 그런 말이 나옵니까?"

　빌이 너스레를 떨고는 다른 곳으로 급히 사라졌다. 수정에게 선물한
크리스털 호는 지난달 호주에서 진수식을 하고 본격적인 항해에 나섰다.
호화 크루즈 여행에 동참하기 위해 문의가 끊이지 않았지만, 주관사인

SHJ매니지먼트는 항의에도 불구하고 일반 승객을 모집하지 않았다. 승무원 3,500명과 SHJ시큐리티 보안 요원 1,000명을 제외한 승객 1만 1,500명은 SHJ그룹의 장기 근속자로 60세를 넘긴, 은퇴했거나 은퇴를 앞둔 직원 중에서 선발했다. 3년 동안 전 세계를 일주하고 2기를 선발할 예정인 이 프로젝트는 모든 경비가 무료였지만, 빌 게이츠와 같이 경환과의 개인적인 관계로 승선이 승인된 자들에겐 경제력에 맞게 승선료를 받아 챙겼다. 그런 사람들에는 존 매케인과 노기찬 전 대통령을 비롯해 노르웨이 분데빅 전 총리 등 각 나라의 전임 정부 수반과 경제계의 수장들이 많았다. 승선 인원이 밝혀지면서 떠다니는 UN이란 소문이 날 정도로 크리스털 호의 항해에 각 나라는 깊은 관심을 보이고 있었다.

"회장님, 린다가 아주 입에 거품을 물었습니다."

경환의 뒤로 환한 웃음을 한 황태수가 다가왔다. 상임 고문직까지 내려놓고 야인이 된 황태수는 무엇하나 부족함이 없는 표정이었다.

"자꾸 죽는소리하면 평생 SHJ 회장으로 남게 될 거라고 엄포라도 놓지 그러셨어요?"

"대답할 틈도 없이, 5년 후엔 무조건 자신도 크리스털 호에 승선하겠다는 말만 하고선 전화를 끊어 버렸습니다. 린다의 성격 잘 아시지 않습니까?"

경환은 황태수를 따라 웃을 수밖에 없었다. 겨우 설득에 성공했지만, 경환과 황태수가 떠난 휴스턴에서 홀로 남은 린다의 쓸쓸함과 고독감을 충분히 이해할 수 있었다. 희수가 전면에 나서기 전까지는 노련한 린다의 도움이 절대적으로 필요했기에, 경환은 SHJ를 지키기 위해서라도 린다를 승선시킬 수 없었다.

"제가 만들기는 했지만, 이 크리스털 호는 대단합니다. 특히 회장님이 머무시는 이곳은 도저히 배라고는 상상을 할 수 없을 정도니까요."

"모두 부회장님 덕분입니다. 제가 인복이 많지 않습니까."

크리스털 호가 출항한 후, 경환은 처음으로 가까운 인물들을 자신의 거처로 초대해 식사를 같이 나누고 있었다. 집무실과 서재, 저택을 그대로 옮겨 놓은 것처럼 화려하면서도 기품이 넘쳤다. 경환의 시선은 황태수를 비켜나 다른 곳으로 옮겨졌다. 자신의 목숨을 지켜 주는 알, SHJ퀄컴을 키운 어윈, SHJ플랜트를 은퇴한 최승호 부사장, 대현중공업의 정상길 회장 등이 눈에 들어왔다. 경환의 얼굴에 미소가 그려졌다. 경환에겐 끝이 아닌 시작이었고, 이들은 자신에게 예전이나 지금이나 큰 힘이 되어 주는 사람들이었다.

"여보, 뭘 그렇게 골똘히 생각하세요?"

"어, 당신 왔어? 지금 내가 이 자리에 서 있는 게, 꼭 꿈만 같아서."

"당신도 센티할 때가 있나 보네요. 엄마하고 아빠까지 모셔 줘서 고마워요."

"무슨 소리야? 다 같은 부모님들이신데. 자기가 내 아내란 사실에, 난 매 순간을 감사하고 있어."

경환은 팔짱 낀 수정의 손을 뜨겁게 잡았다. 지치고 힘들 때에도 아무런 내색 없이 자신만을 바라봐 준 수정에게 경환은 진심으로 고마움을 느끼고 있었다. 경환은 양가 부모님들을 모시고 크루즈 여행을 함으로써 수정에 대한 고마움을 표현하고 그동안 못다 한 효도를 대신했다.

"학교 다니면서 저택 안주인 노릇을 해야 할 제니퍼가 한편으론 걱정이 많아요."

"제니퍼 똑 부러지잖아. 크리스토퍼가 제니퍼를 잘 도와줄 거야. 그리고 내년이면 희수도 휴스턴으로 복귀할 테니, 그 아이들을 믿어 보자고."

제니퍼는 고등학교를 졸업함과 동시에 정우와 결혼식을 올렸다. 대학을 졸업하고 결혼하는 것이 어떠냐는 경환의 제안에 정우와 제니퍼는 입을 맞추기라도 한 듯 거절 의사를 표시했고 대학 생활에 충실해야 한다는 조건으로 둘의 결혼을 허락했다. 제니퍼는 수정이 다닌 휴스턴대를 선택해 학업에도 충실하며 수정을 대신해 SHJ타운의 안주인 노릇을 하고 있었다.

"당신은 꿈이 뭐야?"

"글쎄요. 당신 곁에 이렇게 늘 같이 있는 게 제 꿈이에요. 당신은요?"

"난 자기와 이렇게 여행을 하면서, SHJ를 통해 세계를 하나로 묶는 거야. 힘들겠지만, 내가 기초를 닦는다면 정우와 희수 때에는 가능하지 않겠어?"

"당신은 충분히 해내실 거예요."

수정이 경환의 어깨에 기대어 오자, 수정의 향긋한 냄새가 경환을 자극했다. 호주의 핵융합실험로는 ITER의 와해를 뒤로하고 본격적인 가동을 시작했고, 3년 이내엔 상용화가 가능하다는 분석이 나왔다. 또한, 작년부터 시작된 우주호텔 프로젝트는 일정보다 빠르게 진행되고 있었다. 경환이 은퇴 아닌 은퇴를 선택할 수밖에 없었던 이유를 아는 사람은 아무도 없었다. 제이와 제이콥의 가문은 최소 150년에서 길게는 300년의 역사를 가지고 있었고, 이런 역사적 배경을 이길 힘이 SHJ에 없다는 것이 경환의 고민이었다. SHJ의 한계가 반드시 올 것이라는 판단에, 경환은 이런 SHJ의 약점을 국제적인 연결망을 이용해 극복하겠다는 복안으로 크리스털 호를 건조했다. 희수가 그룹경영에 나서려면 최소 10년은 필요했기에 경환은 10년 동안 크리스털 호를 이용해 전 세계와 SHJ를 하나의 연결고리로 묶을 생각이었다.

"회장님, 사모님."

두 사람이 고개를 돌리자, 하루나의 모습이 시선에 들어왔다. 아직 치료가 완료되지 않았는지 목발을 짚고 서 있었지만, 하루나의 얼굴은 예전과 비교해 훨씬 밝았다.

"여보, 제가 불렀어요. 언제가 될지는 모르겠지만, 제 아우로 받아들일 생각이에요."

"사, 사모님."

"오늘부터라도 사모님이란 호칭은 빼고 언니라고 불러요."

경환이 나서기 전, 수정은 SHJ메디컬의 최신 기재를 크리스털 호로 옮기고 하루나를 승선시켰다. 여자로서 큰 결심을 한 수정이 고마웠지만, 경환은 아직은 하루나에게 다가가기가 망설여지는 것도 사실이었다. 경환은 잡은 수정의 손을 놓지 않은 채, 하루나를 바라보았다.

"하루나, 의료진의 말로는 1년 정도면 목발은 필요 없을 것이라고 하더군. 그때까지 아내와 함께 기다리고 있을게."

"회장님, 감사합니다."

"회장님이란 소리 듣기 거북하니, 뭐 다른 좋은 말이 있는지 생각해 보고. 나도 하루나를 앞으론 여자로 대할 생각이야. 같이 노력해 보자고."

경환을 향해 수정이 고개를 끄덕이자, 경환이 하루나를 가볍게 안아 주었다. 창밖 수평선 너머로 부산항이 세 사람의 눈앞에 보이기 시작했다.

"아빠, 더 올라가야 해요?"

"희수 너, SHJ시큐리티에서 고생을 많이 해서 그런지, 예전보다 많이 공손해졌다."

"길도 없는 산속을 헤매는 것 같아서 그러는 거예요."

"아빠에겐 추억이 깃든 장소라서 너와 한번 와 보고 싶었다. 하도 오래전 일이라 장소가 잘 생각나지는 않는구나."

강원도 깊은 산속을 몇 시간째 헤매고 있었다. 경환의 팔짱을 끼고 산에 오르던 희수도 험한 산세에 숨을 헐떡이고 있었다. 도대체 이런 깊은 산속에 무슨 추억이 담겨 있는지 희수는 경환을 이해할 수 없었지만, 불평하지 않고 따랐다. 알을 포함한 경호팀은 깊은 산속으로 이동하는 경환 때문에 바짝 긴장한 채, 주위를 살피기 바빴다. 오르고 내리기를 반복한 끝에 경환은 등을 기댈 정도로 굵고 높게 솟은 나무 앞에 우두커니 섰다.

"희수야. 아빠의 추억이 서려 있는 곳이 이곳인 것 같다."

경환은 희수의 손을 꼭 잡았다. 26년 전, 자신은 이곳에서 생을 마감하려 했고, 마몬과의 계약으로 회귀할 수 있었다. 그동안 한 번도 찾지 않은 곳이었지만, 경환은 꿈에서라도 이곳을 잊을 수 없었다. 비록 자신의 영혼이 마몬에 귀속된 상태였지만, 희수와 함께할 수 있다는 사실만으로도 경환은 후회하지 않았다.

"아빠, 이곳에 어떤 추억이 있는데요?"

"하하하, 그리 큰 건 아니고, 내가 사랑하는 사람을 다시 만나고 SHJ를 만들 계획을 세웠던 곳 정도라고 생각하면 될 거야."

희수는 아랫입술을 지그시 깨물며, 경환이 볼세라 급히 눈가의 물기를 훔쳤다. 그러나 경환은 나무에 기대어 마지막 소주잔을 입에 털어 넣었던 기억을 떠올리고 있었다. 경환은 시선을 돌리지 않은 채, 희수에게 질문을 던졌다.

"희수야. 내가 왜 이곳에 너와 같이 왔는지 알겠니?"

"그건……. 아뇨, 어떻게 알겠어요?"

희수는 말을 얼버무렸다. 경환은 그런 희수를 한참 동안 바라만 보다 덥석 안았다. 경환은 희수가 말 못한 비밀을 지니고 있다는 것을 진작 알고 있었다. 어디서 잘못되었는지 마몬의 멱살이라도 잡고 묻고 싶었지만, 경환은 희수를 채근할 수는 없었다. 자신의 업보가 희수에게까지 전해지지 않기를 간절히 바랄 뿐이었다.

"아빠는 SHJ가 우리 가족의 것만은 아니라고 생각한다. 너와 정우가 SHJ를 이어받을 자격이 없었다면, 난 결코 너희에게 SHJ를 물려줄 생각이 없어. 희수 넌 SHJ가 어떤 방향으로 나가야 한다고 생각하니?"

"더욱 강해져야 한다고 생각해요. 아빠가 제이와 제이콥 가문과 타협을 통해 SHJ의 안정을 이뤘다면, 다음 세대는 그 두 가문을 뛰어넘어 역으로 타협을 강요할 정도의 능력을 만들어야 한다고 생각해요. 그것 때문에 아빠가 크리스털 호를 만들었잖아요."

"네 말을 들어 보니, 그럴 수도 있겠구나. 그럼 넌 어떻게 할 거니?"

희수의 판단력은 경환이 생각한 것 이상이었다. 그러나 아직 어린 희수였기에 강한 것은 쉽게 부러진다는 것을 이해하지는 못하는 듯 보였다. 경환의 질문을 받은 희수에게서 1초의 망설임도 보이지 않았다.

"SHJ시큐리티를 먼저 장악할 거예요. 아빠의 그늘을 벗어날 수는 없지만, 최소한 아빠 다음은 저라는 사실을 부인하지 못하게 만들 생각이에요. 그다음은 린다 아줌마의 모든 것을 배울 생각이고요. 아빠가 무엇을

걱정하는지, 무엇이 제가 부족한지를 10년 동안 철저히 배우고 고쳐 나갈
게요."

"그래, 아빠 너와 정우를 믿는다. SHJ가 어떤 모습으로 변화할지는 너
희 둘에게 달려 있다. 가장 중요한 것은 너의 등을 믿고 맡길 수 있는 사
람들을 어떻게 만드느냐에 있어. 이걸 명심하고 절대 소홀하면 안 된다."

"배워 갈게요. 엄마가 기다리니, 이젠 내려가요."

"그러자. 네 고모부가 목 빠지게 기다리고 있으니, 엄마와 같이 청와대
에 들어가 봐야겠다."

희수의 손을 잡은 경환이 발걸음을 돌렸다. 나무 밑으로 어지럽게 흩
어져 있는 서너 병의 소주병이 경환의 눈에 들어왔다. 아무도 찾지 않을
이곳에 소주병이 흩어져 있다는 것을 어떻게 이해해야 할지 경환의 눈빛
이 살짝 흔들렸다. 이 순간이 현실이든 꿈이든 그건 중요하지 않았다. 경
환의 다시 사는 인생은 겨우 반을 지났을 뿐이고, 어떤 미래가 펼쳐질지
는 아무도 알 수 없는 일이었다. 경환이 믿는 것은, 자신과 희수의 등 뒤
로 지는 태양이, 내일이면 다시 떠오른다는 사실이었다.

에필로그

2011년

'투투투투.'

"미셸! 얼마 못 버틸 것 같습니다. 여긴 제가 어떻게든 막아 볼 테니, 우회로를 찾으십시오!"

"사각이 전혀 없어. 고스란히 노출된 상태야. 지원팀이 도착하기 전까지, 최대한 여기서 버텨야 해! 헬기가 도착하기까진 5분이야. 다들⋯⋯."

'퍽.'

미셸은 말을 끝내지 못하고 머리가 크게 뒤로 젖혀졌다. 눈도 채 감지 못한 미셸의 뒷머리 절반이 터져 나가며 허물어졌다. 사방에서 뿜어지는 자동 소총의 소음 속에 묵직한 단발의 총성은 저격병이 있다는 증거였다.

"팀장이 저격당했다! 2조는 10시 방향의 저격병을 상대하고 1조는 현

358

위치를 사수해. 지원 헬기 도착 4분 전!"

미셸의 사망으로 팀장의 임무를 자동 승계한 제이미는 상황이 심각하다는 걸 직감했다. 팀원의 절반이 이미 사망한 상태였고, 자신도 어깨를 관통당해 붉은 피가 솟구치고 있었다. 죽는 건 두렵지 않았지만, 보스의 가족들은 반드시 살려야만 했다. 그러나 트레일러로 사방을 막은 적들의 공세에 방탄 리무진은 빠져나갈 구멍이 없다는 게 문제였다. 도심에서 5분 넘게 총격전이 발생했는데도, 경찰의 사이렌은 울리지 않고 있었다.

"본부! 팀장 사망, 상황이 심각하다. 지원팀과 헬기를 서둘러라!"

'치지직……. 도착까지 2분이다. 노르웨이에서 회장님이 저격당하셨다. 무슨 수를 써서라도 VIP의 안전이 우선시되어야 한다.'

보스까지 저격을 당했다면 문제가 더욱 심각했다. 팀원들이 하나둘 바닥에 쓰러졌고, 자신도 어깨에 이어 허벅지에 총알이 다시 박혔다. 2분도 견디기 힘들어 보였다. 제이미는 빠른 판단을 해야만 했다.

"브라이언! 좌측의 트레일러를 밀고 전진해! 이곳에 갇힌다면 VIP의 안전을 보장할 수 없어. 경찰의 도움도 이젠 물 건너갔다고 봐야 해. 어서 밀고 나가!"

제이미의 지시를 받은 리무진이 묵직한 엔진 소리와 함께 급히 핸들을 왼쪽으로 꺾고 트레일러의 후미를 밀기 시작했지만, 트레일러는 쉽게 움직이지 않았다.

"엄마, 나 무서워. 흑흑."

"괜찮다. 우리를 지켜 주시는 분들을 믿어야지."

총탄이 튕겨 나가는 소리와 경호원들이 하나둘 쓰러져 가는 모습을 본 희수는 두려움에 눈물을 흘리며 수정의 품 안으로 고개를 파묻었다.

수정은 희수와 정우의 머리를 쓰다듬어 주었다. 정우의 박사 학위 수여식에 참석하기 위해 카일의 만류에도 불구하고 SHJ타운을 나섰고, 결국 이런 결과를 초래했다. 브라이언이 이를 악물고 트레일러를 밀어내려 했지만, 상황은 낙관할 수 없어 보였다.

"20초 후면 지원 헬기가 도착합니다. 그때까지만 힘을 내 주십시오."

"브라이언, 우리 걱정은 하지 마세요. 저는 SHJ시큐리티를 믿습니다."

멀리서 헬기의 프로펠러가 소리가 들리기 시작했다. 그러나 헬기의 운명은 그리 좋은 편이 아니었다.

'슈우웅.'

'쾅.'

하늘로 치솟는 로켓포가 헬기의 후미에서 폭발하는 모습이 생생히 보였다. 헬기가 양력을 잃고 지면으로 추락하자 큰 폭발과 함께 산산조각으로 부서지는 모습에 수정은 눈을 질끈 감았다.

"개자식들, 대전차 로켓까지……."

브라이언의 마음이 급해졌다. 대전차 로켓인 PzF3-T까지 운용할 정도면 어중이떠중이는 절대 아니었고, 이 차량도 심각한 안전을 장담할 수 없었다. 브라이언은 급히 차량을 후진시켰다. 아이들의 몸에 안전벨트가 채워져 있는 걸 확인한 후, 리무진을 급가속시켰다. 이판사판이었다. 트레일러를 뚫고 도주로를 확보해야만 했다.

"어, 엄마. 저기서 이상한 게 날아와요."

희수가 손가락으로 가리키는 곳에서 흰 꼬리와 함께 로켓포가 차량 정면으로 날아오고 있었다. 수정은 떨리는 입술을 애써 감추며 급히 희수와 정우를 자신의 무릎에 깊이 파묻고 아이의 머리에 입을 맞췄다.

"희수야, 정우야. 내가 너희의 엄마였다는 사실이 너무 자랑스럽고 감사하단다. 아빠도 분명 엄마와 같은 생각이실 거야. 사랑한다, 애들아."

'펑!'

차량은 화염에 휩싸였고, 고통은 없었다. 리무진 안으로 쏟아져 들어오는 뜨거운 열기가 세 사람을 휘몰아쳤고, 그것으로 모든 것은 끝이 났다.

"애야, 정신이 드니?"

"으악! 헉헉."

희수는 소스라치게 놀라며 눈을 떴다. 엄마의 품 안이라고 생각했지만, 눈을 뜬 곳은 벽조차도 없는 하얀색만이 존재하는 곳이었다. 희수의 눈앞엔 두툼한 안경을 눌러쓴 노인네가 서 있을 뿐이었다.

"엄마는 어디 있어요? 흑흑."

"가여운 것. 아비의 업보가 네게 큰 고통을 주는구나."

정신을 차린 희수는 엄마가 곁에 없다는 사실에 눈물부터 흘리기 시작했다. 누군지 알지도 못하는 할아버지의 이상한 말은 전혀 이해할 수 없었다. 분명 뜨거운 열기가 자신의 몸을 덮쳤다고 생각했는데, 몸 어디에도 불에 그슬린 자국은 찾을 수 없었다.

"애야, 시간이 없구나. 네가 이해하지는 못하겠지만, 할아버지가 하는 말 잘 들어야 한단다."

"할아버지, 제가 잘못했어요. 저를 집으로 보내 주세요. 흑흑."

희수는 노인네를 쳐다볼 엄두도 못 내고 고개를 숙인 채, 무서움에 떨며 눈물만 흘리고 있었다. 노인네는 희수에게 다가가 손가락을 들어 희수의 머리를 짚었고 희수의 눈앞으로 빠르게 흘러가는 시간이 펼쳐졌다.

"아, 아빠! 나 여기 있어. 아빠!"

"애야, 네 아비는 널 볼 수가 없단다. 가만히 지켜만 보아라."

희수는 목청껏 아빠를 불렀지만, 눈앞에 보이는 아빠는 자신의 목소리를 전혀 듣지 못하는 것 같았다. 이후 시간은 더욱 빠르게 지나갔다. 폐인처럼 변한 경환이 제이콥과의 전면전을 선포하고 SHJ시큐리티의 모든 병력과 자원을 동원해 전쟁을 방불케 하는 싸움을 벌이는 모습이 펼쳐졌다. 러시아의 핵 배낭까지 비밀리에 사들인 경환이 최후의 선택으로 영국의 제이콥을 향해 핵을 터트리는 모습과 미국과 영국, 러시아까지 합세, SHJ를 테러 집단으로 규정하고 SHJ를 말살하는 모습도 희수의 눈앞으로 빠르게 스쳐 지나갔다. 마지막은 권총을 머리에 대고 가족의 사진을 품에 안은 채, 방아쇠를 당기는 경환의 모습을 끝으로 다시 주위는 온통 하얀색으로 덮였다. 눈물이 나지 않을 정도로 놀란 희수는 몸을 부들부들 떨기 시작했다.

"애야, 네 아비는 너를 위해서 마몬이라는 악마에게 대가를 받고 영혼을 팔았단다. 그러나 마몬이란 녀석은 단지 계약만으로는 영혼을 취할 수 없었지. 계약자가 제 명을 살지 못하고 죽어야만 영혼을 자신의 것으로 만들 수 있었단다. 그래서 불쌍한 네가 다시 희생을 당한 거고."

"하, 할아버지는 누구세요?"

"네 아비와 오래전에 인연을 맺은 사이라고만 알고 있거라. 이 할아버지가 너를 다시 돌려보낼 생각이다. 그러나 너는 절대로 이 사실을 아무에게도 말하면 안 된단다. 네 아비를 지키기 위해서라도. 약속할 수 있겠니?"

희수는 너무도 무서웠다. 자신의 아빠가 머리에 권총을 대고 자살하는 모습을 두 번 다시 보고 싶지 않았다. 지금까지 착한 딸로, 모범생으로 살아온 희수에게 현실은 너무도 가혹했다. 희수는 노인네를 향해 말없이 고개를 끄덕였다.

"착하구나. 그리고 또 하나, 너는 자식을 낳을 수 없는 몸이 될 것이란다. 그 대신 이 할아버지가 네 오빠 이상으로 총명함을 줄 테니, 그것으로 너와 네 아비를 지키도록 해라."

무서움에 떠는 희수는 노인네의 말뜻을 전혀 이해하지 못했지만, 집으로 돌려보내 준다는 말에 연신 고개를 끄덕일 뿐이었다. 안타까운 눈으로 바라보던 노인네의 손이 희수의 정수리에 닿는 순간, 희수의 눈은 서서히 감기기 시작했다. 따뜻한 온기가 온몸을 감싸며 희수는 수정의 양수 중간에서 편안한 잠에 빠져들었다.

'헉!'

"생체바이오 리듬이 불규칙합니다. 캐모마일을 3% 높이겠습니다. 악몽이라도 꾸셨나요?"

"아테나, 너무 오버하지 마. 조명을 좀 높여 주고, 아빠와 엄마는 어디쯤 계시는 거야?"

"조명을 조정했습니다. 명예회장님과 크리스털 호는 지중해를 통과해 영국으로 향하고 있습니다. 연결해 드릴까요?"

"아니야, 괜찮아. SHJ시큐리티에서 올라온 정보를 정리해서 띄워 줘."

침대를 기대고 앉아 있는 희수의 정면으로 홀로그램 영상이 펼쳐졌다. 아테나가 정리한 정보가 중요도에 따라 동영상과 함께 나타났고, 희수는 손을 움직여 정보를 살폈다. 내년이면 린다도 은퇴하고 자신이 그룹 전면에 나서야 할 시기였다. 중압감 때문인지 악몽을 꾸는 횟수가 부쩍 늘었다. 희수는 지나가는 정보 중에서 하나를 손으로 끌어냈다.

"필립이 움직임을 보이고 있다고? 아테나, 자세히 설명해 줘."

"제이콥의 사망으로 가문의 수장이 된 필립이 프랑스와 독일의 가문을 흡수하기 위해 음모를 꾸미고 있습니다. 가능성 82%로 흡수가 성공하면 우리에게 가장 큰 위협이 될 것입니다."

경환이 제이콥과 손을 잡으며 화해 분위기가 지속되었지만, 핵융합에너지의 상용화에 성공하고 내년이면 시작될 우주호텔의 본격적인 영업을 견제하는 건지 제이콥의 뒤를 이은 필립은 공공연히 SHJ에 대한 적대감을 내비치고 있었다.

"프랑스와 독일을 우리가 지원해 줘야 할 것 같은데, 가능성은 얼마나 되지?"

"우리의 지원이 시작되면 필립의 성공 가능성은 40%로 떨어집니다."

SHJ테크놀로지에서 개발한 아테나-SP는 시중에 판매되는 아테나 시리즈와는 개념 자체를 달리하고 있었다. 아테나-SP의 존재를 아는 사람은 SHJ 내에서 10명도 채 되지 않았다. 자신의 회귀에 큰 영향을 끼친 제이콥과 필립 가문은 절대 용서할 생각이 없었다. 비록 경환이 타협을 선택했다고 하더라도 자신은 어떠한 선택도 할 생각이 없었다. 그리고 이미 준비도 마친 상태였다.

"린다 회장님껜 내가 따로 허락을 받을 테니, 프랑스와 독일 가문을 최대한 지원하도록 해. 집안싸움으로 힘을 최대한 빼 놓을 필요가 있을 테니까."

"알겠습니다. 우리와 관련한 한국 방송을 녹화해 두었습니다. 살펴보시겠습니까?"

"응. 머리도 식힐 겸, 보는 것도 나쁘지 않겠어."

침대에서 일어나 차가운 맥주를 한 모금 마신 희수는 소파에 앉았다. 침대 위에 펼쳐졌던 홀로그램은 희수의 이동에 맞춰 이미 소파 정면으로 옮겨진 상태였다. 경환에 의해 전 세계가 SHJ와 연결 고리를 가지고 하나로 묶여 가고 있었다. SHJ는 경환의 대외 활동에 힘입어 전 세계를 아우르는 기업으로 성장했고, 희수는 내년부턴 그 바탕을 가지고 세력화에 본격적으로 나설 계획을 가지고 있었다. 그것이 SHJ시큐리티를 거쳐, SHJ테크놀로지와 SHJ유니버스, 마지막으로 SHJ홀딩스까지 거치며 바닥에서부터 시작한 이유이기도 했다. 홀로그램 속에선 한국의 시사 프로가 방영되고 있었다.

"오늘도 홍 변호사님과 김 소장님을 모시고 정치와 경제계를 속속들이 파헤치겠습니다."

입담 좋은 사회자가 서론을 장식하고는 빠르게 말을 이어 갔다.

"박화수 대통령이 재선에 성공하고 1년이 지났는데요. 성공작이라고 보는 시각이 많습니다. 홍 변호사님은 어떻게 생각하십니까?"

"허허, 박화수 대통령을 논하기 전에 심석우 대통령을 짚고 넘어갈 필요가 있습니다. 2016년 말, 국민 투표를 통해 4년 중임제가 통과되었지 않습니까? 박화수 대통령은 심석우 대통령에게 절이라도 해야 한다고 봅니다."

"김 소장님도 같은 생각이신가요?"

"저도 4년 중임제는 반대하지 않습니다. 심석우 정부가 닦아 놓은 길을 박화수 정부가 편하게 가고 있다고 생각합니다. 주변 정세를 보더라도 북한도 그렇고 중국과 일본이 방방 뜨고 있잖아요?"

"그렇더라고요. 심석우 정부에서 해군과 공군력의 자체 기술을 끌어 올리고, 박화수 정부가 들어서자마자 물량전으로 나섰는데, 막말로 일본과 붙는다면 어떻습니까?"

"한국의 해군과 공군은 2015년을 기점으로 전과 후로 나눌 수 있는데요. 2015년 전의 공군과 해군력으로는 일본과 싸움 자체가 안 된다는 분석이 많았습니다. 그러나 2015년 이후 동해와 서해 함대에 전력이 증강되고 KFX 사업을 통해 F-35에 버금가는 스텔스기가 자체 기술력으로 개발되면서 일본과 대등해졌다고 할 수 있어요. 박화수 정부 1기 때부터 추진한 항공모함이 전력화된다면 일본이나 중국도 쉽게 승패를 장담할 수 없게 될 겁니다."

"그렇군요. 이거 하나만으로도 심석우 대통령이 역대 대통령보다 높은 평가를 받고 있는 거군요. 그럼 민감한 질문을 하나 하겠습니다. 심석우 정부 초기부터 SHJ와의 정경유착이 사회적인 논쟁거리가 되기도 했는데, 박화수 대통령도 이 문제에선 자유로울 수가 없어 보입니다. 두 분은 어떻게 생각하십니까?"

사회자의 난감한 질문에 홍 변호사는 머뭇거렸지만, 그 모습을 바라본 김 소장이 혀를 끌끌 차며 먼저 답변에 나섰다.

"홍 변호사는 신정연의 공천을 받으려고 노심초사해서 그런지, 할 말을 잘 못하네요. 제가 먼저 말씀드리겠습니다. 신정연과 SHJ는 한마디로 정경유착이라고 봐야죠. 그런데 막말로 좀 골 때리는 정경유착이라고 봄니다."

"배우신 분이 골 때린다가 뭡니까? 골 때린다가."

"방송이라 하면 안 되나? 어쨌든 심 대통령은 이경환 회장의 매제고, 박 대통령은 직원이었습니다. 두 대통령 모두 사석이나 공석에서 SHJ와의 연관성에 대해 부인하지도 않았고요. 그런데 내면을 살펴보면, SHJ가 한국 정부를 통해 뭘 벌어들였는지를 살펴보면 답이 안 나옵니다. 저는 오히려 두 분 대통령에 의해 SHJ는 자본과 기술을 강탈당했다고 보거든요."

김 소장의 말을 듣던 홍 변호사가 조심스럽게 말을 이어받았다.

"사실 SHJ가 얻는 게 없거든요. 미국 대통령도 이경환 회장에겐 한 수 접어줬다는 말이 공공연한데, 한국 정부에 뭘 바랄 게 있겠습니까? 여권 실세의 말을 빌리자면, 심석우 대통령이 퇴임하고 사석 자리에서 이경환 회장에게 무지 깨졌다는 소문이 있습니다."

"한 나라의 대통령을 깨요?"

"미국과의 담판에 이용된 철벽 시스템을 사실은 심석우 대통령이 강짜로 뺏었다는 설이 있더라고요. KFX도 마찬가지고요. 여하튼 퇴임 후 처남과 매제 사이로 복귀하면서, 수십조 원을 뺏은 날강도라는 말까지 했다고 합니다."

"듣고 보니 그렇겠네요. 허허허. 좌우지간 이경환 회장과 심석우 대통령이 한국에서 태어난 것을 감사해야 할지도 모르겠습니다."

모두 사회자의 말에 크게 웃었다. 특수한 정경유착으로 분위기가 흘러갔고, 김 소장이 다른 화두를 꺼냈다.

"우리가 주목해야 할 점은 L&K직업훈련원입니다. 한국에는 4곳, 전 세계엔 셀 수 없이 많은 곳에 직업훈련원이 설립되었는데요. 1기 졸업생들이 40대를 훨씬 넘어가면서 사회의 중추적인 역할을 담당하고 있습니다. 이들이 SHJ의 절대적인 신봉자란 사실에서 SHJ와 신정연의 밑바탕이 되고 있다는 것입니다."

"김 소장님의 말씀대로 사회의 약자에서 이젠 사회를 이끌어 가는 중심축이 되고 있거든요. 각 기업에선 일반 대학 졸업생들보다 L&K직업훈련원 졸업생을 유치하기 위해 혈안이 되었다는 말이 많습니다. 그런데 졸업생들의 70% 이상이 SHJ에 흡수되면서 공생 관계로 자리를 잡았다는 거죠. 미래를 준비하는 이경환 회장과 심석우 대통령이 무섭기까지 합니다."

"뭐, 일반인인 우리가 뭘 알겠습니까? 오늘 좌담은 여기까지입니다."

홀로그램이 사라졌다. 마지막 남은 맥주를 입에 부은 희수가 천천히 커튼을 열어젖혔다. 자신과 아빠인 경환의 불행을 종식하기 위해서라도 뒤를 돌아보거나 후회할 여력이 없었다. SHJ의 끝이 어디까지 뻗게 될지를 생각하자, 희수의 몸이 가볍게 떨려 왔다. 동시에 저 멀리서 새벽의 어둠을 가르고 솟구치는 시뻘건 태양의 뜨거운 열기가 희수의 몸을 감싸 안았다.

《다시 사는 인생》 완결